Hugo Hartung
Wir Wunderkinder

Zu diesem Buch

»Wir Wunderkinder« ist einer der größten deutschen Buch-
und Filmerfolge der Nachkriegszeit. Brillant verwebt Hugo
Hartung deutsche Zeitgeschichte mit den Lebensgeschichten
zweier Männer: Bruno Tiches, der es vom Kaiserreich bis zur
Bundesrepublik stets verstand, obenauf zu bleiben, und sein
alter Klassenkamerad, einer der »Anständigen«, die sich mühsam ihren Weg durch die Zeit bahnen mußten und immer wieder zwischen allen Stühlen saßen. Mit genauem und liebevol-
lem Blick rechnet Hugo Hartung mit der deutschen Zeitgeschichte von 1912 bis 1955 ab. Ein amüsantes und kritisches
Zeitbild, in dem weder kräftige Ironie noch feine Zwischen-
töne fehlen.

Hugo Hartung, geboren am 17. September 1902 in Netzsch-
kau/Vogtland, studierte Theaterwissenschaft, Kunstgeschichte, deutsche und französische Literaturgeschichte. Seine
Romane »Ich denke oft an Piroschka« (1954), »Wir Wunderkinder« (1957) und »Wir Meisegeiers« (1972) gehören zu den
großen Publikumserfolgen in der jungen Bundesrepublik.
Hugo Hartung starb am 2. Mai 1972.

Hugo Hartung
Wir Wunderkinder

Der dennoch heitere Roman unseres Lebens

Piper München Zürich

Von Hugo Hartung liegt in der Serie Piper außerdem vor:
Wir Meisegeiers (2985)

Ungekürzte Taschenbuchausgabe
Januar 2000
© 2000 Piper Verlag GmbH, München
Erstausgabe: Droste Verlag, Düsseldorf 1957
Umschlag: Büro Hamburg
Stefanie Oberbeck, Katrin Hoffmann, Tanja Tobies
Foto Umschlagvorderseite: Cinetext GmbH, Frankfurt
Gesamtherstellung: Clausen & Bosse, Leck
Printed in Germany ISBN 3-492-22960-3

Inhalt

ERSTES BUCH

ZWEITES BUCH

DRITTES BUCH

Gebranntes Wunderkind scheut
das Wunder ...
Deutscher Volksmund

*Gewidmet der Heimat vieler glücklicher Jahre,
der Stadt München und unserem lieben Dänemark*

Erstes Buch

Abendgrau

Ich kann mich noch deutlich an den Augenblick erinnern, in dem Bruno zu mir sagte, wir müßten von jetzt an ein Tagebuch führen. An das Jahr erinnere ich mich nicht mehr so genau, aber es ist in einem heißen Sommer vor dem Ersten Weltkrieg gewesen, denn Ilse hatte eine dünne, ärmellose Bluse an, so durchsichtig, wie es im »Großherzogin-Eleonore-Töchterstift« eigentlich nicht erlaubt war. Bruno meinte, alle großen Männer hätten Tagebücher geführt, die Kriegshelden, die Afrikaforscher und Casanova.

»Wer ist denn Casanova?« fragte Ilse.

»Das sag ich dir auf dem Rückweg«, antwortete Bruno.

Ich weiß nicht, wie es kam, daß ich auf dem Rückweg nicht mehr dabeigewesen bin. Es war inzwischen Nacht geworden. Ich hatte Tante Remmy besucht, die in einem alten Kavaliershäuschen neben dem Schloß wohnte, und war ganz pünktlich zu dem vereinbarten Treffpunkt gekommen. Trotzdem fand ich Ilse und den Klassenkameraden nicht mehr und mußte den langen Heimweg durch den Park allein machen.

Unter dem Papierwust von Brunos Nachlaß habe ich ein Tagebuch aus dieser Zeit nicht gefunden. Es kann sein, daß er dennoch gleichzeitig mit mir zu schreiben begonnen hat. Aber mit fünfzehn, sechzehn findet man solche Aufzeichnungen oft albern und hört damit auf oder vernichtet sie – ich selber habe schon ziemlich früh die Lust daran verloren. Manchmal fallen sie auch den Eltern in die Hände. Es würde mich heute noch interessieren, was eigentlich damals zwischen Ilse und Bruno geschah. Sie war die Tochter eines Amtsrichters und meine erste Liebe – was man mit dreizehn Jahren so lieben heißt. Wir nann-

9

ten es »eine Flamme haben«, und die Bezeigungen einer so jungen Neigung beschränkten sich auf Blicke und Händedrücke und das Überreichen stanniolumwickelter Süßigkeiten. Bruno »spannte mir Ilse aus«, wie es in unserer Pennälerterminologie hieß, und ich bin überzeugt, er hat auf jenem Heimweg durch den Park damit angefangen. Es war eine laue Mondnacht.

Ich habe zwar Geschichte nur im Nebenfach studiert, bin aber dadurch historischen Quellen gegenüber sehr gewissenhaft geworden. In den Zeitschriften-Redaktionen nehmen sie es damit wahrscheinlich nicht so genau; denn der Redakteur der Illustrierten schrieb mir ausdrücklich, ich möge das mir übersandte Material des Bruno Tiches möglichst frei verwenden. In manchen Fällen werde ich sogar dazu gezwungen sein, denn wenn auch mein Klassenkamerad eine ungewöhnliche Karriere gemacht hat, so sind doch manche Dinge von ihm recht primitiv dargestellt worden, und einige auch ziemlich indezent. Da werden Retuschen notwendig sein. Auch liegt es mir gar nicht, »die facts zu dramatisieren«, wie das die Illustriertenmänner von mir wollen.

Brunos Schrift ist übrigens leicht lesbar, aber nicht sympatisch. Eine ausdruckslose Schul-Normalschrift, die der Verfasser, besonders in späteren Jahren, ins Markige umgequält hat. Das fängt sogar schon ziemlich früh an. Wahrscheinlich ist dem Jüngling einmal ein graphologisches Lehrbuch in die Hände gefallen, in dem er die Schrift der Willensmenschen von Caesar bis Napoleon studiert hat. Bruno dachte sich: Mache ich ihre Schrift nach, so werde ich wie sie. Er hat mit diesem Rezept einigen Erfolg gehabt.

Daß es nicht leicht sein wird, aus den Stößen von Tagebüchern das Richtige auszuwählen, sehe ich schon an den allerersten erhaltenen Aufzeichnungen meines Klassenkameraden Tiches. Sie betreffen die großen Manöver von 1912, an die ich mich auch noch recht gut erinnere. An einem mildblauen, goldfädigen Herbsttag stand ich mit Vater an der staubigen Heerstraße vor der Stadt. Die Luft war durchsichtig und hellhörig, und manchmal fielen uns reife Zwetschen auf die Köpfe. Man hörte aus einer Feldscheune die Dreschflegel und dann – in einem anderen Rhythmus – Musik. Danach stieg Staub auf. Ich hatte gegen den Durst eine bittere blaue Schlehe im Mund. Auf einmal schaukelte der Boden sonderbar.

»Kavallerie«, sagte Vater zu meiner Linken, und Onkel Bense, der rechts von mir stand (väterlicherseits! Tante Remmy ist aus Mutters Familie), mummelte unter seinem Kautabak hervor: »Die Fünferhusaren!«

Das war ein Wirbel von wippendem Rot – »Attila«, hörte ich Onkel Bense sagen –, schweißige Pferdeleiber glänzten, und wenn man die Augen schloß, machten die vielen Hufe ein seltsam erregendes Geräusch. Die Schlehe in meinem Munde schmeckte plötzlich süß. Ich hatte eine platonische Liebe zu allem Berittenen, aber in unserem Städtchen gab es bloß zwei Gendarmen, und die ritten selten zusammen aus. Nur wenn ein Mord oder Diebstahl auf dem Dorf geschehen war oder bei einer vorsätzlichen Brandstiftung in einer Feldscheune.

Auch wenn ich die Augen fest zumachte, konnte ich mich nicht in eine verschnürte rote Attila hineinträumen. Ich hatte im vergangenen Jahr beim Vogelschießen fünf Freikarten im Hippodrom abreiten sollen, die Vater für eine wohlfeile Heulieferung bekommen hatte. Nie zuvor war ich der Erde so fern gewesen, nie zuvor hatte ich so verzweifelt gegen ihre Anziehungskraft angekämpft. Der Rappe wuchs und wuchs, und ich wurde von unwahrscheinlichen Partien seines Leibes zu noch unwahrscheinlicheren geschleudert. Die Musik bläkte blecherne Zungen gegen mich und das feindliche Roß. Die vier anderen Freikarten schenkte ich Tiches.

Da kamen Kürassiere – Wimpel schwarz-weiß –, nur elf davon ritten zu Hause auf der zugedeckten Badewanne in der Küche, seit der zwölfte in den Ablauf geraten war. Aber hier waren es Hunderte, mit viermal soviel trabenden Pferdebeinen. Silbern blinkten Brustpanzer, und Silbervögel gab es auf Helmen, mit gefesselten, angeschmiedeten Füßen – sonst wären sie wohl auf der wiegenden Musik wie Lerchen zum Septemberhimmel aufgeschwirrt.

»Der König von Sachsen!« sagte Vater.

Der da oben ritt, sah aus wie der verkleidete rotbäckige Baumeister Kubitschke von Vaters Stammtisch. Dennoch nahm ich meine Mütze ab.

Aber Onkel Bense knuffte mich und sagte: »Wir sind doch keine Sachsen!«

Gleich darauf knuffte er mich wieder, sagte: »Unser Großherzog!« und riß mir die Mütze vom Kopf.

Ich sah von hinten einen in die Uniform gezwängten, etwas feisten Herrn mit Schweißtröpfchen im Nackenhaar und bekam davon keine dynastischen Hochgefühle.

Jetzt dröhnte die Erde, Staub schmeckte fade auf unseren Lippen, und blanke Blitzableiter stachen den Himmel an. Viele Zwetschen fielen von der Erschütterung auf unsere Köpfe.

»Die Sechsundneunziger«, sagte Onkel Bense und blähte Brust und Bart.

Er spuckte den Kautabak aus, um durch geschürzte Lippen einen Marsch mitzupfeifen, der wie ein Riemen den Leib zuschnürte. Es roch säuerlich.

Und danach kam die Verwandlung, die sogar Onkel Bense stumm machte. Verhüllt die Blitzableiter. Alles Blinkende wurde staubgrau.

»Die neuen Uniformen«, sagte Vater, »– feldgrau.«

Aber die Felder rundum waren bunt gegen das Freudlose da: Stoppelgolden oder in edlem Kartoffelkrautbraun.

Weil jetzt auch keine Musik mehr kam, gingen wir von der Straße weg, querfeldein nach Hause. Wir gingen etwas bedrückt, und Onkel Bense sagte, die Sozialdemokraten seien an allem schuld ...

So sieht es in meinen Erinnerungen aus. Aber mein Klassenkamerad Tiches – wenn er nicht nachträglich die Jugendkapitel seines Tagebuches abgeändert hat – muß das gleiche völlig anders empfunden haben.

»In diesen grauen Uniformen werden sie einmal unsere engen Grenzen sprengen«, schreibt er wörtlich.

Es muß damals, nach unserem Weggang, noch sehr viel

Graues gekommen sein, bis in den sinkenden Abend hinein, und je mehr das Graue mit dem Abend verschmolz, um so begeisterter wurde Tiches. Er sah sich selbst, abendgrau in grauer Erde, etwas Kaltes an der Wange ...

Ich weiß überhaupt nicht recht, wie ich mich mit diesen hymnischen, uniformfrommen Kapiteln verhalten soll. Von mir aus möchte ich sie nicht bringen, und in den Jahren nach 1945 hätte ich sie gar nicht bringen dürfen. Aber jetzt werde ich sie wohl bringen müssen. Die Illustrierte und die allgemeine Lage dürften es verlangen.

Der Fall Evelyna Meisegeier

»Den Streich mit der kleinen Meisegeier konnte ich nur wagen, weil ich als Klassenerster sehr weit vom Katheder entfernt saß«, lese ich in den Papieren von Bruno Tiches.

Das ist wieder eine von Brunos betrüblichen nachträglichen Einfügungen in die Tagebücher, wobei ich die Möglichkeit offenlasse, daß gewisse Teile von ihnen überhaupt erst später entstanden sind.

Außerdem enthält der zitierte Satz eine offenbare Unwahrheit; denn Bruno, der nur im Turnen und Singen gute Noten hatte, war leistungsmäßig und daher auch nach der Sitzordnung der Letzte in der Klasse, eine Stellung, die er bis zu seinem vorzeitigen Abgang tapfer hielt. Daß er bei der tollen Geschichte mit Evelyna tatsächlich am oberen Ende der Klasse saß, liegt an den eigenartigen pädagogischen Ansichten unseres Professors Zindler, der ein Original gewesen ist, wie es heute in keiner Lehranstalt mehr zu finden sein dürfte, und von dem zunächst einiges zu sagen sein wird.

Zindler teilte nämlich seine Schüler ein in die Elite, von ihm »Elüte« gesprochen, die er in seiner Nähe zu sehen wünschte, und die »misera plebs«, die er, als »jene Borschen« bezeichnet und angeredet, sich möglichst weit vom Leibe hielt. Nie habe ich ihn Bruno Tiches anders aufrufen hören, als »jener Borsche im Hintergronde«. Nie wurde ihm allerdings auch aus dem »Hintergronde« befriedigende Antwort, so daß sich sein Unterricht im wesentlichen auf ein Kolloquium mit der nahen Elite beschränkte, die im Primus ihre verantwortungsreiche Spitze fand. Der Primus war bei Zindler, der den düster grausigen Spitznamen »Gorgo« führte, eine Art Halbgott, dem sich alles bescheidenere Menschenwesen in der Klasse, wie auch ihr Untermenschentum, anzupassen hatte. So mußte sich schon beim ersten fernen Grummeln eines herannahenden Gewitters der Primus erheben, um eine vorgeschriebene Warnmeldung zu erteilen:

»Herr Professor, es ist ein Gewitter im Anzug!«

Daraufhin zitterten die immer etwas vor sich hin mümmelnden Lippen des alten Lehrers stärker, und er gab das Kommando:

»Stahlfedern weg!«

Vielleicht hatte ihm irgendwann ein jüngerer naturwissenschaftlicher Kollege eingeredet, es sei einmal in eine Schulklasse der Blitz eingeschlagen, von der blanken Stahlfeder eines Schülers angezogen – jedenfalls ließ Gorgo vor jedem Gewitter die Federhalter kassieren und durch den Klassenzweiten in das naturwissenschaftliche Kellergewölbe bringen.

Einmal tat mir Professor Zindler wirklich leid. Da tobte ein besonders schweres Unwetter mit flammenden Blitzen und schmetternden Einschlägen, und der zitternde alte Mann, der sein inneres Gewitterkerzlein angezündet hatte, sah zu seinem Entsetzen auf der Bank des »Borschen« Tiches eine Kollektion nagelneuer Stahlfedern, die gefährlich funkelnden Spitzen samt und sonders den Fenstern zugekehrt ... Daß diese Fenster im Erdgeschoß waren, ermöglichte übrigens alle Späße mit den Meisegeiers und vor allem die Sache mit Evelyna.

Die Meisegeiers gehörten zu einer Menschengattung, die in den Polizeiregistern unter dem Kennwort »Asoziale« geführt wird, die aber unserm behäbig humorvollen Religionslehrer einmal den Vergleich der Lilien auf dem Felde mit der Meisegei-

14

erbrut erlaubte. Tatsächlich wußte niemand, wer diese Brut er-
nährte, die sich in jedem Jahr um ein weiteres Haupt vermehrte,
welches auch kommenden Schülerjahrgängen noch Belustigun-
gen auf Gorgos Kosten versprach. Denn die jungen Meisegeier
waren, sobald sie dem Nest entschlüpften, bedauerlicher- oder
erfreulicherweise käuflich. Auch wir kauften uns ab und zu –
ich muß es zu meiner heutigen Beschämung gestehen – einen
kleinen »Meisegeier vom Dienst« auf Klassenkosten, um, wie
wir das nannten, »den Unterricht bei Gorgo zu beleben«.

Das Ganze rollte nach einem ziemlich sturen Ritus ab. Ein
Meisegeierknabe klopfte während der Lateinstunde von elf bis
zwölf Uhr heftig ans Fenster. Der Primus fuhr hoch:

»Herr Professor, eine Störung!«

Gorgo lohte Blitze aus den Augen und rief:

»Wer erdreistet sich?«

Tiches oder ein anderer »Borsche« antwortete:

»Meisegeier, Herr Professor!«

Und schon wurde vom Katheder die Anordnung zu einer Verfolgungsjagd gegeben, bei der »zwei bis drei gewandte Torner«
– Tiches war jedesmal dabei – die Verfolgung des Attentäters
durch das Fenster aufzunehmen hatten und Gorgo selbst mit erhobenem Stock durch die Tür hinaus und über den Schulhof
stürmte. Obwohl nie ein Meisegeier leibhaftig zur Strecke gebracht wurde, ging diese atemraubende, unterrichtsverkür-
zende Verfolgungsjagd traditionsgemäß alle drei bis vier Wochen einmal vor sich.

Daß Tiches für die »Aktion Meisegeier« zusätzlich Evelyna
gewann, machte die Angelegenheit zu einer neuen, erregenden
Sensation. Bruno hatte mit dem Sohn des reichen Textilfabri-
kanten Kienzel um einen Taler gewettet, daß er es fertigbrächte,
ein Mädel in unsere Klasse einzuschmuggeln. Man stelle sich
vor: 1913 – und ein Mädel unter sechsunddreißig Jungen ...
Mit Evelyna gelang es, und ich glaube Tiches sogar ausnahms-
weise, wenn er notiert, er habe ihr doppelt soviel zahlen müssen, als er nachher von Heinz Kienzel für die Wette bekam.

Evelyna war zwei, drei Jahre jünger als wir und sehr hübsch.

Sie stach unbegreiflich von den Meisegeierbuben ab, die, bis auf eine Ausnahme, das flache, stupsnäsige Pfannkuchengesicht ihrer Mutter geerbt hatten. Einen gerichtsnotorischen Vater gab es bei keinem aus der Brut, aber die dunkle, etwas wilde Schönheit des Mädchens Evelyna ließ noch nach Jahren besorgte Ehefrauen nachrechnen, wo sich ihre Männer vor der um ein Dreivierteljahr vermehrten Lebensjahreszahl des einzigen weiblichen Meisegeiersprosses aufgehalten haben mochten. Als ob es nicht auch einen bescheidenen Fremdenverkehr sowie einen gewissen industriellen Handel und Wandel in unserem Städtchen gegeben hätte ...

Ich bedürfte der Aufzeichnungen von Bruno Tiches nicht, um zu wissen, daß die Sache mit Evelyna sich an einem traumhaft schönen Maientag begab und daß alle Kirschbäume an der Mauer des Bauhofs, jenseits der Gymnasiumsgasse, blühten. Es war eine träumerisch-träge Stimmung, in der wir eben, nach den Dirigierzeichen des Primus, unsere lateinischen Regelsprüchlein im schläfrigen Chor zu psalmodieren begonnen hatten:

»A, ab, abs sowie auch de,
Coram, clam, cum, ex und e,
Sine, denus, pro und prae
Cum ablativo sunt junctae.«

In diesem Augenblick klopfte es plötzlich an die streng geschlossenen Fenster – noch heftiger als sonst. Der übliche Frage-Antwort-Dialog begann, und, nach altem Zeremoniell, sausten drei Schüler durchs Fenster und Gorgo aus der Tür. Neu war nur, daß Bruno Tiches sogleich wieder im Fensterrahmen auftauchte – und daß er Evelyna nach sich zog! Uns kugelten beinahe die Augen heraus, als ein Paar sehr hübscher Mädchenknie auf unserer grauen, abgeblätterten Fensterbank erschien und als alles Dazugehörige, nicht minder Hübsche, mit einem eleganten Schwung in das knäbische Klassenzimmer hüpfte.

Es war vergleichsweise so sensationell, wie wenn heutzutage heimlich eine der Leinwandhalbgöttinnen unseres Zeitalters –

die Lollobrigida oder Marilyn Monroe – bei einer Arbeitstagung seriöser Altertumsforscher unter dem Konferenztisch versteckt würde.

Alle blühenden Kirschbäume und die unbegreifliche Poesie dieses Frühlings 1913 kamen mit Evelyna zu uns und übten ihre Magie auch dann noch, als längst der stockschwingende Gorgo mit dem Verfolgungskommando zurückgekehrt war und der Primus sein Zeichen zur Wiederholung des »a, ab, abs« gegeben hatte.

Nun aber zelebrierten wir die Regeln mit einer inneren Beteiligung, als hätten wir Minnelieder zu deklamieren. Unsere Phantasie schlug hohe Brandungswellen und bedrängte das Spiel unserer Adamsäpfel. Ja, wir mußten an uns halten, um nicht allzuoft und auffällig die Köpfe nach der hintersten Bank umzuwenden, unter der wir die sträflich hübsche Evelyna Meisegeier in zusammengekauerter Haltung sitzen wußten.

Einmal entstand sogar eine gefährliche Situation, als »jener Borsche im Hintergrond« das Plusquamperfekt eines unregelmäßigen Verbs bilden sollte und, zusätzlich zu seinen gewohnt vergeblichen Bemühungen, ungewohnte Gesichtsfaxen schnitt, so daß Gorgo sich erhob und mit geschwungenem Stock auf den Weg machte … Hinterher erst haben wir von Bruno erfahren, daß ihn in diesem gefährlichen Augenblick das Mädchen Evelyna unter seiner Bank in die Wade gezwickt hatte.

Auch diese seltsam beklommene Lateinunterrichtsstunde ging schließlich zu Ende, und als Professor Zindler die Klasse verlassen hatte, durften wir noch einmal, von rückwärts und nicht minder erfreulich, die holde Ursache unserer Unruhe auf dem Fensterbrett bewundern, ehe sie der Maienmittag wieder zu sich nahm. Sie blieb ein einmaliges, nicht wiederholbares Ereignis im ständigen Meisegeier-Repertoire.

Was mich in Bruno Tiches' Aufzeichnungen am meisten ärgert, ist die Tatsache, daß er diese hübsche Episode unseres Pennälerlebens zu seinen Gunsten ungebührlich ausgeschmückt hat. Seine Behauptung, er habe mit Evelyna zusammen während der ganzen Lateinstunde eng umschlungen unter der Bank gekauert, macht manche späteren, für mich nicht so unmittelbar beweisbaren Prahlereien des Dahingegangenen fragwürdig. Ich überlege mir daher sehr, ob ich die Geschichte von Evelyna Meisegeier – obwohl ich sie selbst in so liebenswürdig lebendiger Erinnerung habe – überhaupt mit in den Tatsachenbericht aufnehmen soll.

Daß ich dagegen die Luftballongeschichte aus dem gleichen Jahr bringen muß, ist selbstverständlich. Denn sie erscheint mir als eine der drei entscheidenden Stationen in Brunos Leben, und durch sie ist auch sein Name zum erstenmal in die Zeitung gekommen.

Umlaufende Winde

Vom 17. Oktober 1913 gibt es bei Bruno überhaupt keine Eintragung. Dennoch erinnere ich mich an diesen Tag ebensogut wie an den nächsten. Wir verbrachten ihn auf dem Hof vom Städtischen Gaswerk.

Das hundertjährige Gedenken an die Völkerschlacht und die Einweihung des neuen Leipziger Denkmals sollten bei uns dadurch gefeiert werden, daß sich ein Luftballon, gefüllt mit städtischem Koch- und Leuchtgas und bemannt mit vier tapferen Herren – darunter dem als Sportsfreund bekannten Fabrikanten Kienzel –, in den vaterländischen Himmel erheben würde. Hermann Kienzel verfügte über weitreichende Beziehungen, da er schon einmal mit dem Landesherrn zusammen einen Bock geschossen hatte. Es war sogar bei beiden der gleiche Bock gewesen, und da Kienzel ihn dem Großherzog als Jagdbeute überlassen hatte, empfing er für diese loyale Handlung sowohl einen Hausorden wie die unverbrüchliche Huld des Souveräns, die sich eben jetzt dadurch kundtat, daß unserer kleinen Stadt bevorzugt einer der nicht allzu zahlreichen deutschen Luftballone zu Füllung und Aufstieg überlassen wurde.

Die mattsilbern schimmernde Haut des Freiballons »Altenburg« traf am Spätnachmittag des 16. Oktober mit der Bahn ein, nachdem schon am Vormittag der Ballonführer, Herr Rokkezoll, angereist gekommen war. Dieser von uns Knaben sehr bestaunte Mann trug einen blauen Anzug, eine Kapitänsmütze und einen kurzen, spitzen Prinz-Heinrich-Bart. Er wohnte im »Goldenen Löwen«, und die neugierig aus den Fenstern lugenden Nachbarn sahen ihn manchmal aus der Hoteltür treten, den Finger anfeuchten und ernst in die Luft heben. Der »Landbote« schrieb am nächsten Tag, Herr Rockezoll habe »die aeronautischen Verhältnisse geprüft«, weil derzeit umlaufende Winde sein Unternehmen gefährdeten.

Bruno Tiches und mir kam zustatten, daß wir mit dem Sohn des Städtischen Gaswerksinspektors – abkürzend »Gasinspektor« genannt – in die gleiche Klasse gingen. Dieser Junge, mit dem Vornamen Andreas, war ein blasses, schmales und ziemlich verträumtes Bübchen. Unser robuster Mathematiklehrer Röps sagte einmal zu ihm: »Hast wohl mal wieder zu Hause zuviel Gas geschluckt?« – und wirklich hatte dieser Andreas oft etwas Schwebendes.

Nun lag also der Ballon »Altenburg« wie eine ausgeleerte Wursthaut auf der großen Wiese neben dem Gaswerk, von drei städtischen Feuerwehrmännern in Uniform bewacht und in geziemendem Abstand von vielen Kindern bestaunt. Bruno und ich gingen mit geschulterten Schaufeln stolz an ihnen vorüber, da uns Andreas eingeladen hatte, mit ihm zusammen die kleinen Sandsäcke zu füllen, die außen am Ballonkorb als Ballast hängen und von denen immer einige geleert werden müssen, wenn der Ballon Auftrieb gewinnen soll.

Der Sand, der morgen seine Himmelfahrt machen würde, war ganz gewöhnlicher Sand – ein ziemlich kümmerlicher Haufen auf dem großen Gaswerkshof –, aber die grauen Säckchen, die daneben geschichtet lagen, nötigen uns ob ihrer vergangenen und künftigen Abenteuer einigen Respekt ab. Und vollends bewunderten wir den kleinen, etwas beleibten Herrn Gasinspektor, der, wie uns Andreas versicherte, »heute für sehr gutes Gas sorgen mußte«.

Wir begannen zu schaufeln. Ein sanfter Wind wehte von Süden.

»Das ist schlecht«, sagte Andreas. »Dann schiebt es den Ballon morgen nach Norden. Und wenn er nicht über das Meer abgetrieben werden soll, muß Herr Rockezoll an der Nordseeküste die Reißleine ziehen.«

»Warum denn?« fragte Bruno Tiches.

»Weil sie sonst in die Nordsee stürzen könnten.«

»Warum denn nicht?« fragte der beharrliche Bruno weiter, und nach einer Weile fügte er hinzu: »Mitfliegen müßte man eben dürfen ...« Wir schaufelten weiter. Oben war der Sand ganz trocken. Später wurde er feucht und schwer.

»Wenn man so denkt«, sagte der Gasinspektorssohn, »vielleicht fallen ein paar Sandkörnchen auf ein fremdes Land.«

»Es müßte eben alles deutsch sein«, sagte Bruno großspurig.

»Ich finde fremde Länder schön« – Andreas bekam wieder mal seinen schwebenden, »gasgefüllten« Ausdruck –, »in den vorigen Ferien war ich mit Vater in Bayern.«

Daraufhin schwiegen wir eine Weile; denn so weit war noch keiner von uns gereist. Den sonst oft schüchternen Andreas ermutigte das zu weiteren Bekenntnissen.

»Sie haben in Bayern sogar schon andere Briefmarken. Und man versteht die Bayern auch nicht, weil sie viele fremde Wörter benutzen. Zu Blumenkohl sagen sie zum Beispiel ›Karfiol‹!«

»Wie?« fragte Bruno Tiches, und seine Züge umdüsterten sich.

»Karfiol! Komisch, nicht?«

»Nee, das find ich gar nicht komisch!«

Jetzt brach es aus Bruno los:

»Wenn alle deutsch sprächen, brauchten wir den ganzen Quatsch nicht – mit dem Latein bei Gorgo, und das Französisch, wo sie alles falsch aussprechen. Wenn ich mal was zu sagen haben, befehle ich, daß alle deutsch sprechen müssen ...«

»Auch die Neger?« fragte ich.

»Die auch! Bei Karl May reden ja auch die Indianer deutsch, und das geht prima.«

»Man müßte es vielleicht dem Kaiser sagen!« meinte Andreas.

»Der könnte es«, gab Bruno gönnerhaft zu. »Die andern haben ja keinen Kaiser. Die sind überhaupt alle schlapp. So wie du beim Turnen.« Der schaufelnde Andreas sah schuldbewußt unter sich. Beim Turnen war er wirklich kein Held. Am Reck hing er immer wie ein feuchter Lappen.

Inzwischen füllten sich unsere Säckchen, und, nebeneinander gestellt, sahen sie aus wie der Goldschatz des Ali Baba.

»Brav, Jungens«, sagte der Herr Inspektor, der unterdessen nach seinem Gas gesehen hatte. »Nun könnt ihr das Zeug gleich rüberschaffen zum Ballon.«

Das war ein Auftrag! Beladen mit unsern Säckchen durften wir, an allen Klassenkameraden und an den Mädels vom Töchterstift vorbei, die Absperrung um die »Altenburg« passieren und bis dicht an den Ballonkorb herangehen. Der Feuerwehrmann, der hier Wache hielt, war der Seifensiedermeister Zippel, ein weitläufiger Onkel von Bruno Tiches. Der ließ es sogar zu, daß Bruno an dem etwas verwitterten, graubraunen Korb hochkletterte und von oben hineinguckte.

»Mensch!« rief er staunend aus.

»Was ist denn drin?« fragte ich.

»Instrumente – so Uhrenkram! – und Decken«, fügte er nach einer Atempause hinzu. »Ein ganzer Stapel Decken!«

In diesem Augenblick mußte Bruno schleunigst wieder herunterklettern, denn ich sah Herrn Rockezoll über die Wiese kommen und warnte den Klassenkameraden.

»Heil!« sagte Herr Rockezoll, als er zu uns trat.

Er hatte eine komisch hohe Stimme, ähnlich wie Tante Remmy, und der Feuerwehrmann Zippel nahm Haltung an.

»Na, Jungens!« – beim »s« lispelte Ballonführer Rockezoll – »da möchtet ihr wohl mitfliegen?«

Andreas sah wieder einmal unter sich. Klar, der war ja feige! Aber Bruno schmetterte in unser aller Namen:

»Jawohl, Herr Kapitän. Vielleicht könnten wir morgen den Kaiser von oben sehen …«

Der Mann mit dem Prinz-Heinrich-Bart schüttelte betrübt den Kopf: »Das Glück werden wir leider nicht haben.«

Er hob wieder den angefeuchteten Finger: »Südsüdost! Die Aeronautik ist eben von den thermischen Verhältnissen abhängig.«

Andreas sah aus, als ob er vor Ergriffenheit weinen wollte. Aber der vorlaute Tiches sagte:

»Da müssen Sie sich eben einen Motor reinbauen!«

Das hätte er nicht sagen sollen. Herrn Rockezolls Züge umzogen sich schmerzlich:

»Jungens!« rief er bekümmert, »ihr seid unsere deutsche Zukunft. Redet nicht dieses amerikanische Geschwätz vom Motorenzeitalter nach. Das fällt ja doch alles runter.«

Wir nickten beflissen, um den tapferen Ballonführer wieder zu trösten, und ich erzählte ihm auch gleich, daß voriges Jahr ein Aeroplan über unsere Stadt gekommen sei, der schon immer so komisch gewackelt habe, bis er auf einem Kartoffelacker bei Dornhofen habe notlanden müssen. Dabei seien ihm die Räder zerbrochen und die Tragfläche abgeknickt, und wir Jungens hätten uns heimlich Leinwandfetzen als Andenken herausgerissen.

»Na, seht ihr«, triumphierte Herr Rockezoll. »Das Zeug taugt eben nichts. Und unsere deutschen Kartoffeln sollten uns für solche fremdländischen Experimente zu schade sein!«

Nach diesen Worten kletterte er, von uns allen sehr bewundert, in die Gondel, und Feuerwehrmann Zippel jagte uns fort, als ob wir Spione seien, die landesverräterisch auskundschaften wollten, was der lispelnde Herr mit seinen Decken und Instrumenten triebe.

Andreas ging in seine Gasanstalt zurück, und wir beiden andern streunten noch den ganzen Nachmittag durch die Stadt, die sich schon festlich zu verwandeln begann. Überall wurden Fahnen in allen möglichen Farben herausgesteckt: die schwarzweißroten des Reiches, und schwarzgelbgrünen des Landes und die gelbblauen Stadtfarben. Auf dem Rathaus wehten sogar Flaggen, die wir noch nie gesehen hatten: eine schwarzgelbe und eine mit den Farben Weiß-Blau-Rot.

»Das sind die Fahnen unserer Verbündeten von 1813«, sagte ich zu Bruno, und er rümpfte wieder die Nase und antwortete: »Neben unserer ist das doch alles nichts Richtiges ...«

Dann sahen wir uns die geschmückten Schaufensterauslagen an. Beim Metzger Freudenreich stand ein Völkerschlachtdenkmal aus Schweineschmalz, das abends von innen rot zu beleuchten ging, in der Papierwarenhandlung Zechel war unser Großherzog aus Briefmarken geklebt, und im Fenster der Konditorei Müller waren alle Feldherrn von 1813 in Zuckerguß und Wachs porträtähnlich nachgebildet. Bloß dem Blücher war am Nachmittag von der unzeitgemäß warmen Oktobersonne der Schnurrbart abgeschmolzen und hatte sich zu einer Brezel verbogen. Von allen Geschäftsleuten hatte es sich nur der Kaufmann Böckel etwas zu leicht gemacht, indem er auf die ewig grauen Jägerhemden seiner Textilauslage zwei gekreuzte Tannenzweiglein gelegt hatte und dazu ein aus der Sonntagsbeilage des »Landboten« ausgeschnittenes Eisernes Kreuz.

»Der ist ja auch bei den Freisinnigen«, sagte Bruno Tiches naserümpfend.

Am Abend wurde es vollends herrlich. Die Stadt war illuminiert. In allen Fenstern standen kleine Kerzen, und unter Glockengeläut und Vorantritt der Stadtkapelle setzte sich ein Fackelzug in Bewegung, wie er sonst nur am Sedantag üblich war und an dem auch wir teilnehmen durften. An der Spitze schritt mit Schiffhut und Degen der korpulente Herr Bezirksdirektor, dann kamen die drei Herren von der evangelischen Geistlichkeit, denen – in einigem Abstand – der Kaplan der kleinen katholischen Kirchgemeinde folgte. Hinterher kamen die Reserveoffiziere, an der Spitze der alte Herr Finanzrat, ein Veteran von 1870, der es bis zum Oberstleutnant gebracht hatte. Am schneidigsten sah Herr Textilfabrikant Kienzel als Dragonerrittmeister aus, und ich bedauerte bloß, daß man ihn vom Pferd genommen hatte, weil er auf dem noch prächtiger gewirkt haben würde.

Dem Gemeinderat und dem Schützenverein folgte die Schuljugend. Die Kinder vom ersten bis vierten Schuljahr hatten Lampions, und wir Großen trugen Fackeln. Auch unsere Pauker sahen mit lohenden Pechfackeln grimmig wie altgermanische Recken aus. Nur Gorgo trug den Holzstock eines kindlichen Lampions mit dem Bild eines dicknasigen Viertelmondes in der Rechten, weil er sich vor den ungestümen Fackeln fürchtete.

Das alles zog nun unter Geschwätz, dröhnender Marschmusik und Lichtgeflacker zum frischbronzierten Denkmal der Germania auf dem Marktplatz, wo sich mit Bürgermeisterrede, Hymnensingen, Kaiserhoch und den Ohnmachtsanfällen einiger alter Damen das stadt- und landesübliche Festprogramm abspulte.

Aber diesmal geschah noch etwas Besonderes. Als wir gerade singend versichert hatten, daß wir den deutschen Rhein hüten wollten, und Gorgo mit behutsamen Lippen sein Lampionkerzlein ausgeblasen hatte, trat unser weißbärtiger Bürgermeister zum zweitenmal auf das girlandenumwundene Podium, um, wie der »Landbote« am nächsten Tage schrieb, »nochmals das Wort zu ergreifen«. Ich erinnere mich genau an das, was er sagte.

»Meine lieben Mitbürger«, sagte er, und seine Stimme schwankte ein wenig, »soeben teilt mir Herr Ballonführer Rockezoll mit, daß der Wind vor einer halben Stunde von Südsüdost auf Südsüdwest umgeschlagen ist. Sie wissen, was es bedeutet, wenn diese erfreuliche Entwicklung sich noch bis Westsüdwest fortsetzen sollte.«

Wir alle wußten es. Westsüdwest hieß Richtung Denkmal – hieß Richtung Kaiser. Die Bewegung war allgemein. Rittmeister Kienzel, der morgen zur kühnen Besatzung des Luftballons gehören sollte, klirrte mit den Sporen. Herr Rockezoll schüttelte dem Gasinspektor die Hand. Dieser lüftete seinen Zylinder und sah den Ballonführer mit einem feierlichen Blick in die Augen, als gelobe er, heute nacht noch besseres Gas zu machen. In der erhebenden Stimmung geschah es sogar, daß der etwas kurzsichtige jüngste Geistliche unserer Stadtpfarrkirche sich vom katholischen Kaplan verabschiedete.

Alles in allem war dies der zweitgrößte Tag dieses Jahrhun-

derts in der Geschichte unserer kleinen Stadt. Der größte sollte
der nächste sein, der 18. Oktober.

Bruno Tiches knuffte mich in die Seite und sagte: »Ihr werdet
euch morgen wundern.«

Die Silberkugel

Bruno war schon vor mir auf der Wiese neben dem Gaswerk.
Der Morgen des 18. Oktober 1913 war über alle Begriffe schön
und spätsommerlich warm, so daß man geneigt war, noch jetzt
den alliierten Fürsten und Feldherren für die kluge Voraussicht
zu danken, mit der sie ihren Armeen gerade an diesem Tage zu
siegen und zu sterben befohlen hatten. Mit dem Sterben sah es
nach hundert Jahren ohnedies nicht mehr so schlimm aus; denn
auch ohne Völkerschlacht wären ihre Teilnehmer inzwischen
längst tot gewesen. Und so hatten wenigstens ihre Urenkel etwas davon ...

»Wenn der olle Reichstag ihm nicht immer dazwischen-
quatschte«, sagte mein Klassenkamerad Tiches, »könnte unser
Kaiser auch mal 'ne ordentliche Völkerschlacht machen, und
dann hätten sie in hundert Jahren wieder was zu feiern.«

Ich stimmte Bruno zu, aber mir war doch ein bißchen beklommen zumute, denn wenn es in den nächsten Jahren los-
ginge, müßte ich womöglich mit »zu den Fahnen eilen«, wie es
in den Kriegsbüchern hieß. Und das Eilen war nun einmal nicht
meine starke Seite. Außerdem dachte ich an meine schlechten
Erfahrungen im Hippodrom und an die grauen Soldaten beim
letzten Manöver.

Von einem dicken Rohr gespeist, begann die silbergraue Gas-
blase, genannt »Altenburg«, sich mehr und mehr zu füllen.
Oben spannte sich schon das Tauwerk auf ihrem gewölbten
Leib, und sie torkelte ein bißchen hin und her. Die gesamte
Städtische Feuerwehr war ausgerückt, um den Ballon vor der
ständig wachsenden Zuschauermenge zu schützen. Das Ganze

wuchs sich zu einem richtigen Volksfest aus. Bauern kamen auf geschmückten Leiterwagen. Fliegende Händler verkauften bunte Ansichtskarten mit dem Bild des Völkerschlachtdenkmals, über dem in rosa Wolken das Porträt des Kaisers schwebte, sowie Eiserne Kreuze aus Pappe und Quietschschweinchen ohne nationale Motive. Unser Fleischermeister Bürzel hatte am Rande der Wiese einen Holzkohlenrost aufgebaut, auf dem er Bratwürste briet. Senkrecht stieg der fettig duftende Rauch zum Himmel auf.

Um zehn Uhr fünfzehn kam Herr Ballonführer Rockezoll aus dem Festgottesdienst, in dem er nochmals um guten Wind gebetet haben mochte. Er schrie auf, als er Herrn Bürzels Bratrost sah und gab, mit noch höherer Stimme als sonst, zwei Feuerwehrmännern den Befehl, das Holzkohlenfeuer auf der Stelle zu löschen. Ein fliegender Funke hätte, seiner Meinung nach, den Luftballon und das Völkerschlachtfest in einer Katastrophe enden lassen können. Der kurzbeinige Fleischermeister Bürzel zog beleidigt ab und rief, er täte etwas auf die »Altenburg«, was er schon wegen der Größe des Ballons nicht hätte tun können.

Wir beiden durften wieder, als Bevorrechtete, neben Herrn Rockezoll, dem Gasinspektor und dessen Sohn Andreas, unmittelbar vor dem Ballon stehen. Später kam auch der Feuerwehrhauptmann, Zimmermeister Fielitz, dazu, und der Ballonführer, der jetzt eine dicke Lederjacke anhatte, auf der ein Trillerpfeifchen schaukelte, besprach mit dem Hauptmann die verschiedenen Signale beim bevorstehenden Aufstieg.

Um elf Uhr war es soweit. Die Silberkugel strammte in ihrem Netzwerk, man hörte ein leises Zischen strömenden Gases, dann trillerte Herr Rockezoll zum erstenmal und rief durch eine Blechtute, die er aus dem Ballonkorb holte:

»Gas weg!«

Er hätte es dem Herrn Gasinspektor ebensogut leise sagen können, aber so wirkte es besser. Das dicke Rohr wurde zurückgezogen und abgedichtet.

Inzwischen traf auch die Ballonbesatzung ein. Herr Textilfabrikant Kienzel trug ein eindrucksvolles Sportzivil: lackglänzende Reitstiefel, weitausladende englische Breeches und ein pelzgefüttertes Jackett, das ihm den Schweiß aus allen Poren trieb. Frau Kienzel hatte verweinte Augen, und der einzige Sohn, der mit Bruno wegen Evelyna Meisegeier gewettet hatte, grinste aus Verlegenheit oder Schadenfreude. Außer Kienzel erschienen als weitere Passagiere noch ein großer, finster blickender Herr – ein Berliner Bankier, wie man hörte – und ein ängstlich dreinschauender kleiner Mann, der mit zitternden Fingern unentwegt auf einen Notizblock schrieb. Er wurde von Herrn Rockezoll als Pressevertreter aus der Landeshauptstadt vorgestellt.

Nun wurde es aufregend. Herr Rockezoll trillerte wieder. Daraufhin gab der Hornist der Feuerwehr das Signal »Wasser marsch!«, das zwar nicht ganz hierher paßte, aber die Tausende von Zuschauern in der Runde zu ehrfürchtigem Verstummen brachte. Mit seiner hohen Tante-Remmy-Stimme verkündete der Ballonführer durch seine Blechtute, es würden jetzt noch einige »Probestiege« für geladene Gäste unternommen. Daraufhin sah man, wie verschiedene der städtischen Honoratioren unauffällig Anschluß nach hinten suchten.

Immerhin gelang es, den dicken Herrn Bezirksdirektor und den zweiten Schriftführer des Gemeinderats über die Strickleiter in die »Altenburg« zu verfrachten, zu denen sich noch der Herr Finanzrat gesellte, der im Siebziger-Krieg wegen Tapferkeit vor dem Feinde das Eiserne Kreuz empfangen hatte. Da der Herr Gasinspektor behauptete, auf Erden dienstlich unabkömmlich zu sein, bestieg stellvertretend seine hübsche, schwarzhaarige Frau den Gondelkorb, was in der Menge allenthalben Bewunderung auslöste.

»Guck mal, der Andreas heult!« sagte ich zu Bruno – aber da sah ich, daß Bruno gar nicht mehr neben mir stand und auch in weiter Entfernung nicht zu erblicken war.

Nun tutete wieder Tante Remmy: »Leinen los!«

Der Feuerwehrmann signalisierte: »Wasser halt!«, und ein vorwitziger Trompeter der Stadtkapelle blies die ersten Takte von »Muß i denn!«, bis ihn der strafende Blick des Stadtmusikdirektors zum Schweigen brachte.

Gefüllt mit städtischem Koch- und Leuchtgas, der Kubikmeter zu dreizehn Pfennig, stieg das Wunderwerk menschlichen Erfindergeistes zum erstenmal an diesem Tage in die Lüfte, von starken Männerarmen, zu denen sich auch die wenig überzeugende Muskelkraft des Knaben Andreas gesellte, sorglich an festen Tauen gehalten. Er stieg bis über die Spitzen des großen Gasometers, dessen Glocke leergepumpt war, und wurde sodann auf ein Trillersignal von Herrn Rockezoll zur Erde zurückgeholt. Die aufatmend wieder den Korb verließen, wurden vom Volk mit reichem Applaus bedacht.

Noch zweimal wiederholte sich das heitere Spiel, und als beim drittenmal die dicke Frau Fielitz mit nach oben schwebte, sagte der Feuerwehrhauptmann unter dem Gelächter der Umstehenden:

»Nu kann ich wenigstens meinen Drachen mal steigen lassen.«

Um elf Uhr dreißig wurde es Ernst. Herr Rockezoll hatte sich ein eindrucksvolles neues Kommando ersonnen: »Feld frei!«, woraufhin auch die Honoratioren und Ehrengäste von der Gondel zurücktreten mußten. Der schwarze Bankier stieg asthmatisch keuchend über das Strickleiterchen. Wie ein behendes Äffchen folgte ihm der hauptstädtische Journalist, und mit reiterlicher Eleganz bildete Rittmeister der Reserve Textilfabrikant Kienzel den Abschluß. Man hörte förmlich seine unsichtbaren Sporen klirren. In die atemlose Stille bis zum nächsten Kommando vernahm man Frau Kienzels herzzerbrechendes Schluchzen.

»Kappt Leinen!«

Bei diesem Kommando überschlug sich die Stimme Herrn Rockezolls derart kläglich, daß kleinere Lohnempfänger und asoziale Elemente der Stadt – sicher waren die Meisegeiers darunter – schallend zu lachen begannen. Zum Glück wurde dieses würdelose Gelächter vom »Muß i denn, muß i denn«, der Stadtkapelle zugedeckt.

Taschentücher wehten, die Musikinstrumente blitzten, Tausende von Köpfen wendeten sich in Rasierstellung nach oben.

Dort schwebte jetzt die große silberne Kugel im herrlichen Oktoberblau. Zwei schwarzweißrote Fähnchen oberhalb ihrer Gondel knatterten im Fahrtwind – es war ein erhebender Anblick. Und so tat unser Stadtmusikdirektor das Taktvollste, was überhaupt geschehen konnte: Er ließ die Kaiserhymne anstimmen. Mit steil nach oben gereckten Köpfen sangen wir alle mit – es war gar nicht so einfach. Inzwischen geriet der Ballon in eine leise Drift, die aber unbegreiflicherweise von Norden her kam. Doch wehte dieser unfühlbare Lufthauch wohl nur einige Sekunden lang; denn unmittelbar über uns Singenden stand die »Altenburg« still, so daß wir genau den Korbboden von unten besichtigen konnten. Und da geschah das Ärgerliche. Wir schickten uns gerade an zu singen:

>»Nicht Roß, nicht Reisige
>Sichern die steile Höh,
>Wo Fürsten stehn«,

da fiel ein Sandregen in unsere geöffneten Münder. Wir spuckten keuchend und prustend Roß und Reisige und eine Menge trockenen, kratzenden Sandes aus – denselben, den ich gestern erst mit Andreas und Bruno in die Säckchen gefüllt hatte. Ein Gaswerksarbeiter, der immer bei der Maidemonstration mitmachte, nannte es eine Schweinerei.

Die Silberkugel aber stieg und stieg – senkrecht, immer höher empor, von keinem wie immer wehenden Winde getrieben. Zuletzt war sie lerchenklein, und man hätte sich nicht gewundert, wenn jetzt die »Altenburg« süße Vogeltriller entsandt hätte.

Wir Erdgeborenen unten begannen uns aufzulösen. Festzylinder mit hellem Seidenfutter wurden gegeneinander geschwenkt, Mägen knurrten, die Feuerwehrmänner sammelten sich. Der Gasinspektor empfing einen Händedruck vom Bürgermeister und die Zusicherung des Direktortitels für den nächsten nationalen Feiertag.

Vom Himmel schwebte etwas nieder. Viele Kinderhände griffen danach. Es war ein durchfettetes Butterbrotpapier – der letzte Gruß todesmutiger Männer.

Vom späten Nachmittag an senkte sich die bleierne Stille gespannter Erwartung auf unsere kleine Stadt. Wo mochte unser Ballon gelandet sein? In der Redaktion vom »Landboten« schrillte oft das Telefon – aber dort wußten sie selber nichts. Die törichsten Gerüchte gingen um. Die »Altenburg« sei kerzengerade immer höher gestiegen, bis sie am Rande der Luftzone explodiert sei, tuschelten alte Damen beiderlei Geschlechts. Aber dann hätte ja schließlich etwas von den Instrumenten oder von den vier Herren herunterfallen müssen ...

Gegen acht Uhr abends klingelte es an unserer Wohnungstür.

»Vielleicht eine Nachricht vom Ballon«, sagte hoffnungsvoll Onkel Bense, der bei uns Abendbrot aß, weil er es vor Aufregung daheim nicht aushielt.

Draußen stand der Städtische Trichinenbeschauer Tiches, Brunos Vater. Er war sehr aufgeregt und fragte mich, ob ich etwas von seinem Sohn wüßte. Der sei seit heute vormittag verschwunden.

Da fiel mir ein, daß Bruno gestern abend auf dem Marktplatz geheimnisvoll verkündet hatte, wir würden uns wundern. Ich sagte es Herrn Tiches.

»Na, der soll sich auch wundern!« antwortete der Trichinenbeschauer drohend.

Blinder Passagier

Für den geplanten Tatsachenbericht über Bruno Tiches' Leben werde ich wohl als erstes seine Aufzeichnungen über den Luftballonflug im Wortlaut auswählen – wobei ich allerdings immer betonen muß, daß ich spätere Retuschen und Überarbeitungen für möglich halte, ja, in einzelnen Fällen sogar nachweisen kann. Auch möchte ich die Notizen weitgehend der gebräuchlichen Orthographie anpassen.

Es heißt da unter dem Datum des 18. Oktober folgendermaßen:

»Ich hielt mich unter meinen Decken erst ganz stille. Da konnte ich auch hören, was die andern sagten. Sie waren alle ein bißchen ängstlich, weil wir immerzu stiegen. Herr Kienzel meinte, wir hätten vielleicht ein bißchen zuwenig Ballast an Bord, und der Kleine von der Zeitung jammerte, daß er nichts schreiben könne über das festliche Deutschland, weil wir zu hoch drüber waren, und da könnte man nicht mehr sehen, ob es festlich sei. Ich wollte aber trotzdem was sehen und dachte auch, rausschmeißen können sie mich nicht mehr, wo wir so hoch sind, und hab mich rausgewickelt aus dem Deckenkram.

Das gab eine Aufregung! Herr Rockezoll trillerte auf seinem Pfeifchen und schrie: ›Blinder Passagier! Gehen Sie von Bord!‹

›Gehen ist gut‹, sagte ich, ›machen Sie mir das erst mal vor.‹

Da prustete der große schwarze Mann aus Berlin furchtbar komisch durch die Nase. Am meisten regte sich Herr Kienzel auf und meinte, nun habe der Ballon Überbelastung, und wir würden gleich runtersausen, oder der Korb könne abreißen. Da sagte wieder der Herr aus Berlin, der Korb sei schließlich genauso schwer, ob ich nun unter den Decken läge oder drüber.

Am wenigsten konnte sich Herr Rockezoll beruhigen. Er redete immerzu von Kostenausfall und Gasmehrverbrauch und statischer Gewichtsverlagerung, bis der Berliner Herr sagte, er werde in Gottes Namen die Kosten für mich übernehmen und auch für die Hotelkosten in unserem Landungsort und für meine Rückreise aufkommen. Damit hoffe er, daß sowohl der Ballon wie Herr Rockezoll selbst statisch wieder ins Gleichgewicht kämen. Da gab der Ballonführer endlich Ruhe, aber er hat auf dem ganzen Flug kein Wort mehr mit mir geredet. Dafür fragte mich der kleine Pressefritze um so mehr aus, weil er einen Extrabericht über den blinden Passagier schreiben wollte. Und da hat sich wieder Herr Kienzel sehr unanständig benommen, obwohl er doch Reserveoffizier ist. Er quatschte dazwischen, daß ich der Klassenletzte bin. Da sagte ich, sein Junge sei auch kein Kirchenlicht und säße bloß zwei Plätze über mir, und er habe sogar eine Wette gegen mich verloren. Von da an redete auch Herr Kienzel kein Wort mehr mit mir.

Mir war das Wurscht. Ich guckte über den Korbrand runter, und da war die Welt ganz klein und ganz still. Bloß ein leises Sausen war zu hören. Das war die Luft in den Ballonleinen. Und wenn in einem Dorf Hunde gebellt haben, hat man es auch gehört. Ich hab gesagt, wenn einmal welche von einem andern Stern auf der Erde landen, werden sie zuerst bloß Hunde hören, und sie werden denken, die Menschen bellen. Das hat sich der von der Zeitung gleich aufgeschrieben. Und dann hab ich noch gesagt, wäre doch fein, wenn in den Säcken außen am Korb nicht bloß Sand wäre, sondern Pulver oder Dynamit, und das könnte man dann auf die Städte runterschmeißen.

Da quakte wieder der alte Kienzel los und sagte, das sei ja bezeichnend für mich, daß ich auch noch meine Landsleute ausrotten wolle. Und da sagte ich, das würde ich natürlich nur über unseren Feinden tun. Weiter hab ich aber nichts dazu gesagt, weil Herr Kienzel doch nichts für mich bezahlt hätte.

Plötzlich krähte Herr Rockezoll: ›Konstante Drift Westsüdwest. Wahrscheinlich Kurs Leipzig!‹

Das gab nun eine mächtige Aufregung in der Gondel. Sie beglückwünschten Herrn Rockezoll, als ob er den richtigen Wind gemacht hätte, und Herr Kienzel lobte das kommunale Gas unserer Heimatstadt. Ich dachte bloß: Jetzt sollten dich mal die Schlappschwänze aus deiner Klasse, der ... und der ...[1] sehen!

Auf einmal kamen Wolken. Es drückte den Ballon runter, und da hatten wir das Glück, die Häuser von der großen Stadt ganz nah zu sehen. Und weil ich die besten Augen von allen hatte, sah ich als erster das Völkerschlachtdenkmal, wo sie gerade noch am Einweihen waren. Und wie ich schrie: ›Das Völkerschlachtdenkmal!‹ kriegte es Herr Rockezoll auf einmal mit der Rührung. Er vergaß, daß er böse mit mir war, und fiel mir um den Hals. Ich hab sogar ein paar Tränen in seinem Prinz-Heinrich-Bart gesehen.

Die Begeisterung war so groß, daß alle miteinander gut wurden, und Herr Kienzel sagte ganz feierlich, wie in einer von sei-

[1] Mit Rücksicht auf noch lebende Personen lasse ich die Namen weg.

nen Kriegervereinsreden, so wie hier auf engem Raume müßten alle Deutschen, ohne Rücksicht auf Alter und Religion, einig zusammenstehen, um allen Stürmen und feindlichen Elementen zu trotzen. Eigentlich hatten wir gar keinen Sturm gehabt, bloß das bißchen Westsüdwestbrise, und bisher waren sie ja auch alle miteinander böse gewesen.

Jetzt drückte es uns noch mehr, und wir kamen ganz nahe auf das Denkmal runter. Man hörte Musik, aber immer nur das ›Wumba-Wumba‹ von den Posaunen und das ›Bum-Bum‹ der großen Pauken. Und man sah viele weiße Frauenkleider und schwarze Männeranzüge, und dazwischen war es ganz bunt von Uniformen. An einer Stelle blitzte und funkelte es ganz toll, und da schrie ich wieder: ›Dort steht der Kaiser!‹, und Herr Kienzel sagte: ›Wahrhaftig: Majestät!‹ und legte die Hand an den Helm. Aber er hatte keinen auf.

Unten merkten sie nun auch, daß wir kamen, und auf einmal guckten alle nach oben und winkten mit Taschentüchern. Und wie wir sahen, daß auch der Kaiser und die Fürsten raufguckten, wurden wir schrecklich stolz, und Herr Rockezoll wischte sich wieder heimlich Tränen aus dem Bart. Der Zeitungsonkel aber mußte so fix schreiben, daß er überhaupt nicht mehr runtergucken konnte.

Weil es von oben immer stärker drückte und auch schwarze Wolken kamen, fragte Herr Rockezoll, ob wir nicht an dieser erhabenen Stätte landen sollten. Da war nämlich in der Gegend vom Denkmal noch ein leerer Platz ohne Häuser. Und wieder waren sie alle begeistert, bis auf den Berliner, der noch weiter nach Osten fliegen wollte. Aber auf den hörte keiner. Und darum trillerte Herr Rockezoll wieder auf seinem Pfeifchen, rief ›Klar zur Landung!‹, und als wir ein bißchen vom Denkmal weg waren, zog er die Reißleine. Das gab ein Zischen! Und jetzt kriegten wir alle Angst, weil wir dachten, wir kommen in eine Starkstromleitung oder vergiften uns an dem Gas, was aus der ›Altenburg‹ rausgeht. Aber es ist nichts passiert. Bloß den Zeitungsfritzen hat es mit der Stirn auf die Gondel aufgehauen, weil er vor lauter Schreiben nicht aufgepaßt hat.

Wir sind in einem Rübenfeld gelandet ...«

(Die folgenden Aufzeichnungen über die Landung der »Altenburg«, die Bergung der Ballonhülle usw. möchte ich als weniger interessant weglassen. Wahrscheinlich werde ich erst dort wieder wörtlich zitieren, wo der junge Bruno Tiches dem Kaiser begegnet.)

»Da stand ich nun an der großen Straße, wo sie alle vorbei mußten. Fahnen in allen Farben knatterten, weil es jetzt ganz hübsch windig wurde, und es roch überall nach Tannengrün. Ich hab mich ganz nach vorn geboxt und hab die Alten schimpfen lassen. Und dann kam ein Geschrei – wie in Wellen kam es näher –, und alles schrie ›Hoch!‹ und ›Hurra!‹, und eine Militärkapelle stimmte an ›Heil dir im Siegerkranz‹. Neben mir stand eine Frau mit einem großen Hut und einem rosa Schleier, die schluchzte und sang auf englisch ›God save the King‹, was wir auch im Englischunterricht gelernt haben. Eine Frau aus Leipzig hat es ihr verbieten wollen, aber ein alter Herr hat gesagt, man soll sie nur lassen, denn schließlich ist unser Kaiser mit dem englischen König verwandt, und wenn die Fürsten zusammenhalten, gibt es keinen Krieg. Da hab ich gedacht: Das wär aber schade!

Wie der Kaiser ran war in seiner Kutsche, hab ich so furchtbar ›Hurra‹ gebrüllt und mit allen Händen gewunken, daß es Majestät gemerkt hat und mich fest angesehen hat. Mit ganz stahlblauen Augen, wie es immer in den Büchern steht. In dem Augenblick habe ich ihm auf ewig Treue geschworen[1]. Es sind nachher auch noch andere Fürsten gekommen, wo man aber bloß hat winken müssen und nicht mehr brüllen, und es hat sie auch keiner angesungen.

Schön ist es erst wieder geworden, wie die Studentenverbindungen in ihren Kutschen vorbeigefahren sind. Die hatten alle prächtige Fahnen, kleine Mützchen und Bänder und lange Stiefel und saßen ganz stolz und steif und haben mir so gefallen,

---

1 Dieser letzte Satz ist von Tiches später überklebt worden, doch konnte ich den Papierstreifen ablösen.

daß ich geschworen habe, ich werde auch einer[1]. Dann kann man immer gleich hinter dem Kaiser fahren, wenn was mit einer Völkerschlacht los ist.« Das waren die Stellen aus den hier sehr umfangreichen Aufzeichnungen, die mir für wörtliche Zitate am geeignetsten erscheinen. Bruno Tiches hat dann auch noch das Leben in der Stadt geschildert und wie es am Abend auf den Straßen, in den Hotels und den Gasthäusern zugegangen ist. Ein Gespräch mit dem Hausdiener seines Gasthofs, in dem recht eindeutige Äußerungen über gewisse zu den Feierlichkeiten zugereiste Damen gefallen sind, muß mit Rücksicht auf ein breiteres Leserpublikum von vornherein entfallen, obwohl es für Brunos Frühreife bezeichnend ist.

Die Mädchen im Park

Ein Jahr später lebten wir im Krieg, wie Bruno Tiches es sich gewünscht hatte. Aber er und manche seinesgleichen – Minderjährige auch unter den Erwachsenen – kamen zunächst wenig auf ihre Kosten, da unsere kleine Stadt allzuweit entfernt lag von Kriegsgeschrei, eindrucksvollen Kanonaden und geröteten Himmeln, wie man solches aus den sehr realistisch dargestellten Kriegspanoramen großer Städte kannte, wo man als Jugendliche für zehn Pfennig (Erwachsene zahlten zwanzig) die Schlacht von Sedan einschließlich aller beteiligter Kaiser und Feldherren zu sehen bekam.

Zunächst hatten wir nur die Genugtuung schulfreier Tage, da einige unserer jüngeren Lehrer zu den Waffen gerufen wurden und die älteren im Schmucke weißer Armbinden mit vorsintflutlichen Vogelbüchsen auf Autos lauerten, die mit Milliardenbeträgen an Gold aus Frankreich, quer durch Deutschland, nach Rußland unterwegs sein sollten. Diese Autoposten verursachten die ersten unschuldigen Kriegsopfer.

1 Dieser Satz wurde nicht überklebt.

Mein Vater und der von Bruno Tiches wurden für »unab-kömmlich« erklärt und blieben daheim. Herr Dragonerrittmeister Kienzel wurde schon am zweiten Mobilmachungstag einberufen. Er kam in ein Textilverwertungsamt in Berlin, wo man ihm eine andere Uniform gab, weil seine Sporen das gute Parkett zerkratzten.

In den ersten Kriegswochen liefen wir Jungens immer wieder zum Bahnhof, wo lange Transportzüge durchfuhren. Alle Soldaten waren jetzt grau. Nur die Pferde, die mit an die Front mußten, waren braun, schwarz oder weiß wie früher. Sie taten mir leid, weil sie ja nun als einzige keine Schutzfarbe hatten und so die Kugeln und Granaten auf sich ziehen würden. Die Waggonwände der Truppentransportzüge waren von oben bis unten mit Verschen bemalt, die wir uns abschrieben. »Jeder Schuß ein Ruß / Jeder Stoß ein Franzos' / Jeder Tritt ein Brit'«, stand da zum Beispiel oder auch in ganz ungereimter Vermessenheit: »Kriegserklärungen werden noch angenommen.«

Wenn die Züge hielten, kletterte Tiches in die Viehwaggons zu den Soldaten hinein, und dann brachte er meistens dickleibige Wurstbrote mit, Pulswärmer oder Wollsocken, die ihm die Soldaten geschenkt hatten, weil sie nicht mehr wußten, wohin mit der Überfülle an Liebesgaben.

Einmal sahen wir unseren Klassenkameraden Tiches, wie er auf einem Abstellgleis Leerwaggons mit patriotischen Sprüchen und selbsterfundenen kriegerischen Verschen beschmierte.

Ich hatte zu jener Zeit eine besondere Vorliebe für den Herbst. In der klaren Luft sah man dann hinter dem heimatlichen Flußtal die Berge des Thüringer Waldes auftauchen, die den Sommer über im Dunst verschwunden blieben. Auch war die Luft voll wunderbarer Aromen und herber Düfte. Es roch nach Äpfeln und gilbendem Laub, und von den Feldern wehte der scharf beizende Geruch der Kartoffelfeuer.

In Tante Remmys Garten, darin Astern und Malven in bunter Fülle blühten, waren diese Düfte des scheidenden Jahres besonders intensiv, weil er an den großen Park des Schlosses grenzte, in dem es einen freundlich hellen Obstgarten und einen dunklen, etwas verwilderten Waldteil mit uralten Buchen und Ahornbäumen gab. An kühlen Reifmorgen waren die Wiesen darin mit edlen Äpfeln besät, die niemand aufhob. Denn in dem Schloß wohnte nur eine uralte, blinde Prinzessin mit einem fast ebenso alten Diener, die sich um den sanft mordernden Verfall ihres Anwesens nicht kümmerten. Ich lag gern in Tante Remmys wohlgeordneter Gartenwelt und schrieb Verse vom Werden und Vergehen.

Eines Morgens in diesem Herbst 1914 hörte ich von drüben helle, klingende Stimmen eine fremde Sprache sprechen, die wir in der Schule nicht gelernt hatten. Ich lief an den Zaun zwischen den beiden Anwesen und sah zwei ungewöhnlich schöne Mädchen von fremdartigem Reiz: eine mit ganz weißer Haut, großen, graublauen Augen und bis auf die Schultern niederfallendem hellblondem Haar, und die andere mit fast knabenhaft kurzen, gekräuselten schwarzen Locken um ein sonnengebräuntes Gesicht. Dieses Mädchen – sie mußte ebenso wie die andere in meinem Alter sein – hatte schwarze, lebhafte Augen und eine tiefe Altstimme. Aber vielleicht war die Blonde noch schöner. Es überlief einen richtig, wenn man in ihre Augen sah.

Als die märchenhaften Geschöpfe mich erblickten, kamen sie an den Zaun.

»Was machst du da?« fragte die Schwarze mit einem harten, fremden Akzent.

»Ich schreibe«, sagte ich verlegen.

»Gib es mir!«

»Ich denke gar nicht daran!«

Das schien mir doch merkwürdig, daß ich mich so einfach herumkommandieren lassen sollte – noch dazu von einem Mädchen. Schließlich hatte Tante Remmy auch einen adligen Mann gehabt – einen Herrn von Schultze – und wohnte deshalb im Kavaliershäuschen.

»Wenn ich dich bitte, auch nicht?« fragte nun die Schwarze weiter, wobei sie ihre Lippen ein bißchen spöttisch schürzte.

Aber sie sagte es immerhin so reizend, daß ich nicht anders konnte, als ihr meine Verse hinüberzureichen.

Das schwarze Mädchen sah auf das Blatt, runzelte die Stirn und sagte: »Oh, Puschkin«, dann gab sie es der Blonden.

Bisher hatte die zweite noch kein Wort gesprochen. Jetzt las sie die Verse halblaut, mit einer sehr hübschen, seelenvollen Betonung. Dann blickte sie zu mir auf.

»Haben Sie das allein gemacht?«

Sie sagte wenigstens »Sie« zu mir. Trotzdem trumpfte ich auf: »Na klar!«

»Können Sie das immer?«

»Sooft Sie wollen …«

Jetzt mischte sich wieder die Schwarze ein:

»Dann bring uns jeden Tag ein neues Gedicht an den Zaun!«

Das war mir denn doch zuviel!

»Ich bin doch nicht Ihr Sklave, dem Sie so einfach befehlen können!« rief ich. »Wo sind Sie eigentlich her?«

»Aus Tiflis«, sagte die Schwarze, »und meine Kusine kommt aus Kurland.«

Von Kurland wußte ich gar nicht, wo es lag – wahrscheinlich hatte es was mit Badeorten zu tun –, aber mit Tiflis verband ich den Begriff von Kamelkarawanen mit klingenden Glöckchen und von Sklaven mit klirrenden Armreifen. Das machte mir doch ziemlichen Eindruck.

»Gut«, sagte ich, »ich bringe euch jeden Tag ein Gedicht. Um fünf, wie heute.«

»Danke«, sagte die Blonde mit den schönen Augen.

»Aber du mußt auch was mit Mädchen machen und mit Liebe. Nicht bloß mit gefärbten Blättern und Herbstwind.«

Ich hatte noch nie etwas mit Mädchen und Liebe gedichtet, und meine erste Flamme, die Ilse vom Amtsrichter, hatte so was auch nie verlangt. Aber ich wollte mich nicht blamieren und sagte, ich würde es tun.

»Puschkin der Zweite!« sagte die Schwarze lachend, ehe beide davonliefen.

Ich habe in diesem Herbst 1914 und im darauffolgenden Winter sehr viele Gedichte mit Mädchen und Liebe gemacht; denn je öfter ich die beiden sah, um so hoffnungsloser verliebte ich mich in alle zwei. Und seit ich von Tante Remmy erfahren hatte, daß die Schwarze eine richtige russische Prinzessin war und die Blonde eine baltische Baronesse, die mit ihren Familien vor dem Kriege aus Rußland geflohen waren, wurde meine Liebe verzweifelt hoffnungslos, weil ich sie aus Respekt nur auf poetischen Umwegen zu bekennen wagte. Da liebte dann in meinen Versen ein Sänger eine Königin – bei Uhland hatte ich etwas Entsprechendes schon vorgedichtet gefunden – oder ein Angler ein gekröntes blondes Meermädchen, wofür ich sowohl Goethe wie die Lorelei benutzen konnte.

Das Mädchen mit den wunderbaren Augen errötete jedesmal, wenn ich ihr ein solches Gedicht durch den Zaun steckte. Sie gab mir auch immer die Hand zum Dank und guckte mich mit den merkwürdigen Augen lange an. Die Schwarze lachte bloß und kräuselte dabei ihre feingebogene braune Nase.

Das Ganze wäre zunächst nur eine Episode wunderbaren Knabenglücks geblieben, wenn ich Wahnsinniger – und darum erzähle ich hier davon – nicht Bruno Tiches gegenüber mit meiner sentimentalen Liebe geprahlt hätte. Wir hatten an dem Tag gerade einen Sieg im Osten zu feiern und kriegten in den beiden letzten Stunden – Latein bei Gorgo und Turnen – schulfrei. Die großen Glocken läuteten, und überall an den Häusern blähten sich die Siegesfahnen im Frühlingswind. In dieser glücklichen Stimmung schwatzte ich mein Geheimnis von den Mädchen aus.

»Prima!« sagte Tiches, »die guck ich mir gleich mal an!«

Ich erschrak furchtbar und sagte, das ginge nicht und um diese Stunde seien sie auch nie im Park. Aber Bruno sagte, wenn ich nicht mitkäme, ging er eben allein. Da mußte ich ihn natürlich begleiten.

Die Mädchen waren doch im Park. Ja, ich sah sie jetzt so, wie ich sie selber noch nie gesehen hatte: In Badeanzügen lagen sie in der prallen Mittagssonne am Weiher – ganz braun die Prinzessin und ganz weiß die Baronesse. Sie lagen auf dem Bauch, schwatzten miteinander und erschienen mir wie zwei holde Fabelgeschöpfe.

»Los, rüber!« sagte Tiches und schickte sich an, über den Zaun zu klettern.

Ich erschrak tödlich und betonte noch einmal, die eine sei eine Prinzessin und die andere eine Baronesse.

»Na und?« fragte Tiches. »Mir ist Wurscht, welche was ist. Ich nehme mir auf jeden Fall die Schwarze.«

Obwohl meine inbrünstige Verehrung der zarten Baronesse galt und ich also von dem Klassenkameraden keine Rivalität zu befürchten gehabt hätte, beschwor ich ihn, von seinem Frevel abzulassen. Ich sah die schrecklichsten Folgen voraus – vielleicht sogar eine Gerichtsverhandlung für etwas Ähnliches wie Majestätsbeleidigung. Doch Bruno antwortete nur:

»Wetten, daß …?« und hielt seine Hand hin.

Aber seit der Sache mit Evelyna wettete keiner in der Klasse mehr mit ihm.

Und jetzt tat Bruno wirklich das Unbegreifliche: Mit zwei, drei Griffen und Tritten war er über den Zaun und lief drüben zu den Mädchen. Natürlich rannten beide weg – dem Waldteil des Besitzes zu, statt in Richtung auf das Schloß.

Bruno folgte ihnen.

Ich wartete, aber er kam nicht mehr zurück. Ein paarmal meinte ich noch, die braune Prinzessin aus Tiflis lachen zu hören.

Am Nachmittag um fünf stand ich mit einem neuen Gedicht am Zaun. Aber keins meiner beiden angebeteten Mädchenwesen kam. Sicher waren sie über meinen Verrat zu tief gekränkt. Ich sah sie bis zu ihrer Abreise im Sommer nur noch gelegentlich und ganz von fern …

Wenn ich jetzt in der Hinterlassenschaft des alten Tiches blättere, überkommt mich wieder der Zorn, weil ich bestimmt weiß, daß seine Tagebucheintragungen über dieses Erlebnis bloße Prahlerei sind. Die erste heißt:

»Am Tage der Durchbruchsschlacht von B. habe ich zwei nette Russenmädels kennengelernt. R.[1] hatte sich nicht range-

---

1 Der Name wieder mit Rücksicht auf eine lebende Person weggelassen.

traut, aber das war verkehrt, denn die beiden haben sich gräßlich gelangweilt. Wir haben uns ein paar Wochen lang gut amüsiert.«

Diese Episode werde ich bestimmt nicht veröffentlichen, da
die Leser von den Hauptbeteiligten, außer dem sich selbst rich-
tenden Tiches, völlig falsche Vorstellungen bekommen müßten.
Überhaupt erkenne ich immer mehr, daß das Veröffentlichen
von Memoiren eine höchst fragwürdige und – auch für den
Herausgeber – zweischneidige Angelegenheit sein kann.

Goldene Zeiten

Die Fahnen auf den Dachböden verstaubten und wurden faltig,
seit sie nicht mehr im Siegeswind flatterten. Die Glocken läuteten nur noch turnusmäßig zu Gottesdienst und Grabgesang,
und Pechfackeln wurden nicht mehr gebraucht, seit das Kriegs-
glück sich gewendet hatte. Die Ausmaße der Einberufungen
nahmen solche Formen an, daß Gorgo nunmehr auch Religion
und Chemie mitunterrichten mußte, was ihm schwerfiel, weil es
an gereimten Sprüchlein für Propheten und Schwefelsäurever-
bindungen fehlte. Der älteste Meisegeier kam als Kriegsfreiwil-
liger ins Feld, der zweitjüngste starb an der Grippe. Der dienst-
tuende Meisegeier verlangte für seinen Störungsdienst am Klas-
senfenster fünfzehn Pfennig Frontzuschlag.

Es ging auf den Kriegsabend zu, dem eine lange, dunkle
Nacht folgen sollte. Das ganze Leben wurde feldgrau. Sogar die
Lebensmittel wurden es, insonderheit die Kohlrübensuppen.
Aus unbegreiflichen Gründen gab es nicht genug Heu mehr für
die Pferde, und das mochte irgendwie mit den Kriegstabaken
und dem Trockengemüse zusammenhängen. Daher mußten wir
Schüler »Laubheu« sammeln. Mit großen, zerschlissenen Säk-
ken, die auch schon Mangelware wurden, zogen wir in den Bu-
chenhain vor der Stadt und zupften Blätter von den Zweigen
der Bäume, bis sie armselig winterkahl dastanden. Gorgo, der

jetzt unser Klassenlehrer war, tat aus pädagogischen Gründen mit. Er streifte sich die freischwebenden Manschetten, die Röllchen, von den Armen und hängte sie an einen entblätterten Ast. Dann zupfte er hier ein Blättchen, dort ein Blättchen und tat es in den Sack eines bevorzugten Schülers. Der »Borsche« Tiches ging bei ihm leer aus.

Dafür kam Bruno auf einen Dreh, dem tristen Kriegsabend noch einmal goldenen Glanz zu geben. Er las in den Zeitungen bewegliche Aufrufe, das Gold dem Vaterland zur Verfügung zu stellen – ein Appell, dem nur zögernd Folge geleistet wurde. Mein Vater trug zwar auch seine Uhrkette zur Sammelstelle und bekam dafür eine häßliche schwarze Kette mit der Aufschrift »Gold gab ich für Eisen«, aber sie hatten dort gar nicht bemerkt, daß die abgegebene Kette bloß vergoldet gewesen war. (Wahrscheinlich war auch das Eisen nicht echt.)

Eines Tages sagte Bruno zu mir:

»Das ist doch alles Quatsch mit den Aufrufen und so! Den Bauern muß man auf die Bude rücken. Die haben die Strümpfe noch voll mit goldenen Zehn- und Zwanzigmarkstücken. Wenn ich dafür schulfrei kriege, hol ich bei denen allerhand raus.«

Da bei Gorgo kein Verständnis für eine solche bildungsmindernde vaterländische Tat zu erwarten war, ging er einfach zum »Direx«. Das war ein munterer kleiner Herr mit einem Spitzbäuchlein, ein tüchtiger Altphilologe, erfüllt von einem ehernen antiken Patriotismus und durchaus bereit, als Leonidas seinen Schulhof und das untergehende Kaiserreich bis zum letzten Sextaner zu verteidigen.

»Wacker! Wacker!« rief der Direx, als Bruno ihm seinen Goldsammelplan unterbreitete, und versprach den Schülern, welche sich diesem vaterländischen Ehrendienst zu widmen gedachten, ausgiebige Befreiung vom Unterricht sowie für jeweils 480 in Goldstücken gesammelte Reichsmark eine wertvolle Buchprämie. (480 v. Chr. – Schlacht bei den Thermophylen.)

»Das Buch kann er sich an den Hut stecken!« sagte Bruno nachher zu mir.

Am ersten Sammeltag nahm mich Tiches mit. Da es sehr heiß

war, gingen wir nur in einige stadtnahe Dörfer im Tal. Die Ausbeute blieb kläglich. In die meisten Höfe ließ man uns überhaupt nicht mehr hinein, weil diese Orte an der Bahnstrecke täglich von Menschenscharen aus den Industriegebieten, den sogenannten »Hamsterern«, überflutet wurden, die zwar nicht Eisen gegen Gold, aber Strümpfe und Leinenwäsche gegen Eier und Kartoffeln eintauschten.

Seit aber, wie es in grober Übertreibung hieß, Perserteppiche in ihren Kuhställen lagen und Bechsteinflügel das Dreschgeschäft auf der Tenne erschwerten, nahm das Interesse der Bauern an den Tauschaktionen ab, und sie blieben auf ihren Eiern sitzen. Erst recht auf ihrem Gold. Wir brachten am ersten Abend zwei Goldstücke im Nennwert von dreißig Reichsmark nach Hause, kein Grund, unsern alten Direx zu bacchantischen Tänzen des Entzückens zu veranlassen.

»Vielleicht«, meinte ich, »hätten wir in die abgelegenen Walddörfer gehen müssen oder in die Bergdörfer im Süden.«

»Das auch! Aber wir hätten uns vor allem an die Weiber halten sollen!« sagte Bruno Tiches, der zu dieser Zeit bereits eine tiefe Stimme, Pickel auf der Stirn und einen schwärzlichen Schatten unter der Nase bekam.

Von den sehr umfangreichen Tagebuchaufzeichnungen des Sekundaners aus dieser Zeit wird sich übrigens nur wenig für die Veröffentlichung verwenden lassen, zumal gerade hier wieder starke Zweifel in seine Glaubwürdigkeit zu setzen sind. Aber die eine oder andere Stelle wird man doch heranziehen müssen, weil sie für den Charakter des Dahingegangenen bezeichnend ist. Ich denke eine Auswahl aus den folgenden, kritisch schon durchgesiebten Notizen zu bringen.

27. *Juli*

»Heute war ich oben in L. Eine elende Mittagshitze. Die Bäuerin war noch sehr jung. Ich sagte zu ihr: ›Ihr habt doch noch Gold im Strumpf!‹ – ›Ach wo‹, sagte sie. ›Soll ich nachsehen?‹ fragte ich. Sie: ›Wenn du was findest …‹

Als ich nachsehen wollte, schlug sie mir auf die Hand. Am Abend gab sie mir aber doch vier Zwanzigmarkstücke mit. Die hat bestimmt noch ihre fünfhundert Mark versteckt. Zu der geh ich noch öfter.«

3. August

»Bei alten Frauen muß man moralisch kommen. Mit Bibel und vaterländischer Pflicht und so. Gestern brachte ich eine richtig zum Heulen. Dann schleppte sie aber ganz schön ran …«

8. August

»Heute habe ich beim Direx wieder abgeliefert. Der Alte klopfte mir auf die Schulter und nannte mich Herakles mit goldener Hesperidenbeute. Muß mal im Lexikon nachgucken, was das bedeutet.«

12. August

»Die Mädels in unserem Alter haben auf dem Lande schon viel mehr los als die albernen Stadtzicken und Beamtentöchter. Wie das in so einer Feldscheune an einem Augusttag duftet! Daß es darüber keine Gedichte gibt! Das Mädchen hieß Selma und hatte ganz braune Haut. Ich hab heute zwar kein Gold heimgebracht, aber zur Not nehm ich mal was von den Rücklagen, damit es mit den schulfreien Tagen weiter klappt.«

Von der vorstehenden Notiz werde ich vielleicht nur den letzten Satz veröffentlichen können, der mir aber wichtig erscheint, weil er eine gewisse Erklärung für eine andere Tagebuchbemerkung Brunos von Ende August des gleichen Jahres bietet. Da heißt es nämlich:

»Der ganze Krieg gefällt mir nicht mehr. Wilhelm hat doch nicht die richtige Forsche. Der läßt sich von seinen alten Säcken im Reichstag einwickeln. Das kann ein recht …[1] Ende nehmen. Sicher ganz gut, daß ich vorgesorgt und ein bißchen was zurückgelegt habe. Der Direx und das Vaterland haben immer noch genug gekriegt. Und ob das Gold bei den Bauern liegt oder bei mir, ist ja gleich.«

Bruno Tiches hat, meiner Meinung nach, den Satz »Eigennutz geht vor Gemeinnutz«, nach dem er später lebte und den

---

[1] An dieser Stelle steht ein vulgärer Ausdruck für »schlimmes«.

er, in abgewandelter Formulierung, oft in seinen Reden an-
wandte, hier zum erstenmal praktisch vorgelebt.

Übrigens gingen die goldenen Zeiten der Unterrichtsbefrei-
ung für ihn rasch zu Ende; denn die sich von Tag zu Tag ver-
schlechternde Kriegslage ließ sehr bald die frömmste wie die
leichtfertigste Bauernfrau keine Werte irgendwelcher Art mehr
preisgeben. Und der einzige außerplanmäßige schulfreie Tag
war nicht einer Siegesfeier zu verdanken, sondern dem Tode unseres alten Professors Zindler, der an der Brennstoffknappheit
im November starb und der – hätte er noch etwas zu sagen gehabt – seine Beerdigung gewiß auf einen freien Mittwochnach-
mittag gelegt haben würde. Am Tage, da wir die Nachricht von
Gorgos Hinscheiden bekamen, tat es uns um den wunderlichen
Mann doch sehr leid.

Bei der Beerdigung des alten Herrn habe ich sogar an Tiches
einen sympathischen Zug gefunden, wenn er ihm auch auf etwas absonderliche Weise Ausdruck gab. Als wir im leise rinnen-
den Regen an der offenen Lehmgrube standen, in die der Sarg
hinuntergelassen worden war, und als alle die Lippen zu einem
stillen Gebet bewegten, hörte ich Bruno vor sich hin murmeln:

>>A, ab, abs, sowie auch de,
Coram, clam, cum, ex und e,
Sine, denus, pro und prae
Cum ablativo sunt junctae.<<

Er sagte es ohne Spott und völlig fehlerfrei. Zum erstenmal
hätte Gorgo an dem »Borschen« seine Freude gehabt.

Als wir am Ende der traurigen Feier die feuchte Klassenfahne
einrollten und uns schweigend auf den Heimweg machten, sahen wir auf der Kirchhofsmauer mit baumelnden Beinen vier
kleine Meisegeier sitzen.

Roter November

Wir älteren Zeitgenossen besitzen einige Erfahrung in deutschen Zusammenbrüchen. Obwohl der zweite, 1945, total gewesen ist und mich selbst ganz zerschlagen und um Heim und Heimat gebracht hat, kommt mir immer noch der erste, der von 1918, sehr viel trübseliger vor. Vielleicht liegt es daran, daß man damals jung gewesen ist, daß November war oder gerade die Grippe grassierte. Wahrscheinlich kommt sogar alles dies zusammen, um das Erinnerungsbild so hoffnungslos grau zu machen.

Den 9. November verbrachte ich mit leichtem Fieber im Bett. Es war ein Tag mit langem, zähem Frühnebel, der sich gegen Mittag in Nieselregen auflöste. Vor meinem Fenster wehte eine Spalierranke mit einem roten Blatt hin und her, das letzte Blatt vom wilden Wein. Daß Rot die Farbe dieses Monats werden sollte, merkte ich erst am nächsten Tag, als Mutter sich auf mein Bett setzte, um von dem kleinen türkischen Fähnchen, das wir in den ersten Siegesjahren immer mit vor den Fenstern gehißt hatten, Stern und Halbmond abzutrennen. (Nach jedem deutschen Zusammenbruch wird etwas von roten Fahnen abgetrennt!) So verwandelte eine brave Hausfrau das Banner des Propheten in das der Weltrevolution, das zu hissen den Bürgern der Stadt vom regierenden Arbeiter- und Soldatenrat befohlen wurde.

Viel Staat war in unserer kleinen Stadt mit der Revolution nicht zu machen. An kapitalistischen Ausbeutern und Konzernherren hatten wir nichts Rechtes vorzuweisen. Die ortsansässigen Lederfabriken waren meistens aus Handwerksbetrieben hervorgegangen, und die Fabrikanten, die sich zehn Jahre vorher noch Gerbermeister genannt hatten, rührten, in Holzpantinen und Lederschürzen, mit ihren Arbeitern in der gleichen trüben, stinkenden Brühe herum. Oft duzten Lohnempfänger und Lohnzahler einander noch. So etwas ergab keinen überzeugenden revolutionären Elan.

Richtige Fabrikanten, wie Kienzel, die bei vaterländischen

Feiern Sporen trugen, waren selten, und auch Kienzel kehrte brav, mit abgetrennten Schulterstücken, aus seiner Berliner Kriegsdienststelle nach Hause zurück, um, zusammen mit einem Pfarrer und einem Studienrat, eine Ortsgruppe der Deutschen Demokratischen Partei zu gründen.

Ein Majorsschulterstück und ein Eisernes Kreuz legte Bruno Tiches auf meine Bettdecke, als er mich an einem der ersten Revolutionstage besuchen kam.

»Solches Zeug liegt jetzt haufenweise auf der Straße!« sagte er. »Willst du's?«

Ich nickte und tat die beiden Embleme zu Stern und Halbmond in die Nachttischschublade.

»Mensch, die haben hier keinen Mumm!« schwatzte Bruno munter weiter. »Statt daß sie mal ordentlich aufdrehen, seit das schlappe Fürstengesindel fortgejagt ist! Na, es heißt ja, in den nächsten Tagen rücken die Waggoner hier an. Da weht dann ein anderes Windchen.«

»Wer sind die Waggoner?« fragte ich den Klassenkameraden, der sich aus einem ergebenen Untertanen unseres Großherzogs in einen blutrünstigen Marat verwandelt zu haben schien.

»Die Arbeiter von der Waggonfabrik aus der Hauptstadt. Solche Kerle! Die haben schon mehr als einen umgelegt.«

Mich entzückten solche Vorstellungen gar nicht sonderlich, und als Tiches gegangen war, begann mein Fieber wieder zu steigen. Nachts hatte ich wüste Träume. Aus unserem Badewannenablauf tauchte mein versunkener Spielsoldat wieder auf, der Kürassier mit dem schwarz-weißen Fähnchen. Aber plötzlich wurde seine Uniform blutrot. Onkel Bense blies die Kautabakbacken auf, rief »Attila! Attila!«, und ich erkannte, daß es gar nicht Onkel Bense war, sondern Bruno Tiches. Mit einem Male füllte sich die ganze Badewanne mit roten Männern, die unentwegt aus dem Ablauf heraufquollen, und es waren auch keine Ulanen oder Husaren mehr, sondern die roten Waggoner, die sich unter Tiches' Oberbefehl zu einem Generalangriff auf mein kapitalistisches Bett rüsteten. Am nächsten Morgen mußte Mutter wieder den Arzt holen.

Daß ich in jenen Novembertagen nicht sehr gut ausgesehen habe, finde ich jetzt in Brunos Aufzeichnungen nachträglich bestätigt. Da heißt es unter dem Datum vom 12. November: »Gestern habe ich R. besucht. Der wird's wohl nicht mehr lange machen. Sah aus wie Braunbier und Spucke. Solche Muttersöhnchen passen auch nicht mehr in die neue Zeit. Morgen kommen endlich die Waggoner. Das gibt ein Blutgericht.«

Tiches' Prophezeiungen sind nicht eingetroffen – ich habe ihn immerhin überlebt. Und auch mit dem Blutgericht der Waggoner ist es nicht ganz so schlimm geworden. Sie sind zwar mit zwei klapprigen alten Lastautos und vielen roten Fahnen angekommen, und ich habe sie auch hinter den Gardinen hervor ansehen dürfen. Die meisten trugen abgeschabte alte Uniformen, hatten von Verdun her oder aus Galizien graue Schützengrabengesichter und waren vom Internationale-Singen schon ziemlich heiser. Auf einem roten Tuch an der Seitenwand des ersten Lastautos stand »Tod den kapitalistischen Blutsaugern!« und »Hoch Spartakus!«, und sie haben in Sprechchören alle Kapitalisten für abends acht Uhr ins Volkshaus befohlen. Vater kriegte auch eine Einladung. Mutter weinte, als er wegging. Er kam aber dann ganz vergnügt und ziemlich spät in der Nacht wieder nach Hause, denn sie hatten weder ihn noch einen anderen Blutsauger umgelegt. Im Gegenteil.

Es gab nämlich, wie Vater erzählte, im Volkshaus kein Gericht oder Urteil, sondern bloß eine Revolutionsfeier. Reden wurden gehalten und Lieder gesungen, und die paar alten Musiker von unserer Stadtkapelle, die der Krieg noch übriggelassen hatte, bliesen die neuen revolutionären Weisen so gut oder so schlecht sie eben konnten. Und weil die Deutschen aus einem Volk der Fürstendiener und Kapitalistenknechte jetzt wieder zu einem Volk der Dichter und Denker werden sollten, wie ein Mann vom Arbeiter- und Soldatenrat programmatisch vorlas, führten die Waggoner ein revolutionäres Weihespiel in Versen auf, wobei sie zur Verstärkung der Massen einheimische Statisten engagiert hatten. Vater erkannte Frau Fuchs, unsere Putzfrau, die ihm freundlich zuwinkte, und die proletarische Jugend

48

wurde größtenteils von der Familie Meisegeier gestellt. Die hübsche Evelyna trug ein rotes Halstuch.

Vater sagte, in dem Stück sei nirgends vom Totmachen die Rede gewesen, sondern nur von Goethes und Schillers Spuren, in die nun alle Werktätigen der Stirn und der Faust gemeinsam treten müßten. Dazu wurde getrommelt und auf die Pauke gehauen, und es gab sogar einen kleinen Zwischenfall, als bei dem Bild »Der Marsch in die rote Zukunft« ein alter Arbeiter aus der Marschkolonne ausbrach und über die Rampe sprang, weil er unten seinen kapitalistischen Ausbeuter, einen von den alten Gerbermeistern, stehen sah.

»Mensch, Emil, du hast ja keinen Stuhl!« rief er in proletarischem Grimm, und er marschierte erst dann oben in die rote Zukunft mit, als er unten seinem Emil einen Stuhl verschafft hatte.

Das Weihespiel endete damit, daß auf der Bühne eine rote Pappsonne aufging, die zu allem Überfluß von bengalischem Feuer noch röter angeleuchtet wurde und vor der die Fahnen der Weltrevolution feierlich und über Kreuz gesenkt werden sollten. Daß sie bloß einfach gesenkt wurden, paßte dem Regisseur nicht, der in den Kulissen stand und als Chargenspieler des Landestheaters vom Fach war. Er rief den Fahnenträgern aufgeregt zu: »Kreuzweise! Kreuzweise!«, aber einer der Waggoner antwortete bloß:

»Du mich auch!«

So blieb es bei dem einfachen Senken.

Als bläulicher Bratwurstrauch über die »Banner«, wie die Fahnen auf dem Programmzettel genannt wurden, und über die rote Pappsonne hinzog, entspannten sich die, laut Regieanweisung, ehern drohenden Züge der Revolutionäre. Die Bratwürste, die Meister Bürzel im Garten briet, waren eine Spende der Kapitalistenklasse, und da sie am Ende des Krieges etwas sehr Seltenes und Kostbares waren, stürzten sich auch die roten Waggoner nach Schluß der Feierstunde mit Heißhunger darüber her. Ihren Blutdurst stillten sie mit Freibier, das der Direktor der Aktienbrauerei gestiftet hatte.

So endete die rote Befreiungsfeier in einem friedlichen klein-bürgerlichen Fest, von dem sich nur der erzürnte Chargenspieler und Bruno Tiches fernhielten. Die Stadtkapelle, deren revolutionäres Programm erschöpft war, spielte die »Alten Kameraden« und »Kleine Mädchen müssen schlafen gehn«. Dabei hakte Frau Fuchs, unsere Zugehfrau, sich bei Vater zum Schunkeln unter und sagte:

»Sehn Sie, die Revolution hat doch ihr Gutes!«

Unserer kleinen Stadt brachte sie auch in der Folgezeit nichts Schlimmes. Die Grippe ebbte allmählich ab, und die Schulen machten wieder auf. Wir bekamen einen neuen Bürgermeister und einen neuen Gemeinderat. Daß Vater auf der demokratischen Kandidatenliste, wenn auch an letzter Stelle, stand, erfüllte mich mit Stolz.

»Mein Vater ist Zählkandidat«, verkündete ich wichtigtuerisch meinen Klassengenossen.

»Bei dieser Revolution ist überhaupt nichts rausgekommen. Da sitzen ja wieder überall dieselben alten K...[1]. Ich glaube, jetzt müssen wir Jungen mal ran. Ich habe mir geschworen, in Zukunft richtig aktiv zu werden.«

So steht unter dem Datum vom 6. März 1919 in Bruno Tiches' Tagebüchern. Ostern blieb er in der Klasse sitzen.

Die Nymphe

Es kam ein Frühling, in dem die deutschen Wälder nach Karamelspeise rochen.

Wir fünf aus der Klasse waren keine organisierten Wandervögel, keine »bündische Jugend« mit Wimpel und Abzeichen, sondern wanderfrohe Romantiker aus freier Herzensneigung. Zu unserem Schirmherrn hatten wir den Dichter Eichendorff gemacht, dessen Gedichte wir einander vorlasen oder mit rau-

1 Ungebührlicher Ausdruck.

hen Jünglingsstimmen sangen. Neben Kochtopf, Suppenwürfeln, fragwürdigem Nachkriegsfett und dem für die Karamelspeise erforderlichen Zucker führten wir Gedichtbände von Rabindranath Tagore mit, dessen fernöstliche Exotik und Esoterik unserer derzeitigen Seelen- und Gemütslage völlig entsprachen. Allen fleischlichen Lüsten, angefangen vom mütterlichen Kochtopf, entsagten wir. Unsern Wäscheverbrauch schränkten wir ein. Wir holten unsere Tertianerhosen wieder aus dem Schrank, aus denen wir längst ausgewachsen waren, und schnitten sie über den Knien ab. Dazu trugen wir offene Hemden mit Schillerkragen, die das eindrucksvolle Spiel der Adamsäpfel den Winden des Himmels preisgaben.

Die bündische Jugend verachtete uns und nannte uns »wilde Wandervögel«. Trotzdem waren wir ihnen gegenüber tolerant, da wir unsererseits genug Objekte der Verachtung besaßen. »Spießer« und »Stenze« waren unsere Hauptfeinde, und zu der ersten Kategorie zählten wir Leute, die am Sonntag erst um acht Uhr und später aufstanden, die mittags Schweinebraten mit Klößen aßen, reine Wäsche und womöglich gar steife Kragen trugen und nachmittags Familienspaziergänge unternahmen.

Zu den »Stenzen« gehörte für uns als markantester Vertreter unser ehemaliger Klassenkamerad Bruno Tiches, der sich, nach seinem vergeblichen Bemühen, die Prima zu erreichen, von der höheren Schule zurückgezogen hatte und Banklehrling geworden war. Seitdem trug er onduliertes Haar, hohe, steife Kragen, violette Socken, ein dünnes Spazierstöckchen mit Hundekopf und frequentierte die drei Likördielen, die in unserem Städtchen nach dem Kriege wie Pilze aus dem Boden geschossen waren. Unseren Gruß erwiderte er nur noch obenhin. Manche in der Klasse behaupteten sogar, Bruno sei in den Abendstunden mit der einzigen fragwürdigen Frauensperson des Ortes gesehen worden[1].

Im Frühling standen wir beim ersten Morgengrauen auf, um

---

1 Frau Meisegeier ist hier nicht mitgezählt, da sie zu dieser Zeit schon gewissermaßen im Ruhestand lebte.

lange vor Sonnenaufgang mit klappernden Sandalen über das Pflaster der verschlafenen Stadt marschieren zu können. Von Bergeshöhen grüßten wir die aufgehende Sonne, auf bereiften Wiesen lagernd, und darum oft genug auch mit heftigem Zähnegeschnatter. Weit abseits vom Lärm der großen Straßen, auf denen man immer in Gefahr war, einem der sechs Kraftwagen unserer Stadt zu begegnen, kämpften wir uns durch Dickichte zu einsamen Waldwiesen durch, auf denen wir mittags unsere ruhmreich angerußten Töpfe über einem Feuer aus Tannenzapfen und trockenem Reisig aufhängten und voll heiligen Eifers im zähen Karamelbrei rührten – freie Menschen, Verächter der Zivilisation, erfüllt von zarten lyrischen Stimmungen und der Angst vor dem Revierförster.

Die Abende verbrachten wir gern auf einem einsamen Berglein, das der normale Staatsbürger in späten Stunden mied, weil auf ihm, zwischen verfilztem Buschwerk, einige moosüberzogene Steinbrocken melancholische Erinnerungen an eine längst zerfallene Ritterburg weckten. Hier wollten Einwohner des nahen Dorfes in den Mitternächten oft eine schwebende weiße Gestalt gesehen haben. Auch von Flüsterstimmen und knackenden Zweigen wurde gemunkelt – Erscheinungen, zu denen wohl dörfliche Liebespaare beigetragen haben mögen.

Wir Naturmenschen fürchteten uns vor solchem Zauber nicht, ja, er gehörte mit zu unserem romantischen Programm. Wir lagerten zwischen den bemoosten Steinen, sangen geistliche und weltliche Nachtlieder zu Andreas' Gitarre – leider konnte er darauf nur die C-Dur- und g-Moll-Griffe – und grüßten den aufgehenden Vollmond[1] mit lodernden Feuern, über denen Pilzsuppen, Erbswurst- und Königinsuppen brodelten, die alle gleich schmeckten.

In einer dieser traditionellen Vollmondnächte nach einem sehr schwülen Sommersonntag hatten wir ein wunderbares Erlebnis. Inmitten einer Wiese im Schatten unseres Burgbergleins

---

1 Sonderbar, daß es in der Kindheit nur weiße Weihnachten und Vollmondnächte gibt!

lag ein Weiher. Er wurde nachts ebenso gemieden wie die Ruine, weil ihn ab und zu schwermütige Selbstmörder für ihr Vorhaben benutzten. So erschraken wir nicht wenig, als wir eine weiße Gestalt auf dem dunklen Wasser treiben sahen. Andreas setzte schon zu einem Hilfeschrei an, als wir ihm gerade noch rechtzeitig den Mund zuhalten konnten. Denn bei näherem Zusehen war die Gestalt nicht tot. Sie lag auf dem Rücken, und man konnte sogar erkennen, daß sie mit den Armen und Knien leichte Schwimmbewegungen machte.

»Eine Nymphe«, sagte einer von uns Primanern.

Aber unsere naturwissenschaftliche Aufklärung zwang uns, das Phänomen näher zu ergründen. Auf der immer noch warmen, trockenen Wiese pirschten wir uns auf allen vieren näher heran, nachdem wir die Rucksäcke abgelegt hatten, deren klappernde Kochtöpfe uns hätten verraten können.

»Es ist ein Mädchen«, sagte ich.

»Ohne Badeanzug«, sagte Andreas.

Wir gestanden uns hernach, daß wir alle noch kein Mädchen so gesehen hatten. Und weil so etwas nicht einmal zum künftigen Pensum der Oberprima gehörte, blieben wir hinter einem Schutzwall von Sträuchern liegen und schauten, was da weiter geschähe.

Es geschah eigentlich nichts. Das schlanke, weiße Mädchen stieg aus dem Weiher – sie war unendlich viel schöner als die antiken Gipsdamen mit dem Feigenblatt, die auf unserm oberen Schulflur standen –, und wir stellten jetzt erst fest, wie unkleidsam solch ein Feigenblatt ist. Die Gestalt, von der Wasser in silbernen Perlen niederrann, schimmerte im Mondlicht. Sie kam uns so unirdisch schön vor, daß keiner von uns sie sich in einem bürgerlichen Haus oder gar als Schülerin des vormaligen Großherzogin-Eleonore-Töchterstifts[1] vorstellen konnte.

»Es ist doch eine Nymphe«, flüsterte Andreas beklommen, und er bekam wieder einmal seinen »gasgefüllten Ausdruck«, den wir lange nicht mehr an ihm wahrgenommen hatten.

1 Seit 1918 Städtische Höhere Mädchenschule.

Indessen kam das Mädchen näher, mit federnden Schritten, und wir sahen, daß dicht vor uns ihr Kleiderbündel lag. Aber sie zog sich nicht an. Sie setzte sich neben das Bündel, stützte sich rückwärts auf die Arme und hielt ihr Gesicht dem Mond entgegen, als sei er die Sonne, von der sie sich trocknen ließe. Wir wagten kaum noch zu atmen. Alle hatten das Mädchen erkannt.

Als die leise wehende Nachtluft sie getrocknet hatte, zog die Nymphe sich an und ging. In entgegengesetzter Richtung. Wir durften wieder atmen, wieder sprechen. Aber sonderbarerweise flüsterten wir nur.

»Evelyna Meisegeier«, sagte ich.

»Daß die so schön ist«, sagte Andreas andächtig.

Ja, es war das Mädchen aus der Wohnhöhle gegenüber dem Schulhof gewesen, das Mädchen, das in Gorgos Lateinstunde unter Bruno Tiches' Bank gekauert hatte – gegen Geld. Jetzt war aller Nixen- und Melusinenzauber um sie, von dem wir so oft in unseren Liedern gesungen hatten.

Doch nun, wo wir wußten, was der wahre Zauber solcher Schönheit ist, konnten wir plötzlich nicht mehr davon singen. Wir umstanden unser Feuer und sangen falsch, weil es uns die Stimmen verschlug. Andreas griff sogar beim g-Moll dauernd daneben. Die Suppenwürfel für das nächtliche Mahl hatten wir in der Aufregung zerdrückt und unter Tannennadeln zerkrümelt.

Wir gingen von dieser Nacht an jedesmal zum Weiher, ehe wir zur Mitternachtsfeier auf unseren Burgberg kletterten. Aber nie mehr stieg eine weiße, schimmernde Gestalt ans Ufer.

Ich bekam jetzt mit einemmal Appetit auf Beefsteaks und Lust zu tanzen. Eines Sonnabends suchte ich heimlich eine der für Schüler verbotenen Likördielen auf.

»Na, Muttersöhnchen«, rief Bruno Tiches gönnerhaft, als er mich eintreten, oder besser mich beim Einschleichen sah. »Kriegst du endlich Interesse für das wirkliche Leben?«

Er bestellte mir an diesem Abend Liköre in vielen giftigen Farben, bis mir schlecht wurde.

»Ich spekuliere jetzt ganz groß«, prahlte er, »und Goldreserven habe ich auch noch. Von damals – weißt du – von den Dörfern.«

Danach »legte er einen Schieber aufs Parkett«, wie er das fachmännisch nannte.

Aber obwohl die hier anwesenden »Damen« alle in bürgerliche Häuser oder das vormalige Großherzogin-Eleonore-Töchterstift gepaßt hätten, mochte ich nichts mit ihnen zu tun haben. Evelyna, die ich hier zu treffen gehofft hatte, fand ich nicht. Nachher freute ich mich sogar, daß ich sie nicht gefunden hatte. Nymphen gehörten nicht in Likördielen.

Von Brunos peinlich detaillierten Tagebuchaufzeichnungen aus dieser Zeit werde ich nur wenige Worte auswerten:

»Hatte nie gedacht, daß ein verlorener Krieg so eine prima Sache ist!«

Das Feuer

Es ist seltsam, wie mir bei Durchsicht der oft so dummen und simplen Aufzeichnungen des Bruno Tiches mein eigenes Leben und meine frühen Erinnerungen immer farbiger und plastischer vor Augen treten.

Könnte wohl ein Mensch sagen: »An dem und dem Tage ist meine Kindheit zu Ende gegangen«, wenn ihn nicht ein ganz besonderes Ereignis das Ende seiner glücklichen Frühzeit auf Tag und Stunde genau bezeichnen ließe? Ich war in meiner ganzen Entwicklung ein »Spätzünder« gewesen, wie meine Frau es nachher manchmal genannt hat, und es ist weniger sonderbar, daß ich den Verlust der Kindheit mit dem des Elternhauses gleichsetzen mußte – das mag schon oft geschehen sein –, als daß ich ihn mit dem Gewinn eines ersten Liebeserlebnisses bezahlte.

Mir war zwar bisher das Jahr dieser Geschehnisse in Erinnerung geblieben – auch daß sie sich im Herbst begaben –, aber das Datum weiß ich doch erst wieder aus den Tagebüchern des

Bruno Tiches, diesen kleinen Kaufmannskladden, in die er zu jener Zeit vor allem seine oberflächlichen Liebeleien und seine gewissenlosen Geldgeschäfte eintrug.[1]

Damals schon war der ehemalige Klassenkamerad geschmacklos genug, seine Mädchen oder Frauenspersonen zu numerieren, und eine in Klammern gesetzte Zahl bedeutet bei ihm sozusagen die laufende Nummer seiner prahlerischen Abenteuer. Eine Eintragung unter dem Datum des 20. September wird für die Zeitschriftenpublikation völlig belanglos sein – mir gibt sie den genauen Termin jener unglücklich-glücklichen Brandnacht. Bei Tiches heißt es:

20. September

»Gestern habe ich Lily (17) rumgekriegt. Wir sind durch die Hecke vom Tennisplatz gekrochen. Die Nacht war rabenfinster. Später wurde es heller, weil es in der Stadt brannte.«

Kein Wort darüber, wo es brannte! Das Schicksal seiner ehemaligen Schulkameraden und Freunde schien Tiches zu der Zeit schon ganz gleichgültig geworden zu sein.

Übrigens muß dieser 20. September ein Sonntag oder irgendein lokaler Feiertag gewesen sein; denn ich erinnere mich, daß ich mit den Eltern vorher zu einem Gartenkonzert gewesen war und daß wir erst gegen Mitternacht heimkehrten. Ich weiß auch, daß ich aus dem ersten, festen Schlaf emporschreckte, als an eins der Fenster vom Schlafzimmer meiner Eltern geklopft wurde, das neben meinem Zimmer lag. Da wir im zweiten Stock wohnten, konnte das Klopfen nur mit einer langen Stange geschehen sein, wie sie in den alten Gassen unserer Stadt noch an einigen Stellen neben Feuerleitern und Eimern aufbewahrt wurden. Ich hörte meine Mutter einen Schrei ausstoßen, dann kam Vater in mein Zimmer gerannt und rief:

»Es brennt im Nebenhaus.«

In unserem Nachbarhaus, einem Eckhaus, war eine Seilerwerkstätte, und auf seinem Speicher lag mancherlei an leicht

---

[1] In der beginnenden Inflationszeit fingen Banklehrlinge wie ausgekochte Börsianer zu spekulieren an.

brennbaren Dingen, die wir nun, als wir auf die Straße hinun-
terrannten, samt dem Dachboden in hellen Flammen sahen.
Der Brand mochte nach stundenlangem Schwelen mit einemmal durch das alte Ziegeldach emporgeloht sein. Weil der
Herbst sehr trocken gewesen war, fand das dürre Speicherholz
doppelt schnell Feuer.

Es ging nachher alles rasend schnell. Ich erinnere mich, daß
ich auch damals so kindisch war, neben dem Entsetzen über die
Gefährdung der elterlichen Wohnung so etwas wie einen heimlichen Stolz darüber zu empfinden, daß »unseretwegen« die
Feuerglocke auf dem Stadtkirchturm ihr eintönig gleichmäßiges
Schreckenssignal über die Dächer entsandte und das wohlbekannte Feuerhorn eines durch die Straßen radelnden Feuer-
wehrmannes auch die letzten Schläfer weckte.

Die Straße füllte sich mit durcheinanderrennenden, aufgeregten Menschen, und es ging kaum anders zu, als wir das in Schillers »Glocke« lautmalerisch eindrucksvoll aufzusagen gelernt
hatten. Unsere Wohnung war voller fremder Menschen, die Ein-
richtungsgegenstände davontrugen – manche sogar gleich in ihr
eigenes Haus. Ich selber schleppte besinnungslos hinaus, was
mir in meinem Zimmer gerade vor Augen kam. Onkel Bense
war auch schon da und kommandierte mit scharfer Stimme
herum, ohne selbst irgendeinen Gegenstand anzufassen.

Ich weiß sogar noch, daß ich einmal ganz töricht über die
Treppe hinauf in die Küche lief, als mir aus meinem Goldfisch-
glas Wasser herausgeschwappt war, das ich unter der Wasserlei-
tung wieder ergänzte. Dabei spritzte schon durch alle offenen
Fenster Wasser aus den roten Schläuchen der Feuerwehr, das
sich auf Mutters peinlich gepflegten Fußböden in schmutzigen
Pfützen sammelte. Ich sah das herbstlich rote Weinlaub vor
meinen Fenstern wehen, röter als sonst – zum letztenmal. Als
ich ein Klassenbild von der Wand nahm, spürte ich, daß sie
ganz warm war ...

In jener Schreckensnacht sind insgesamt fünf Häuser abge-
brannt – zwei auf unserer Seite, das große Eckhaus des Seiler-
meisters und noch zwei an der anderen Straße.

Trotzdem konnte von unseren Möbeln noch eine ganze Menge gerettet werden, und der kleine Feuerwehrhauptmann Fielitz, den ich angesichts der Katastrophe zu erstaunlicher Größe aufwachsen sah, ließ alles Mobiliar in die Gärten hinter den brennenden Häusern bringen, wo nur den Feuerwehrleuten der Zutritt gestattet wurde. Im übrigen stand in jedem offenen Haustor ein städtischer Polizist, der »Unbefugten« das Eintreten verwehrte.

In diesem traurigen Fall war ich befugt. So verfolgte ich in unserem großen Stehspiegel, der an einem Apfelbaum lehnte, den Brand des eigenen Hauses wie ein Panoramaschauspiel. Ich sah das schwarze Buffet, verstaubt und voller Wasserflecken, in einem blühenden Asternbeet stehen, und der gipsweißen Bismarckbüste, die man daraufgestellt hatte, war von irgendeinem witzigen Helfer meine alte grüne Tertianermütze aufgesetzt worden. Einen sonderbaren Anblick boten die roten Plüschsessel und das dazugehörige Sofa mit seiner unbequem geschwungenen Rückenlehne, die auf ihren verschnörkelten Beinen unsäglich hilflos zwischen Kohlköpfen und ausgewachsenen Salatstauden herumstanden.

Ich setzte mich auf das Sofa, abgewandt von den brennenden Häusern, und starrte in den roten Himmel. Ich hörte das klagende Heulen der Hofhunde aus der Nachbarschaft, aufgeregtes Menschengesumm von der Straße und die Kommandos und Hornsignale der Feuerwehrleute. Dazwischen immer das Prasseln der gefräßigen Flammen, Wasserzischen und ab und zu das Krachen einstürzender Mauern. Die Tränen, die ich auf meinen Backen spürte, kamen nicht nur vom beizenden Rauch, der uns zuletzt den Aufenthalt im Treppenhaus unmöglich gemacht hatte. Ich war vom ständigen Treppauf, Treppab müde und fühlte mich hoffnungslos zerschlagen.

Plötzlich sah ich etwas silbern Schimmerndes durch den Garten gleiten – ein Wesen, dessen Bewegungen ich sogleich anmerkte, daß es unbefugt war. Und wer anders hätte wohl durch den Kordon grimmiger Schutzmänner und Feuerwehrleute durchzubrechen gewagt als ein Mitglied der Familie Meisegeier? Gerade diese asoziale Familie hätte allen Grund gehabt, Verdacht zu meiden.

Das Silberglänzende, das wie eine Schlange dicht an mir vorbeiglitt, war Evelyna. Nie hatte ich sie so nahe gesehen. Sie brach vor Schreck fast in die Knie, als ich aus dem Prunkstück unseres Salons aufsprang.

»Ich hab das im Garten gefunden«, sagte sie mit angstweiten Augen und deutete auf ein Stück Stoff um ihre Schultern.

Noch nie auch hatte ich Evelynas Stimme gehört. Sie war sehr tief und ohne den weichlich singenden Dialekt meiner Heimat.

»Ich schenk es dir«, sagte ich , »es gehört meiner Mutter.«

Es war ein Rest Silberlamé, der übriggeblieben war, als Mutter sich voriges Jahr für ein Stiftungsfest ein neues, sehr prächtiges Abendkleid hatte machen lassen.

Evelyna sagte nicht »danke«. Sie ließ das Stoffstück von der Schulter gleiten und wollte weglaufen. Ich hielt sie bei den Händen fest und legte ihr das Silberglänzende, das vom Widerschein der Flammen einen seltsam rötlichen Schimmer empfing, wieder um. Dabei berührte ich ihre Haut. Sie war weich und kühl, und mich überlief ein Gefühl, wie ich es nie gekannt hatte. Ich packte das Mädchen und zog es auf das Prunksofa nieder. Ich küßte Evelyna und spürte, wie ihre Lippen sich öffneten. Ich sagte ihr, daß ich sie im Weiher gesehen hätte ...

Einmal hörte ich, daß man mich rief. Ich antwortete nicht. Einmal wurde ein Schlauch hinter uns vorbeigeschleift, der aus einer undichten Stelle eine kleine Sprühfontäne über uns niedergehen ließ. Aber die Feuerwehrmänner konnten uns nicht sehen.

Es war eine unbeschreibliche Nacht, in der immer wieder die Signale »Wasser halt!« und »Wasser marsch!« hineingellten und nach deren prallem Feuerlicht das erste Frührot blaß und armselig wirkte. Ich fand auf Evelynas Wangen Rußspuren von meinen Händen, die ich wegwischte, und ihr Gesicht kam mir mit einemmal fremd und alt vor. Sie rannte weg, ehe ich sie noch einmal küssen konnte.

Ich rief ihr nach, wie sie am ehesten ungesehen davonkommen könnte, und sah ihre Schritte schwer werden, weil die Gartenerde vom Löschwasser aufgeweicht war. Vor mir lag, verschmutzt und zertreten, das Stückchen Silberstoff, das ich aufhob.

Ich spürte, als ich davonging, daß etwas aufgehört und etwas anderes begonnen hatte. Auf der Straße stand der Herr Gaswerksdirektor mit seinem Sohn. Andreas lief auf mich zu und sagte, seines Vaters Arbeiter hätten die Rohrleitungen absperren müssen, damit eine Explosionsgefahr vermieden würde. Ich schob ihn weg, weil mir sein albernes Geschwätz zuwider war.

Von der gegenüberliegenden Straßenseite schaute ich zu den leeren Fensterhöhlen meines Zimmers auf, neben dem verkohlte Weinranken niederhingen, und empfand keinen Schmerz dabei.

Die Episode vom Putschisten Polterzeh
(Kann überschlagen werden – sollte aber nicht!)

In Bruno Tiches' Aufzeichnungen gibt es zwei Vermerke über den Gendarmeriewachtmeister Polterzeh. Die eine stammt vom November 1913, ist also kurz nach dem Luftballonflug nach Leipzig gemacht worden und lautet:

»Hauptmann Polterzeh[1] sieht wie ein Kaiser aus. Die Schnurrbartspitzen stehen ihm ganz steil hoch. Wenn er vorüberreitet, grüße ich ihn. Dann guckt er vom Pferd runter und salutiert. Dann denke ich, es ist der Kaiser, der mich grüßt.«

»Gendarm Polterzeh[2] hat sich dem Kapp-Putsch angeschlossen. Solche Pfantasten[3] gefährden unsere Wirtschaft. Ich bin gerade bei Hugo Stinnes eingestiegen.«

1 P. war, wie gesagt, nur Wachtmeister.
2 P. war in Wirklichkeit Wachtmeister beziehungsweise Oberwachtmeister.
3 Muß natürlich heißen »Phantasten«.

Diese beiden Notizen könnten belanglos erscheinen, da sie nur die Entwicklung meines Klassenkameraden vom romantischen, kaisertreuen Knaben zum realistischen Aktionär, das heißt Banklehrling, aufzeigen. Wenn ich aber rückblickend den gesamten Weg Polterzehs bis in unsere jüngste Vergangenheit überschaue, meine ich doch, man müsse sie mit in den Tatsachenbericht aufnehmen. Denn Wachtmeister Polterzehs gewundener Lebenspfad ist nun einmal typisch für gewisse Laufbahnen in einem höchst bewegten Menschenalter deutscher Geschichte, und zum andern weist er einige merkwürdige Parallelen zu dem – natürlich viel glanzvolleren – Aufstieg unseres Bruno Tiches auf. Daran ändert auch die abfällige Bemerkung Brunos aus dem Jahre 1920 nichts.

Daß der Gendarm Polterzeh vor dem Ersten Weltkrieg ein Idol der Jugend unseres Städtchens war, ist mir noch gut erinnerlich. Wenn der sehr junge Wachtmeister damals in seiner leuchtendgrünen Uniform, mit blankgeputzten Reitstiefeln, Koppel und Bandilier, im Sattel hoch aufgerichtet, an uns Knaben vorüberritt, sahen wir in ihm einen bedeutenden Widerschein vom Glanz des Kaiserreichs. Die etwas ältere weibliche Jugend mag für den schneidigen Junggesellen noch andere Gefühle gehegt haben als die nationaler Ehrfurcht.

Zusammen mit Oberwachtmeister Tritz bildete Polterzeh die bewaffnete Macht unseres Städtchens. Tritz war nur wenige Jahre älter, aber er war verheiratet und saß – gewiß nicht aus gutem Grunde – ein wenig schlapp im Sattel und wirkte überhaupt, wegen seines bärbeißigen Wesens, viel älter und unansehnlicher als sein ihm untergebener Kollege. Immer sah man Polterzeh als den eigentlichen örtlichen Repräsentanten des Reiches an, was ihn auch veranlaßte, bei den festlichen Umzügen an Kaisers Geburtstag und am Sedantag eine Pferdenasenlänge vor Tritz zu reiten.

Im Frühjahr 1914 gewannen beide Männer hohes Ansehen im Landkreis, als sie einen örtlichen Schweinedieb in einer kühnen Attacke einkreisten, die unsere Zeitung zu der Überschrift entflammte: »Der alte Reitergeist von Mars-la-Tour lebt noch!«

Zwar hatte, wie man später erfuhr, der joviale Tritz den Dieb in einer Feldscheune gestellt, vor der er zu einem privaten Anliegen abgesessen war, aber die Legende wand ihren Lorbeer doch um das Haupt Polterzehs, der in hinreißendem Galopp sein Pferd und einige Hektare junger Saat zusammengeritten hatte. In dem bald danach ausbrechenden ersten Weltkrieg konnte man Kavallerieattacken freilich nicht mehr gebrauchen. Außerdem wurden die beiden Gendarmen im Interesse der inneren Sicherheit vom Heeresdienst reklamiert.

Polterzeh, der nach der Abdankung des Kaisers seinen Schnurrbart stark beschnitt, ritt in der Weimarer Republik zunächst auf dem Boden der Tatsachen weiter. Erst als im Jahre 1920 ein gewisser Herr von Kapp mit rechtsradikalen Anhängern putschte, schloß der Gendarm sich dem Aufstand gegen die junge Republik an. Zum erstenmal brach hier offen seine Abneigung gegen den älteren Kameraden durch, der treulich jeden Eid hielt, zu welchem ihn die wechselnden politischen Systeme zwangen, und der es mit dieser Einstellung immer nur zu einer bescheidenen Existenz brachte.

Der Putschist Polterzeh hielt unsere Stadt ein paar Tage lang in Atem. Durch schwarzweißrot gerandete Plakate verkündete er, daß er sich der nationalen Revolution des Generallandschaftsdirektors und jetzigen Reichskanzlers Kapp angeschlossen habe und für Ruhe und Ordnung in der Stadt sorgen werde. Er warnte vor Zusammenrottungen, gegen die er mit der blanken Waffe vorgehen werde. Der Aufruf war unterschrieben: »Polterzeh, Gendarmerie-Oberwachtmeister.«

Am Abend des gleichen Tages noch ritt Polterzeh, um die zusätzlichen Sterne des Oberwachtmeisters bereichert, langsam durch die Hauptstraße. Einige Burschen, die sich an der Rathausecke zusammengerottet hatten, um sich mit ihren Mädchen zu treffen, trieb er auseinander und ins Kino, wo sie sich die dritte Fortsetzung des Films »Das indische Grabmal« ansahen.

»Was aber ist aus Tritz geworden?« fragte man sich in der Stadt.

Ohne Widerstand zu leisten, hatte er sich von Polterzeh die beiden Sterne von den Schulterstücken trennen lassen, die dieser für eine selbsttätige Rangerhöhung brauchte. Da er es aber abgelehnt hatte, seinen derzeitigen Eid zu brechen und der Kappregierung als simpler Wachtmeister weiter zu dienen, mußte er einen freiwilligen Hausarrest für die Dauer der ungeklärten Lage auf sich nehmen. Als Gewerkschaftssekretär Milbitz bei ihm erschien und ihm den Generalstreik der gesamten Arbeiterschaft »bis zur Brechung des nationalen Terrors des Polterzehklüngels« versprach, lehnte Tritz diese Hilfestellung ab. Er wollte auch mit den Sozis nichts zu tun haben, bekannte er in schöner Offenheit und ließ sich von seiner Frau Klöße kochen, deren Genuß ihm sonst oft durch unvermutete dienstliche Alarme beeinträchtigt wurde.

Der Kapp-Putsch brach, wie man weiß, sehr bald zusammen, die legitime Regierung kehrte aus Stuttgart nach Berlin und Tritz wieder in seinen Sattel zurück. Die beiden Gendarmen tauschten ihre Sterne wieder aus, und dank der unbegreiflichen Langmut des älteren Kameraden und der Reichsregierung wurde ein gegen Polterzeh anhängig gemachtes Verfahren nach kurzer Zeit niedergeschlagen.

Die Erbitterung über seine Degradierung fraß in Polterzeh dreizehn Jahre lang weiter. Im Jahre 1933 konnte er infolgedessen einem neuen Regierungssystem eine sehr niedrige Parteinummer vorweisen, die ihn umgehend zum Gendarmerie-Oberkommissar in der Hauptstadt werden ließ. Als erste Amtshandlung degradierte er seinen früheren Vorgesetzten Tritz, der eben wieder einmal loyal seinen Diensteid geschworen hatte, zum Wachtmeister und setzte die Haferration für alle Gendarmeriepferde herab. Er selbst fuhr jetzt in einem schwarzen Dienstwagen und brachte es allmählich zum Oberregierungsrat in einem Sicherheitshauptamt – möglicherweise sogar dank der Protektion von Bruno Tiches, obwohl sich in dessen Tagebüchern kein entsprechender Hinweis findet.

Wachtmeister Tritz, der nunmehr, auf einem ziemlich abgemagerten Gaul, unserer Stadt kein sehr imponierendes Bild deutscher Wehrkraft bot – man entschädigte sie dafür bald durch die Anlage eines Militärflugplatzes –, wurde in der Folgezeit »auf Grund des Gesetzes zur Wiederherstellung des Berufsbeamtentums« wegen politischer Unzuverlässigkeit pensioniert. Diese Entlassung traf ihn um so schwerer, als er sich selbst immer für zuverlässig gehalten hatte. Er hätte auch insofern die Möglichkeit bekommen, in schon sehr vorgerückten Jahren diese Zuverlässigkeit erneut zu beweisen, als ihn 1945 die Besatzungsmacht, unter Ernennung zum Oberwachtmeister, wieder in die Landgendarmerie zurückberief. Tritz hatte auch bereits seinen neuen Beamteneid geschworen, als man ihm, zu seinem Entsetzen, statt eines Pferdes ein Motorrad als amtliches Beförderungsmittel zuwies.

Von einem Pferdesattel auf einen Motorradsattel umzusatteln, vermochte nun allerdings auch ein so sattelfester Beamter nicht, weshalb er sich für immer in den Ruhe- und Schmollwinkel der Pensionierung zurückzog.

Ich habe beide Herren nach dem Krieg in der kleinen Heimatstadt wiedergefunden, als mich das abenteuerliche Schicksal dorthin zurückführte. Zu einer Zeit, da es uns allen – auch Oberwachtmeister i. R. Tritz – sehr schlecht ging, wurde Polterzeh in einem Internierungslager ausreichend ernährt. Nach seiner Freilassung ergab er sich dem Schwarzhandel, wobei im einschlägige Erfahrungen seines früheren Berufes sehr zustatten kamen.

Die beiden ehemaligen Gendarmen gehen sich heute noch aus dem Wege, soweit das bei der Kleinheit unserer Stadt überhaupt möglich ist. Denn es verdrießt den alten Herrn Tritz, daß ihm auch heute der frühere Untergebene um mehr als eine Pferdenasenlänge voraus ist, da er, auf Grund unbegreiflicher Gesetze, als ehemaliger Oberregierungsrat eine wesentlich höhere Pension bezieht als der schlichte, seinem jeweiligen Eid treu ergebene Oberwachtmeister der Gendarmerie.

Ich weiß nicht, ob die heutige Jugend durch den Anblick eines berittenen Gendarmen noch so bewegt werden kann, wie es einst bei Bruno Tiches und mir der Fall gewesen ist – und ich glaube, man darf auch nicht bedauern, wenn es nicht mehr so ist. Aber um einer gewissen Moral willen, meine ich, müßte man die Geschichte Polterzehs um so mehr in den Illustriertenbericht einzubauen versuchen, als Polterzeh selbst, wie ich hörte, seine Memoiren unter dem Titel »Dienst unter drei Adlern« zu veröffentlichen gedenkt.

Schon als Warnung für den derzeit amtierenden vierten deutschen Adler sollte man diese rein sachliche Veröffentlichung vorausschicken.

Original-Aufzeichnungen des Bruno Tiches aus den Jahren 1921–1922

März 1921

»Jetzt haben die aus meiner früheren Klasse ihr Abitur gemacht. Haben sich, als ob das wunder was wäre. Dabei sehen sie alle ganz blaß und ausgek...[1] aus. R. und Andreas wollen studieren. Da geht der ganze Kram noch mal los. Bis die mal fertig sind, hab ich längst mein eigenes Haus und vielleicht sogar ein Automobil. Da gibt es jetzt schon tolle Dinger. Wir sind neulich mit einem dauernd fünfzig gefahren. Ich hab mich jetzt hauptsächlich auf mexikanisches Öl umgestellt.«

Juni 1921

»Mein Vetter Erich ist in Oberschlesien gefallen. Bei einem Freikorps. Das könnte mir fehlen, meine Birne hinzuhalten ›fürs Vaterland‹. Wenn man erst mal im internationalen Kapitalmarkt steht[2], sieht man, wie das alles verflochten ist, und macht solchen Quatsch mit Vaterland und Patriotismus nicht mehr mit.«

14. Juli 1921

»Ich hab jetzt ein Mädel in T. Kleines Biest (19). Kann immer

1 Vulgäres Wort.
2 B. T. war zu dieser Zeit noch immer Banklehrling.

nur auf ermäßigte Sonntagsrückfahrkarte (dreiunddreißigeindrittel Prozent) zu ihr rüber. Lohnt sich aber.«

September 1921

»Unser Bankdirektor ist auch noch einer aus der alten Zeit
von vor dem Krieg. So pinselig und umständlich. Neulich hatte
ich mich mal um ein paar Tausend verrechnet – machte der
gleich eine Geschichte draus! Zwei Tage lang mußte ich nach
dem Fehler suchen. Als ob's heute noch auf ein paar tausend
Emmchen ankäme. Ich hab's den Alten aber merken lassen, was
ich von ihm halte.«

Ende September 1921

»Sie haben mir zum 1. Januar gekündigt. Wahrscheinlich
hätte ich das selber getan, wenn die's nicht gemacht hätten. Ich
bin heute schon so firm in allen Bankgeschäften, daß ich glatt
eine eigene Bank aufmachen könnte. Außerdem hab ich ganz
hübsche Rücklagen und tu's vielleicht sogar. Ich hab auf ein
paar Außenseiter spekuliert, bin an Kupferminen in Südafrika
beteiligt und auch sonst an ein paar tollen Dingern. Emmy (21)
ist eine ulkige Nummer. Will mal Krankenschwester werden.
Von der ließe ich mich auch pflegen.«

27. Dezember 1921

»Weihnachten verlief daheim sehr ordentlich. Ich hab Vater
für seine Trichinen ein neues Mikroskop gekauft, von Zeiss.
Der Alte freute sich, aber es scheint ihn doch zu wurmen, daß
ich nun aus der Bank raus bin. Der wird noch mal stolz sein auf
mich! Mutter schenkte ich eine Brillantbrosche. Die hat sich
vor Begeisterung fast umgebracht. Ich bin sogar am Heiligen
Abend mit in die Stadtkirche zur Mette. Der Superintendent hat
das ganz hübsch hingekriegt: vom armen, elenden Deutschland, das auf das Weihnachtswunder seiner Erlösung wartet. So
was ist ganz tröstlich für Leute, die sich nicht richtig auf die
heutige Zeit einstellen können. Übrigens sind doch auch starke
Gemütswerte in solch einem deutschen Weihnachtsfest. Wenn
man sich ein bißchen die Hörner abgelaufen hat – bei den Mädels und so –, kommt man wieder dahinter.«

1. Januar 1922

»Silvester haben wir mal auf die Pauke gehauen. Ich hatte einige Freunde mit ihren Mädels in die Sanssouci-Diele eingeladen. Das gab einen Zauber! Erst lagen sie auf den Tischen, dann drunter. Mitternachts sind wir raus und haben ein paar Raketen losgelassen – eine ins Schlafzimmer von unserem alten Pauker K. Der soll auch mal was vom Leben haben. Vom Stadtkirchturm bliesen sie ›Üb immer Treu und Redlichkeit‹. Das machte einen ganz innigen Eindruck. Auf dem Heimweg traf ich R. Der war auch blau und quatschte mich schräg an. Die Brüder tun immer noch so, als ob man mal miteinander Schweine gehütet hätte. Hab ihm ordentlich Bescheid gestoßen. Tutti (22) hat sich schiefgelacht[1].«

März 1922

»In Mexiko haben sie irgendeine Schweinerei gemacht. Meine Ölwerte sind futsch. Das ist natürlich ein empfindlicher Verlust. Zum Glück ziehen die Kupferminen wieder an. Auch die Bieraktien stehen leidlich. Mit solchen Dingen muß man im Finanzleben rechnen.«

Ende März 1922

»Seit drei Wochen streiken sie in meinen Kupferminen. Lohnforderungen der Schwarzen. Schöne Sache, wenn die Schwarzen rot werden. Die Aktien fallen rapide. Ich komm immer mehr zu der Einsicht, daß bei den europäischen Völkern die starke Hand fehlt. Seit ich die unangenehme Geschichte mit Rita (24) hatte[2], komme ich mehr mit gleichgesinnten jungen Männern zusammen. Auch der älteste Meisegeier ist dabei – ein forscher Bursche. Wir sind alle der Meinung, daß diese Republik eine ganz schlappe Sache ist.«

Anfang Mai 1922

»Ich habe beschlossen, daß ich daheim weggehe. Die Spießer gucken einen alle so schief an, wenn man ›keine geregelte Tätigkeit hat‹. Die sollten mal meinen Ärger mit den Papieren

1 Tiches hat den bedauerlichen Vorfall völlig entstellt wiedergegeben.
2 Über die Art der Unannehmlichkeit liegen keine Angaben vor.

haben! Ich hatte doch ganz enorme Verluste und mußte ausgerechnet verkaufen, als die Mark so stark fiel. Das läßt sich schwer ausgleichen. Meisegeier sagt, das sind jüdische Machenschaften. Schade, daß wir hier keine Juden haben – denen hätten wir auch mal ein paar Raketen in die Bude gelassen. Meisegeier hat einen guten Satz geprägt. Er sagt: ›Die Juden sind unser Unglück.‹ Das haut hin. Das ist geradezu eine Parole.«

Ende Mai 1922

»Meisegeier erzählte gestern, er hat herausgekriegt, daß die S. jüdisches Blut haben. Drum machen die auch so viel in Wohltätigkeit – das ist alles das schlechte Gewissen. Der alte S. sammelt Bilder. Lauter langweiliges Zeug, mit Heiligen und so. M. meinte, man sollte denen einfach mal was rausholen. Von der Gartenseite aus ginge das ganz gut, und man könnte sich gesundstoßen. Ich bin aber dagegen. Man muß das alles legal machen.«

13. Juni 1922

»Nächste Woche gehe ich nach München. Dort soll allerhand los sein. Ich mache jetzt eine ganz gute Sache mit. ›Abitur durch Briefkurse‹ heißt das. ›Erfolg hundertprozentig garantiert‹ stand im ›Magazin‹ dabei. Da fällt die ganze langweilige Penne weg. Und für das gesellschaftliche Ansehen ist es doch irgendwie wichtig. Wo ich jetzt so viel Zeit habe, denke ich manchmal an meine Jugend zurück und wie in Leipzig die Studenten aufgefahren sind bei der Einweihung vom Völkerschlachtdenkmal. Das war ein gesunder Instinkt, daß ich mich damals für die Mützen und Bänder begeistert habe. Bildung ist eine Macht, wenn man die richtige Protektion hat.«

1. Juli 1922

»Seit acht Tagen in München. Höchste Zeit, daß ich aus dem Kaff daheim rausgekommen bin. Das ist ein ganz anderes Leben hier. Gestern bin ich mit einem Mädel namens Mizzi (26) heim – hier sagen sie ›Deanderl‹. Die Kruke hat ein Zeug zusammengeschwatzt, ich hab nicht mal die Hälfte verstanden. Das reinste Chinesisch. Doch sonst haben sie wenig Temperament, diese Bayern. Die sind mehr für Bier und Würstchen. Es gibt auch politisch sehr aktive Kreise, aber die bestehen meistens aus Zugezogenen wie ich. Es wird überhaupt in Bayern mehr Deutsch gesprochen, als ich gedacht habe. R. studiert auch hier. Ich hab ihn gestern auf der Ludwigstraße von der anderen Seite aus gesehen, habe aber nicht rübergeguckt. Ich will mit den Bürschchen nichts mehr zu tun haben. Die werden sich wundern, wenn ich mich auch immakulieren[1] lasse. Ich will möglichst viel machen: Volkswirtschaft und Anatomie. Ein gewisser Professor B.[2] führt immer Irre vor. Topsy (28) sagt, das ist wie auf dem Oktoberfest.«

10. Juli 1922

»Die ›Abiturbriefe‹ sind nach der dritten Nummer eingegangen. Dabei mußte ich zehn Nummern vorausbezahlen. Das sind ganz gemeine Betrüger. Aber ich brauch das Zeug nicht. Ich komm auch so zu meinem Ziel. Und fixer. Ich werde mal meine Fühler nach der ›Saxo-Albingia‹ ausstrecken. Schneidige Burschen. Mit starken völkischen Belangen, die uns so not tun. Gestern habe ich meine letzten Aktien verkauft – von der Stadtbrauerei daheim. Ein ganz dreckiges Verlustgeschäft. Aber das sind auch wieder diese gewissen Kreise.«

12. Juli 1922

»Mutter schreibt, daß Meisegeier sitzt. Sechs Wochen. Wegen eines Einbruchsversuches bei S. Der hat einfach zu früh losgeschlagen. Einzelaktionen sind überhaupt falsch. Aber in der Gesinnung ist der Junge goldrichtig. Am liebsten ist mir in München das[3] -Bier. Das hat eine richtige männliche Würze.«

1. September 1922

»Ich habe gestern den Herzogstand (1731 m) bestiegen. Die Natur ist erhaben. Mizzi ist ein Aas. Katholisch. Die Mark fällt rapide. Mit ›Saxo-Albingia‹ klappt das zum neuen Semester. Ich habe mir gestern schon das Haus angesehen. Zum 1. November trete ich an.«

1 Tiches meint wahrscheinlich »immatrikulieren«.
2 Wohl Bunke gemeint, bekannter zeitgenössischer Psychiater.
3 Name vom Herausgeber gestrichen, um den Verdacht einer reklamemäßigen Begünstigung zu vermeiden.

3. September 1922

»Gestern zeigte mir ein Freund auf der Straße von weitem einen Mann in einer Windjacke. Er sagte: ›Da ist der A. H.[1]. Der hat was los!‹ Man spürte das auch von hinten.«

Die neuen Kontinente

Wie anders als Bruno Tiches sah ich die hochzupreisende Stadt München am Anfang meines ersten Semesters! Sie war für mich ein einziges Festspiel, bei dem mitzuwirken ich vom Schicksal beglückt war. Oft hatten Himmel und Erde gleichzeitig weiß-blau geflaggt, und die Odeonsplatz-Tauben ließen sich von Glockentönen und militärischen Blechmusikwalzern wiegen. Manchmal ging ich auch unter einem stählernen Marienföhn-himmel selbst wie gewiegt, schwankend, mit ein wenig feuchten Händen und blutleerem Gehirn. Der warme Wind kam aus Italien, grüßte vertraute Rundbögen und barocke Voluten brüderlich von den Ständen an Tiber, Etsch und Po.

Anders als Bruno, war ich schon vorher einmal in Bayern gewesen, und die Sprache dort war mir von der Mutter her vertraut. Nun wurde mir der Viktualienmarkt zur Hochschule freundlich-behäbigen Volkstums, einer derb heiteren Einlage im bajuwarischen Dauerfestspiel. Ich schlug Gedankenbrücken von der großkalibrigen Marktfrau, die lobpreisend über eine Gänsebrust oder einen Entenpürzel strich, zu dem greisen Literarhistoriker in der Universität, der in genüßlicher Rezitation den Weg eines Wielandschen Flohs mit einem weißen Mädchenbusen bis in Gegenden verfolgte, die er mit leichtem Stimmtremolo »obszön« nannte.

Überall war Leben, das mitzuleben mir eine Lust wurde. Immer auch schien es mir Maskerade. Man sah Herren mit gepflegten Vollbärten und goldenen Uhrketten gemessenen

1 Vermutlich Adolf Hitler (1889 bis 1945).

Schrittes die Ludwigstraße einherschreiten, die man für Ministerialräte hielt. Aber der Freund von der Akademie erzählte, wie dann diese vermeintlichen Räte sich würdig der Hosen, Unterhosen und Wollsocken entledigten, um splitternackt, mit graugelockter Brust, vor Malstudenten und Studentinnen oder vor knetende Bildhauer zu treten, die sie zu Wilderern, Tiroler Freiheitshelden und schalentragenden Flußgöttern verarbeiteten.

Junge Mädchen, die gleichfalls ausgezogen, sich auszuziehen, wurden mehr um ihrer selbst willen gebildet, und man konnte das ehrbare Fräulein aus dem vierten Stock nachher in Ausstellungen und Rahmenhandlungen in vielen vorteilhaften Positionen und aus den gewagtesten Neigungswinkeln heraus begutachten. Manchmal wurde sie auch expressionistisch zerquetscht, aber nur selten als abstraktes Frikassee feilgeboten. Man hielt sich in jenen fröhlichen Jahren noch gern ans faßbar Leibliche, weshalb die gewerkschaftlich organisierten Modellmädchen ihren eigenen Faschingsball abhielten, bei dem auch Freunde ungemalter Akte auf ihre Kosten kamen.

Dann aber wiederum begegnete man Männern in dieser Stadt, die wie pensionierte Holzhackerbuam aussahen, mit schrundig verwitterten Gesichtern, erdverbundenen Kniekehlen, Lederhosen und Wadelstutzen, mit ständig zum Jodeln geblähtem Kehlkopf – das waren die wirklichen Ministerialräte ...

Die Ludwigstraße gehörte der Universität. Die weiß-blaue Straßenbahn fuhr dort gleichsam durch exterritoriales Gebiet. Autos waren höchst selten. Der Verkehr spielte sich vorwiegend auf den Gehsteigen ab und wurde von Ebbe und Flut der Vorlesungsstunden bestimmt. Mitunter kam ein begüterter Student auf einem Fahrrad.

Königliche Erscheinungen wurden mit ehrfürchtigen Fingern den Fremden gedeutet. Ein mächtiger Mann, von Süden nach Norden die Ludwigstraße passierend, mit dem kühnen Blick des Karavellenkommodores und Erdteilentdeckers, das Siegestor auf seinen dürftigen Schmuck hin begutachtend – das war der große Kunstgelehrte Heinrich Wölfflin. Von Norden nach Süden, vom Siegestor her aufkreuzend, schritt ihm ein anderer entgegen, als wunderbare Mischung von katalogischem Bergbauern und römischem Kardinal – man erklärte ihn als den sprachmächtigen Dichtergelehrten Karl Voßler. Die beiden erschlossen mir ungeahnte Kontinente über die fünf bekannten hinaus ...

»Der Wölfflin« las im Auditorium maximum von elf bis zwölf. Bei ihm hörte ich meine erste Vorlesung. Schlag elf saß ich in dem gewaltigen amphitheatralischen Raum, mich wundernd, daß er so leer war. Ein altes Männchen mit großen Ohren, das an einem leise zischenden Projektionsapparat hantierte, sprach mich freundlich an:

»San 'Sg'wiß zum erstenmal auf der Uni, Herr?«

»Ja«, sagte ich ungern, weil ich den Eindruck eines Greenhorns vermeiden wollte.

»Na, da wern 'S Ihre Freid hab'n beim Herrn Professor«, sagte der muntere Alte, indem er Lichtbilder sortierte und nach irgendwelchen Merkzeichen drehte.

Ich bestätigte ihm gern, daß ich über die geistige Betreuung des berühmten Lehrers unterrichtet sei.

»Beim Wölfflin kemma nämlich die scheensten Maderln von der ganzen Uni z'samm«, erläuterte er seinen vorhergehenden Satz. »Vui Ausländerinnen, auch aus Preißen. Schick, mit Bubiköpf' und so kurze Röck'.«

Ich freute mich, daß der freundliche Kunsthelfer dem Leben nicht entfremdet war. Er schwatzte fröhlich weiter, indes sich schon die Bankreihen füllten.

»Schaug'n 'S«, sagte er und hob ein Bildtäfelchen ans Licht. »Gotische Kathedralen mag i, weil da die Türm' immer oben san. Aber so a romanisches Tympanon – des is dir schon a Fressen. Und die grausligen Schimären – nie woaß man da, was oben oder unten is. Nacha lachen die Studenten, wann die Viecher nach oben spucken – und der Herr Geheimrat wird nervös.«

Jetzt gingen oben und unten die Türen dauernd auf und zu.

Alles deutete auf ein ausverkauftes Haus. Neben mich setzte sich ein Mädchen, das die schönen Prophezeiungen meines Mentors aufs erfreulichste erfüllte. Eine süße, dunkeläugige Romanin, wie mir schien.

Es wurde finster im Saal. Ohrenbetäubendes Füßegedonner begrüßte den Kunstwissenschaftler, der mit bedachtsam schwer tropfenden Worten schweizerischer Prägung gotische Wunder zu deuten begann. Die Ohren meines alten Freundes wurden von einem seitlich entweichenden Lichtstrahl aus dem Projektionsapparat magisch durchglüht.

Die schöne Romanin zu meiner Linken versuchte, in dem schwachen Licht eifrig mitzuschreiben. Einmal stieß sie mich mit dem Ellbogen an und entschuldigte sich flüsternd bei mir. Auf sächsisch.

Wir gingen nachher zusammen aus dem Hörsaal und die Leopoldstraße entlang. Meine neue Bekannte hieß Ruth, stand auch im ersten Semester und fragte mich manches, was ich selbst nur ungenau wußte. An ihre Fragen hängte sie oft ein schreckliches »Newwah?« als barocken Schnörkel. Sie stammte aus Glauchau und war wirklich süß. In den folgenden Wochen hungerten wir zusammen, lebten von Mensa-Kakao, Corned beef und der Liebe.

Eines Vormittags, als wir von Geheimrat Wölfflin gerade über Adam und Eva vom Bamberger Domportal sprachen, hatte ein stämmiger Mediziner in fortgeschrittenen Semestern und von offensichtlich agrarischer Herkunft meinen Platz eingenommen. Die Romanin aus dem Vogtland, des Kakaos und des Corned beefs, aber wohl doch nicht der Liebe überdrüssig, grüßte mich nur noch obenhin und verscheuchte mich auf die Galerie.

Ich mußte von Stund an meine volkskundlichen Studien wieder als Einzelgänger machen und mein Mensa-Essen allein einnehmen.

Einmal, im Spätherbst schon, ging auf der Ludwigstraße mein ehemaliger Klassenkamerad Bruno Tiches an mir vorüber. Er hatte knallende Stiefel und etwas Uniformähnliches an. Ich rief ihm frohgemut ein landesübliches »Grüß Gott!« entgegen. Er antwortete mit:

»Heil!«

»Wen?« fragte ich, indem ich mich nach ihm umdrehte.

Er stiefelknallte davon, ohne mich eines weiteren Blickes oder Wortes zu würdigen.

Nachtstücke (I)

»Die Partei hat mich beauftragt, die Professoren an der Uni ein bißchen zu überwachen. Meistens ist das stinklangweilig. Aber es ist wichtig für die Zukunft.«

Diese lapidare Eintragung des Bruno Tiches erfüllt mich noch heute mit Zorn und Abscheu über ihn und sein Tagebuch. Denn ausgerechnet bei dieser widerwärtigen Aufgabe lief er mir über den Weg, und ich mag töricht genug gewesen sein, ihm arglos manches zu bekennen, was er für seine Auftraggeber zu hören wünschte.

Es war ein Tag am Anfang des Sommersemesters, meines dritten Münchner Semesters, und das Wetter war so über alle Begriffe schön und verlockend – nach einem kalten, häßlichen Vorfrühling –, daß sogar bei Heinrich Wölfflin im Auditorium maximum Plätze leer blieben. Ich saß jetzt wieder »im Parkett«, seit die sächsische Romanin ihren Studienort gewechselt hatte. Auf den freien Platz neben mir setzte sich Bruno.

»Na, sieh mal an, Landsmann«, sagte er jovial, »so trifft man sich wieder.«

Sein kameradschaftlicher Ton und eine alberne heimatliche Sentimentalität ließen mich ihn herzlicher begrüßen, als er es verdient hatte.

»Studierst du?« fragte ich ihn.

»So nebenbei!« antwortete er mit einer weiten Handbewegung.

»In welcher Fakultät?«

74

Tiches ließ sich nicht gern verhören, obwohl er doch, wie ich jetzt weiß, zu verhören gekommen war. Seine Erwiderung wirkte schroff und ungeduldig. »Du weißt ja, in welchem Beruf ich praktisch angefangen habe.«

»Bankwesen natürlich«, sagte ich etwas gestelzt zu dem inflationistischen Banklehrling im Ruhestand. »Und nun erwirbst du dir das theoretische Rüstzeug?«

»Eben!« bestätigte Tiches kurz.

Ich wollte ihn gerade fragen, wie er denn überhaupt studieren könne, da er doch damals vorzeitig aus unserer Schule ausgeschieden wäre, als es im Saal dunkel wurde und der große Gelehrte in den Hörsaal trat, vom Gedonner der Füße stürmisch begrüßt. Auf der weißen Leinwand begann ein spukhaftes Schauspiel von Feuersbrünsten, Erschießungen, Folterungen und Schändungen, von allen wüsten Greueln des Krieges, die der große Spanier Goya in seiner graphischen Folge »Desastres« dargestellt hat.

Mit forschend zusammengekniffenen Augen und einer Stimme, die leidenschaftslos erscheinen konnte, sprach der Kunsthistoriker seine Deutungen, die dennoch den erregten Herzschlag eines ohnmächtig anklagenden Künstlers leidenschaftlich mitfühlen ließen.

Mein einstiger Klassenkamerad schien nur gelegentlich interessiert, so als in riesiger Leinwandvergrößerung ein halbnackter, bis über die Schenkel entblößter Frauenkörper gezeigt wurde, der auf einen Leichenkarren gezerrt wird.

»Allerhand!« murmelte er vor sich hin.

Einmal bat er mich auch um einen Bleistift, und ich reichte ihm dazu dienstbeflissen mein schwachkerziges Taschenlämpchen, mit dem ich manchmal hinter der vorgehaltenen Hand Notizen zu machen pflegte. Er schrieb etwas auf einen Zettel. Was es war, konnte ich nicht lesen. Soviel war jedoch zu erkennen: Daß der Name Goya nicht dabeistand.

Bruno Tiches' Gesicht machte einen merkwürdig zufriedenen Eindruck, als am Ende der Kollegstunde das Licht im Saal wieder eingeschaltet wurde.

»Hat's dich interessiert?« fragte ich.

»Ziemlich«, antwortete Bruno. »Ich schau gelegentlich mal wieder rein.«

Und da ich mich gerade zu jener Zeit in der sonst so geliebten Stadt etwas einsam fühlte, versicherte ich ihm, wie sehr mich ein Wiedersehen freuen würde.

»Habt ihr noch mehr Gesinnungsgenossen von dem?« fragte er obenhin, während wir schon die Stufen hinab und dem Saalausgang neben dem Katheder entgegen gingen.

»Wie meinst du das?« fragte ich verdutzt.

»Na, ich meine so Charaktere!« – seine Stimme bekam etwas Biedermännisches, redlich Schwingendes –, »liberale Männer, Pazifisten und so.«

Ich empfahl ihm begeistert und ahnungslos beinahe meine ganze Dozentenliste. Als wir eben unter die Tür getreten waren, rief Tiches:

»Mensch, das ist ja Wera!«

»Wer ist Wera?«

»Das Russenmädel. Die aus dem Schloßgarten neben deiner Tante.«

Mein Gott, war es möglich: Eins der beiden Märchengeschöpfe aus Tante Remmys Nachbarschaft sollte nach so vielen Jahren jetzt und hier wieder auftauchen? Ich sah Tiches im Gewühl der in der Zwischenpause durcheinanderstrudelnden Studenten und Studentinnen verschwinden und einem Mädchen die Hand auf die Schulter legen. Ich lief ihm nach und erreichte ihn, als er schon die ersten Worte mit dem fern verehrten Jugendtraum gewechselt hatte, von dem ich als schweigender Anbeter nie gewußt hatte, daß er Wera hieß.

Das Mädchen, mit dem Bruno sprach, war wirklich die kleine Baronesse aus dem Park, für die ich auf Befehl »Gedichte mit Mädchen und Liebe« gemacht hatte. Nun ich sie wiedersah, wußte ich sogleich, daß ich keine Gedichte mehr auf sie würde machen können, obwohl mich bei ihrem Anblick ein schmerzhaft ziehendes und zugleich wunderbares Gefühl durchlief.

Ich starrte sie an. Ihr damals langes, offenes Haar war nun kurz geschnitten und floß in einer schönen Welle knapp bis zu den Schultern. Und diese großen, graublauen, etwas verschleierten Augen, die Wera auf mich richtete, während sie mit Bruno Tiches sprach! Ich ganz unpoetisch Gewordener fand in diesem Augenblick, ich erinnere mich genau, einen wandervogelseligen Ausdruck dafür: Melusinenaugen zum Dreinversinken. »Guten Tag. Wie geht es Ihnen?« sagte Wera.

»Wie geht's denn Titti?« redete Tiches weiter, ohne sich um mein Dazwischenreden zu kümmern. »Ist sie immer noch so munter?«

»Die Prinzessin? Danke, meiner Kusine geht's ganz gut.«

»Wo lebt ihr denn?«

»Auf einem Schloß in Niederbayern. Bei Straubing.«

»Schloß – – Donnerwetter!«

»Es ist halb so schlimm. Die armen Verwandten im Kavaliersflügel. Früher nannte man es Dienstbotentrakt.«

»Paßt mal auf, ich komm bestimmt in den Semesterferien auf Besuch!«

Wera beantwortete diese fröhliche Selbsteinladung meines einstigen Schulkameraden nicht, so daß ich mich für ihn zu schämen begann und lebhaft bedauerte, daß gerade er bei diesem Wiedersehen mit meinem Kindheitsschwarm dabeisein mußte. Aber wer weiß, ob ich Wera ohne ihn überhaupt gefunden und wiedererkannt hätte.

»Sind Sie immer bei Wölfflin?« fragte ich rasch, ehe Tiches zu weiteren Taktlosigkeiten Zeit fand.

»Natürlich! Sie auch?«

»Natürlich.«

»Da können wir uns ja zusammensetzen.«

Nach diesem Wort wurde mir unbeschreiblich wohl zumute. Alle versäumte Seligkeit meiner Kindheit erschien nun als mögliche, nahe Wirklichkeit. Ich versank unrettbar in die tiefsten Abgründe der Melusinenaugen.

»Na, Tiches! Auch mal in der Uni?« fragte in diesem Augenblick eine leicht schnarrende Stimme hinter uns, und eine Hand

77

in hellbraunem Glacéleder legte sich auf die Schulter meines Landsmannes und Schulkameraden.

Mit dem geschah jetzt etwas, was ich bisher nie an ihm gesehen und auch nie für möglich gehalten hätte: Er wurde rot.

»Jawohl, Herr Graf«, sagte er halblaut.

»Aber nicht vergessen«, fuhr die nicht unsympathische Stimme fort. »Sie müssen mir bis drei noch den Knopf an die Pekesche nähen.«

»Jawohl, Herr Graf.«

Der sehr distinguiert gekleidete Student mit der roten Mütze ging davon.

Wera lachte ihm hinterdrein.

»Ihr näht euch gegenseitig die Knöpfe an?« fragte sie Bruno amüsiert.

»Die Saxo-Albingia legt Wert auf eine spartanische Fuchsenerziehung«, murmelte Tiches.

»Das geht soweit, daß ihr euch siezt?«

»Es ist unser aristokratisches Prinzip«, sagte Tiches mit nun wieder kräftiger gewordener Stimme und verabschiedete sich plötzlich sehr eilig und mit einem kurzen Gruß. Die Aristokratin Wera sah ihm verwundert nach.

Nachtstücke (II)
Aus den Aufzeichnungen des Bruno Tiches:

28. Mai 1923

»Hielt gestern beim großen Kommers auf der Toilette einem Alten Herrn den Kopf, der nachher sehr erleichtert war. Gehört führenden rheinischen Industriekreisen an und verwickelte mich in ein längeres wirtschaftspolitisches Gespräch. Meinte, ich sei intelligent und hätte eigentlich auch studieren sollen. Ich sagte ihm, durch welche Machenschaften ich am Abschluß meiner Bildung gehindert worden bin[1]. Auch den Ausspruch von Meisegeier sagte ich ihm: ›Die Juden sind unser Unglück.‹ Darauf er: ›Tja.‹ Mehr konnte er noch nicht sagen, da er wohl auch noch an gewisse überstaatliche Mächte gebunden ist. Daraufhin sagte ich, daß ich das Wort von Meisegeier auch in der Partei verbreite. Da setzte er sich auf die Brille, sah mich bedeutungsvoll an und fragte: ›Meinen Sie, daß man diese Leute unterstützen soll?‹ – ›Nur!‹ antwortete ich. Zum Unglück kam in dem Augenblick Graf R. herein, der schon viel getrunken hatte, und rief: ›Herrschaften laßt mich hier auch mal …[2].‹ Da zeigte sich nun die tolle Erziehung von dem Alten Herrn. Er zog vor dem Hinausgehen, obwohl er sich bloß zur Unterhaltung auf die Brille gesetzt hatte. Solches Herrenmenschentum müßte man mit den Idealen der Partei vereinigen können.«

Mai 1923 – und das sind die Sorgen von Bruno Tiches gewesen!

Wir hatten überhaupt keine, Wera und ich. Die Nacht des Wahnsinns lag über Deutschland, die Mark raste in wilden Delirien dem Abgrund entgegen, und wir liebten uns. Vor dem großen Hörsaal, dem »Max«, hatte unsere Liebe begonnen, und in ihm hörte sie nicht auf.

Es ist nur gut, daß ich später beim Examen nicht über Goya geprüft worden bin, denn das Glück unseres Beisammenseins ließ uns seine kriegerischen »Desastres« vergessen. Ich benutzte mein Taschenlämpchen nicht mehr zu wichtigen Kollegeheftnotizen, sondern leuchtete damit verstohlen Weras Handflächen ab und freute mich ihrer kräftigen Herzenslinie. Es machte meiner mathematischen Unbegabtheit alle Ehre, daß ich im dunklen Hörsaal immer wieder ihre Finger nachzählte, und in meiner durch die unsicheren Zeiten genährten Besitzangst vergewisserte ich mich sogar vom Nochvorhandensein ihrer Beine. Wir kamen uns wie die letzten Paradieseskinder in einer verrückten Welt vor.

---

1 Wie man weiß, völlig erlogen. T. war einfach dumm und faul.
2 Pöbelhaft volkstümlicher Ausdruck, der gestrichen werden muß.

Noch im Mai mußte ich meine Wohnung aufgeben, weil der Krankenkassenangestellte, bei dem ich in Untermiete wohnte, mich samt meinem »Fräulein« aus der Tür wies. Als ich ihm Weras Nam und Art nannte, hohnlachte er. Zum Glück fand ich ein neues Zimmer bei einer Generalswitwe in Schwabing. Sie war eine zierliche alte Dame und wies auf den Stahlhelm, der über meinem künftigen Bett an der Wand hing.

»Sie sind hoffentlich traditionsbewußt«, sagte sie.

Daraufhin brachte ich das nächste Mal als Beweis Wera mit und stellte sie zeremoniell mit ihrem recht umfangreichen Namen vor. Wera machte etwas, das einem Hofknicks ähnlich sah, und die Gunst der alten Exzellenz war gesichert. Für uns beide.

Wichtiger noch wurde in der Folgezeit, daß wir auch die Gunst der Exzellenzköchin gewannen, eines frommen, alten Weibleins, das mit unseren von der Liebe und den Dollarkursen bedingten schmalen Wangen Mitleid hatte. Sie kochte heimlich für uns mit, und wenn wir, hungrig vom Mensa-Essen, auf mein Zimmer kamen, das ich aus Traditionsbewußtheit nicht »Bude« zu nennen wagte, hatte sie bereits ein komplettes Generalswitwenmenü unter meinen Waschtisch geschoben. Von der Suppe bis zum Nachtisch gab es da Dinge, die ein Student in jener Zeit nur vom Hörensagen kannte oder über die er allenfalls in der kulturhistorischen Abteilung der Staatsbibliothek nachlesen durfte. Als Gegenleistung verlangte die gütige Köchin, die offenbar Punkte in guten Werken sammelte, nichts weiter, als daß ich sonn- und feiertags zur Kirche ginge. Ich erfüllte ihren Wunsch, nahm ein Gesangbüchlein in die Hand und traf mich mit Wera im Englischen Garten.

So genossen wir in diesem köstlichen Mai beides: meine exzellente Wohnung und die öffentlichen Anlagen der Stadt München. Wir waren albern wie Minderjährige, die wir ja auch noch halb und halb waren. Wir fotografierten uns gegenseitig und gemeinsam, mit Blitzlicht und Selbstauslöser. Mit Plüschdecken und Samtportieren drapierte ich Wera auf große Dame, die sie ja eigentlich war, oder als verworfenes Geschöpf, wozu sie bescheidene Anlagen zeigte. Sie rächte sich, indem sie mich als Stilleben mit dem Stahlhelm und einigen zu Blumenvasen verarbeiteten Granathülsen dekorierte.

Im allgemeinen verbannten wir jedoch dieses kriegerische Gerät aus unserer Nähe, da es abscheulich klirrte, wenn es herunterpurzelte oder umfiel. Nur wenn eine Besichtigung des Zimmers durch Exzellenz drohte, stellten wir die Tradition wieder her. Übrigens war die alte Dame reizend, und oft, wenn ich sie mit meiner sehr gesitteten Wera plaudern sah, bekam ich Gewissensbisse wegen unserer heimlichen Mitesserei.

Unser Studium freilich wurde immer mehr durch die Extravaganzen des Dollars als durch die Vorträge berühmter Gelehrter bestimmt. Die Hörsäle leerten sich, und der Andrang vor den Anschlagtafeln, an denen offene Stellen für Werkstudenten bekanntgegeben wurden, wuchs von Tag zu Tag. Zuletzt erschien es aussichtslos, sich dort überhaupt noch anzustellen, weil die Radfahrer den Fußgängern die wenigen ausgeschriebenen Stellen wegschnappten und weil meistens eine Horde leibesgeübter starker Burschen, die obendrein Radfahrer waren, eine Phalanx vor den schwarzen Tafeln bildete.

Weras Melusinenaugen durchbrachen auch die Phalanx. Und weiß der Himmel, wie sie damals zu einem Fahrrad gekommen ist – keinem Damenfahrrad übrigens, sondern einem männlichen Vehikel, von dem ich mutmaßte, daß es aus Oskar von Millers Vorratskellern für das werdende Deutsche Museum entwendet war. Mit seiner Hilfe schaffte sie es, daß wir beide unsere Brief- und Aktentaschen mit Geldscheinen auffüllen und täglich die lebensnotwendigen Milliarden oder Billionen verdienen konnten.

Bei einer Ausstellung verkauften wir zusammen Kekse, und Weras Bild erschien in einer Abendzeitung mit der sozialkritischen Unterschrift: »Zeichen der Zeit: Baronesse als Keksverkäuferin.« Mein Gesicht hatte man auf dem Foto weggeschnitten, weil es als Zeichen der Zeit nicht zu verwenden war. In der Wohnung eines Flaschenbierhändlers klopfte ich Teppiche, während Wera Staub wischte. Sie zerbrach eine scheußliche Vase mit dem Bild des Niederwalddenkmals, und wir mußten

froh sein, daß unser vereinbarter Lohn als Schadenersatz aner-
kannt wurde. Von unserer erfolgreichen Tätigkeit in der Ver-
gnügungsbranche wird zu gegebener Zeit noch zu reden sein.

Ein Glück war es für uns, daß der Höhepunkt der Inflations-
raserei in die schönste Jahreszeit fiel. So konnten wir Theater
und Kino entbehren, die wir doch nicht hätten bezahlen können, und machten uns zu Mitakteuren im uralten Naturschau-
spiel der Nacht und der Liebe – unbezahlt und unbezahlbar,
doch einer den andern beglückend. Wir lernten unsern Text
immer besser, ohne allzuviel Zeit auf Dialoge zu verschwenden.

In einer Nacht zwischen Flieder und Jasmin gingen wir, eng
aneinandergelehnt, durch den großen alten Park, in dem Kühle
von den raschen, kalten Bächen aufstieg. Zwischen den Zweigen der unbewegten Bäume war das matte Halblicht mondlo-
sen Sternenhimmels. Das Gras wurde feucht, und auch die
Bänke beschlugen sich. Wir beschlossen, zum Rundbau auf
dem Monopteroshügel hinaufzugehen, diesem sympathischen
Stück bajuwarisch empfundenen Griechenlands. Auf dem dürf-
tig beleuchteten Hauptweg, von der Universität her, kamen uns
einige Gestalten in leidlichem Schritt und Tritt entgegen, die
singend versicherten, daß sie die Reaktion seien. Wir bemühten
uns, nicht von ihnen gesehen zu werden.

»Spießgesellen deines Schulkameraden Tiches«, sagte Wera.

»Deines Duzfreundes«, sagte ich.

»Danke«, antwortete Wera. »Dennoch sei er gesegnet.«

»Wieso?«

»Weil er uns zusammengeführt hat …«

»Er sei gesegnet! – Vielleicht bleibt es sein einziger Ruhm auf
dieser Welt.«

»Hoffentlich«, sagte Wera.

Das war, für jene Zeit und in Anbetracht unserer Verliebt-
heit, ein sehr langer und bedeutender Text. Einen weiteren, mit
eingebauter Milieuschilderung, sprachen wir, als wir schon auf
den noch tagwarmen Marmorstufen des Rundtempelchens saßen.

»Jasmin«, sagte ich.

»Bei uns daheim im Baltikum blüht er viel später, und die Blüten sind größer. Die weißen Nächte im Hochsommer sind ganz erfüllt von Jasminduft.«

»Warum seid ihr denn nach dem Kriege nicht wieder dorthin zurückgegangen, wenn es da größere Blüten und hellere Nächte gibt?« fragte ich mit einem eifersüchtigen Vorbehalt gegen ihre Heimat, die ich nicht kannte.

»Weil uns die neuen Herren dort unsere Güter weggenommen haben. Dir kann das doch recht sein«, sagte sie, und ich sah, trotz des matten Lichts, jene drei reizenden Querfältchen auf ihrer Nase, die mich immer reizten, sie durch einen Kuß geradezubügeln.

»Außerdem dürftest du gar nicht so für allzu helle Nächte sein.«

»Allerdings«, antwortete ich forsch.

Weiterer nennenswerter Text wurde in dieser Nacht von uns nicht mehr gesprochen. Es sei denn, man rechne die Spielregeln für ein Gesellschaftsspiel hinzu, das Wera sich ausdachte und das wir gehorsam durchspielten. Wir beschlossen nämlich, uns so oft zu küssen, wie wir es von den Türmen der Münchner Kirchen schlagen hörten. Beim erstenmal ging das sehr gut.

»Mein Gott, es ist schon fünf«, sagte Wera.

»Du irrst, es ist Viertel zwölf. Die Nacht ist ungewöhnlich hellhörig. Man hört die Uhren von fünf Türmen schlagen.«

»Das gibt eine schöne Arbeit!« seufzte sie.

Bis zwölf kamen wir noch leidlich durch. Danach wurde es anstrengend. Die Glocken begannen zwar in kleinen Zeitabständen anzuschlagen, aber dann ging es mit einmal durcheinander, langsamer und schneller, hoch und tief. Weil wir gewissenhaft waren, zählten wir bis sechzig, und da war es beinahe schon wieder Viertel eins, und wir mußten von neuem anfangen. Immerhin gab es später einige Verschnaufpausen, und erst als es hell wurde, fing es an, sich wieder zusammenzuläppern.

Ich muß dazu noch sagen, daß wir darum in dieser Nacht nicht schlafen gingen, weil wir um fünf Uhr morgens in einer Motorenfabrik zum Abschmieren antreten mußten. Nur auf

Grund ihres feudalen Stammbaums hatte es Wera bei einem der Werksdirektoren erreicht, daß sie mit mir zusammen diese Männerarbeit tun durfte. Unser Fünfmalfünf-Glockensoll erfüllten wir vorfristig bereits um vier Uhr fünfzehn, ehe wir uns auf den Weg zu unserer Arbeitsstätte machten.

Alles Schmieröl roch uns an diesem Vormittag nach Flieder und Jasmin, und Wera zuckte zusammen, als die Werksglocke lang anhaltend zur Vesperpause schrillte ...

Es ist sonderbar, daß mir nun alle diese süßen Erinnerungen wiederkommen, obwohl sie weit weg führen von der forschen Zielbewußtheit im Lebenslauf des Bruno Tiches. In den Tatsachenbericht kann ich sie beim besten Willen nicht mit aufnehmen.

Freilich, wenn ich nachdenke – vielleicht wäre es doch richtig, sie zu erwähnen ...

Ich bin nämlich erst vor kurzem wieder in München gewesen und saß oben auf dem Monopteroshügel, in der Zeit zwischen Flieder und Jasmin. Ein bißchen kälter waren die Marmorstufen geworden, aber das mochte an mir liegen. Auch junge Pärchen küßten sich, wie damals. Doch, wie soll ich's nennen, sie küßten sich mit so viel realistischem Ernst, so zielbewußt, so ganz unbeeinflußt von Düften, Sternen und Glocken.

Vielleicht, meine ich, sollte man ihnen deshalb von dem Glockenspiel erzählen, das eine baltische Baronesse vor einem Menschenalter erfunden hat. Damit wieder ein wenig mehr an Phantasie und Tradition in die Welt komme.

Sommerlegende

Der Sommer 1923 entschied so viele Schicksale, daß von ihm ausführlich wird erzählt werden müssen. Zunächst beginnt es ganz idyllisch, auch in Brunos Aufzeichnungen.

1. August

»Ich bereue nicht, nach Niederbayern gereist zu sein. Sie nennen sich die Kornkammer Bayerns und haben es auch recht dicke hier. Trotz der blödsinnigen Geldentwertung kommt man nie in Schwierigkeiten, wenn man in Couleur ist. Die Akademiker sind hier zwar meistens Katholen und nicht satisfaxionsfähig (sic!), aber vor den Farben Saxo-Albingias haben sie doch mächtigen Respekt. Ich halte mich vor allem an Veterinärmediziner und Nationalkomiker[1].«

8. August

»Heute nacht sogar in einem Pfarrhaus geschlafen. Gab tolles Essen da. Habe mich dem alten Herrn zuliebe sehr positiv über den Papst ausgesprochen. Wenn der wüßte ...«

10. August

»In Pfarrkirchen haben sie mich abends beim Stammtisch darauf hingewiesen, daß in der Stadt ein Bundesbruder von der Saxo-Albingia wohnt. Mit dem nächsten Zug weitergereist.«

23. August

»Werde doch später nach Straubing kommen, als ich dachte. Sahne jetzt ein bißchen die Dörfer ab. Gerade bei Nichtakademikern ist unsereins besonders angesehen.«

2. September

»Sedantag! Straubing!!! Schon von der Bahn aus das Schloß an der Donau gesehen!!!«

Nun muß ich freilich ein wenig in meinen eigenen Erinnerungen und Dokumenten kramen, ehe ich die dramatischen Entwicklungen in dem Schloß an der Donau schildern kann. In jenem Sommer 1923 war ich zum erstenmal wieder in den Ferien nach Hause gefahren. Die kleine Heimatstadt kam mir merkwürdig verändert vor, so als sei sie in der Wäsche – oder in den beharrlichen Regengüssen dieses Jahres – eingegangen. Die Straßen schienen schmäler und die Häuser niedriger geworden zu sein. Im Vergleich zur Münchner Universitätsfreitreppe war das Treppchen meiner einstigen Schule zu einer Hühnerleiter geworden, und sogar die ehemaligen Lehrer erschienen mir eingeschrumpft.

---

1 Zeitgenössischer studentischer Ausdruck für Nationalökonomen.

Bis auf die Familie Meisegeier, die sich um einen spätgeborenen, diesmal weiblichen Sproß von exotischem Aussehen vermehrt hatte (im Vorjahr war ein Großzirkus im Städtchen gewesen), fand ich auch die Bevölkerung reduziert. Tante Remmy war gestorben, ihr Kavaliershäuschen stand leer, und sie hatte meinen Eltern eine Spieluhr hinterlassen, deren Repertoire in »Fischerin, du kleine« bestand.

Onkel Bense verkehrte nicht mehr mit uns. Er erklärte meinen liberalen Vater den »Roten« zugehörig, die er für die Inflation und die Vernichtung seiner Sparguthaben verantwortlich machte. Er trat der Partei von Bruno Tiches bei, deren Ortsgruppe der älteste Meisegeier bald nach seiner Entlassung aus dem Gefängnis gegründet hatte. Später wurde Onkel Bense sogar Blockleiter und durfte eine Uniform tragen.

So sehr hatte sich das Heimatstädtchen verändert, daß ich mich fremd in ihm fühlte und sehnsüchtig auf Weras Briefe wartete. Sie waren mein ein und alles, meine Heimat und mein Sommer. Auf kuriose Weise habe ich Weras Briefe über alle nachfolgenden Untergänge hinweg bewahren können, und nun werden sie mir im Falle Tiches zu wertvollen, unantastbaren Quellen. Insgeheim aber – das darf ich im Tatsachenbericht natürlich nicht aussprechen und wage es, bei aller Liebe, auch meiner Frau nicht einzugestehen – sind sie mir auch heute noch Heimat und Sommer und werden es bis ans näherrückende Ende meiner Tage bleiben. Jetzt lese ich diese leicht angegilbten, dünnen Blätter mit der großen, steilen Schrift wie eine holde Legende.

3. August. »Du, wir haben ein eigenes Stück Donau! Vom Schloß zieht sich ein Streifen Laubwald bis an den Strom hinunter. Wenn Du beispielsweise in Wien wärest, könnten Dir die Wellen was von mir erzählen. Ich bade immer allein dort unten und denke dran, wie schade es ist, daß Du Dich damals nicht über den Zaun getraut hast. Dann kennten wir uns schon so viel länger. Man kann sich gar nicht lang genug kennen.«

4. August. »Denk Dir, Lieber, heute früh hab' ich im Halbschlaf unwillkürlich an der Wand nach oben gelangt, ob der Stahlhelm dahängt. Danach war ich traurig.«

5. August. »Unser Ufer ist so einsam, daß man ungeniert in der Sonne einbrennen kann. Wenn Schleppzüge kommen, kann ich mich immer noch in Ruhe hinter den Büschen verstecken. Dann schau' ich durch die Zweige und sehe, wie die Schaufelräder im Wasser pladdern und silberne Sonnenstrahlen aufwühlen, während die Schlepper stromauf nach Regensburg dampfen. Wenn ich wieder an meinem Platz liege, krieg' ich oft noch was von ihrem schwarzen Schornsteinrauch in die Nase, und ich sehe in der Ferne eine Flagge verschwinden – eine ungarische, rumänische, tschechische. Das macht Reisesehnsucht. Ob ich mal mit Dir reisen darf[1]?«

6. August. »Nachts höre ich nur zwei Uhren schlagen: eine von der Dorfkirche und eine vom Ecktürmchen des Herrschaftsflügels. Sie schlagen beide sehr langsam und unmittelbar nacheinander. Das wäre großartig für unser Spiel. Meinst Du nicht auch? Bloß ein bißchen wenig.«

7. August. »Heute kam ein Polizeiboot ganz schnell um die Flußkrümmung, als ich dicht am Wasser stand. Ich konnte nicht mehr zu den Büschen entkommen, sondern mich bloß noch umdrehen. Die Polizeimänner suchten was mit Ferngläsern. Mich sicher nicht.«

Ich hätte sie gesucht ... Aber warum habe ich sie nicht gesucht? Warum bin ich so brav zu Mutters Kochtöpfen zurückgekehrt, statt mich im Lande Niederbayern herumzutreiben wie Bruno Tiches? So konnte ich mir Wera nur im Schlaf und in wachen Träumen vorstellen, ganz Melusine jetzt, am silbernen Flußwasser und unter wehendem Laub.

Tag für Tag bekam ich einen Brief von ihr, sogar an den Sonntagen, weil wir die Post aus einem Schließfach holten. Einmal stieß ich, lesend, unter der Postamtstür mit Evelyna Meisegeier zusammen. Sie sah mich sonderbar an, und es kam mir vor, als sei sie noch hübscher geworden. Aber sie interessierte mich überhaupt nicht mehr.

Und dann kam mit einmal der dramatische Akzent in das ly-

---

1 Wir durften es (siehe Seite 137 ff.).

rische Geplätscher unseres Briefwechsels – in der gleichen Woche, da in Bruno Tiches' Tagebüchern der seltene Fall eintritt, daß sich darüber keine Aufzeichnungen finden.

Am 8. September geschah ihm, was ich am 10. September in einem Brief von Wera las.

9. September. »Lieber, gestern ist bei uns die Bombe geplatzt! Ich schrieb Dir schon, daß Tiches ein paarmal aus Straubing angerufen hat und meine Kusine Titti sprechen wollte. Er sprach am Telefon immer von ›Hoheit‹ und wir platzten beinahe vor Lachen. Titti ließ sich zunächst verleugnen. Du weißt ja, wir mögen Korpsstudenten und dergleichen Leute überhaupt nicht sehr. Aber wir haben selber so ein Prunkstück bürgerlicher Salons in der Familie, einen Baron Friedrich von R.-W.[1], einen gutmütig harmlosen Knaben mit einem bescheidenen schauspielerischen Talent. Den haben wir in unsere Verdächte wegen Deines Klassenkameraden eingeweiht. Fritz gehört zwar zu einem anderen Verband, fragte aber gleich bei der Saxo-Albingia in München wegen der näheren Umstände an, und da ...

Aber nein, ich muß es andersrum erzählen. Also vorgestern ließ sich Titti endlich von Deinem Bruno[2] am Telefon erreichen. Er war sehr forsch und duzte ›Hoheit‹, was sie gar nicht gern mochte. Trotzdem ›gab sie sich die Ehre‹, Herrn stud. ich-weiß-nicht-was Tiches für den nächsten Abend einzuladen. Er fragte, ob er in Couleur kommen dürfe. ›Nur!‹ schrie Titti ins Telefon und jauchzte dabei so, daß er eigentlich Verdacht hätte schöpfen müssen.

Du, wir haben am nächsten Abend einen Zauber veranstaltet! Eigentlich schade, daß er nicht Dir im Ernste gegolten hat! Diener mit brennenden Kerzen an der Haustür und am Saaleingang – das Ganze spielte sich natürlich nicht in unserer Garage, sondern im Herrschaftsflügel ab –, und wir zwei Mädchen hatten uns so schön wie möglich gemacht. Wir bauten uns selb-

---

1 Name nicht ausgeschrieben, da von R.-W. noch lebt.
2 Das ewige »Dein« ist eine kleine Bosheit der Absenderin.

dritt auf, in der Mitte Vetter Fritz mit blauer Mütze, und erwarteten die Kerzenprozession, die Bruno Tiches hereingeleitete.

Was jetzt kommt, ist einfach unbeschreiblich. Fritz stelzt seinerseits auf Bruno zu. Die beiden rucken ihre Mützen vom Kopf und stehen einander so steif gegenüber, daß man förmlich sieht, wie ihre Nackenhaare sich den Rücken runter sträuben. Dann schmettert Tiches seinen Namen, küßt uns Mädels die Hand und sagt was von ›hoher Ehre‹ und ›gebührend zu würdigen wissen‹.

Daraufhin lüftet wieder Fritz sein Mützchen und sagt todernst: ›Darf ich den Herrn Kommilitonen bitten, sich geohrfeigt zu fühlen!‹

Du kannst Dir den Effekt nicht vorstellen. Brunos Mund klappte auf und zu, ohne daß ein Wort herauskam.

Dann wieder Fritz: ›Darf ich Sie auf die Toilette bitten!‹

Auf einmal lachte Tiches laut und schallend. Vielleicht hat er wirklich geglaubt, daß hier nur ein feudaler Spaß angezettelt worden war. Aber Fritz ließ ihn darüber nicht lang im unklaren. Er fragte eisig:

›Die Toilette gehört doch wohl nicht zu Ihren Arbeitsplätzen, Herr Korpsdiener einer löblichen Saxo-Albingia?‹

Und da geschah, was mich für Augenblicke sogar ein bißchen Mitleid mit Deinem früheren Kameraden empfinden ließ. Bruno machte auf dem Absatz kehrt und raste wortlos davon, aus dem Saal, durch die langen, hallenden Steinkorridore, in die dunkle Nacht hinaus. Einen unserer Kerzenträger rannte er dabei einfach über den Haufen. Wirklich, ich hab mich für die nicht gerade noble Racheszene, die wir gespielt haben, ein bißchen geschämt. Aber denk Dir, dieser Hochstapler! Ist gar kein Student und schmarotzt sich mit Mütze und Band durch das ganze Land Niederbayern. Was soll aus so einem bloß werden …¹? Wir standen zunächst etwas begossen da, als die Tür hinter Tiches zugeknallt war. Aber dann haben wir unsere schöne Aufmachung benutzt, um ein kleines Fest en trois zu feiern.

---

1 Wera hat die Beantwortung dieser Frage noch erlebt.

Titti fuhr nachher noch mit Vetter Fritz ein Stündchen im Auto weg. Ich mußte allein ins Bett gehen.«

Ja, das war es! Das ist diese tolle Begebenheit in Bruno Tiches' Leben, die sich entscheidend auf seine ganze künftige Laufbahn ausgewirkt haben mag. Daß dies, in seinem Sinne, positiv geschähe, hätten wir uns damals freilich nicht träumen lassen. In unserem weiteren Briefwechsel äußerten wir sogar Besorgnisse, Tiches könne sich wegen der unerträglichen Demütigung etwas angetan haben – aber dazu war er wohl zu dickfellig. Auch vergaßen wir seinen Fall um so mehr, je näher wir unserem Wiedersehen kamen.

Dieses Wiedersehen war über alle Begriffe schön. Ich war schon früher in den D-Zug eingestiegen, in den Wera in Regensburg zusteigen mußte. Sie ahnte nichts davon. Ich sah sie im vorzeitig kalten Septemberregen die Abteiltür öffnen, und sie stieg geradewegs in meine Arme. Wir blieben während der ganzen Fahrt am Gangende des letzten Wagens stehen, von wo wir auf die feucht glänzenden Schienen hinausschauen konnten.

Aber wir sahen die Schienen gar nicht – wir sahen nur uns. Mit einem Kopfsprung war ich wieder in den tiefsten Gründen der Melusinenaugen verschwunden und sah dort strudelnde Schiffsräder und fremde Flaggen und ein Mädchen, das sich meinetwegen nicht umzudrehen brauchte. Es wurde Frühling und Sommer zugleich in dieser Herbstnacht. Die Läutesignale der Reichsbahn akzeptierten wir gewissenhaft als Glockentöne, und wenn keine Signale läuteten, hörten wir inwendig welche. Wir beschlossen, unsere Sommerlegende über den Winter hinweg zu konservieren.

Am nächsten Morgen fiel mir beim Erwachen etwas auf den Kopf. Es war der Stahlhelm, den ich in meiner seligen Verwirrung von der Zimmerwand zu entfernen vergessen hatte. Wera küßte die Beule auf meiner Stirn, und ich schlug mit dem Hammer die aus dem Stahlhelm. Kindisch albern, wie wir waren, stellten wir uns dabei das gegenteilige Verfahren vor.

Bruno Tiches mag zu dieser Zeit den folgenschwersten Schritt seiner Laufbahn bereits vollzogen haben; denn in seinen

Tagebüchern findet sich schon unter dem 17. September die nachstehende Eintragung:

»Ich habe meine Stellung bei der Saxo-Albingia aufgegeben. Ich halte die Verbindungen allesamt für überlebt. Sie sind genauso faulig und wurmstichig wie unser deutscher Adel, mit dem man zu gegebener Zeit mal Fraktur reden muß. Möge dieser Tag bald kommen. Ich werde jedenfalls alles daransetzen, ihn durch meine tatkräftige Initiative zu beschleunigen. Ich habe nunmehr beschlossen, Politiker zu werden[1].«

Haremsnächte

»Gestern nachmittag ging ich über den Stiglmaierplatz. Da kam ein offenes schwarzes Auto. Weil gerade Arbeiter an den Schienen gearbeitet haben, mußte es langsam fahren. Und da sah ich, daß A. H.[2] hintendrin saß. Ich hatte ihn bisher immer nur von weitem gesehen, im Circus Krone und so. Jetzt habe ich ›Heil‹ gerufen und ›Deutschland erwache‹ und habe den Arm weit ausgestreckt. Da ist er aufgefahren, hat herübergeguckt und mich fest angesehen, mit seinen berühmten stahlblauen Augen. In diesem Augenblick habe ich ihm ewige Treue geschworen. Ein Gleisarbeiter, ein offensichtlicher Marxist, rief mir danach zu: ›Laß wenigstens uns Bayern weiterschlafa, du preißischer Hammi!‹ Denen werden wir ein Erwachen bereiten ...«

Diese überraschende Tagebuchnotiz von Bruno Tiches werde ich natürlich schon darum im Wortlaut veröffentlichen müssen, weil sie auf so frappante Weise der Eintragung über die Begegnung mit Kaiser Wilhelm II. im Jahre 1913 ähnelt. Für den Psychologen mag es interessant sein, daß diesmal der Satz vom Treueschwur nachträglich *nicht* überklebt wurde, was darauf

---

1 Die Ähnlichkeit mit dem Bekenntnis einer anderen, nachher recht bekannt gewordenen politischen Persönlichkeit ist auffällig.
2 Adolf Hitler (1889 bis 1945).

hindeutet, daß Tiches auch nach 1945, trotz gegenteiliger Äußerungen, innerlich zu diesem Schwur stand. Eine weitere bedeutsame politische Anspielung finden wir in Brunos Aufzeichnungen zwei Tage später:

»Die Inflation soll zu Ende gehen. Für unsere Sache war sie gut. Sie hat das Volk davon überzeugt, daß die Zinsknechtschaft gebrochen werden muß. Wir sind in der Partei jetzt alle sehr optimistisch, daß wir bald losschlagen können.«

Diese Zeit, in der die Tichesse so optimistisch gewesen sind, wurde für Wera und mich die schlimmste. Wir waren Ende September vorzeitig aus den Ferien zurückgekommen, weil wir von einem Freund gehört hatten, daß in München ein Großfilm, »Odysseus« gedreht werden sollte, zu dem noch Studenten als Statisten gesucht würden. Wir sahen darin eine Chance, Geld zu verdienen und hegten außerdem romantische Vorstellungen vom Filmbetrieb, auf deren Hintergrund bei mir uneingestanden die Hoffnung keimte, als Schauspieler entdeckt zu werden.

Als wir beide uns bei der studentischen Arbeitsvermittlung meldeten, erfuhren wir, daß der Drehbeginn des Films wegen Finanzierungsschwierigkeiten auf unbestimmte Zeit verschoben werden müßte. Uns schwammen alle Felle weg. Die Aussichten auf einen anderen lohnenden Verdienst waren gering, denn während der Ferien wurden nicht allzu viele Studenten angefordert. Doch hing am Schwarzen Brett eine Ausschreibung, daß noch einige männliche und weibliche Studenten als Rekommandeure für das Oktoberfest gebraucht würden.

»Was ist denn das?« fragte Wera.

»Ich weiß auch nicht«, antwortete ich, meinte aber, das Wort klänge recht seriös verwaltungsmäßig.

Als wir uns bei der Festleitung auf der Theresienwiese meldeten, wurde uns erklärt, daß »Rekommandeure« Anreißer vor den Schaubuden seien und daß man dafür Erfahrung besitzen und zu reden verstehen müsse. Uns verschlug's die Rede. Aber weil wir kein Geld hatten, gingen wir zu einem Unternehmen, bei dem noch irgendwelche Statistenstellen frei sein sollten.

Wir fanden eine langgestreckte Bude, auf deren Wände neben kakaobraunen Muskelmännern verführerisch entkleidete Mädchen in Seidenfarben gemalt waren – ein Jahrzehnt später wurde so etwas zur offiziellen Staatskunst. Quer über die Schaubude lief ein von roten elektrischen Glühbirnen eingefaßtes Schild »Kraft und Schönheit«, und auf einem angelehnten Plakat stand das Programm zu lesen: »Original Tarzan, der Urwaldmensch«, »Sulamith, das blaue Weib (Jugendverbot)«, »Breithaupt, der Eisenkönig«, »Bimbo und Bombo, die lustigen Vagabunden«, »Orientalische Haremsnächte??? (Pikant, spannend, erregend! Nur abends!).«

»Da gehen wir nicht rein«, entschied ich.

»Ich geh doch rein«, sagte Wera.

Sie ging um die Bude herum, und ich folgte ihr in einem kleinen Abstand. In einem saubergehaltenen Wagen sahen wir einen mürrischen Mann an einem Klapptisch sitzen und eine Kalbshaxe benagen.

»Was wollt ihr denn?« fragte er, der sich offensichtlich in seinem Genuß gestört fühlte. Mir lief das Wasser im Munde zusammen.

»Die Festwiesenleitung hat uns zu Ihnen geschickt, Herr Direktor ...«, sagte meine Baronesse traditionsbewußt leutselig.

»Untermüller«, knurrte er Haxenmann, wobei er Wera von oben bis unten mit seinen Blicken abschätzte. »Dich könnt ich vielleicht noch jebrauchen! Zieh dir später mal den Fummel an!«

»Was müßte ich denn bei Ihnen machen?«

»Jarnischt! Dich rausstellen und 'n bißken mit'm Popo wakkeln.«

Jetzt kam mir für Wera der Adelsstolz hoch, den sie so schmählich vermissen ließ.

»Fräulein Wera entstammt einem berühmten Adelsgeschlecht«, trumpfte ich auf, während sie mir tödliche Blicke zuschleuderte.

»Na und?« fragte Untermüller ungerührt. »Deswegen hat se doch alles an dieselbe Stelle wie andere Mädchens auch. Und was die Beriehmtheit anjeht – als Bimbo bin ick selber beriehmt genug!«

Das also war einer von den »lustigen Vagabunden«. Ich hatte genug von seinem Humor. Am liebsten wäre ich fortgerannt. Ich war des Oktoberfests, dieser ganzen abscheulichen Zeit und vielleicht sogar meines Lebens überdrüssig. Und Hunger hatte ich auch.

Aber Wera flehte mit ihren Melusinen- und Baronessenaugen so bewegend für meine Mitverwendung, daß ich zu feige war, eine feige Flucht zu wagen. Während sie sich im Nachbarwagen bei Frau Untermüller umzog, mußte ich mich, auf Herrn Untermüllers Befehl, meines Jacketts und Hemds entledigen und versuchte, aus meiner Brust und den Oberarmen herauszudrücken, was nur irgend ging. Untermüller aber faßte mit seinen fettigen Kalbshaxenfingern sachkundig nach meinen Armmuskeln und schüttelte den Kopf.

»Bedeck dir mal wieder, eh das Frollein kommt!« sagte er. »Als Kraftmensch kann ich dir beim besten Willen nich loofen lassen. Student, ja ja ...« Seine Stimme klang ehrlich mitleidig, als er das sagte. Doch als er mir ein Päckchen Milliardenscheine in die Hand drückte und mich aufforderte: »Jeh wenigstens mal ordentlich frühstücken«, wallten gekränkter Stolz und akademisches Ehrgefühl in mir hoch.

In diesem Augenblick trat Wera wieder ein.

Sie hatte etwas Unmögliches an. Das Kostüm sah zwar peinlich sauber aus, aber das dünne Flitterzeug war vielfach geflickt und verschossen und mochte in einer Ausstattungsrevue seine Dienste erfüllt haben, ehe es über den Trödler in die Schaubude gekommen war. Seine Pikanterie erstreckte sich im wesentlichen auf die Beine. Obenherum war alles anständig geschlossen. Auf dem Haupte trug meine Baronesse ein wackelndes Gebilde aus geknickten Straußenfedern.

»Scheen!« sagte Herr Untermüller verklärt und machte ein Gesicht, wie er es sonst gegen Bezahlung als lustiger Vagabund machen mochte. »Da kannste sogar die Haremsnächte mitmachen.«

»Nein!« rief ich entsetzt.

»Is ja so harmlos, Junge«, sagte Untermüller beruhigend. »Guck dir's am Abend mal an.«

Ich weiß nicht, warum mir der Schaubudendirektor jetzt weniger unsympathisch vorkam. Vielleicht lag es mit an seiner redlichen, stockheiseren Stimme. Jedenfalls behielt ich das Geld, das er mir in die Hand gedrückt hatte, und da auch Wera ihr sogenanntes Handgeld empfing, machten wir uns auf, unsere hungrigen Mägen zu füllen. Vom unverhofft empfangenen Lohn tollkühn geworden, kauften wir ein Brathuhn und nahmen es in ein Bräuzelt mit, wo wir uns eine Maß des starken Wiesenbiers bestellten.

Um die Mittagsstunde war es in den Zelten noch fast leer, und wir saßen allein an einem langen Tisch. Das schwere Bier stimmte uns träge und friedlich. Ich hängte Wera ein Lebkuchenherz mit der Zuckergußaufschrift »Aus Liebe« um den Hals, und sie küßte mich dafür, von der dicken Bräukellnerin mit ermunternder Zustimmung bedacht.

Da am Nachmittag die Sonne durchkam, ein föhnig leuchtendes Blau am Himmel erschien, die Wiese sich mit Kindern belebte und die ersten Karussells zu dudeln begannen, ließen wir uns genüßlich durch die bunte Vergnügungsstadt treiben. Die tatkräftige Wera zog mich noch mal zur Festwiesenleitung, um eine andere Anstellungsmöglichkeit für mich zu erkunden.

»Mög'n S' an' Türken machen?« fragte mich der joviale Mann im Verwaltungszelt. »Sie ham Glück. Eahnern Vorgänger hat da Schlag troffen.«

Ich gestand, daß ich weder türkisch sprechen noch Muskeln zur Schau stellen könne. Meine mittäglichen Erfahrungen hatten mir den Mut genommen. Aber als sich herausstellte, daß ich in einer Bude türkischen Honig verkaufen müsse, meinte ich, dieser Aufgabe gewachsen zu sein.

Wir begannen beide unsere Tätigkeit um vier Uhr nachmittags. Während meine Baronesse im Wagen von Frau Untermüller als ausgeblichenes Revuegirl aufgezäumt wurde, band man mir eine weiße Schürze um, und eine dicke Frau mit einem Schnurrbärtchen auf der Oberlippe lehrte mich, von einem Block süßes, klebriges Zeug abzuschaben und es so aufs Papier zu garnieren, daß es »nach vui« aussah, aber eben doch nicht zu viel war.

Mein Geschäft ging mäßig, wie denn überhaupt dieses Oktoberfest am Ende der Inflationszeit kein glanzvolles Ereignis war. Aber es gab doch um mich herum eine Fülle von Licht, Lärm und Gelächter. Nach fünf Stunden ungewohnten Stehens verkaufte ich meinen türkischen Honig immer mechanischer. In seinen Farben fand ich Erinnerungen an Paolo Veronese, wie ich ihn aus der Kunstgeschichte kannte, und ich wurde von einem Gefühl heftiger Eifersucht bewegt, als ich daran dachte, daß Wera jetzt in der schrecklichen Abendnummer mit den fragwürdigen Fragezeichen mitwirken müsse.

Bei so widersprechenden Empfindungen vergaß ich die Mahnungen meiner Chefin, und als bei der Abrechnung der Honigblock nachgemessen und meine Einnahmen gezählt wurden, errechnete sie eine Unterbilanz, die sie von meinem vereinbarten Lohn abzog. Mit einigen kümmerlichen Milliarden schlich ich mich davon, fest entschlossen, die Stellung aufzugeben. Ich wollte nicht auch noch, wie mein Vorgänger, aus Ärger vom Schlag getroffen werden.

»Was macht ihr denn in der Nummer mit den Fragezeichen?« fragte ich Wera, als ich sie von Herrn Untermüllers Schaubude abholte.

»Sieh dir das Programm an«, antwortete sie.

Ich tat es am nächsten Abend, an dem ich ja nun selbst stellungslos geworden war. Ich fand mich vor dem Etablissement »Kraft und Schönheit« ein, nachdem ich schon von weitem Herrn Untermüllers heisere Stimme hatte über den Platz schallen hören. In einer Fülle bunten Lichts flimmerten und glitzerten die Kostüme von vier Orientalinnen im Pailettenglanz und fanden die Bewunderung der vor dem Bretterpodium versammelten Zuschauer. Wera, die für landläufige Münchener Bürgerbegriffe zu mager sein mochte, sah für mich wie eine richtige Prinzessin aus. Ich fühlte mich geehrt, als sie mir mit einem Auge zublinzelte.

Das Programm war seine paar Milliarden Eintrittsgeld wert. Herr Untermüller, in einem Leopardenfell als Tarzan kostümiert, mit klirrenden Medaillen auf der Brust, stemmte unerhörte Gewichte, und die Muskelberglandschaft seiner Arme ließ Frauen erschauern. Dagegen war Herr Breithaupt ein erstaunlich dünnes, drahtiges Männchen, das gleichmütig Eisenketten zerbiß und Nägel fraß. Wenn es nach der Währungsumstellung wieder harte Münzen gebe, prahlte er, mache er sich anheischig, auch solche zwischen den Fingerknöcheln zusammenzubiegen.

In Erwartung der fragwürdigen Haremsnummer pochte mir das Herz. Von Herrn Untermüller im Frack angesagt, gab es eine kleine Kunstpause der Vorbereitungen, in der er einige Kissen in abscheulichen Farben und goldbronzierte Vasen mit Pfauenfedern dekorativ auf der Bühne verteilte. Dann ging das Licht aus – es blieb eine Weile dunkel – und als es wieder brannte, war es rot. In schwüler orientalischer Dämmerung stand Wera mit ihren drei Kolleginnen in den Posen von Vertikownippes auf der Bühne. Die Mädchen trugen lange, seidene Pluderhosen und pailettenbenähte Büstenhalter.

»Der Traum des Kalifen«, flüsterte Herr Untermüller heiser diskret, während hinten jemand auf einen Gong schlug.

»Des Sultans Lieblingsfrau«: Eins der Mädchen lag anmutig auf den Kissen, und die drei anderen waren im Blumenstreuen erstarrt. Wera spreizte die Finger, als ob sie Kakteen streute. So ging es weiter mit »Die tausendunderste Nacht« und »Das Geheimnis von Bagdad« bis zur Abschlußnummer »Süße Sünden«, bei der die holden Orientalinnen Sahnebonbons in den Zuschauerraum warfen. Mich traf einer, sehr hart gezielt, ins rechte Auge. Natürlich kam er von Wera ...

Als wir Arm in Arm die Festwiese verließen, waren die großen Bogenlampen schon erloschen, aber der Vollmond stand hell über dieser wunderlichen Stadt aus Pappe und Leinwand, die nun schlafen ging. Hinter dem Zirkus schnoberten in einem Gehege Ponys und ließen sich von Wera das Fell kraulen. Wo diese Wiese noch wirklich Wiese war, lag Reif auf ihr.

»Na, wie hab ich dir als Haremsdame gefallen?« fragte Wera.

»Anschauungsunterricht für Grundschulklassen!« antwortete ich.

»War ich nicht doch ein bißchen verworfen?«

»Als Baronesse bist du's viel mehr!«

»Gott sei Dank, daß der Sahnebonbon saß!«

Ich hatte sie wieder lieb wie eh und je und wußte, daß wir uns nie trennen würden.

Die letzten Oktoberfesttage wurden für meine Freundin eine rechte Qual; denn es wurde herbstlich kühl, und die armen Mädels froren in ihrem dünnen Revueplunder auf dem Podium. Zuletzt mußte Wera sogar die Lieblingsfrau vertreten, weil diese in den »Haremsnächten« erbärmlich hustete und nieste. Ich bewunderte das tapfere Ausharren meiner kleinen Baronesse.

Als ich am Nachmittag des letzten Wiesensonntags noch einmal vor der Bude »Kraft und Schönheit« stand, klopfte mir jemand von hinten auf die Schulter. Als ich mich umdrehte, erkannte ich meinen theaterwissenschaftlichen Professor Artur Kutscher mit zwei kleinen Töchtern an der Hand. Kennerischen Blicks verfolgte er die Bewegungen und Tiraden des Direktors Untermüller.

»Mimus, junger Freund«, sagte er, indem er den Zeigefinger hob und die Unterlippe ein wenig herabschob. »Frank Wedekind hätte seine Freude daran gehabt.«

Um Weras willen hatte ich keine mehr, weil es so bitter kalt war.

Der Blinddarmputsch

»Ein schwarzer Tag für unsere Sache«, schreibt Bruno Tiches unter dem Datum des 9. November 1923 in sein Tagebuch, »aber er wird Geschichte machen.«

Mir kam schon der 8. November nicht geheuer vor. Ich hatte Wera am Tag vorher im Kolleg getroffen, und sie hatte sich nicht ganz wohl gefühlt. Doch vereinbarten wir, uns am folgenden Abend in den »Kammerspielen« in der Augustenstraße zu treffen, um uns Shakespeares »Sommernachtstraum« anzusehen. Ich wartete vergeblich im Kassenvorraum, bis es im Zuschauerraum dunkel wurde. Wera kam nicht. Dann setzte ich mich oben in eine der letzten Stuhlreihen und wartete weiter.

Ich sah das geliebte Stück mit seinem mythischen Zauber wie hinter Schleiern. Als in der Pause der Zuschauerraum hell wurde, bemerkte ich, daß er halb leer war. Das vermehrte bei mir die Stimmung fröstelnden November-Unbehagens so sehr, daß ich sogar die Späße von Pyramus und Thisbe abgeschmackt fand. Vielleicht würde sich am Ende, da im magischen Licht das Haus und die liebenden Paare gesegnet werden, doch noch die wunderbare Verwandlung eingestellt haben, wenn nicht meine Hand zur Rechten über das harte Holz eines hochgeklappten Stuhls gestrichen hätte.

Was war mit Wera geschehen? Wo war sie geblieben? Mißtrauen keimte in mir auf, als ich mit hallenden Schritten durch die lange, menschenleere Adalbertstraße heimzu ging. Wie, wenn sich das Unglück wiederholte, das ich im ersten Semester mit der sächsischen Romanin gehabt hatte? Eine Uhr schlug elf. Noch eine. Zweiundzwanzig ungeküßte Küsse.

Da hörte ich eine Stimme auf der Straße. Sie rief zum offenen Fenster eines Hauses hinauf, hinter dem – im Licht der Straßenlaternen erkennbar – ein Mann im Nachthemd mit einem übergeworfenen Wintermantel stand.

»Und dann hat er mit an Revolver in die Decken neig'schossen«, sagte der Mann von der Straße.

»Im Bürgerbräukeller?« fragte in ungläubigem Staunen der Nachthemdmann.

»Im Bürgerbräukeller!«

Was alles in dieser Stadt geschehen konnte! Mein kurzes Mißtrauen gegen Wera schlug in Angst um, über die ich mich selbst lustig zu machen suchte.

Du weißt doch, sagte ich mir, daß Wera nicht in Bräukellern verkehrt. Und selbst wenn sie es heimlich getan hätte, würde sie ja auch nicht gerade auf dem Kronleuchter oder sonstwo unter der gefährdeten Decke gesessen haben!

Aber das half alles nichts. Meine Angst blieb. In meinem Novembernachtstraum erschien der Kobold Puck, vertauschte mich und Wera und verlangte am Schluß von mir grimmig den Aufbewahrungsschein für eine baltische Baronesse, wobei er Gesicht, Miene, Bart und Klemmer jenes bayerischen Pfandleihbeamten annahm, der mich einmal wegen eines verlorenen Leihscheins einem schrecklichen Verhör ausgesetzt hatte.

Als ich meinen Traumschein für Wera nicht finden konnte, schoß der erzürnte Pfandleihbeamte Puck in die Decke des athenischen Palastes, der wie der Hofbräuhauskeller aussah – soviel poetische Freiheit erlaubte mir der Traum –, und Wera, die plötzlich doch wieder da war, sagte bedeutungsschwer: »Jeder Schuß ein Kuß.« Da schoß er zum zweitenmal.

Aber in Wirklichkeit wurde gar nicht geschossen, sondern es war der Morgen des 9. November, und meine Generalswitwenköchin pumperte an die Tür.

»Herr Doktor, Herr Doktor, es ist was g'schehn!« rief sie aufgeregt und vergaß auch jetzt nicht, den mir weder zukommenden noch in absehbarer Zeit in Aussicht stehenden Titel anzuwenden.

»Mit Wera?« rief ich zurück.

»Ja, denken 'S Eahna nur« – diese homerische Umständlichkeit schlichter Seelen! – »ang'rufen haben's von der Wirtin von der gnädigen Baroneß, und sie hätten ihr heit in aller Fruah den Blinddarm rausg'schnitten.«

Gnädiges Schicksal! Nach der Folter meiner Träume und des gestrigen Abends erschien mir die Entfernung des gnädigen Baronessenblinddarms wie ein glückliches Ereignis.

»Juhu!« rief ich durch die geschlossene Tür, so daß meine redliche Köchin mich zweifellos für einen Zyniker gehalten haben würde, wenn sie gewußt hätte, was das ist. Sie entfernte sich maunzend.

Ich sauste aus dem Bett und, nach einem kurzen Aufenthalt in der Waschschüssel, auf die Straße. Als ich an der Straßenbahnhaltestelle war, stellte ich fest, daß ich mein Portemonnaie mit den kümmerlichen Pfennigbeträgen der neuen Rentenmarkwährung vergessen hatte. Aber ich wollte nicht mehr umkehren. Ich rannte zu Fuß stadtwärts weiter, ins Klinikenviertel.

Unterwegs war viel los. Leute redeten erregt aufeinander ein. Viele Männer trugen die Uniform von Bruno Tiches. Auf Lastkraftwagen standen welche und schwenkten schwarzweißrote Fahnen und rote mit etwas mittendrin. Sie warfen Flugblätter herunter und sangen. Manchmal riefen sie »Heil!«, und die von der Straße riefen auch »Heil!«

Ich kannte solche Um- und Aufzüge von vielen Sonntagen, an denen irgendwelche Denk- oder Mahnmäler eingeweiht wurden, die immer das in Bewegung setzten, was damals »vaterländische Verbände« hieß. Daß sich so etwas nun auch an einem Wochentag begab, faßte ich in meinem holden Taumel als Huldigung für Wera auf. Schließlich wird selbst in einer Stadt wie München nicht jeden Tag einer baltischen Baronesse mit Melusinenaugen der Blinddarm herausgeschnitten.

In der Klinik wollte man mich nicht zu ihr lassen. Ich log mannhaft, daß ich ein Vetter der Baronesse sei. Das half. Eine Hilfsschwester telefonierte mit einer Schwester und die mit einer Oberschwester. Dann sagte man: »Aber nur ganz kurz!« und führte mich nach oben.

»Ihr Herr Vetter«, meldete die mich begleitende Schwester von mittlerem Dienstgrad durch die halbgeöffnete Tür.

Daraufhin hörte ich »Aha!« sagen und durfte eintreten.

»Darf ich vorstellen?« sagte Wera traditionsbewußt zu der Krankenschwester und setzte meinem Namen ein schlichtes »von« voran. Die Schwester knickste wieder zur Tür hinaus.

Wie sah mein Mädchen aus! Ganz blaß und zart und die Augen noch melusiniger, wenn das überhaupt möglich war.

»Der Sandsack ist schon runter«, sagte sie leise.

Man hatte meine Melusine mit einem Sandsack zu beschweren gewagt. Ich hatte nicht übel Lust, mich darüber gleichfalls zu beschweren. Aber im Grunde war ich nur allzu froh, daß alles so gut gegangen war. Ich sprudelte los, erzählte von meinen Ängsten und Nöten des gestrigen Abends, von meinen Träumen und dem homerischen Köchinnenbericht.

»Rasiert hast du dich auch nicht«, sagte Wera, die auf ihrer Backe einige rote Kratzer bekam.

Ich wunderte mich, daß die Freundin allein lag, obwohl sie mit unserer Studentenkrankenversicherung höchstens auf einen Platz in einem der großen Säle Anspruch gehabt hätte.

»Es liegt wieder einmal am Namen«, erklärte sie. »Die guten Eingeborenen sehen eben immer noch ein bißchen mittelalterlichen Feudalglanz um mein spätgeborenes Haupt. Übrigens, was machen denn unsere Bayern heute?«

»Wieso?« fragte ich.

»Na, du weißt doch von dem Putsch?«

»Putsch« – zum erstenmal seit den unseligen Kappzeiten vernahm ich das Wort.

»Ja, hast du denn nicht gehört, was gestern abend im Bürgerbräukeller geschehen ist und was seit heute früh in der Stadt passiert?«

Nein, ich wußte nichts – gar nichts. Meine Melusine schüttelte betrübt den Kopf.

»Man kann euch Mannsbilder nicht einen Tag allein lassen, ohne daß ihr gleich aus der Weltgeschichte fallt!«

Dann erzählte sie mir, wie sie heute früh der freundliche Mann, der die Bettflaschen einsammelte, unter der Tür mit ausgestrecktem Arm und einem donnernden »Heil!« begrüßt habe. Wie es dann draußen auf dem Gang zu einem furchtbaren Krach zwischen ihm und dem Chef gekommen sei und daß ihr danach die Stationsschwester von der neuen nationalen Regierung berichtete.

Ach du lieber Himmel, fing das wieder an! Kaum war die Mark unten, ging die politische Leidenschaft hoch.

»Wen haben wir denn jetzt?« erkundigte ich mich nach Name und Art der neuen Herren.

»Kahr – Hitler – Ludendorff«, sagte Wera.

»Und Tiches«, fügte ich ahnungsvoll hinzu.

Da hörten wir draußen Schüsse knattern. Nicht viele, aber es waren Schüsse.

Wera schrak im Bett zusammen und wäre sicher noch blasser geworden, wenn das möglich gewesen wäre.

»Jetzt fängt's an«, sagte sie.

»Oder es hört auf«, antwortete ich.

Und diesmal behielt ich recht. Denn als ich bald danach – von einer Schwester mit dem als Fieberthermometer getarnten Flammenschwert vertrieben – auf die Straße trat und über den Odeonsplatz heimging, war die Erregung in der Stadt ungeheuer geworden. Gruppen von Leuten standen beisammen, die miteinander diskutierten oder sich beschimpften. Frauen kreischten: »Hochverrat!« Drei arglos ihres Weges gehende städtische Polizisten wurden angespuckt.

Auf der Straßenmitte marschierten mit schleifendem Schritt uniformierte junge Burschen, mit leeren hoffnungslosen Gesichtern. Sie hingen förmlich in ihren Uniformen. Heute früh hatten sie noch gesungen, randaliert und bramarbasiert. Jetzt hatten sie Schüsse gehört und Blut gesehen.

Vom Siegestor her kam berittene Reichswehr. Auf den Bürgersteigen johlten Menschen und schwangen Fäuste gegen die Offiziere, die auf ihren Pferden starr geradeaus schauten. An den Universitätsarkaden schoben Diener die schweren Eisengitter vor. Die Universität wurde geschlossen. München bekam ein fremdes, unheimliches Gesicht. Es gefiel mir gar nicht mehr.

In den nächsten Tagen wurde es vollends abscheulich. Ich wollte ins Wölfflinkolleg gehen und geriet im Lichthof der Universität in eine Versammlung nationalistischer Studenten, die gegen den »Verräter der nationalen Revolution«, Herrn von Kahr, protestierten. Sie schrien jeden Redner nieder, der zu Vernunft und Mäßigung mahnte. Das heißt, sie schrien ihn nicht bloß nieder, sie sangen ihn nieder, aber der Effekt war der gleiche und der musikalische Genuß gering.

Statt eine Vorlesung über die »Desastres« des Goya zu hören, mußte ich dieses akademische Desaster miterleben. Ich sah, wie man Priesterschüler mit Püffen traktierte und unter Fausthieben Studenten hinausbeförderte, deren Nasen den Demonstranten nicht gefielen. Ich begann schon für die eigene zu fürchten, als eine donnernde Stimme »Kommilitonen!« rief und durch ihre markige Forsche das aufgeregte Gebrodel im Lichthof zum Schweigen brachte.

Die Stimme kannte ich. Dort oben stand mein einstiger Klassenkamerad, der Banklehrling und Korpsdiener a. D. Bruno Tiches, derzeitiger nationaler Revolutionär. Sein Gesicht sah grau aus und war schwammig geworden.

»Kommilitonen!« schrie Tiches, heiser von der nationalen Betätigung der letzten Tage. »Wer nicht für uns ist, ist gegen uns.«

(Stürmisches »Heil« des Lichthofes.)

»Wir wollen die kennenlernen, die gegen uns sind!«

(»Heil! Heil!«)

»Wer für uns ist, hebt die Hand.«

(»Heil« in Potenz.)

Ich vergaß, meine Hand für Bruno zu heben, und sagte halblaut zu einem dicken Mann neben mir:

»Der ist gar kein Student.«

Da spürte ich wirklich eine Faust an meiner gefährdeten Nase. Freundliche Kommilitonen hoben mich hoch, wobei sie meine mangelhafte Haltung durch einige Stöße in den Rücken korrigierten, und ließen mich vor den Universitätstüren an der Ludwigstraße fallen. Draußen stand Reichswehr mit aufgepflanztem Bajonett, mit dem Blick auf die Universität.

Einige Augenblicke blieb ich noch in meinem Nasenblut liegen, dann rappelte ich mich auf. Mir war ein bißchen nach Föhn zumute. Ich ging zu Wera in die Klinik.

Mit einem duftenden Spitzentaschentuch wischte sie letzte verkrustete Blutspuren von meinem Mund.

»Ich bin schön dazwischengekommen«, sagte ich.

»Solche wie du werden immer dazwischenkommen.«

»Hauptsache, du bist immer ganz bei mir.«

»Ohne Blinddarm bin ich aber nicht mehr ganz.«

»Sei nur von jetzt ab vorsichtig mit den Polizeibooten.«

»Warum?«

»Weil du ein ›besonderes Kennzeichen‹ in den Steckbrief kriegst.«

An diesem Tag war meine blasse Baronesse besonders süß, und es ging ihr jetzt auch schon so gut, daß der adlige Vetter sogar über das Mittagessen dableiben dufte. Das war freilich etwas anderes als in der Mensa! Forelle blau mit Butter. Wera aß nur wenig davon und ließ das übrige mir. Ich war gewissenlos genug, alles ratzekahl aufzuessen. Die Stationsschwester erklärte es für ein gutes Zeichen der baroneßlichen Genesung.

Während des Nachtischkusses – Weras Mund schmeckte nach Pflaumenkompott – kam die Schwester herein, um das Tablett abzuholen. Dabei schienen ihr Bedenken über den Vetter zu kommen. Doch sie lächelte hold.

»Was denkt die sich nun?« fragte ich, als sie wieder draußen war.

»Das Richtige«, antwortete Wera.

Diese zehn Tage Klinikaufenthalt gehörten mit zu den schönsten unserer Liebe. In der keimfreien Umwelt zwischen Tod und Leben fühlten wir sie und uns wunderbar geborgen. Vor den Fenstern war Novemberdunkel, aber die Desinfektionsgerüche ersetzten uns Flieder und Jasmin. Nie vergaßen wir darum in den kommenden Jahren, den Tag von Weras Operation zu feiern.

Von 1933 an – gerade da waren wir noch einmal beisammen – wurde er zum nationalen Feiertag erhoben. Die Stadt wurde beflaggt, und die Tichesse marschierten mit Trauermusik und großem Uniformgepränge durch die Münchner Straßen, in denen sogar die Trambahnen umgeleitet werden mußten.

»Alles wegen meines Blinddarms«, sagte Wera ergriffen.

Raub der Sabinerin

Im Jahre 1924 erstarkten allmählich die Rentenmark unsere Portemonnaies und unsere Charaktere. Mit etwas mehr Geld in der Tasche hat man's leicht, ein besserer Mensch zu sein. Auch die Phantasieuniformen, die uns in München gestört hatten, verschwanden wieder aus seinen Straßen.

Dennoch beunruhigte mich ein Brief, den mir Vater schrieb, weil das, was Tiches »die Bewegung« genannt hatte und was in ihrer Haupt- und Geburtsstadt zunächst stillgelegt worden war, sich jetzt dafür in der Provinz um so kräftiger zu bewegen schien. In Vaters Brief stand unter anderem:

»Du scheinst mir doch etwas zu leichtfertig über nationalge- sinnte Männer und ihre lauteren Ziele zu urteilen. Du weißt, daß ich früher nicht sehr viel von Deinem Klassenkameraden Tiches gehalten habe, und er hat sicher auch manche Dumm- heiten gemacht. Aber gerade in hiesigen akademischen Kreisen wird jetzt sehr positiv über ihn geurteilt. Er soll am 9. Novem- ber unerschrocken in den Kugelregen geschritten sein. Onkel Bense, der sich wieder öfters bei uns zeigt, sagte, daß Tiches Dir durchaus wohlwollend gegenübersteht, daß er nur meint, Du verplempertest Dich in Schwabinger Bohemekreisen. Sag mal, wer ist denn das Mädel, mit dem Du Dich herumtreibst? Denk immer daran, daß Du uns keine Schande machst. Ich hoffe doch, es noch zu erleben, daß Du eines Tages in Deiner Heimatstadt ins höhere Lehrfach eintrittst, und bin überzeugt, daß sich unter den Töchtern unserer Fabrikanten, die heute durchweg wirtschaftlich saniert sind, mehr als eine für einen jungen Dr. phil. interessiert. Also steige in dieser Beziehung ja nicht herab und verdirb Dir nicht die Karriere ... Übrigens kann es sein, daß Du jetzt in München auch mal Karl Meise- geier triffst[1]. Onkel Bense sagt, daß auch er sich famos ent- wickelt hat.«

Ich war ziemlich deprimiert nach diesem Brief. Die Tiches

---

[1] Der vorbestrafte Meisegeier.

und Meisegeier wurden mir vom eigenen Vater als leuchtende Vorbilder hingestellt, nach deren Wohlwollen ich trachten sollte. Ich zeigte den Brief Wera.

»Dann müssen wir uns ja wohl trennen«, rollte sie in eindrucksvollem baltischem Deutsch, als sie ihn gelesen hatte, und legte ihr blondgewelltes Haupt an meine Schulter. »Damit ich kein Hemmschuh für deine Karriere bin.«

Wir nahmen Abschied und küßten uns so, daß alles kriegerische Eisengerümpel, das wir unter mein Bett gestellt hatten, zu klirren begann. Danach schworen wir uns, nie auseinanderzugehen, selbst wenn wir nach der nächsten nationalen Revolution »Heil Meisegeier!« sagen müßten. In guten Stunden nannte sich meine Baronesse von nun an »der Karrierehemmschuh«. Der Name stand ihr gut.

Mit meiner »Verplemperung« in Literatenkreisen wurde es in diesem Sommer insofern noch schlimmer, als ich im Kreis des Theaterprofessors Artur Kutscher selbst Theater zu spielen begann. Meine Baronesse billigte diesen Schritt, weil sie auf Freikarten spekulierte.

Meine neue Laufbahn begann ich in einer Komödie, die das Theaterwissenschaftliche Seminar vor der Amalienburg im Nymphenburger Park aufführte. Das geschah an köstlich warmen Sommerabenden, wie sie im Voralpenland nicht gerade häufig sind. Wir spielten in die Dämmerung hinein, bei Heu- und Lindenduft und zu den zärtlichen Klängen eines Streichquartetts. Die Musikanten saßen in Rokokokostümen unter dem Kronleuchter des blausilbernen Mittelsaales, vor dessen offenen Türen wir agierten.

Ich hatte für Wera und mich die Hauptrollen des melancholischen Liebespaares erhofft, um so unser Glück auch auf diese Weise und in erlesener Umgebung kundzutun. Aber wir fielen beide durch. Unser Regisseur fand mich komisch und gab mir eine entsprechende Rolle, und Wera fragte er:

»Mädchen, was haben Sie für einen unmöglichen Dialekt?«

Wera gab ihren Melusinenaugen den Anschein kugelrunden Staunens und fragte zurück: »Ach, habe ich den?«

»Es klingt, wie wenn man Koks in einen eisernen Ofen schüttet. Wo kommen Sie bloß her?«

»Von den Deutschordensrittern«, sagte meine traditionsbewußte Freundin und machte damit ihrerseits dem Regisseur die Augen rund.

Er entschloß sich, sie in ein blauseidenes Pagenkostüm zu stecken, das völlig mit den Damastwänden des Cuvilliéschlößchens harmonierte, ohne sprachliche Offenbarungen zu verlangen.

Wir taten beide das Unsre. Wera blies anmutig auf einer Flöte, zu der ein unsichtbarer Musiker im Hintergrund die Töne lieferte, und trug bei anbrechender Nacht ein Windlicht über die Szene, das ihr vorzüglich stand, da es ihrem Haar noch zusätzlichen Goldglanz und den abgründigen Augen noch mehr Abgrundtiefe gab. Ich hampelte als komische Figur herum und sang als Einlage sogar ein Liedchen, obwohl ich nicht singen konnte.

Unsere Komödie erntete beim Publikum viel Applaus und bei den Kritikern hohes Lob, von dem wir gerechterweise einen Teil den blühenden Linden, den Heuwiesen und dem sich eben rundenden Mond zuwiesen. Am ersten Abend saß in der ersten Reihe ein reizender alter Herr, der im Schloß wohnte und den Titel eines Prinzen von Bayern führte. Am zweiten Abend saß dort Bruno Tiches, der, mit Breeches, Ledergamaschen und einer Windjacke, wie ein Landwirtschaftler aussah. Doch schien er nicht ohne Wohlwollen zu sein und stieg unbekümmert die wenigen Stufen zu unserer Bühne hinauf, während wir uns noch für den Applaus bedankten.

»Ganz ordentlich«, sagte er zu mir, indem er mir auf die Schulter klopfte, »hätte ich dir nie zugetraut!«

Und weil der Erfolg und die zauberhafte Nachtstimmung mich heiter und gelöst gemacht hatten, sagte ich wieder einmal freundlicher, als er es verdiente:

»Danke, Bruno. Hat dir das Stück gefallen?«

»Ein bißchen labbrig. Kennst du Dietrich Eckart?«

»Nein«, antwortete ich, »aber grüß ihn unbekannterweise von mir.«

Da war das Wohlwollen aus seinen Blicken verschwunden, und ich wußte, daß die Kurierpost über Onkel Bense bald wieder arbeiten würde.

An diesem Abend trieb ich mit Wera ein verwegenes Spiel. Wir trennten uns von den heimgehenden Studenten und ließen uns im Park einschließen. Von den Proben her kannten wir einen geheimen Ausschlupf. Wir beschlossen, die Kleinheit unserer Rollen auszukompensieren, indem wir für ein paar Stunden einer Sommernacht »Barockfürstens« spielten. Wera mußte ja das Einschlägige in ihrem blauen Blut haben.

In dem uralten, einsamen Park trieben wir die verwegensten Albernheiten. Ich hatte vom Strandbadbesuch am Nachmittag her eine Badehose bei mir und sprang ins Becken der großen Fontäne. Wera hatte keine, aber sie sprang auch hinein. Im Mondlicht schimmernd, glich sie einer der marmornen Najaden, die lieblich das Wasser bevölkerten. Wir ließen uns das eiskalte Silber den Rücken herunterrinnen. Als wir wieder angezogen waren, fanden wir am großen See ein leeres Marmorpostament. Ich stieg hinauf und ahmte parodistisch die athletischen Muskelmänner nach, die sich im vorderen Teil des Parks als stattliche Marmor-Ringerriege präsentierten.

»Mach mal Saturn«, bestellte Wera.

»Da muß ich ja einem Kind in den Bauch beißen«, rief ich hinunter. »Aber bitte, wenn du dich zur Verfügung stellst!«

»Daß mir die Narbe aufplatzt! Nein, danke.«

Doch weil wir auf jeden Fall etwas Gemeinsames darstellen wollten, hob ich Wera hinauf, und wir spielten Raub der Sabinerinnen, wobei ich mein blondes Leichtgewicht bald auf den Arm nahm, bald mir über die Schulter legte. Es muß sehr dekorativ ausgesehen haben.

Bei der zweiten Darstellung hörten wir plötzlich, ganz nahe und immer näher kommend, Schritte auf dem Kies.

»Ein Parkwächter«, flüsterte Wera, »das kann ja schön werden!«

»Halt dich still«, flüsterte ich zurück, »vielleicht merkt er's nicht.«

Immerhin konnten wir froh sein, daß der Kerl nicht schon eine halbe Stunde früher bei der Fontäne erschienen war.

Der Mann, der näher kam, ließ sich nicht täuschen. Er schien die allegorischen Bestände des Parks genau zu kennen, denn er rief – hinter unserm Rücken stehend – freundlich »Grüß Gott« zu uns hinauf.

Mir blieb daraufhin nichts anderes übrig, als meine Sabinerin von der Schulter zu nehmen und hinunterzureichen. Dort ruhte sie sogleich an Brust und Bart des reizenden alten bayerischen Prinzen. Mir blieb alles weg, was überhaupt wegbleiben kann.

Nur meine traditionsbewußte Freundin rettete die Situation und zirkelte etwas auf den Parkweg, was wie ein Hofknicks aussah, worauf ich – törichterweise immer noch von meinem Postament herab – ihren klangvollen und meinen simplen Namen wie ein Herold verkündete.

»Kutscherleut, gell?« sagte der Prinz, der uns von der Aufführung her zu erkennen schien.

»Jawohl, Königliche Hoheit!«

»Wenn S' vielleicht noch was produzieren wollen? Es war wirklich sehr charmant. Der erste Ludwig, wenn er noch leben tät, hätt' sicher eine Mordsfreud' drüber gehabt.«

Wir produzierten nichts mehr. Der Schreck über diese historische Begegnung hatte sich lähmend auf meine Phantasie gelegt, und nachdem ich vom angemaßten Postament gesprungen war, äußerte ich nur noch die Bitte, uns empfehlen zu dürfen.

»Da müssen S' mich aber schon bis zum Schloß begleiten, wenn S' noch naus wollen!« sagte der arglose Prinz, und ich brachte es nicht fertig, ihm die Schadhaftigkeit seiner Parkmauer einzugestehen.

So schritten wir mit einem angestammten Wittelsbacher, an duftenden Heuwiesen und der marmornen Männerversammlung mit dem kinderfressenden Saturn vorüber, dem großen, im Mondlicht doppelt hellen Schloß zu. Wir sprachen von Professor Kutscher, sehr dezent von Weras Blinddarmoperation am 9. November – »Wann s' uns nur an dem Tag was anderes auch hätten wegoperier'n können«, seufzte der alte Herr – und vom glorreichen Sieg des Kurfürsten Max Emmanuel bei Belgrad.

»Ich würd' Sie gern noch auf ein Flascherl Pfälzer hinaufbitten«, sagte der liebenswürdige Prinz, als wir vor dem Schloßdurchgang angekommen waren, »aber es geht leider nicht wegen der Dienerschaft. Die sind so arg moralisch. Aber vielleicht ein andermal, und dann ein bissel früher!«

Damit zog unser hoher Begleiter, wie ein gutbürgerlicher Hausvater, einen Schlüssel aus der Hosentasche – nicht einmal golden war er – und schloß ein Seitenpförtchen des schweren Eisengitters auf, durch das wir das große Schloßrondell hinaustreten konnten.

Mit »Grüß Gott« und »Angenehme Ruh« verabschiedete er sich aufs herzlichste von uns.

Noch nachträglich war mir wie dem Reiter überm Bodensee zumute, wenn ich an unsere Badeszene dachte. Ich gestand es Wera.

»Wär er dreißig Jahre jünger gewesen«, antwortete sie, »und wäre das Ganze vor dreihundert Jahren passiert, hätte ich gerade damit eine große Hofkarriere machen können.«

»Vater hat doch recht«, sagte ich bekümmert. »Ich bin zu dir hinabgestiegen.«

Da stieg sie zu mir hinauf, indem sie sich auf die Zehenspitzen stellte, und gab mir mit ihrem Ordensrittervorfahrenmund einen langen Kuß. Der Mond schien, und der alte Prinz schaute uns aus einem erleuchteten Fenster nach.

Drehtüren

Wunderbar leicht erschien uns in den nächsten Jahren das Leben. Wie in den windgeschützten, gläsernen Drehtüren eines eleganten Hotels bewegten wir uns, vorwärts und doch im Kreise. Hatte man die Geschichte ein bißchen angestoßen, lief sie elegant und beinahe von selber in ihrem geölten Mechanismus. Passanten ins Helle und Dunkle drehten sich an uns vorbei, Generale, Präsidenten, große Schauspieler, dichtende Kleistpreisträger, Wirtschaftsführer. Mal brannte es irgendwo ein bißchen in der wirklichen Welt außerhalb der Drehtür. Aber da fuhr bald irgendeine Feuerwehr hin. Der Brandgeruch wurde durch solide, dichte Vorhänge abgehalten. Hell-Dunkel, Leben-Tod, Tag-Nacht, Pfandhaus-Weihnachtszimmer. Es wäre beinahe eine Lust gewesen, zu leben, wenn wir uns nicht erinnert hätten, schon einmal so zwischen Glasscheiben im Kreise getrabt zu sein.

Mit einemmal studierten wir wieder richtig, Wera und ich. Wir saßen artig in Kollegs, hörten auf der Meister Worte und schrieben sie mit, aßen ab und zu in Gasthäusern und brauchten nicht mehr in Schaubuden aufzutreten.

1925 hörten wir zum erstenmal Radio, nachdem ich mir einen Detektorapparat angeschafft hatte. Wir stülpten uns Gerätschaften auf den Kopf, die uns das solide Aussehen von Bordfunkern auf sinkenden Schiffen gaben, und kitzelten mit einem dünnen Draht ein Stückchen Kristall, das wie frisch aus Faustens Hexenküche geliefert aussah. Dann knackte es in unseren Ohren, und manchmal war ein Rauschen darin wie in den Muscheln, in die wir als Kinder gelauscht hatten, um das Meer zu hören. Mitunter – nicht zu oft – hörten wir eine dünne, ferne Musik, zart, ein bißchen windverweht, und wenn man den Kristall mit dem Drahtendchen belästigte, war sie wieder weg. Oder eine ferne, geheimnisvolle Stimme sagte eine dreistündige Sendepause an. Die neue Erfindung erschien uns als etwas Wunderbares, weil sie noch so ganz unberechenbar war und weil man hörte, wie schwer es wurde, Musik in die Luft hinauszujagen, um sie mit einem Drahtspitzchen wieder aufzupieken.

Wera hustete jetzt ziemlich viel. Ich sagte, sie solle doch mal zum Arzt gehen. Aber sie befürchtete, dann würde wieder einer die Gelegenheit benutzen, eine nationale Regierung auszurufen, und sie kultivierte ihr »Deutschordensritterhüsterchen«, wie sie es zu nennen beliebte. Im übrigen begannen wir, dank unserer

Drehtürenexistenz, Milchmädchenrechnungen aufzumachen: 1928 promoviere ich, 1929 heiraten wir.

»Willst du auch promovieren?« fragte ich.

»I!« antwortete sie, »wo ich doch nach gutem deutschem Brauch schon durch dich Frau Doktor werde! Dann sieht man ja den zweiten Doktorhut gar nicht. Ich setz deinen mit auf.«

»Und warum hast du dann überhaupt studiert?«

»Zwecks Männerfang.«

Sie wurde immer frecher. Aber auch immer netter. Manchmal sandte ich ein kleines Stoßgebet gen Himmel: Lieber Gott, ich danke dir, daß du die baltischen Baronessen erschaffen hast!

Eines Vormittags kam Wera nicht ins Kolleg. Am Nachmittag klingelte es. Meine Exzellenzköchin wuselte herein.

»A Herr in Uniform wär' da!«

»Auch wenn er da ist, dürfen Sie ihn reinlassen«, sagte ich. »Ich bin mir keiner Schuld bewußt.«

Etwas sehr Großes, Blondes in Reichswehruniform trat herein, nahm an der Tür Haltung an und knallte die Hacken zusammen.

»Kraftfahrer Lieven Gortschakow«, stellte er sich vor.

Es war der Name von Titti, Weras Kusine. Was wollte der Riese von mir? Mich wegen der seiner Ordensrittersippe angetanen Schmach auf schwere Lkws fordern?

Weil ich nicht wußte, mit welchem Titel man junge Fürsten anredet, sagte ich »Herr Gefreiter« zu ihm, da er entsprechende Abzeichen trug, und fragte nach seinem Begehr.

»Wera ist krank«, antwortete er.

Mit einemmal wurde mir, als zerbrächen alle Scheiben der Drehtür mit einem fürchterlichen Klirren, und ein eiskalter Grabeswind wehe mich an. Dabei war draußen echtes Münchner Sommerwetter: Treibhausschwüle mit Gewittergüssen (abends voraussichtlich kalt!). Ich klappte auf meinem Stuhl zusammen, ohne dem fürstlichen Kraftfahrer einen zweiten anzubieten. Aber mein junger Riese war zart wie eine Mutter. Mit seinen Bärenpranken, deren kräftig entwickelte Linien von Motorenöl koloriert waren, strich er mir über den Kopf.

»Meine Kusine läßt Sie grüßen. Sie ist heute mittag schon abgereist.«

»Nach Hause?« Ich schrie es in meiner Verzweiflung beinahe hinaus. »Ohne sich von mir zu verabschieden?«

»Sie hat gemeint, es sei besser so. Sonst wär's für beide zu schwer geworden. Sobald sie gesund ist, kommt sie wieder.«

»Ja, was fehlt ihr denn?«

»Es sind die Lungen«, sagte der Soldat mit behutsamer Umschreibung. »Wera ist etwas unterernährt, und irgendwann muß sie sich mal fürchterlich erkältet haben.«

Die Schaubude, dachte ich, das Bad in der Fontäne – und an allem gab ich mir die Schuld.

»Kann man denn wenigstens bald zu ihr fahren?« fragte ich und sah mich schon im vertrauten Zug nach Regensburg sitzen.

»Sie ist in einem Sanatorium in der Schweiz. Der Arzt meinte: So schnell wie möglich raus aus der Münchner Luft!«

Raus aus München – fort von mir? Ach, wenn das alles nur wahr ist, dachte ich plötzlich, vor Kummer halb wahnsinnig. Vielleicht ist das Ganze bloß so eine adlige Intrige – »Kabale und Liebe«, man kannte das ja ... Oder vielleicht war dieser Mensch da gar kein Vetter! Schließlich war ich ja auch schon erfolgreich als Vetter aufgetreten. Doch alle weiteren Details, die mir der zartfühlende Lastkraftwagenfahrer noch erzählte, ließen keinen Zweifel an der Richtigkeit seiner Geschichte.

Ich weiß nicht mehr, wann und wie wir auseinandergegangen sind, ob ich ihn zur Tür begleitete oder dumpf und stumm auf meinem Stuhl sitzenblieb. Ich weiß nur, daß das Zimmer plötzlich nachtdunkel und gleich darauf von greller Helligkeit erfüllt war. Donner schmetterten wie zum Weltuntergang, und in die Pausen des Untergangskonzertes klang ein dünnes, winselndes Piepsen. Ich stülpte mir mechanisch den Kopfhörer über, aus dem das Piepsen kam – ich meinte, er roch noch nach Weras Haar –, und hörte eine bekannte, ferne Stimme sagen: »Sie hörten die 5. Symphonie von Ludwig van Beethoven.« Tatatata ... das berühmte unheilvolle Motiv. Das Schicksal hatte gepiepst.

Nun erst wußte ich, wie glücklich wir gewesen waren. Man weiß es immer erst hinterher …

Allein ging ich in den nächsten Tagen durch die Universität, wie verloren. Wen kannte ich denn schon außer Wera! Ausgerechnet am ersten Vormittag mußte mich auf der Freitreppe zum Lichthof ein blutjunges Mädel ansprechen und fragen, ob man mal einen Hörsaal ansehen dürfe. Obwohl ich die Frage albern fand, führte ich das Wesen, das ich kaum recht ansah – nur daß es unwahrscheinlich lange Beine hatte, fiel mir auf –, zum nahen Auditorium maximum.

Das Langbeinige starrte in die braunen Bankreihen, dann sagte es:

»Danke!« und »Isch will nämlisch vom übernäschsten Jahr an hier ssu s-tudieren beginnen.«

Unterwegs dachte ich: Schade, daß die Kleine einen Sprachfehler hatte.

Ich ahnte nicht, daß dieses Wesen noch eine beträchtliche Rolle in meinem Leben spielen sollte und daß der Sprachfehler von einer dänischen Abstammung herrührte.

Aus meiner verzweifelten Einsamkeit heraus ging ich jetzt sogar manchmal abends in Gasthäuser oder Bräus, um einige Gläser Bier zu trinken. Ich tat es auch an dem Abend, an dem ich Weras ersten Brief aus Davos erhalten hatte. Er war ein rührender Brief. Nichts darin als Liebe und Tröstung für mich. Kaum ein Wort über ihren Zustand, über die ärztlichen Befunde.

»Es hustet sich viel angenehmer hier oben. Man wagt gar nicht mehr an das zu denken, was wir daheim so im allgemeinen als Luft benutzen. Wenn ich gesund bin, mußt Du gleich hier raufkommen, und dann atmen wir uns mal zusammen voll.«

Der Kraftfahrriese hatte zart angedeutet, daß Wera auch den Winter über noch im Sanatorium bleiben müsse. Jetzt war Mitte Juli. Es war einfach nicht auszudenken, wieviel Zeit ich, eingeklemmt in der zerborstenen Drehtür, würde verwarten müssen. Und ausgerechnet an diesem Tag geschah mir etwas mit einer wirklichen Drehtür.

Das Lokal, in dem ich saß, war eine volkstümliche Künstler-
kneipe, in der – ich ahnte es nicht – auch Tiches mit seinen
Mannen verkehrte. Ich las meinen kostbaren Brief eben zum
hundertundsoundso vielten Male, als sich etwas steifbeinig ein
Mann meinem Tisch näherte, der plötzlich stehenblieb.

»Na, Schwabinger«, sagte er, »ganz alleine?«

»Jawohl, Bruno«, antwortete ich lustlos.

»Ich nehm dich nachher ein bißchen mit zu uns rüber. Ordentliche Männer dort. So was tut dir mal ganz gut.«

Der ehemalige Klassenkamerad schritt hinaus, und ich be-
reute um so mehr, mich mit ihm eingelassen zu haben, als ich in
der von ihm angegebenen Ecke laute, eifernde Stimmen hörte.

Aber da trat Tiches bereits wieder ein, sagte zu dem Kellner,
mit einem Blick auf mein Bierglas: »Das übernehme ich!« und
gab mir mit dem Daumen einen Wink, ihm zu folgen.

»Bloß fünf vor elf mußt du dich verdünnerisieren«, fügte er
hinzu, »da kommt ein hoher Gast!«

Die Männer klopften schweigend mit der Faust auf den ge-
scheuerten Holztisch, als ich mit Tiches herantrat. Er stellte
mich mit meinem Namen vor, aber auch über die anderen hin
machte er nur eine weite Geste und sagte:

»Lauter nette Leute! Einen kennst du ja.«

Ich kannte keinen, und es gefiel mir auch keiner. Sie trugen
Stiefel und Ledergamaschen, Sporthosen und grobe Jacken von
landwirtschaftlichem Schnitt. Nur einer war ausgesprochen
dandyhaft gekleidet, und neben ihm wies mir Bruno einen Stuhl
an. Vorher flüsterte er mir zu:

»Das ist Karl, der Bruder der schönen Evelyna!«

Das also war einer der schmutzigen Buben, die einst an Klas-
senfenster geklopft und mit baumelnden Beinen auf Friedhofs-
mauern gesessen hatten. Auch woanders hatte dieser Karl Meisegeier inzwischen »gesessen«. Nun sah ich da einen geölten
Schönling, in dessen Augen ich eine gewisse Ähnlichkeit mit denen der hübschen Evelyna, doch auch etwas anderes, Gefähr-
liches fand.

Karl Meisegeier reichte mir nachlässig eine sehr weiche

Hand. Als ich ihn an die gemeinsame Heimatstadt erinnerte, schien er uninteressiert.

In das Gespräch der Tischrunde wurde ich kaum einbezogen. Es vollzog sich in seltsamen Formeln und Schlüsselworten. Auch dort, wo sie in »Klartext« sprachen, hatten diese jungen Männer eine kommandorauhe Art des Umgangs mit der deutschen Sprache, so daß es einiger Aufmerksamkeit bedurfte, bis ich das geheimnisvolle, immer wiederkehrende »Wewima amassi« als »wenn wir mal an der Macht sind« dechiffrierte.

Um dieses »einmal an der Macht sein« aber schien es hier vor allem zu gehen. Wenn ich recht verstand, wollte man auch mit dem für elf Uhr (»Schlach 23!«) erwarteten Gast darüber reden.

Ab und zu sprach Bruno Tiches mit einer gewissen knurrigen Herzlichkeit zu mir und äußerte die Hoffnung, ich könne »doch noch auf Vordermann gebracht werden«. Er bestellte mir Bier und Doornkaat, und ein sanfter Nebel umwölkte mir allmählich die rauhen Männer und hob ich immer mehr auf die Meereshöhe von Davos.

Als Bruno mich endlich aufscheuchte – es sei bereits fünf vor elf! –, merkte ich, daß ich nicht mehr ganz standfest war. Ich fand die Ärmel meines Regenmantels nur schwer und verzögerte so meinen Abgang. Dadurch aber geschah mir die reale Drehtürengeschichte. Was sich dabei in Sekunden abspielte, ist nicht in einem Satz zu erzählen.

Ich war hinter den abschirmenden Filzvorhängen eben in die viergeteilte Tür getreten, als draußen, auf der Gegenseite, ein anderer Mann in sie eintrat. Ich erkannte diesen Mann blitzartig, als wir uns um das erste Viertel gedreht hatten: Das war »Er«, nun schon von vielen Bildern bekannt geworden und durch den Blinddarmputsch sogar für eine kurze Frist an die Macht gekommen. Er trug einen Ledermantel, eine Haarsträhne hing ihm in die Stirn, und an den zusammengezogenen Falten darauf erkannte man, daß er sich, wie ein Schauspieler, auf einen großen Auftritt vorbereitete.

Diesen Auftritt verdarb ich ihm. Sei es, daß mir die Doornkaats eine unerhörte Schwungkraft gaben oder daß ich selbst nach einem Auftritt begierig war – ich drehte jedenfalls die Tür so vehement um dreihundertachtzig Grad durch, daß ich wieder im Lokal und der andere auf der Straße stand. In dem Moment, da ich den Filzvorhang zurückschlug, reckten sich mir sämtliche Arme meiner vormaligen Tischrunde straff entgegen.

»Mach, daß du rauskommst«, brüllte mich Tiches an, und eben, als die Mannen ihre Arme hatten sinken lassen, trat der von ihnen Erwartete wirklich ein.

Ihm und ihnen war der Auftritt verpatzt. Aber auch ich machte, daß ich auf die regennasse Straße kam.

Zu meinen beschwingten Schritten sang ich vor mich hin: »Wewima amassi!«

Es klang wie der Anfang eines Liedes auf suaheli.

Sehnsüchtig dachte ich an meine Melusine in Davos. Einmal würde sie gesund werden. Dann würden wir heiraten, ganz gleich, ob ich promoviert hätte oder nicht. Nichts mehr von der Art der Davos Episode dürfte unser künftiges Glück gefährden.

Ich weiß noch, daß ich über solchen Gedanken den Text meines albernen Liedchens »Wewima amassi« allmählich änderte in: »Wewima ibessi«. Was das bedeuten sollte, weiß ich leider nicht mehr.

Zweites Buch

Das Fräulein aus Gilleleje

»Waren Sie in Ihrem früheren Leben mal ein Mädchen?« fragte ich das Fräulein aus Gilleleje eines Tages, nachdem ich mich schon einige Zeit über ihre kurze Bubenfrisur geärgert und sehnsüchtig an Weras goldblonde Welle zurückgedacht hatte.

Kirstens skandinavischer Humor schien nicht ganz mitzukommen.

»Isch bin ein Mädchen«, sagte sie überzeugt, und sie überzeugte später auch mich davon.

Mit dem »ch« hatte sie immer noch die meisten Schwierigkeiten, obwohl sie schon mehrere Monate in München studierte.

Ich weiß nicht, warum mir gerade jetzt diese Episode einfällt. Es liegt wohl daran, daß von 1926 an Bruno Tiches' Tagebücher geradezu sträflich langweilig werden. Das »Wewima amassi« bleibt das Grundthema seiner Betrachtungen, und es wird 1932 zur Siegesfanfare, als immer neue Wahlen seine Partei aufblähen und ihn selbst in immer höhere Ämter hinaufspülen.

»Ich gehöre nun bald zur Spitze der Hirarchie«, schreibt Pg. Tiches in seiner Neujahrsbilanz 1932.

Sein Deutsch ist nach wie vor mit falsch verstandenen oder verkehrt geschriebenen Fremdwörtern durchsetzt.

So positiv konnte freilich meine Bilanz an jener Jahreswende nicht sein. Gewiß, ich hatte inzwischen längst promoviert und hatte es auch im bürgerlichen Sinne »zu etwas gebracht«. Ich saß in einer Zeitungsredaktion mit einem Gehalt, das für einen geistigen Beruf als angemessen zu betrachten war, das heißt das es in einiger Zeit durchaus mit dem eines städtischen Straßen-

kehrers würde aufnehmen können. Ich durfte bereits Theater-
aufführungen mit zweiten Besetzungen, fünfzigste und hundert-
ste Jubiläumsaufführungen sowie nachmittägliche Schüler-
vorstellungen selbständig rezensieren, nachdem ich mir bei
Weihnachtsmärchen an den Talentproben siebzehnjähriger
Prinzessinnen und leicht übertreibender Chargenkönige die kri-
tischen Sporen verdient hatte. Immer noch – nun schon im sech-
sten Jahr – lag Wera in Davos, und immer noch besserte sich, ihren Briefen zufolge, ihr Zustand täglich.

Vater lebte nicht mehr. Noch kurz vor seinem plötzlichen
Tod hatte er mir eine kleine Genugtuung bereitet, als er, der all-
zeit Behutsame und Menschenfreundliche, mir brieflich mit-
teilte, er habe Onkel Bense endgültig das Haus verboten. Seinen
zivilen Neigungen hatte es längst widersprochen, daß »der alte
Narr«, wie er ihn jetzt nannte, mit einem mißfarbenen Hemd
und einem blanken Schulterriemen herumlief. Als er aber be-
harrlich auf Vater einzureden begann, auch er müsse sich nun
für seine Partei entscheiden, der er allein die nationale Recht-
gläubigkeit zubilligte, wurde es meinem alten Herrn zu dumm.
Er, der sonst immer eine geradezu altfränkische Höflichkeit zur
Schau trug, brüllte ihn an: »Bense, du bist das größte Rindvieh,
das mir je untergekommen ist.«

Weil Onkel Bense, außer sich selbst, auch seine Uniform beleidigt fühlte, strafften sich seine Schläfenadern und der Schulterriemen.

»Du wirst es bereuen!« schrie er. »Mit solch einer Einstellung
wirst du in unserm Dritten Reich bald hochgehen!«

Dabei – Vater hat es mir mit wahrer Lust berichtet – platzte
ihm der Riemen, und seine gesamte Haltung kam ins Rutschen.
Und, wie um ihn Lügen zu strafen, legte sich Vater wenige Wochen später hin und starb. Er zog es vor, zu den Schatten hin-
unter-, statt in einem heroischen Regime hochzugehen.

Das alles lag nun schon über ein Jahr zurück, als ich im Fe-
bruar 1932, zum erstenmal ohne Wera, zu einem Faschingsfest
ging. Es war der »Ball der Zirkusleute«, bei dem der Theater-
professor Kutscher alljährlich verkleidete Studenten, Dichter,

Maler, Komponisten-Schauspieler, okkulte Philosophen und Seelengymnastiker um sich scharte, kurzum, Menschen jener Art, die der Münchner mit einer Gattungsbezeichnung »Schlawiner« nennt.

Wera hatte mir aus der Schweiz mehr als einmal zugeredet, öfter »unter die Leute zu gehen«. »Du wirst sonst alles verlernen, was ich Dir mühsam beigebracht habe«, schrieb sie, »sogar unser Glockenspiel. Du sollst Dich aber vervollkommnen, bis ich wiederkomme.«

Ich antwortete ihr, daß alle meine alten Kenntnisse sofort wieder vorhanden sein würden, wenn wir nur erst einmal wieder beisammen seien. Ob sie sich etwa auch vervollkommne?

»O ja«, schrieb sie zurück. »Ich werde hier allmählich dick. Du wirst eines Tages das mollige kleine Bürgerfrauchen vorfinden, das Du Dir immer ersehnt hast.«

Ich schickte ihr eine Karte – durch Eilboten! –, auf der stand nur ein Wort: »Biest!«

Am nächsten Tag bekam ich ein Telegramm mit bezahlter Rückantwort, dessen Text schlichtweg lautete: »Bäh.«

Nach zwei Stunden legte ich einem erstaunten, im Dienst erglatzten Beamten ein Antwortformular vor, darauf ich geschrieben hatte: »Kuß. Für andere acht Wörter selbst Möglichkeiten ausdenken. Folgt Name.«

Ganz erwachsen gebärdeten wir uns immer noch nicht ...

Ich begab mich also, wenn auch reichlich lustlos, unter die »Zirkusleute«. Ein Redaktionskollege hatte mir ein Kostüm geliehen: eine Art Türke mit kunstseidenen Pluderhosen, zu denen ich ein offenes leichtes Sporthemd trug. Irgendwie erinnerte das an Weras Schaubudenkostüm, das vielleicht am Elend unserer Trennung schuld war.

Als ich in den lauten, lärmenden Strudel des Festes geriet, war ich mannhaft entschlossen, dieses Elend zu kultivieren. Ich setzte mich dem Dichter Max Halbe gegenüber und sprach mit ihm so lange über die Vogelwelt der Weichselniederung, bis es ihm zu langweilig wurde. Der professörliche Hausherr und Gastgeber saß als Zirkusdirektor, in rotem Frack und Zylinder, souverän vergnügt in der Mitte einer Ehrentafel, und ich hatte das Gefühl, er müsse in Mimik und Gestik manches dem Direktor Untermüller von der Theresienwiese abgeguckt haben.

Der Höhepunkt des Festes kam, als Studenten seines Kreises eine von allen guten Geistern gescheiten Witzes gesegnete literarische Parodie unter dem Titel »Hier irrt Goethe« zur Aufführung brachten. Danach wurde der Zirkusdirektor prophetisch und verkündete mit erhobenem Zeigefinger die Geburtsstunde eines neuen literarischen Kabaretts[1].

Was während der Aufführung versäumt wurde, holte das junge Volk – von dem ich mich ein wenig zu distanzieren begann – im Eiltempo nach. Paare fanden sich für den Rest der Nacht, manchmal auch für länger und in einzelnen Fällen sogar für ein ganzes Menschenleben. Mit leicht feuilletonistischer Überheblichkeit und einigen innerlich notierten Formulierungen, die ich morgen Wera zu schreiben gedachte, sah ich solchem Treiben zu.

Da setzte sich etwas auf meinen Schoß, dessen Bekleidung mich weniger beschwert hätte, als seine Unverfrorenheit.

»Bitte helfen Sie mir. Ein pickelischer Mensch belästischt misch. Er sagt, er ist Lyriker«, sagte das Etwas.

Ich nahm das Mädchen von meinem Schoß und setzte es auf einen Stuhl daneben.

»Ich kann nichts gegen Lyriker tun, als sie am beruflichen Fortkommen hindern«, antwortete ich. »Außerdem sagt man auf dem Fasching ›du‹ zueinander und setzt sich nicht auf Herren von der Presse.«

»Isch habe Sie nischt belästischen wollen!« sagte das Mädchen, das von oben bis unten in einen enganliegenden schwarzen Trikot gezwängt war, der angenehme Formen ebenso angenehm zur Geltung brachte.

Damit der Beschauer nicht auf falsche Deutungen käme, hatte es sich außerdem eine Kappe mit zwei roten Hörnern aufgesetzt.

---

1 Professor K. hat damit recht behalten.

Irgendwo waren mir diese langen Beine doch schon mal über den Weg gelaufen. Und diese Sprache – dieser Sprachfehler …

»Stoß dir doch mal bitte die Hörner ab«, sagte ich und entfernte das unkleidsame Geweih.

Darunter war nicht viel strohblondes Haar, kurz und struppig wie Bubenhaar – vielleicht habe ich schon bei dieser Gelegenheit die eingangs erwähnte Frage getan –, und diese Blondheit stand in einem, zugegeben, reizvollen Kontrast zu ganz schwarzen, großen Augen. Es dauert bei mir im allgemeinen lange, bis ich bei einem Menschen die Augenfarbe feststelle, aber das hier war denn doch zu auffällig.

»Bei dir ist der liebe Gott mit zwei Mustern seiner Kollektion durcheinandergekommen«, sagte ich.

»Das verstehe isch nischt«, sagte das Mädchen philologisch gewissenhaft.

»Na deine Augen und das da …!«

Ich strich über die struppige Strohblondheit, die sich erstaunlicherweise seidenweich anfühlte.

»Gefällt es dir nischt?« fragte das Teufelchen bekümmert, das sich jetzt immerhin zum »Du« bequemte.

»Doch …« Ich bekannte das ohne jeden Enthusiasmus. »Aber kannst du nicht beim Sprechen die Kartoffel aus dem Mund nehmen?«

»Isch bin eine Dänemärkerin! Aus Gilleleje.«

»O je, drum! Wo liegt denn das – das Gilledingsda?«

»Gilleleje! Am Kattegatt.«

»Skagerrak … Kattegatt … Seeschlacht am …?« Ich kam mit meiner historischen und geographischen Schulweisheit nicht sonderlich weit.

»Halblinks vom Nordpol?« fragte ich weiter.

»Es ist sehr schön. Du mußt es einmal heimsuchen.«

In ihren Ausdrücken griff sie manchmal eine Etage zu hoch. Die Musik spielte einen flotten Fox.

»Tanssest du?« fragte das Mädchen aus Gilleleje.

»Nur wenn ich gereizt werde!«

»Reisse isch disch nischt?«

Ja, sie reizte mich. Mit dem Gefühl eines furchtbaren Unrechts an Wera stand ich auf und gab mich dem Foxtrott mit dem hornlosen, langbeinigen Teufel hin. Während des Tanzes tat ich eine Frage:

»Sag mal, bist du schon früher mal in München gewesen?«

»O ja, isch bin ssu dieser Sseit sechssehn Lebensjahre gewesen.«

»Interessiert mich nicht. Aber hast du dir damals von einem Studenten einen Hörsaal zeigen lassen?«

»Ja. Von dir. Isch habe disch gleisch wiedererkannt.«

Mein Tanzbein erstarrte. Das war doch ein tolles Stück! Ließ mich diese Kattegattische ein ganzes Verhör anstellen und spielte durchtrieben das Mädchen aus der Fremde. Ich äußerte den bösen Verdacht, daß auch der sie bedrängende Dichter erfunden sein könnte.

»Das nischt«, sagte sie, »er s-teht dort drüben noch immer und blickt ganz lyrisch auf misch.«

Da drückte ich den süßen Teufel an mich und sagte: »Du bist höllisch nett« und war fest entschlossen, ihm meine faustische Seele zu verschreiben. Wenigstens für eine Nacht.

Daran, daß es unmoralischerweise bis zum Morgen geschah, trug eine moralische Hausordnung die Schuld. Um halb zwölf setzte nämlich mein Teufel die Hörner auf – sich, nicht mir! – und sagte, er müsse schleunigst weggehen, weil er in einem christlichen Mädchenheim wohne, das mitternachts unwiderruflich geschlossen werde.

»Ein hübscher Aufenthaltsort für Teufel«, spottete ich.

Doch das Mädchen aus Gilleleje, das sich inzwischen zusätzlich als Kirsten vorgestellt hatte, blieb ernst. Ja, es schien sogar ein wenig traurig darüber zu sein, daß diese Zirkusvorstellung nun ihr Ende finden sollte.

»Gute Nacht«, sagte Kirsten leise.

»Nein«, rief ich, »noch nichts von guter Nacht! Du bleibst hier. Ich sorg schon für dich. Ich geb dir mein Ehrenwort, und außerdem ist da mein Presseausweis.«

Eins von den beiden erwies seine moralische Kraft: Kirsten

blieb. Wir tanzten, lachten, sangen, tranken und warfen einander Konfetti in den Sekt. Nur als das dänische Mädchen einmal hustete, zuckte ich zusammen. Um vier Uhr morgens behauptete Kirsten, sie sei müde.

»Du kannst bei mir auf dem Sofa schlafen«, sagte ich.

»Das ist bei uns in Gilleleje nischt üblich«, sagte sie.

»Gut«, antwortete ich, »von mir aus kannst du auch auf meiner Treppe übernachten und um sieben die Milchfrau erschrekken, wenn das bei euch üblich ist. Außerdem bin ich verlobt.«

Zu meiner eigenen Erleichterung erfand ich diese fromme Mär, mit der ich einen Gedankengruß nach Davos verband. Auf Kirsten schien sie eher beunruhigend als beruhigend zu wirken. Trotzdem ging sie mit mir und hing, in einen Pelzmantel verpackt, als ein sehr sanft gewordener Teufel an meinem Arm.

»Teifi! Teifi!« sagte ein Münchner Arbeiter, als er auf der Straße des gehörnten Wesens ansichtig wurde.

Es war kalt. Dämmergrau kroch über die Dächer, und ein paar Schneeflocken fielen. Ein zaghaftes Kirchglöckchen bimmelte. Eine erste Straßenbahn fuhr mit dickvereisten Fenstern vorüber. Ich hegte jetzt für mein schwarzäugiges dänisches Langbein Gefühle, die zwischen den Begriffen »Onkel und »Schutz für nationale Minderheiten« angesiedelt waren.

Diese Gefühle hielt ich auch daheim heroisch wach. Um so schneller schlief Kirsten auf meinem Sofa ein, nachdem ich sie fest in ihren Pelzmantel gewickelt und ihr einen Kuß auf die Stirn gehaucht hatte, der auch einem Minderheiten- oder Minderjährigenstatut nicht widersprochen haben würde. Sie flüsterte schon im Halbschlaf:

»Mange tak.«

Daß dies auf deutsch »Vielen Dank« hieß, habe ich erst später gelernt.

Ich lernte überhaupt noch viel von ihr. Doch wird davon zu gegebener Zeit die Rede sein.

Familie Meisegeier greift ein

In der zweiten Hälfte des Jahres 1932 werden die Aufzeichnungen von Bruno Tiches, die vorher zur Hälfte aus Leitartikelsentenzen und aus den Klischeewendungen von Wahlversammlungen (»Erscheint in Massen!«) abgeschrieben und zusammengestellt zu sein schienen, plötzlich privater. Lange nach seiner stürmischen Jugend ist jetzt wieder einmal von dem Verhältnis zu einer Frau die Rede. Aber es geht nun nicht mehr um zweifelhafte, durchnummerierte Verhältnisse, sondern um eine zweckgebundene, eingeplante Angelegenheit auf dem Boden eines Parteiprogramms und seiner bevölkerungspolitischen Tendenzen. Und ausgerechnet die schöne Evelyna Meisegeier ist das Opfer. Wie sie einmal um eines Stückchens Silberlamé willen beinahe zur Diebin geworden wäre, verkauft sie sich jetzt für die goldenen Streifen an einer Uniform.

Ich lasse einige der Notizen im Wortlaut folgen, da ich sie wohl auch in den Tatsachenberichten werde aufnehmen müssen. Wenn sie ausführlicher sind als früher, mag es damit zusammenhängen, daß Tiches, seiner Bedeutung inzwischen bewußt, sie vielleicht doch zur Grundlage späterer Veröffentlichungen machen wollte. Natürlich wird er immer nur damit gerechnet haben, daß er selbst seine Memoiren publizieren und sie dann auch entsprechend färben und abändern könnte. Daß ausgerechnet ich sie einmal in die Hand bekäme, dürfte er freilich nicht geahnt haben.

27. Juli 1932

»Karl M., der in der SS eine sehr rasche Karriere macht, hat mich gebeten, seine Familie aus unserer gemeinsamen Heimatstadt umzusiedeln[1]. Wegen der sozialen Lagen und moralischen Haltung dieser Familie habe ich im Augenblick noch gewisse Bedenken. Andererseits kann ich mich einem Wunsch von M. nicht gut verschließen, da seine Formation in der Par-

---

1 Zum erstenmal taucht hier dieses verhängnisvolle Wort auf, das also womöglich überhaupt von Tiches oder Meisegeier geschaffen wurde.

tei immer mehr Macht und Ansehen gewinnt. Man darf es mit ihm nicht verderben. Ich habe zunächst einmal unseren Ortsgruppenleiter B.[1] um eine vertrauliche Information gebeten.«

2. August 1932
»Die Auskünfte über die M.'s sind katastrophal. Frau M. hat eben wieder eine Haft wegen Felddiebstahls verbüßen müssen. Die vier Söhne seien Taugenichtse, und die kleine Tochter sei zwar ungewöhnlich hübsch, aber völlig unmoralisch. Von der Ältesten steht nichts im Bericht. Ich werde mich schwer hüten, dieses Gesindel hier anzusiedeln. B. schreibt, daß sie dort sogar der Partei schaden, weil alle wissen, daß Karl M., den ich nach wie vor für das wertvollste Mitglied der Familie halte, eine hohe Stellung in der Bewegung einnimmt.«

4. August 1932
»Karl M. hat mich ersucht, die Umsiedlungsaktion seiner Familie, wie er es nennt, beschleunigt durchzuführen, widrigenfalls er mit Konsequenzen droht!!!«

15. September 1932
»Am Falle der Familie M. zeigt sich wieder einmal, wie eine durchaus erbgesunde und achtbare Familie durch bürgerliche Vorurteile in ein falsches Licht geraten kann. Ich selbst habe daraus gelernt und habe auch Karl M. gegenüber selbstkritisch zugegeben, daß ich mich von solchen Vorurteilen bisher noch immer nicht ganz frei gemacht habe. Ich werde sie jetzt völlig ausmerzen, um meinen Weg nicht mehr mit faulen Kompromissen in dieser Richtung zu beschweren. Wir haben die M.'s zunächst in einer Sechszimmerwohnung in Bogenhausen[2] untergebracht und auf Kosten der Parteikasse eingekleidet, was sich aus parteitaktischen Erwägungen rechtfertigen läßt. Karl M. denkt daran, seine Mutter in eine Stellung bei der Frauenschaft einzubauen – Betreuung lediger Mütter, worin sie ja über hinreichende Erfahrungen verfügt, oder was Ähnliches. Seine Brü-

1 Onkel Bense.
2 Vornehmer Münchner Villenvorort.

der hat er sämtlich in seine Truppe übernommen, und ihre kräftige, zupackende Art hat ihnen in Wahlversammlungen und bei Einzelaktionen in roten Kneipen bereits starken Respekt erworben. ›Das Rollkommando Meisegeier muß in die Geschichte unserer Formation in goldenen Lettern eingetragen werden‹, sagte Karl M. in seiner markanten Art.«

2. *Oktober 1932*

»Gestern war ich bei Frau Meisegeier zum Tee eingeladen. Die Wohnung ist noch etwas leer, und aus alter Gewohnheit schlafen alle sieben Familienmitglieder in einem Raum. Es gab Lindenblütentee, den ich glücklicherweise durch eine Flasche mitgebrachten französischen Kognaks etwas aufwerten konnte. Ich habe der Dame des Hauses auch einige Tips gegeben, wie sie ihr gesellschaftliches Ansehen heben kann. Durch meine Korpserziehung – sosehr ich die Institution als solche verabscheue – bin ich dazu bestens in der Lage. Vor allem muß sie sich vor dem Suff hüten. Zuletzt trank sie den Kognak aus der Tasse, ohne ihm Tee beizufügen.«

26. *November 1932*

»Das Experiment mit den Meisegeiers hat sich gelohnt. Gestern waren alle vier Brüder in Uniform im Parteiorgan abgebildet, mit der Unterschrift: ›Standartenführer M. und seine Brüder – Garanten unserer Zukunft.‹ Doddy M., die Jüngste, ist von einem Maler aus der Bewegung, der bisher durch jüdische Machenschaften noch nicht in den Vordergrund getreten ist, als Akt gemalt worden. Saftige Sache! Karl M. will das Bild, wenn wir mal an der Macht sind, in die große Kunstausstellung bringen[1]. Ich befasse mich doch etwas intensiver mit Evelyna, weil eine durch Blutsbande gefestigte Brücke zur SS zweifellos von Vorteilen für mich wäre. Die errotischen[2] Illusionen habe ich mir längst abgewöhnt.«

Unter dem Weihnachtsdatum des 25. Dezember finden sich

---

1 Was 1934 geschah.
2 Trotz des geläufigeren Stils kommen immer noch solche orthographischen Entgleisungen bei T. vor.

zwar keine Eintragungen in Brunos Tagebuch, aber statt dessen sind zwei etwas vergilbte Zeitungsausschnitte eingeklebt.

Der erste ist eine Anzeige mit dem Text:

»Wir haben einen deutschen Ehebund geschlossen.
Julfest 1932
Reichshauptstellenleiter Bruno Tiches
und Frau Evelyna, geborene Meisegeier.«

Beim zweiten handelt es sich um einen ausführlichen Lokalbericht der offiziellen Parteizeitung mit der Wiedergabe eines Fotos, auf dem man den ziemlich feist gewordenen Bruno Tiches in Parteiuniform die in ihrem weißen Brautgewand immer noch sehr ansehnliche Evelyna führen sieht. Daneben steht in schwarzer Seide Mutter Meisegeier am Arm ihres Sohnes Karl in einer prächtigen Uniform mit dem Eisernen Kreuz Erster Klasse.

Aus dem Bericht über die Hochzeit, der ausführlich wie ein Hofbericht der Wilhelminischen Ära und nicht minder byzantisch abgefaßt ist, lohnt es sich, nur wenige Sätze abzudrucken:

»Der Bräutigam, der sich bereits säkulare Verdienste um die Partei erworben hat, hat nunmehr in die Familie eines Mannes eingeheiratet, der einer der soldatischen Grundpfeiler unserer neuen Ordnung zu werden verspricht. Standartenführer Meisegeier trug das in den Freikorpskämpfen erworbene Eiserne Kreuz Erster Klasse auf der Brust. Neben den zahllosen Telegrammgrüßen, die von unseren Parteiorganisationen aus aller Welt eintrafen, befand sich auch ein ehrendes Telegramm des Duce, das von Rottenführer Meisegeier an der Hochzeitstafel verlesen wurde. ›Das faschistische Italien ist heute an Ihrer Seite. Benito Mussolini[1].‹«

Neujahr 1933
»Wir haben Silvester in unserem neuen Haus im Isartal gefei-

---

1 Das mit ins Tagebuch eingeklebte Telegramm ist vermutlich gefälscht, da als Absendeort Bayrischzell angegeben ist.

ert. Ein paar Ordonanzen bedienten, und wir hatten einige wichtige Leute aus dem Führerkorps eingeladen – es war mächtig stilvoll. Bis Mitternacht hatte ich den Alkohol eindämmen lassen, und wir saßen nur bei Julkerzen zusammen. Weil der Rundfunk scheußliches Zeug brachte – lauter Österreicher und Klassiker –, haben wir auf dem Plattenspieler den Führer laufen lassen, von dem jetzt alle Reden mitgeschnitten werden. Karl hielt eine zackige Ansprache, daß es nun im neuen Jahr endlich soweit sei, und wir leerten darauf unsere Gläser ex. Leider war Schwiegermutter danach schon blau und heulte vor Rührung. Ich ließ sie gleich durch meinen Fahrer heimexpedieren. Nach Mitternacht wollten alle Meisegeiers Programm machen. SS-Mann Meisegeier spielte auf dem Flügel den Flohwalzer, und Doddy tanzte dazu auf dem Deckel. Rottenführer Meisegeier marschierte auf den Händen, und Scharführer Meisegeier machte Zauberkunststücke. Meine junge Frau sprach, wie immer, wenig und zog sich bloß die Schuhe aus. Doddy aber sorgte mächtig für Betrieb. Das kleine Luder machte einen noch mal richtig jung.«

30. Januar 1933
»Wir sind an der Macht! ! !«

Lohengrinsereien

Diese Silvesterfeier 1932, welche die Tiches-Leute so siegesgewiß begehen konnten, war für uns von der Ahnung kommenden Unheils überschattet. Dennoch hatte auch ich in meiner Zeitung redlich das Meine getan, eine Art von »innerer« Hoffnung, von Nächstenliebe und gedämpftem Optimismus zu verbreiten. So etwas gehört nun einmal an den großen christlichen Feiertagen zu den Aufgaben der Presseleute. Aber nicht allein der Zustand meines eigenen Portemonnaies, das noch von Weihnachten her erschöpft war – ich hatte ein reizendes goldenes Halskettchen nach Davos geschickt –, ließ mich da-

von absehen, bei einer Neujahrsfeier meiner Kollegen mitzu-
tun. Ich hatte auch keine Lust dazu. Das würde nun das sie-
bente Jahr ohne Wera sein – allmählich verlor ich den Glauben an unsere gemeinsame Zukunft, obwohl wir uns unvermindert liebten und einander zärtliche, sehnsüchtige, alberne
Briefe schrieben.

Seit mehr als einem Jahr hatte ich übrigens eine neue Wohnung. Meine Generalswitwe war gestorben. Wie ein zartes
Lichtlein war sie im rauhen Wind dieser traditionslosen Zeit erloschen. Ihre karitative Köchin hatte schon vorher das Schicksal in Gestalt des dezenten Beauftragten einer »Heil- und Pflegeanstalt« abgeholt. Sie hatte, gewiß nicht zu Unrecht, die Welt
immer mehr von bösen Dämonen beherrscht gesehen, wider die
sie nachts beim Schein sämtlicher Gasflammen des Küchenher-
des betete. Als die Gasrechnungen ständig wuchsen und ihre
gastronomischen Leistungen im gleichen Maße geringer wurden, entdeckte man ihre sonderbare Geistesverwirrung.

Mit meinen neuen Wirtsleuten, der Familie Roselieb, hatte
ich Glück, weil es wirklich reizende Menschen waren. Der
Hausherr war nicht minder traditionsbewußt als meine selige
Exzellenz, da er in seiner Militärzeit Trompeter beim Gardedu-
korps gewesen war. Im Flur hingen sein Brustpanzer, sein Säbel
und der blitzende Adlerhelm, der frühe Manövererinnerungen
in mir wachrief. Nach Feierabend blies Herr Roselieb seinen
Kindern manchmal Kavalleriesignale vor.

Ich besaß ein schönes Zimmer mit einem großen Balkon, der
nur den Nachteil hatte, daß ich ihn bloß durchs Fenster erreichen konnte, weil er auch zum Nebenzimmer gehörte und
durch dessen Tür betreten werden mußte. Im Nebenzimmer
aber wohnte eine Studentin, ein vorzeitig verblühtes Wesen, mit
dem ich auf keinem anderen Fuße stand als dem des Sichgrü-
ßens und Einander-die-Tageszeit-Wünschens. An sich war mir
das nicht unlieb.

Nachdem Ende des vorigen Semesters dieses Mädchen sein
Staatsexamen gemacht hatte, wurde im neuen Semester eine
neue Untermieterin erwartet, von der mir Frau Roselieb versi-

cherte, sie sei auch wieder »sehr lieb«. Infolgedessen erwartete ich eine Neuauflage meiner Philologin.

Da ich stets sehr früh zur Redaktion mußte und abends spät nach Hause kam und dann meistens bald schlafen ging, traf ich die neue Mieterin erst vierzehn Tage nach ihrem geräuschlosen Einzug. Ich stand wie vom Donner gerührt, als ich ihr auf dem Flur begegnete: es war das Fräulein aus Gilleleje. Ich wartete kaum ihren Gegengruß ab, als ich sie schon anfauchte:

»Wie kommst du denn hierher?«

Ich gebrauchte, trotz meiner Wut, immer noch das karnevalistische »Du«, während sie, hierin viel gewissenhafter, mich mit »Sie« anredete.

»Isch wohne hier. Ist es Ihnen nischt rescht?«

Dieser schreckliche Sprachfehler ...!

»Natürlich ist es mir nicht recht. Ich mag das nicht, wenn Mädchen mir nachlaufen.«

»Isch bin Ihnen nischt nachgelaufen. Meine Kollegin aus dem deutschen Seminar hat das Zimmer aufgegeben, und isch habe es genommen.«

»Ach, Sie ahnten nicht, daß ich hier wohne?« fragte ich und schämte mich schon beinahe meiner Zornaufwallung.

»Doch, isch habe es gewußt.«

Schämen rein – Zorn wieder raus! So etwas Berechnendes, diese langbeinige Person vom Kattegatt! Aber in mir sollte sie sich verrechnet haben. Noch ehe ich meine Entrüstungsrede fortsetzen konnte, sprach sie schon weiter:

»Isch werde Sie be-stimmt nischt belästigen. Und wenn wir uns ssufällig auf dem Fasching begegnen, brauche isch ihre Gastfreundschaft und Ihren Presseausweis nischt mehr in Anspruch ssu nehmen.«

Das war der Gegenschlag meiner weißbemützten Studentin! Übrigens sah sie mit ihrem verwuschelten Bubenhaar immer noch so wonnig aus, daß ich abschließend eine etwas persönlichere und privatere Frage stellte.

»Ist der picklige Lyriker immer noch hinter Ihnen her?«

»O ja«, sie strahlte richtig, »er schreibt mir immer Gedischte.

Ich versuche, sie in meine Mutters-prache ssu übersessen. Es klingt sehr poetisch.«

»Na, dann gute Nacht«, sagte ich brüsk, ging in mein Zimmer und ließ die Langbeinige auf dem Flur stehen.

Wir trafen uns zunächst nicht mehr. Über Weihnachten fuhr ich auf einige Tage zu meiner Mutter, mußte aber am dritten Feiertag schon wieder in der Redaktion sein.

Silvester blieb ich, wie gesagt, zu Hause. Die sechs Roseliebs waren zu Verwandten gegangen, und der Vater hatte zum Stimmungmachen seine Trompete mitgenommen. Ich war allein in meinem Zimmer. Die Gillelejerin würde wohl irgendwo mit ihrem Kutscherjüngling mehr oder weniger lyrisch feiern.

Vor meiner Zentralheizung standen einige Flaschen Rotwein, die ich vor Weihnachten in einem billigen Sonderverkauf erstanden hatte. Der Wein war nicht schlecht, aber ihn allein zu trinken, war auch nicht gut. Ich gähnte und beschloß, gleich nach dem Mitternachtsuhrenschlag zu Bett zu gehen. Aus dem Radioapparat – es war längst nicht mehr das brave Detektorgerät der Frühzeit – kam viel Getragenes, das mich nicht gerade aufmunterte.

Um dreiundzwanzig Uhr zehn meinte ich im Nebenzimmer ein Geräusch zu hören. Ich legte mein Ohr an die Wand. Einen Augenblick war vollkommene Stille. Vielleicht legte auch drüben jemand das Ohr an die Wand. Dann kam wieder ein Geräusch. Es klang wie ein Schluchzen.

»Manöver«, sagte ich mir und blieb hartherzig.

Bis dreiundzwanzig Uhr fünfzehn. Dann erinnerte ich mich meines Silvesterartikels von der menschlichen Nächstenliebe, der mich immerhin in dieser Nacht dem derzeit geographisch nächsten Menschengegenüber ein wenig verpflichtete, wollte ich nicht vor mir selbst als Pharisäer dastehen.

Ich ging auf den Flur und klopfte an die Nachbartür. Keine Antwort. Vielleicht hatte ich mich doch getäuscht? Ich klopfte stärker. Die Tür tat sich auf, und im Licht einer kleinen Stehlampe, die als einzige das Zimmer erhellte, sah ich die Gillelejesche in einem langen weißen Abendkleid mit ulkigen Zipfeln.

Sie sah so hinreißend aus, daß ich es ihr sagen mußte. Aber sie reagierte nicht darauf, sondern fragte kühl:

»Was wünschen Sie?«

»Ich wollte dich – Sie – fragen, ob Ihnen vielleicht nicht gut ist. Ich dachte, ich hätte so was wie Schluchzen gehört.«

»Danke, nein. Isch schlu... ich weine nie.«

Das Wort Schluchzen war ihrem dänischen Mund denn doch zu schwierig. Übrigens waren ihre Augen rot umrändert.

»Dann entschuldigen Sie. Ich dachte auch, Sie trinken vielleicht ein Glas Rotwein mit mir. Mir ist nämlich genauso einsam und elend zumute«, bekannte ich ehrlich. »Und ich würde lieber einen richtigen Silvesterpunsch trinken, wenn ich ihn zubereiten könnte. Doch verzeihen Sie die Störung. Ich wünsche Ihnen gute Nacht und ein gutes neues Jahr!«

Ohne ihr die Hand zu geben, machte ich eine kurze Verbeugung. Aber die Tür nebenan ging nicht zu. Noch ehe ich meine geöffnet hatte, rief es hinter mir drein:

»Isch kann Punsch!«

»O ja – wirklich?«

»Soll isch Ihnen welschen machen?«

»Das wäre natürlich reizend. Aber nur, wenn Sie ihn mittrinken. Außerdem müßten wir uns eilen, denn es ist halb zwölf.«

»Isch werde misch sehr beeilen.«

Das weiße Abendkleid rauschte durch den Flur zur Küche. Ich sauste in mein Zimmer, um die Rotweinflaschen zu holen. Töpfe klapperten, die Roseliebschen Gewürzschubladen gerieten in Bewegung, Zucker raschelte aus einer Tüte.

»Isch habe sehr guten Rum«, rief Kirsten plötzlich eifrig und rannte wieder in ihr Zimmer. »Mein Großvater importiert diesen aus Batavia«, sagte sie, als sie mit der Flasche zurückkam.

Wir bastelten in mehreren Töpfen. Es dampfte und zischte, und wir taten viel Rum hinzu, weil ich mir sagte, wenn es guter ist, kann man ja ruhig ein bißchen mehr nehmen. Die Düfte, die aus dem Topf aufstiegen, waren herrlich.

Als es auf Roseliebs großer Standuhr zwölf schlug, hatten wir gerade den Topf vom Feuer genommen, aber noch kein Gefäß gefunden, in das wir den Punsch umgießen konnten. Aus meinem Zimmer kam Glockengeläut.

»Godt Nytaar!« rief die Gillelejesche und goß mir aus dem riesigen Schöpflöffel Punsch in den Mund.

Ich sprang beinahe an die Decke, so heiß war er. Dann goß ich den Rest des Löffels in Kirstens. Sie dehnte sich vor Hitze, und ihre Beine wurden noch länger. Schließlich nahm sie den Topf und trug ihn in ihr Zimmer. Ich folgte ihr. Der heiße, starke Punsch hatte das Eis zwischen uns gebrochen.

Kirstens Zimmer war viel gemütlicher als meins. Sie hatte es mit Geschmack und glücklichem Farbensinn umgestaltet, und auf der leuchtendroten Decke ihrer Couch sah sie in ihrem weißen Abendkleid hinreißend aus. Sie riß mich hin.

Ich holte meinen Rundfunkempfänger herüber. Im Großen Sendesaal des Bayerischen Rundfunks spielten sie verrückt. Wir tanzten wie besessen.

Einmal wurde Kirsten nachdenklich.

»Wird es ein gutes Jahr sein, dieses 1933?« fragte sie besorgt.

In Punsch- und Leitartikeloptimismus antwortete ich:

»Bestimmt! Wenn es schon so anfängt.«

»Aber diese Leute in den häßlischen Uniformen?«

»Ach die! Ich glaub's nicht, daß die je drankommen. Dazu ist unser Volk doch zu vernünftig.«

»Und wenn sie drankommen?«

»Dann wird man dir am allerwenigsten was tun. Im Gegenteil, so was Blondes, Nordisches wie du wird bei denen hoch in Ehren stehen.«

»Das möschte isch aber gar nischt«, sagte Kirsten und sah böse aus.

Da gab ich ihr einen Kuß, und als sie mich erstaunt ansah, sagte ich:

»Das ist bei uns so Silvestersitte.«

»In Dänemark wäre dieses unsittlich.«

»Außerdem wollen wir doch lieber ›du‹ sagen, und dazu gehört auch ein Kuß ...«

Übrigens sagen wir uns noch heute »du« und küssen uns

auch heute noch. Nicht mehr ganz so oft wie in jener Neujahrsnacht.

Um drei Uhr ging Kirsten einmal hinaus. Als sie wieder her-
einkam, hatte sie den Kürassierhelm auf dem Kopf.

»Die Jungfrau von Gilleleje«, rief ich begeistert und begann
Schiller zu zitieren: »Mein ist der Helm ...«

»Ist dieser Herr Roselieb beim Theater beschäftischt gewesen?« fragte Kirsten.

»Wieso?«

»Ist dieses nischt Lohengrin?«

»Du ahnungsvoller Engel du!« zitierte ich, diesmal goe-
thisch. »Es ist Uniform, Militär. Wenn es bei uns zulande ganz
seriös wird, artet es manchmal zur Oper aus.«

»Kann man in der deutschen Sprache so konjugieren: Isch lo-
hengrine, du lohengrinst, er lohengrint?«

»Man kann«, lohengrinste ich.

»Wenn mein Verlobter in Gilleleje misch so betrachten
könnte ...!«

»Wer, bitte?«

»Ingvald Henriksen, mein künftiger Gemahl.«

Obwohl dieser hochgestochene Ausdruck sehr gut zum
Opernhelm paßte und wiewohl er mein Gewissen Wera gegen-
über hätte erleichtern müssen, fühlte ich mich, nach dem heißen
Punsch, wie mit eiskaltem Wasser begossen.

Im selben Augenblick wurde draußen die Tür aufgeschlossen, und Familie Roselieb strudelte heiter schwatzend in den
Flur. Es klopfte. Ich rückte auf Distanz von dem weißen Abendkleid, und Kirsten bat herein. Frau Roselieb stand unter der
Tür, ein wenig verwundert, aber in ihrer umständlich liebenswürdigen Art auch sogleich wieder gefaßt.

»Ich hätte Sie schon immer miteinander bekannt machen
wollen«, sagte sie bürgerlich zeremoniell.

»Oh, isch kenne diesen bereits grundsäßlisch«, flötete Kirsten.

Und ehe noch Frau Roselieb über das letzte Wort hätte nach-
denken können, stand schon ihr Mann unter der Tür und

schwenkte, von Silvesteralkoholika fröhlich bewegt, seine Trompete. Kirsten sah es begeistert.

»Können Sie Lohengrin blasen?« rief sie bittend.

»Nein, Fräulein«, sagte Herr Roselieb mit leicht rheinischem Akzent, »aber die Kavalleriesignale.«

Und schon schmetterte es markdurchdringend in unsere Ohren, in Kirstens Zimmer und den aufdämmernden Neujahrsmorgen 1933.

Dorthin paßte es leider ganz gut.

Romeo und Wera

Ich war schon beim Kofferpacken, als Frau Roselieb Andreas in mein Zimmer führte. Seit unserem Abitur hatte ich ihn nicht wiedergesehen, ohne ihn je vermißt zu haben. Nun stand er wieder vor mir, mit dem ich einst Sand in die Ballastsäckchen des Ballonführers Rockenzoll geschaufelt hatte. Er sah bedrückt aus. Den schwebenden Ausdruck hatte er verloren.

»Du willst verreisen?« fragte er, während ich helle Sommersachen im Koffer verstaute.

»Ja, nach Sizilien. Taormina.«

»Du Glücklicher!« Sein Ausdruck wurde noch bekümmerter.

»Ich reise zwar ununterbrochen mit meiner Bühne herum, zwischen Berchtesgaden und Feldkirch, von Amorbach bis Tirschenreuth. Aber es macht mir keine Freude mehr.«

»Ich hab gehört, daß du Schauspieler geworden bist. Hätt ich nie von dir gedacht«, sagte ich. »Was spielst du eigentlich?«

»Jugendliche Komiker.«

»Komisch!«

Ich hatte Andreas nie für komisch und kaum je für sonderlich jugendlich gehalten.

»Bisher hat's mir Spaß gemacht. Aber seit wir jetzt auch hier in Bayern die neue Regierung haben« – die bayerische »Machtübernahme« hatte erst im März dieses Jahres 1933 stattgefunden –, »seitdem ist es bei uns gräßlich. Ein schlechter Chargenspieler will unsern anständigen Intendanten rausdrücken und sich selbst zum Chef machen. Mich kann er nicht leiden. Er sagt, wir gehörten alle an die Wand gestellt.«

»Ach Andreas« – nun kriegte ich doch Mitleid mit dem alten Klassenkameraden –, »laß dir doch von diesen Windmachern nicht bange machen. Dieser ganze Tischzauber dauert höchstens ein paar Monate.«

»Meinst du wirklich?« – das Gesicht des Gasdirektorssohnes hellte sich auf und bekam wieder etwas von seinem alten gasgefüllten Ausdruck. »Deshalb bin ich ja zu dir gekommen. Ich dachte, ihr von der Presse wißt doch ein bißchen mehr.«

Dieses Zutrauen tat meinem jungen Redakteursbewußtsein sehr wohl, und ich erzählte ihm einiges, was ich selbst nicht ganz zu glauben wagte. Ich brachte Argumente über die politische und moralische Reife des deutschen Volkes, das sich in einem Augenblick, in dem erste Anzeichen einer wirtschaftlichen Besserung erkennbar würden, nicht von Abenteurern in eine ungewisse Zukunft locken ließe.

»Und außerdem« – jetzt spielte ich meinen stärksten Trumpf aus – »wird das Ausland die Tiches und Genossen nie anerkennen!«

»Ach, das freut mich aber!« sagte Andreas, beinahe kindlich dankbar. »Bei uns gibt es nämlich Kollegen, die auch dagegen sind und die trotzdem meinen, der Spuk könnte Jahre dauern. Du hast mich richtig beruhigt.«

»Na, das ist fein, Andreas. Dann spiel mal schön komisch weiter, bis diese komischen Figuren abgetreten sind.«

»Ich hatte nämlich schon Angst, ich müßte bei Tiches antichambrieren. Der soll jetzt auch für kulturelle Dinge zuständig sein, für die Hochschulen und die Presse – und ich glaube sogar fürs Theater.«

Diese Nachricht war mir selbst neu. Aber in diesem Augenblick war sie mir herzlich gleichgültig. Ich hatte Urlaub, heute nacht würde mein D-Zug über den Brenner fahren, und morgen sollte ich in Verona meine Wera treffen. Vielleicht tat ich ihm unrecht, aber er kam mir immer noch ein bißchen kindisch vor.

Ich fuhr zu Wera. Sie war aus Davos als geheilt entlassen worden, und nun wollten wir gemeinsam in den sizilianischen Frühling reisen. Ich fühlte mich sehr charakterfest, weil ich seit der Neujahrsnacht jede Begegnung mit der Verlobten des Herrn Ingvald Henriksen vermieden hatte. Mein Unterbewußtsein hielt allerdings von solcher Charakterfestigkeit weniger; denn es schickte mir in bezug auf Kirsten, wie Goethe es genannt hatte, »konziliante Träume«.

In meinem D-Zug freilich, der durchs Inntal dem Brenner entgegenraste, eilten meine Träume schon zu Wera voraus, und das langbeinige Fräulein von Gilleleje versank für mich im nebelgrauen Kattegatt, wo sie jetzt ihre Semesterferien verbrachte.

Es war beinahe zuviel des Guten auf einmal, was mich nun erwartete: Der unbekannte Süden, der Frühling – und Wera. Alle bezaubernden Stunden, die wir gemeinsam durchlebt hatten, von Tante Remmys Zaun bis zum Glockenspiel und der Fontänennacht, wurden wieder Gegenwart. Ich schaute immer wieder aus dem Fenster, ob nicht der Tag anbräche. Aber es war noch Nacht über Tirol, finstere Neumondnacht. In Matrei hörte ich die Sill rauschen, und hier und da sah man schon Licht in breiten behäbigen Bauernhäusern. Die Luft draußen war wunderbar rein, leicht und würzig.

Auf der Paßhöhe lagen jetzt schmutzige Schneereste. Zum erstenmal hörte ich das laute und doch melodische Geschwirr italienischer Stimmen. Bersaglieri mit Hahnenfederhüten. Kleine Offiziere, die sich frierend in togaähnliche Mäntel hüllten und ihrem neuen Cäsar den Aufenthalt in diesem nordischen Babarenwinkel übelnehmen mochten. Ein Uniformierter mit schwarzer Troddelmütze kam geradewegs aus einer Verdioper in unser Abteil und begehrte die Pässe zu sehen, die er mit einer Suchliste verglich.

Dann begann es: die milde Luft vom Etschtal her, die Weinberge von Südtirol. Bozen. Ich sagte still für mich etwas Min-

nigliches von Walther von der Vogelweide auf mittelhoch-
deutsch auf.

Und da waren auch schon die ersten Palmen, noch ein bißchen klein und ängstlich, noch ein wenig denen daheim verwandt, die von ihren Töpfchen nicht wegkamen. Noch leuchtete auch firniger Alpenschnee von fernen Gletschern. Aber im
nahen Tale war der rosa Blütenschnee der Apfelbäume, lau und
süß die Luft, und auf einem Campanile in Trient überschlugen
sich die Glocken an großen Eisenrädern und ihre Töne in der
blauen Morgenluft.

Noch einmal Felsen, bedrohlich nah herangerückt. Die Veroneser Klause. Schnell Geschichte repetieren: Dietrich von Bern,
die Rabenschlacht.

»Was wißt ihr Borschen von Dietrich von Bern? Tiches?
Nichts, wieder nichts! Setzen, der Borsche!«

Es klopft an die Fenster. Natürlich die Meisegeiers. Nein, der
italienische Kontrolleur:

»I biglietti, per favore ...«

Aber jetzt nicht mehr schlafen! Verona in Sicht. Wera in
Sicht. Eine Stadt, zärtlich in die Arme blauer Berge geschmiegt.
Zärtliche Arme ...

»Wera! Wera!«

»Hattest du eine gute Reise? Wie geht's dir?«

»Danke und dir? – Halt, mein Koffer. Sie, Signore, nix!
Niente! Stehenlassen! Selbst Kraft genug! Forza tedesca! Nicht
schimpfen, Alter. Entschuldige, Wera, ein bißchen viel auf einmal!«

Wir sitzen in einem Taxi. Wera sieht eigentlich noch genauso
aus wie damals. Das heißt, die Frisur steht ihr nicht. Das kurze
Bubenhaar war hübscher. Aber es ist doch noch immer dieselbe
weiche, blonde Welle. Traditionsbewußter Stil – so etwas ändert sich nicht. Aber älter ist sie doch geworden, schmaler – die
Züge ein bißchen scharf. Die vielen Jahre, die lange Krankheit.
Kein Wunder ...

»Wie bitte, Kirsten? – Entschuldige, Wera, ich bin ein bißchen übernächtigt. Ohne Schlafwagen, dritter Klasse ... Ach so,

das ist die Arena. Diokletian, richtig. So, sie machen jetzt auch wieder Festspiele drin? Oder immer noch? Die armen Löwen: Jeden Tag Christen ...«

Weras Lachen klingt ein bißchen gezwungen. Sie sieht mich prüfend von der Seite her an. Wie dumm, daß mir der Name von dem Fräulein aus Gilleleje plötzlich herausgerutscht ist. Nicht nett, daß die sich jetzt mit diesem Herrn Henriksen herumtreibt.

»O danke, es ist lieb von dir Wera, daß du das auslegst. Ich habe noch keine Lire eingewechselt.«

Ein sehr altes Hotel namens »Gabbia d'oro«. Was mag denn das heißen? Irgend etwas mit Gold jedenfalls. Alles aus Stein: die Treppen, die Flure, die Fußböden in den Zimmern. Ein bißchen fremd am Anfang.

»Das ist dein Zimmer, Lieber. Ich wohne gleich nebenan. Du wirst dich sicher erst frisch machen wollen?«

Natürlich muß ich mich ein wenig frisch machen. Der Koffer schnappt auf. Ich habe den Schwamm vergessen. Aber dafür hat sich ein Häkeldeckchen von Frau Roselieb an die Zahnbürste angehängt und macht nun seine italienische Reise.

»Italienische Reise von ... bis ...?«

Es liegt wirklich nur an der Müdigkeit. Das kalte Wasser auf dem Schädel tut gut.

Die Leute reden hier alle ziemlich laut. Aus dem Hof, drei Stock tiefer, schallt ein fröhliches Palaver herauf. Reizend sieht das aus, da stehen weißgedeckte Tischchen zwischen Efeuwänden, und dazwischen wird zu Mittag gegessen. An den altersgrauen Mauern hängen kleine Vogelbauer, in denen Vögel singen. Arme Vögel! Das Ehepaar ißt Spaghetti. Ach so machen die das? Wirklich elegant. Ich werde es nie lernen: Das so mit einem Wuppdich um die Gabel zu wickeln.

Der Kellner ist also ein richtiger Veroneser. Einer wie der Dingsda – na, Shakespeare ... Romeo, natürlich. (»Dritter Klasse ohne Schlafwagen!«)

Wenn man denkt, daß Romeo und Julia da unten miteinander Spaghetti gegessen haben könnten! Das Haus ist ja so uralt.

Wenn Julia in meinem Zimmer gewohnt hätte – draußen an der Hausmauer ist ein uralter Haken, an dem hätte ich die Strickleiter festmachen können. Ich hätte es bequemer: Meine Julia wohnt nebenan.

Was heißt: »hätte« – ich *habe* es bequemer. Habe ich es bequemer? Wie komme ich nur immer wieder auf das alberne Wort »Gilleleje«? Ich sehe einem Campanile gegen den tiefblauen Himmel. So einen Himmel gibt es in Dänemark sicher nicht.

»Ja, bitte?«

»Bist du fertig?«

»Komm nur rein.«

Dieser zweite Kuß – der erste war ein offizieller Begrüßungskuß auf dem Bahnsteig – ist ein bißchen verrutscht.

»Gefällt es dir hier?«

»Prima, Wera! – du, das ist ja ein tolles Wortspiel: ›Prima Wera - primavera.‹ Du bist mein Frühling, Wera.«

»Spielst du immer noch so viel mit Worten?«

»So viel wohl nicht mehr. Man wird schließlich älter.«

Wera sagt ziemlich leise, sie sei auch älter geworden – sehr viel älter. Ich leugne es ab. Sie glaubt es mir nicht. Ich glaube es mir selber nicht. Natürlich ist alles noch ein bißchen fremd hier ... auch Wera. Am liebsten möchte ich heulen. Aber das liegt wohl wirklich an der Müdigkeit – oder dem Hunger.

Wir essen zusammen zu Mittag. Nicht drunten im Hof, sondern in einer schmalen Gasse gleich hinter der Pizza delle Erbe. Die blendendweiß gedeckten Speisetische mit vielen blitzenden Gläsern stehen mitten auf der Straße. Ein Zahnarzt im weißen Mantel lehnt sich aus einem Fenster im ersten Stock des gegenüberliegenden Hauses und schaut durch einen altmodischen Klemmer interessiert auf Wera. In seiner träumerischen Mittagsstimmung merkt er nicht, daß der Bohrer in seiner Hand leise weitersurrt. Während wir mühsam unsere langen Spaghetti essen, hören wir seine Patienten wimmern und spucken.

Wir trinken einen wunderbar milden Rotwein aus Valpolicella. Piesport hoch in Ehren – aber der Name Valpolicella

klingt nach einem Sonett von Petrarca. Und sonderbar, der Wein macht mich, trotz des warmen Mittags nicht müde. Ein altes Männchen, das seinen zerschlissenen Vollbart nicht ohne Würde trägt, tritt an unseren Tisch und offeriert uns einen Spaziergang zu der Tomba di Giulietta, dem für den Fremdenverkehr erfundenen Grabmahl der Julia. Wir schweigen und schütteln den Kopf. Er fragt in einem wunderlichen Deutsch:
»Grabgemal von Julia?«
Wir schweigen.
»Inglesi?«
Schweigen.
»Francesci?«
Schweigen.
Das Männchen starrt uns an und scheint auf seiner Vokabelsuche seine Gedanken bereits ins tropische Südamerika zu schicken, als Wera einen Satz auf lettisch sagt. Da schüttelt das Männchen den Kopf und überläßt uns unserm Mittagsmahl, sichtlich betrübt darüber, daß es eine Sprache gibt, für die der Zauberbann der schönsten Liebesgeschichte verloren ist ...

Während des Mailänder Koteletts streifte einiges an Straßenleben unseren Tisch. Ein in Bandagen eingewickelter Mann wurde vorübergetragen, und Kinder hingen an seiner Bahre wie die Fliegen. Zwei fesche Leutnants gingen vorbei und starrten Wera an.

»Che bella bionda!« hörte ich einen von ihnen sagen.

Als sie zum fünftenmal den Tisch passierten, hielt ich es nicht mehr für Zufall.

Von einem familiären Meteoritenschwarm gefolgt, ging, als glanzvollstes Ereignis, der Stern eines Brautpaares in der engen Gasse auf, um sogleich in unserem Restaurant wieder unterzugehen. Wera sah mich ein bißchen wehmütig an. Nie hatte ich so reizend gekleidete Kinder gesehen wie die des Brautgeleites, ungeflügelte Engel in keuschem Weiß bis zu den Spitzen der Stiefelchen.

Als dicht hinter meinem Stuhl eine Autohupe auflärmte, erschrak ich beim erstenmal noch. Später wußte ich, daß an der

Hupe nur ein Fahrrad hing, dessen Besitzer gern ein wenig mehr an lauter Lebenslust in die Gasse bringen wollte.

Unsere Mahlzeit rundete sich mit herrlichen Früchten, und die Gasse begann ihr Repertoire von vorn zu spielen: Am Fenster erschien wieder der verträumte Zahnarzt und blickte begehrend auf Wera herab. In der Zange hielt er einen Backenzahn, der aufs veronesische Pflaster, den tragikomischen Schauplatz der Jahrtausende, niederfiel und zerschellte. Wir bezahlten, und ich ließ dem Kellner noch drei Lirestücke auf dem Tisch zurück. Aber einer der keuschen Engel war schneller ...

Ich liebte Italien und seine Menschen schon in dieser allerersten Stunde mit einer Liebe, die bis heute unvermindert geblieben ist. Wie natürlich sie sind, und das Leben ist bei ihnen, im Ernsten und im Heiteren, immer ein bißchen wunderschönes Theater!

Wera und ich wollten schon am nächsten Morgen weiterfahren, um in Neapel das Abendschiff nach Sizilien zu erreichen. Für Rom hatten wir diesmal keine Zeit. Seine zweitausendsiebenhundert Jahre waren in unserem Reiseprogramm nicht mehr unterzubringen. Aber Verona wollten wir so gut wie möglich kennenlernen. Wir wählten zu unserer Rundfahrt eine Droschke, deren Pferd uns darum besonders gefiel, weil es zu weißen Ohrenschützern einen hübschen Strohhut mit künstlichen Mohnblumen trug.

»Würde dir dieses Modell für mich gefallen?« fragte Wera.

»Wenn du brav bist, kauf ich's dem Gaul nachher ab!«

Der Wein hatte uns schon wesentlich munterer gemacht, und die italienischste aller oberitalienischen Städte tat's noch mehr. Wir sahen Prunksarkophage und erzene Reiter hoch unter blauem Himmel, Paläste leuchteten marmorbunt, und Dante, sehr weiß auf seinem Sockel, dachte angestrengt über ein Gedicht an Beatrice nach. Auf der Piazza delle Erbe wurden Blumen und frische Kirschen verkauft. Tauben setzten sich auf die Kirschberge und pickten die schönsten Früchte heraus.

»Wollen wir uns nicht ein Pfund Kirschen kaufen?« fragte ich Wera.

»Danke«, antwortete sie, »dort hat gerade eine Taube den Gewichtsverlust ausgeglichen.«

Wir kauften keine Kirschen. Uns überkam eine wonnige Schläfrigkeit, während unser alter Droschkenkutscher mit ariosem Pathos Geschichtszahlen, Künstlernamen und das Gewicht von Denkmälern in die Frühlingsluft sang. Brunnen rauschten. Die Kirchenräume wurden immer größer und großartiger, und man trieb darin mit dem Himmelslicht ein wenig Theaterkunst, indem man es durch farbige Vorhänge filterte. Kirchenorgeln, Drehorgeln. Der Triumphmarsch aus »Aida«. Hierher paßte er, auf einen Platz, der nur aus Sonne, Bettlern und Tauben bestand.

Dann das tiefe Grün von Parks und Gärten jenseits der Etsch. Zypressen, Palmen, Lorbeer. Es duftete nach Leben, Grab und Unsterblichkeit. Und nach Narzissen.

Eine Glocke begann anzuschlagen.

»Eins«, zählte ich – »zwei.«

Doch mit einemmal schwatzten der seriösen alten Glocke ihre Kinder in allen Stimmlagen und Tonhöhen dazwischen, ganz undiszipliniert. Die schienen hier nicht, wie bei uns im Norden, in eine Glockenschule zu gehen, wo man sein Tönchen nur aufsagen lernt, wenn man vom Strick gefragt wird. Küssen konnte man zu so etwas beim besten Willen nicht mehr.

Trab-trab-trab – – wieder die Hufe. Mein Kopf sank auf Weras Schulter. Es war wirklich ein bißchen zuviel gewesen seit gestern.

Doch hielten wir auch diesen Abend noch durch und sahen vor einem Kaffeehaus auf der Piazza Bra den großen Korso an uns vorüberfluten. Italienische Buffo-Oper in bester Besetzung, und die Figuren der Commedia dell'arte dazu! Die Verliebten – die Mädchen mit übermäßig hohen Stöckelschuhen – die Bramarbasse, der Dottore, Harlekin und Colombine, die nur eben mal als Mummenschanz ein anderes Jahrhundert angezogen hatten – und der Capitano. Viele Capitanos. Diese Bersaglieri waren tolle Burschen, wie von einer Alpenfilmleinwand herabgestiegen. Sie sangen ihre Arie »bellezza«, sobald sie im Vorübergehen Weras ansichtig wurden.

Ja, sie war eine Bellezza, meine blonde Melusine. Sie war meine Bellezza, meine Julia. Fünf kleine Offiziere liefen uns hinterdrein, als wir aufbrachen, um ins Hotel »Gabbia d'oro« zurückzukehren.

»Felicissima notte«, sagte der Fahrstuhlboy, als er uns nach oben befördert hatte.

Sagen Sie mal in Neuß am Rhein oder in Tuttlingen zu jemandem: »Glückselige Nacht!« ...

Wurde es eine glückselige Nacht? Ich war so müde ... Noch in mein Einschlafen hinein hörte ich Wera durch die dünne Wand im Nebenzimmer gurgeln.

Ich weiß nicht, ob draußen auf der Piazza delle Erbe auch weiterhin Arien gesungen wurden. Ich hörte jedenfalls welche – die ganze Nacht hindurch –, und Mädchen mit Stöckelschuhen fütterten die Löwen des Diokletian mit Spaghetti. Einer von den Löwen aber wuchs und wuchs und schnaubte mich mit seinem Feueratem an: »Ich heiße Ingvald Henriksen!« Da stieß ich ihm den Degen in den Leib. Kirsten aber kränzte mein Haupt mit einem duftenden Lorbeerkranz und küßte mich auf die Stirn.

Wera küßte mich auf die Stirn. Ich hatte wohl eben vergessen, die Tür abzuschließen.

»Schön, daß wir beisammen sind«, sagte ich und streckte die Arme nach meiner Baronesse aus.

»Steh auf«, sagte sie, »wir müssen zur Bahn.«

Die Sonne schien bereits warm und südländisch kräftig.

»Glocke für Hülfe«

Was ich jetzt erzähle, hat mit Bruno Tiches und seinen Memoiren überhaupt nichts zu tun – es sei denn, man stelle sich unsere Genugtuung darüber vor, daß wir zunächst einmal von den »Tichessen«, wie wir abkürzend unser neues Regime nannten, eine Zeitlang nichts mehr zu sehen, zu hören und zu lesen brauchten. Und Brunos Aufzeichnungen sind eben schuld daran, wenn ich nun mein eigenes Leben noch einmal in allen Einzelheiten Revue passieren lasse, einschließlich meiner, unserer italienischen Reise.

»Erste Italienische Reise, April bis Mai 1933«, würden künftige Schulkinder zu lernen haben, wenn ich es je zu etwas gebracht hätte. So bleiben ihnen wenigstens Aufsatzthemen wie diese erspart: »Wurde die Baronesse Wera durch die italienische Reise von R...[1] zu seiner unsterblichen Geliebten?«

Aber vielleicht wiegen ein einziger Tag und eine einzige Nacht der Sterblichkeit mit dreiunddreißigeindrittel Prozent Fahrpreisermäßigung der italienischen Staatsbahn, einschließlich Schiffsbeförderung von Neapel bis Palermo, eine lange, fahle, nicht vorstellbare Unsterblichkeit in Zettelkästen auf.

Italien wurde vor den Abteilfenstern immer klassischer. Zwischen Trasimenischem See und Soracte fingen wir an, uns Oberschul-Unterklassenfragen zu stellen. Wir zählten die sieben Hügel Roms nach, als Michelangelos Peterskuppel mit fünfunddreißigminütiger Verspätung auftauchte. Es fehlten welche. Wir kauften auf der Stazione Termini ein noch grillwarmes Brathuhn, dessen Vorfahren Nero und Lucullus umgackert und mit Eierspeisen versorgt haben mochten. Am Nachmittag wurde es ganz schön heiß, und wir stellten uns unsere Fragen gähnend und beantworteten sie in Stichworten. Etwa so:

Wera: »Capua?«

Ich: »Hannibal. Luxus und Verweichlichung von Kriegern.«

Wera: »Stammen dort die Kapaunen her?«

Ich: »Ich glaube nicht, aber sie tun mir trotzdem leid.«

Wera: (gähnt)

Ich (gähne gleichfalls; dann nach langer Pause): »Sieh Neapel und stirb!«

Wera: »Ich denke gar nicht dran.«

Wir dachten beide nicht daran. Einfach weil wir uns in Neapel keine ewige Ruhe vorstellen konnten. War das eine laute

---

1 Vor- und Zuname entfällt wieder.

Stadt! Ich glaube, dort hatten sogar die Fußgänger Autohupen. Drehorgelmänner sangen auf italienisch »Ich küsse Ihre Hand, Madame«. Nirgends hörten wir das neapoletanische Volkslied unserer Liederbücher »Santa Lucia«.

Betrunkene Matrosen übertönten die Drehorgelmänner, Droschkenkutscher die Matrosen, Lautbrüller aus allen Fenstern die Droschkenkutscher.

»Horch, eine Nachtigall«, schrie mich Wera entzückt an.

»Pausenzeichen im Radio«, schrie ich zurück.

»Gibt's hier überhaupt Pausen?«

»Nie.«

Aber dann war doch alles wie auf den schönen, bunten Ansichtskarten unserer Kindheit: das blaue Meer, der berühmteste Busen Italiens – damals gab es dort noch keinen Filmkurvenkult –, die Pinie am Grabe des Vergil, ein dezent rauchender Vesuv.

Wir gingen frühzeitig an Bord, und als das Schiff abgelegt hatte und Kurs auf Capri nahm, überwältigte es uns vollends: die laue Abendluft mit süßwürzigen Düften, die weit ausschwingende Bucht, mit Lichtern bestickt; und ein Reißverschluß aus Licht – die Cookbahn – hielt den Vesuv zusammen. Wehe, wenn er aufspränge! Noch waren die Angstschreie vom Pompeji in der Luft. Aber da schwirrten schon Mandolinen, und eine schwelgerische Tenorstimme sang »Santa Lucia«. Endlich. Wir faßten uns bei den Händen.

»Schön, aber kitschig«, sagte ich.

»Kitschig, aber schön«, sagte Wera.

Mit dem im Expreßtempo redenden Mann, der die Kabinen verteilte, konnten wir uns nicht verständigen. Wir verlangten zwei Kabinen mit je einem Bett. Er gab uns eine mit zwei Betten nebeneinander. Wir protestierten sittsam. Er führte uns in eine mit einem. Wir protestierten empört. Er zeigte uns, nun schon ein wenig gereizt, eine mit zwei Betten übereinander. Jetzt half kein Protestieren mehr; denn murrendes, müdes Volk drängte nach, und es gab zu wenige Kabinen an Bord.

»Na schön!« sagte ich zu Wera, und zu dem Kabinenmann:

»Bello! Bello!«

Er flötete »Felicissima notte« und schloß nachdrücklich die Tür.

»Wo schläfst du?« fragte ich.

»Oben«, sagte meine Traditionsbewußte.

»Ich schlafe auch oben«, antwortete ich höflich.

Da deutete sie auf einen Klingelknopf neben der Tür, unter dem, zusätzlich zu drei anderen Sprachen, auf deutsch geschrieben stand: »Glocke für Hülfe.« Dann kletterte sie mit der Anmut eines Eichhörnchens hinauf.

»Au!« schrie ich, als ich Schuhe und Strümpfe ausgezogen hatte.

Der Boden der Kabine war heiß vom Maschinenraum. Über mir baumelten Weras Beine.

Die Bugwelle rauschte, und das Meer wiegte uns sanft.

»Mittelmeer«, sagte ich genüßlich, »Griechenmeer – Meer des Odysseus.«

»Glaubst du, daß er es wirklich nötig hatte, so lange fern von seiner Frau herumzukreuzen?«

»Ich kenne einen Fall, in dem Penelope selbst sechs Jahre wegreiste.«

»Und die Freierinnen umzirpten daheim den Odysseus.«

Da erzählte ich, homerisch infiziert, die Geschichte des Mädchens aus Gilleleje, und mit poetischer Lizenz retuschierte ich ihr Bild ein wenig: übermäßig lange Beine, strohiges Haar, eine unterkühlte Nordküstenbewohnerin.

»Wie heißt sie denn?« fragte Wera.

»Kirsten.«

»Ein hübscher Name. Man stellt sich eigentlich etwas Apartes darunter vor.«

»Für ihren Bräutigam reicht es sicher! Er handelt mit Stockfischen.«

Wie dieses antike Meer die Phantasie beflügelte!

»Bums doch nicht immer so gegen meine Koje«, rief Wera herunter.

»Das ist die Maschine«, sagte ich ehrlich. »Die stukkert so.«

»Na, na.«

»Wart, ich komm mal rauf und beweis es dir.«

Daraufhin sauste Wera rittlings auf der Leiter herunter und hielt ihren Finger auf die »Glocke für Hülfe.«

»Entweder – oder!« sagte sie.

»Entweder«, antwortete ich.

Sie spielte wieder Eichhörnchen. Ich kniff sie in die Wade. Sie machte kehrt und lief zum Klingelknopf zurück. Sonderlich viel geschlafen haben wir in dieser Nacht nicht.

Bei Sonnenaufgang gingen wir an Deck. Noch war die riesige, ostwärts gerötete Himmelskuppel ein wenig blaß, aber das fast unbewegte Meer schimmerte in allen Möglichkeiten von Blau bis Türkis und Violett. Einige schwarzblaue Striche waren ihm aufgesetzt. Einer davon rauchte. Der Stromboli.

Ich las aus meinem Reiseprospekt vor: »Bald erwartet unser Schiff die Conca d'oro, eine lachende Landschaft, in die Siziliens lebensfrohe Hauptstadt Palermo (417 526 E.) köstlich gebettet liegt.«

Niemand lachte, als wir in den Hafen von Palermo einliefen. Die Landschaft verbarg sich in Regenschleiern, das Bett der Hauptstadt war naß, und die 417 526 Einwohner schützten sich gegen die niederrauschenden Wasserfluten auf die absonderlichsten Weisen. Regenschirme aller Kaliber sah man, deren älteste Modelle noch auf die sarazenische oder arabische Invasion zurückgehen mochten. Selbst die Hinterbeine der Droschkenpferde gingen unter riesigen Regenschirmen, welche auf dem Kutschbock aufgespannt waren. Faschistische Kleinkinder marschierten in Uniformen und im Eiltempo vorüber und sangen trutzige Liedlein. Wasserblasen blubberten vor ihren Mündern.

Aus allem machte man hier eine Toga, die man sich über den Kopf zog: aus den riesigen Zeitungen, aus Decken und Bettvorlegern, sogar aus Ofenblechen. Schade, daß unsere Koffer nicht schmiegsam genug waren, sonst hätten wir sie uns um die bedrohten Häupter gelegt.

Bewunderung nötigte mir allein jener Drehorgelmann ab, der

die Lebensfreude Siziliens heroisch demonstrierte, indem er unter einem riesigen Regenschirm sonnige Weisen spielte, untermischt von den Staccati der Regentrommel. Und doch ist mir dieser Tag golden und silbern in Erinnerung geblieben. Der tiefe Goldglanz kam von byzantinischen Mosaiken, und silbern rann der Regen über die breiten Fächer der Palmen, die hier schon afrikanisch in Hainen wuchsen. Wir standen unter den Palmenriesen eines Parks, eng aneinander und an einen rauhfasrigen Stamm gelehnt.

»Sieh mal«, sagte Wera, »alles, was wir daheim in Blumentöpfen mit kleinen Gießkännchen beträufeln, wird hier zum Baum.«

»Ja, man sieht es wachsen.«

»Man hört es ...«

Es war wirklich, als würden die mächtigen Wedel über uns in den Silberfluten immer breiter und gewaltiger, und ihr klapperndes Rascheln klang nach einem sausenden Webstuhl.

»Ich glaube, der odysseische Zauber hat hier nie aufgehört. Wenn du eine einigermaßen brauchbare Circe wärst, würdest du uns jetzt in Palmen verwandeln.«

»Ich weiß nicht, hustende Palmen mit baltischem Akzent!«

»Ich denke, du hustest nicht mehr?«

»Seit einem Jahr nicht mehr. Aber sobald ich in ein falsches Klima gerate ...«

»München wirst du ja schließlich auch wieder aushalten müssen, wenn du jetzt zurückkommst!«

Daraufhin sagte sie nichts, sondern legte ihr nasses Gesicht an mein nasses Gesicht. Es wurde Abend, und balsamisch schwere Düfte verzauberten uns.

In dieser Nacht um die elfte Stunde – wir lagen schon in unseren Betten – geschah etwas Sonderbares. Der liebe Gott schaltete den Regen aus. Knips, eine kleine Drehung, und still war es. Und dann schaltete er die prospektgemäße Lebensfreude der Stadt Palermo an. Die zweite Drehung – knips –, und laut wurde es. Es war, als ob man ein Spielwerk mit einem Schlüssel aufgezogen hätte. Plötzlich liefen die Figürchen im großen

Korso, viele kleine Kinder in weißen Schühchen fröhlich mittendrin. Kapellchen begannen zu spielen, Hüpchen zu hupen,
Drehörgelchen zu orgeln, Lautbrüllerchen zu brüllen. An Schlafen war nicht mehr zu denken.

Ich lief in Weras Zimmer hinüber. Sie stand am Fenster und
schaute auf die durch die Regenbegießung ins Kraut geschos-
sene sizilianische Fröhlichkeit, die unter einem makellosen byzantinischen Sternenhimmel stattfand.

»Wollen wir uns anziehen und da unten noch ein bißchen
mitmachen?« fragte sie. »Oder ...?«

»Oder«, antwortete ich.

In Weras Zimmer war keine »Glocke für Hülfe«.

Nymphentränen

Auf einmal wurde der Frühling wieder Frühling, Sizilien Sizilien
und Wera Wera.

Das heißt, der Frühling stimmte durchaus nicht mit unseren
Vorstellungen überein, da wir diese Jahreszeit so oft nur als
einen leicht angewärmten Winter erleben dürfen. Unser sizilia-
nischer Frühling platzte sozusagen vor Vitalität aus allen Näh-
ten. Er war der Inbegriff aller Düfte und Farben, allen Glanzes
und jeder nur denkbaren Seligkeit.

Himmel und Meer suchten einander an Bläue zu übertrump-
fen, und je höher man von Taormina bergwärts stieg, um so
weiter schaute man über das Meer, das Silberschauer überlie-
fen. Um so höher auch wuchs der Ätna mit dem weißen Schnee-
kranz um das empedokleische Götterhaupt und der gewaltigen
Rauchfahne seines großen Kraters, die im Himmelslicht träge
zerfaserte.

Mittags sank das Bergstädtchen in tiefen Schlaf. Fensterläden
wurden zugeschlagen, und schadhafte Jalousien rasselten schief
herab. Der ziegenfüßige Pan flötete in der hohen Mittagsstille,
und Rosen und Levkojen in den Gärten und Parks dufteten so

betäubend, daß einschlafen mußte, was noch nicht schlief: die Sommerfrischler in den kühlen Hotelzimmern oder auf den Terrassen überm Meer, der alte Gemeindebote auf den Vorderradfelgen seines Fahrrads, Großmütter – das ohnehin schlafende Enkelkind im Arm – auf der Steintreppe ihres Hauses, ein Knabe, der sich als Fotomodell vermietete und auf vielen Ansichtskarten käuflich war, am Brunnenrand, von Wasserschleiern übersprüht.

Nur Wera und ich schliefen nicht. Wir schlugen Pan ein Schnippchen, liefen auf gewundenem Pfad, zwischen blühenden Mauern, zum Strand hinunter und wateten barfuß zu einem Inselchen, das aus Urgestein, wild wuchernden Kakteen und den Trümmern irgendeines sarazenischen Wachttürmchens bestand. Dort entledigten wir uns unserer Kleider, unserer Tradition und Vorurteile und schmorten in der blauen, flirrenden Glut. Wera wurde von Tag zu Tag brauner, die köstlichen Menüs zu zwölf Lire rundeten ihre schmal gewordenen Wangen, und Eidechsen umspielten ihren Pfefferkuchenkörper.

»Sind diese Eidechsen nicht rührende Tierchen?« fragte Wera.

»Ja«, sagte ich, »es sind ja auch Rührei-dechsen. Spiegelei-dechsen sind wesentlich seltener.«

»Hm-m«, machte Wera.

»Goethe nannte sie Lazerten.«

»Hm-m.«

Wir waren träge. Und blöde. Und selig. In fünfzig Ehejahren hätten wir nicht so viel Glück zusammenbringen können, wie wir es hier in fünfzehn Tagen fertigbrachten.

Am sechzehnten Tag kam Post. Ich weiß nicht, warum ich an diesem Mittag schon zum Strand vorausgelaufen war. Ich spielte Hirtenknabe, schnitt auf gut sizilianische Weise Weras aristokratisches Monogramm in eine geduldige Agave und wartete auf mein baltisches Mädchen. Sie kam, setzte sich neben mich und sagte:

»Da ist eine Karte.«

»Leg sie dorthin.«

»Sie ist aus München.«

»Trotzdem ...«

Frauen können hartnäckig sein:

»Es ist jemand drauf abgebildet.«

»Das ist oft so auf Karten.«

»Aber wenn ein hübsches Mädchen drauf ist, würde es dich doch interessieren?«

Ich nahm die Karte. Ich fuhr hoch. Ich kippte hintenüber – so unvorsichtig, daß sich ziemlich viel Kaktus in meinen Rücken bohrte. Ich fuhr wieder hoch.

So eine Infamie! Die Karte zeigte ein Bild von Kirsten, von einem Provinzfotografen in ihrem Kattegattkaff gemacht, aber darum nicht weniger süß. Sie trug ihre weiße dänische Studentenmütze auf dem Bubenstruwwelhaar, ein weißes Kleid, wohlgeformte Beine und weiße Schuhe.

Diesmal sagte ich: »Hm-m«, und nach einer Weile: »Hast du die Karte schon gelesen?«

»Der Weg war so lang ...«

Ich war ein Meter achtundsiebzig Entrüstung.

»Lies doch!«

Ich überlas murmelnd, was Wera doch schon wissen mußte:

»Liebe Herr Redaktör! Ich« (›isch‹ las ich unwillkürlich) »bin schon früher nach München zurückgekommen. Frau Roselieb läßt Dich fragen, ob Du ein Häkeleideckchen aus Deinem Zimmer mitgenommen hast. Ingvald Henriksen gibt es gar nicht (nischt!). Ich habe ihn erfunden, weil Du Silvester so fröhlich gewesen bist. Ich hoffe, jetzt bist Du auch fröhlich. Deine Kirsten.«

»*Bist* du jetzt fröhlich?« fragte meine Melusine.

»So ein Biest!« rief ich übers Ionische Meer hin.

»Was soll auch so ein armes Mädchen machen, wenn keine ›Glocke für Hülfe‹ da ist?« Wera konnte wirklich ganz hübsch ironisch sein.

»Aber du wirst doch nicht denken ...«

»Ach, Lieber, du«, Wera sagte es mit einer zärtlichen Heiterkeit, während sie sich neben mir niederließ, »vielleicht ist's das beste für dich ...«

»Das haben meine Eltern auch immer gesagt, wenn ich etwas nicht essen mochte, zum Beispiel Zervelatwurst. Das ist das beste für dich, hieß es dann, oder: Das ist gesund für dich. Solche Sprüche hasse ich seitdem!«

Ich rauchte vor Zorn und Entrüstung. Der Ätna rauchte. Pan spielte auf der Flöte, und Grillen zirpten dazu die Oberstimme. Ihre Musik machte die Lazerten reglos. Nur ihre kleinen schwarzen Stecknadelkopfaugen starrten uns unverwandt an. Wir durften ihnen kein schlechtes Beispiel geben.

»Ssst«, sagte Wera mit einer ausladenden Zauberstabbewegung, »ich bin Circe, die Zauberin. Jetzt gehört der verirrte Odysseus noch mir. Penelope kann warten!«

»Sie ist nicht meine Penelope, sage ich dir.«

»Dann wird sie's. Aber das ist jetzt ganz gleichgültig. Der Berg da oben über Taormina heißt Monte Venere. Siehst du das weiße Segelboot da draußen?«

»Der Amerikaner Morgan kreuzt hier mit seiner Luxusjacht herum, hat gestern unser Hausdiener gesagt.«

»Oh, ihr Traditionslosen! Das Boot der Venus kreuzt mit rosigen Segeln.« Das schnurrte Wera mit so wunderbar rollenden baltischen »r«, daß ich ihr glauben mußte und daß ich sagte, ich verziehe ihr alles – obwohl mir's heute, nach so vielen Jahren, vorkommt, als wäre es allenfalls an ihr gewesen, zu verzeihen … Wir liebten uns und hörten Glockentöne von nicht vorhandenen Türmen: äolische Glocken, die andere Küsse zu zählen verlangten als die von ehrbaren Münchner Türmen.

Die sizilischen Glocken, vom afrikanischen Winde gerührt, blieben bei uns noch Tage und Wochen. Am Kyanefluß bei Syrakus lagen wir neben den Säulen eines Zeustempels inmitten wild wuchernder Rosen, Margeriten und Kornblumen. »Wein mal, Wera«, sagte ich.

»Du, ich könnt's vor Glück …«

»Alle Kornblumen hier sind Nymphentränen. Als die schönste Nymphe Kyane um den Raub der Prosperina weinte, bekam die Kyanequelle ihr kornblumenblaues Wasser. Guck doch mal hinein.«

Wir schauten, von Papyrusstauden umrauscht, in die klare Quelle und sahen unsere Gesichter, dicht aneinandergepreßt. Ein leiser Schauer überlief das blaue Wasser, und wir hatten nur noch ein Gesicht, nur einen Körper. Bienen und Hummeln umsummten ein antikes Marmorkapitäl, das neben uns im Grase lag. Tiefes Hummelgeläut, von den klingenden äolischen Stimmen gebunden ...

Am nächsten Morgen sprach uns beim Frühstück ein deutscher Herr vom Nebentisch an.

»Heute spricht der Führer«, sagte er und hielt das Buttermesser wie ein Schlachtschwert gezückt. »Zum 1. Mai auf dem Tempelhofer Feld.«

»Ist heute der 1. Mai?« fragte ich ahnungslos.

Uns waren alle Tage Mai gewesen und alle die ersten. Die ersten der Schöpfung.

»Ich habe hier einen Wirt aufgetan, der kann den Münchner Sender reinkriegen. Ich werde heute nachmittag den Führer hören.«

»Das wird ihn freuen«, sagte Wera zartfühlend.

Der Herr stach das Buttermesser grimmig in die Semmel und meinte uns damit ...

Einmal lagen wir nachts in einem Olivenwäldchen am Berghang. Silberne Blätter schimmerten im Mondlicht. Es war so still, daß man das Grummeln und Poltern des Ätna hörte, dessen Kraterrand auch in dieser hellen Nacht noch mattrot glühte.

»Übermorgen ist unsere letzte Nacht«, sagte Wera leise.

»Es wird die erste sein, immer«, sagte ich.

»In deinen Träumen manchmal noch – vielleicht ...«

Ein fremder, unbekannter Ton war in ihrer Stimme.

»Wera, warum sagst du mir eigentlich nie, ob du jetzt schon mit mir nach München zurückkehrst?«

»Weil ich nicht zurückkehre. Nie. Das heißt, ich werde noch einiges in Straubing holen müssen.«

»Was heißt das? Du mußt doch zu mir kommen! Du bist gesund.«

»Ich darf nicht. Ich würde droben eines Tages wieder krank werden. Das wäre nicht gut. Für dich nicht. Für mich nicht.«

»Du meinst doch nicht, daß wir ...!«

»Doch. Genau das meine ich. Wir werden in Zukunft bei einer Verwandten in Fiesole wohnen.«

»Wer ist das ›wir‹?« fragte ich so albern eifersüchtig, als hätte ich nie eine Karte von einem Mädchen aus Gilleleje empfangen.

»Meine Familie und die von Titti. Ihre fürstliche Verwandtschaft ist nicht ganz ›arisch‹, wie das jetzt bei euch heißt.«

»Bei euch«, sagte sie, als wäre meine Welt schon nicht mehr die ihre. Ich redete auf sie ein. Ich schwatzte dummes Zeug, wie zu Andreas in meinem Zimmer, daß dieser häßliche Spuk der Tichesse nicht lang dauern würde. Daß ich ohne sie nicht leben könne. Ich küßte sie und biß sie in die Lippen.

Im Städtchen unten klagte ein Esel, und ein leichter Meerwind fuhr durch die Olivenzweige. Ich haßte Wera aus liebender Verzweiflung, und wir gingen in dieser Nacht nicht nach Hause.

Die Sonne ging rot über unserer Lazerteninsel auf und zündete das Meer an. Ich fühlte mich ganz ausgebrannt.

Am dritten Tag fuhren wir nach Norden. In einem Kramladen von Taormina kaufte ich zwei messingne Gardinenringe, die ich Wera und mir an den Traufinger steckte.

Wir reisten mit der Fähre von Messina nach Reggio in Kalabrien. Der Sternenhimmel war auf die Erde niedergestürzt und flimmerte entlang der glücklichen Insel, die wir verlassen mußten, und längs der Küste des näherkommenden alten Europa. Ich haßte Europa jetzt.

In Reggio bekamen wir, dank unserer Gardinenringe, ein gemeinsames Schlafwagenabteil bis Rom. In Rom blies kalter Wind von den Apenninen, von Norden her. Rom hatte wirklich sieben Hügel – doch was ging es mich noch an!

Ich sah ein winkendes Mädchen auf dem Bahnsteig von Florenz stehen und kleiner werden. Immer kleiner ...

Eine Lust zu leben ...

Aus den Tagebüchern von Bruno Tiches:

6. Juni 1933

»Gestern hatte ich einige wichtige Leute aus dem kulturellen Sektor in unsere Villa eingeladen. Sogar der Doktor[1] ist gekommen. Es war prima Stimmung, weil sich alles bestens entwickelt. Auch der Doktor wurde ziemlich aufgekratzt und sagte: ›Man kann heute wirklich mit dem ... sagen: ›Es ist eine Lust zu leben!‹ Der Name von dem, der das gesagt hat, ist mir entfallen. Es war einer aus der Raubritterzeit, aber nicht Goetz von Berlichingen, der in Parteikreisen meistens zitiert wird.

Doddy machte die Hausfrau und hatte was ganz Tolles angezogen. Der Doktor guckte auch ganz schön hin. Evelyna habe ich auf einige Zeit in ein Hotel in Montreux gesteckt. Das ist in der Schweiz. Sie ist immer so ein bißchen miesepetrig rumgeschlichen und hat ja jetzt auch die Umstände und braucht vielleicht mal Tapetenwechsel. Sie soll dort nebenbei ein bißchen Französisch lernen, weil jetzt manchmal fremde Journalisten und so internationales Gesochs in unser Haus kommen, und da ist es ganz wichtig, wenn man weiß, was die untereinander reden. Ich lerne keine fremde Sprachen mehr, in ein paar Jahren sind wir ja doch Weltsprache[2].

Übrigens macht Doddy alles viel flotter als Evelyna. Später kann ich die zwei vielleicht mal austauschen. Viele von den alten Parteigenossen stoßen jetzt ihre Frauen aus der Kampfzeit ab – da fiele das bei mir gar nicht so auf. Übrigens hatten wir gestern abend auch einen Rasseprofessor, einen gewissen Doktor Prziginsky, mit zu Gaste, und zu dem sagte ich: ›Wie würden Sie denn meine Schwägerin rassisch zuordnen?‹ Da guckte er sie sich genau an und meinte, sie sei wohl ›nordisch-isisch-

---

1 Vermutlich der damals amtierende Propagandaminister, der in den Tiches-kreisen so genannt wurde.
2 »Wir« – in diesem Falle eine merkwürdige sprachliche Beziehung.

wikingisch‹. Er schriebe jetzt gerade eine Broschüre drüber und würde da verschiedene alte Parteigenossen mit unterbringen. Als der Doktor witzig fragte, ob er da auch mit untergebracht werden könnte, sauste mein Professor hoch, streckte den Arm aus und rief stinkernst: ›Wenn Herr Minister wünschen, ist es mir eine große Ehre!‹ Die Professoren und Wissenschaftler sind doch alle ulkige Kruken, auch wenn sie Pg.s sind.«

5. Juli 1933

»Mit den Meisegeiers kann man immer wieder was erleben. Schwiegermutter ist ganz brauchbar, solange sie nicht säuft. Neulich war ihr ganzes Ressort blau. Da hatte sie wieder heimlich eine Pulle Kognak eingeschmuggelt. Ich habe daraufhin ihre Sekretärin in das Reichsamt für kirchliche und schulische Fragen strafversetzt.

Evelyna ist wieder zurück und hat ihrer Schwester eklige Szenen gemacht. Da hat sicher einer getratscht. Auf die Dauer lasse ich mir das natürlich nicht bieten.«

6. August 1933

»Wir haben ein Mädchen gekriegt. Evelyna hatte zwei Universitätsprofessoren dabei, aber es wurde eben doch nicht mehr. Doddy habe ich ans Operettentheater gebracht. Der Intendant wollte erst nicht. Aber ich hab mir den Mann kommen lassen und ihm ordentlich den Marsch geblasen. Manche Leute scheinen immer noch nicht zu wissen, in welcher Zeit wir leben.«

15. August 1933

»Da sind die doch im erbbiologischen Hauptamt auf die Schnapsidee gekommen, auch von uns aus dem B. H.[1] eine Kartothek anzulegen. Das ist natürlich wieder eine Intrigie (sic!) aus SA-Kreisen. Jetzt fängt Schwiegermutter an, Väter für ihre Kinder zu rekonstruieren. Ein paar haben wir wieder fallenlassen. Für Eberhard habe ich den Ortsgruppenleiter Bense bestehen lassen. Das ist der Onkel von R...[2]. Jetzt bin ich sozusagen

---

1 Tiches hatte eine merkwürdige Abkürzungsmanie. »B. H. ist bei ihm immer »Braunes Haus«. »D. F.« – »der Führer« (1933 bis 1945).
2 Hier ist mein Name eingesetzt.

mit dem weitläufig verwandt. Aber der soll sich bloß nicht darauf berufen! Da reagiere ich sauer. Karl und Doddy sollen übrigens den gleichen Vater haben. Das sind die rassisch Wertvollsten aus der Familie.«

Während die Tiches-Meisegeier-Clique so ihre Hausmacht begründete und erweiterte, begann ich sehr genau zu begreifen, in welcher Zeit wir lebten. Unser Hauptschriftleiter wurde abgesägt, und wir bekamen dafür einen mit dem Goldenen Parteiabzeichen. Der mäkelte gleich am ersten Tag an mir und meinen Beiträgen herum und fing willkürlich an, darin zu streichen und neue Wendungen hineinzubringen. Ich schämte mich vor meinen wenigen Münchner Freunden, zu denen mein alter Kollege Dr. Hans Löw mit seiner reizenden jungen Frau gehörte und der »aus rassischen Gründen« aus der Redaktion geworfen worden war.

An einem Juliabend hatte ich die Löws zusammen mit dem Ehepaar Gebbinger eingeladen. Die vier waren die nettesten Leute, die ich in München kannte. Löw, aus einer alten rheinischen Familie stammend, war klug, kultiviert und bescheiden und schrieb zarte, formal meisterliche Gedichte, in denen er vor allem den atmosphärischen Zauber der Voralpenlandschaft einfing. Seine Frau, die er erst kürzlich geheiratet hatte, war eine stille, blonde Schwedin, weniger temperamentvoll als die langbeinige und struwwelhaarige Kirsten. Fritz Gebbinger war ein echter Münchner, ein Reiskaufmann mit einem gutgehenden Geschäft, und seine untersetzte, füllige und humorvolle Frau hatte die Marotte, Zigarren zu rauchen.

Es gab zu der Zeit gerade eine durchgehende Schönwetterperiode mit warmen Nächten, wie sie in Alpennähe selten sind, und deshalb hatte ich zu einer »Italienischen Nacht« auf meinen Balkon gebeten. Ich zog bis zur Mitte des Balkons Schnüre, an denen ich bunte Lampions aufhängte, und beschloß, eine Bowle anzusetzen. Außerdem hatte ich von meiner unvergeßlichen Primavera-Reise zwei geschmuggelte Literflaschen mit dem köstlichen Chianti aus Valpolicella aufbewahrt.

Weitere Begegnungen mit Kirsten hatte ich bisher vermieden.

Ich hätschelte noch immer meinen Kummer um Wera und gab auch in meinen Briefen die Hoffnung nicht auf, daß wir eines Tages doch noch zusammenkämen.

Gebbingers erschienen als erste. Weil ich Kirsten nicht eingeladen hatte und also auch den Weg durch ihr Zimmer nicht benutzen konnte, mußte ich das Ehepaar bitten, durchs Fenster zu steigen, um auf meine Balkonhälfte zu gelangen. Außerdem war das Gillelejemädchen gar nicht zu Hause. Als ich auch Frau Löw durchs Fenster gehoben hatte, war schon eine gewisse Stimmung da, ehe wir nur einen Tropfen getrunken hatten; denn manchmal genügen dafür solche kleinen absonderlichen Zufälligkeiten.

Der Valpoliceller Wein funkelte rot im Glas, und die Kerzen in den bunten Lampions brannten in der windlosen Nacht, ohne zu flackern. Wir waren uns alle dessen bewußt, daß hier noch ein vorm rauhen Zeitwind geschützter Winkel war, und kamen überein, den Tag und die Stunde zu genießen. Gebbinger bot Löw das »Du« an, und die zwei tranken mit verschränkten Armen Brüderschaft.

»Weißt du, Hans, jetzt werde ich dir was zeigen«, sagte der lange Gebbinger und zog aus seiner Brusttasche ein Abzeichen der Tiches-Partei.

»Deins?« fragte ich erschrocken.

Gebbinger nickte strahlend.

»Bist du denn wahnsinnig geworden?«

»Ich mußte ja wegen des Geschäftes«, sagte Gebbinger, etwas unsicher geworden, denn er schien ein solches Echo, wie er es auch von den Gesichtern des Ehepaares Löw ablas, nicht erwartet zu haben.

Hans Löw, der blaß geworden war, sagte leise:

»Aber dann dürfen Sie – dann darfst du doch gar nicht mehr mit mir verkehren.«

Doch Gebbinger lachte schallend: »Kinder, habt euch doch nicht so. Ich werd mir justament das Ding ins Knopfloch stecken, wenn ich mit dem Hans durch München geh – und ich möcht sehen, wer ihm dann noch dumm daherkommen will.«

Wir wußten, daß Fritz zu einer Amateurboxriege gehörte und daß seine Drohung kein Spaß war. Trotzdem wurde die Stimmung mit einemmal fröstelig-unbehaglich, und auch Gebbingers sehr ehrliche Erklärung, daß es vielleicht doch wichtig sei, die Partei mit guten Elementen zu »unterwandern« und dadurch die Herrschaft der Minderwertigen zu brechen, tat keine rechte Wirkung. Ich sah, daß es höchste Zeit wurde, die Bowle fertigzumachen, um so über den dummen Zwischenfall hinwegzukommen.

Als ich mit meinem von Frau Roselieb entliehenen Steinguttopf über den Flur ging, hörte ich, wie draußen der Schlüssel der Wohnungstür im Schloß umgedreht wurde. Kirsten trat ein. Ich grüßte sie ohne Überschwang.

»Kann isch Ihnen behilflisch sein?« fragte sie, da sie mich Topf und Sektflasche ungeschickt tragen sah.

»Danke«, antwortete ich.

Sie ging in ihr Zimmer, ich in das meine. Als ich auf den Balkon zurückkam, flüsterte Gebbinger mir zu:

»Du hast da aber was sehr Süßes in Reichweite. Ist das die bewußte Dänische?«

Ich nickte und stellte das Bowlengefäß auf den Tisch. Fritz Gebbinger beugte sich vor und machte einen langen Hals, um in Kirstens Zimmer schauen zu können. Dabei brannte ihn die Zigarre seiner Frau, die aufgestützt in ihrem Korbstuhl saß, ins Ohrläppchen. Er tat einen kleinen Aufschrei, und drüben sauste die Jalousie vor der breiten Fenstertür herunter.

»Schade«, sagte Gebbinger ...

Gerade als die Bowle kalt genug war, begann es in nordwestlicher Richtung zu wetterleuchten. Löws fingen an, sich wegen ihres weiten Heimwegs bis ins Waldfriedhofsviertel Sorgen zu machen. Ich suchte sie zu beruhigen.

»Das kommt nicht her«, sagte ich mit der gleichen schönen Überzeugung, mit der ich ein Näherkommen des politischen Unwetters geleugnet hatte. »Aber es ist zehn. Wir können ja gleich mal den Wetterbericht im Radio hören.«

Ich sprang durchs Fenster in mein Zimmer und schaltete das

Gerät ein. Im selben Augenblick schmetterte eine alkoholrauhe Stimme, offenbar als Abschluß einer Rede:

»Die Juden sind unser Unglück!«

Ich stellte sofort erschrocken wieder ab.

»War das alles?« fragte Hans Löw leise, als ich auf den Balkon zurückkam. »Das war doch wohl nur die Wetterlage. Mich hätte die Prognose interessiert.«

Trotz des Sektes, den Gebbingers mitgebracht hatten, schmeckte uns die Bowle an diesem Abend nicht. Bald lief Sturm dem Gewitter voraus und löschte die südländisch heiteren Lampions. Eins setzte er sogar in Brand.

»Allerhand erreicht ...«

Nichts aus den Aufzeichnungen des Bruno Tiches vom November 1933 erscheint mir veröffentlichenswert. Es finden sich da, in schlechtem Deutsch, die üblichen langweiligen Tiraden über das »neue Deutschland«, wahnsinnige Zukunftspläne, die er von den Größen seiner Partei aufgeschnappt haben mochte, und immer wieder sehr viel mehr Betrachtungen über die Schwägerin Doddy als über seine Frau Evelyna.

Was mich privat an den Eintragungen dieses Monats interessiert hätte, konnte ich nicht finden. Die für mich schicksalhafte Begegnung mit ihm, die zur gleichen Zeit stattfand, ist nicht aufgezeichnet. Wahrscheinlich erschien sie ihm zu belanglos. Möglicherweise – ich will es zu Brunos Ehre annehmen – hat er über ihre Folgen gar nichts erfahren.

Wenn ich heute zurückschaue, ist mir, als sei nie vorher ein November so lichtlos düster gewesen wie jener des Jahres 1933. Er brachte das letzte Wiedersehen mit Wera, als sie ihre Sachen im Straubinger Schloß geholt hatte und nun für immer nach Florenz übersiedelte. Für immer ...

Vielleicht hat meine baltische Baronesse schon damals mehr vom kommenden Unheil geahnt als ich, und vielleicht machte das unsere letzte Begegnung so merkwürdig. In der Stadt herrschte eine künstlich bombastische Trauerstimmung, die zum zehnten Gedenken an den verunglückten Feldherrnhallen-putsch angeordnet worden war. Wir hätten für uns eine fröh-lichere Gedenkfeier begehen dürfen, aber unsere Stimmung schwankte seltsam zwischen Heiterkeit, Wehmut und Tränen.

Wera weigerte sich, mit in meine neue Schwabinger Woh-nung bei den Roseliebs zu kommen.

»Bitte, erspar es mir«, sagte sie. »Es ist nichts von uns drin.«

»Aber auch nichts anderes, Fremdes«, antwortete ich mit leidlich gutem Gewissen.

»Lieber!« sagte sie und streichelte meine Wangen unter knat-ternden Fahnen, die sich auch an diesem Trauertag als Sieges-fahnen gebärdeten.

Mit ihrem weichen Wildlederhandschuh fuhr sie mir zart übers Gesicht. Sie wußte wohl, daß über kurz oder lang etwas anderes in mein Zimmer kommen müßte.

Wir gingen zusammen in eine Weinstube, die wir immer ge-liebt hatten und die uns verleidet wurde, als dicke, uniformierte Männer mit hohen Rangabzeichen am Nebentisch Platz nah-men. Sie tranken teure Flaschenweine und machten uns durch ihr Gebaren den uns teuren, billigen Pfälzer Schoppenwein bit-ter.

»Braun und Gold – Herbstfarben«, sagte Wera und schaute zu den Uniformen der Nachbargäste hinüber.

»Ob ich einmal über alles das werde schreiben können?« fragte ich. »Über dich und mich«, und dann leiser »– über diese Zeit.«

»Danke, daß du mir etwas von deinen Arbeiten geschickt hast.«

»Keine ›Gedichte mit Mädchen‹, wie du sie früher bei mir be-stellt hast.«

»Wie alt wir geworden sind, du … Jetzt kennen wir uns fast zwanzig Jahre. Beinahe ein Silberjubiläum.«

»Wir feiern auch noch silberne Hochzeit miteinander«, sagte ich und stieß mit meinem Glas an das ihre. »Im Frühling nehme ich Urlaub und komme nach Fiesole. Zur Primavera, zur prima Wera ...«

»Hm, wär schön, du«, sagte sie und trank in kleinen Schlukken das Glas langsam leer.

Als sie es abgesetzt hatte, sah ich in ihren Augen Feuchtes funkeln und dachte an die sizilianischen Nymphentränen zurück.

Auch die Männer nebenan wurden auf Kommando ernst, rasselten von den Stühlen hoch und hoben zeremoniell ihre viel feineren Gläser. Sie spielten Totengedenken.

Zwei Stunden später kam für mich die Bahnhofsqual. Die Bahnsteigkarte – der Träger – die Tüte mit Mandarinen – die Illustrierten ...

»Willst du auch eine Rätselzeitung?«

»Danke, Rätsel genug!« sagte Wera und stieg ein.

Der Gepäckträger, der ihre Koffer verstaut hatte, stellte sich neben mich und sagte vertraulich:

»Schön wär's, auch so wegreisen dürfen aus dem Sauklima da!«

Vielleicht meinte er wirklich bloß das meteorologische Klima.

Die schrecklichen allerletzten Minuten mit der Angst, die man durch hilfloses Geschwätz zudecken möchte!

»Grüß deine Kusine Titti.«

»Danke.«

»Und schreib bald ...!«

Darauf antwortete Wera nicht. Sie sah mir in die Augen. Ich merkte, daß ihre Lippen zu beben begannen. Dann riß sie mit einem Ruck das Fenster hoch und verschwand in ihrem Sitzpolster. Ein grünes Licht blinkte auf, der Zug setzte sich in Bewegung. Ich ließ meine winkende Hand mit dem Taschentuch wieder sinken. Niemand winkte zurück ...

»Aber man muß zugeben, sie haben schon allerhand erreicht«, sagte ein elegant gekleideter Herr, der nach mir durch die Sperre ging, zu seiner Begleiterin.

Bei mir erreichten sie es nun auch sehr schnell. Wenige Tage nach Weras Abreise kam ein Bote in mein winziges Redaktionsstübchen und sagte, ich möchte sofort in den großen Saal der Druckerei kommen. Da ich mit Satz und Umbruch nichts zu tun hatte, fragte ich nach dem Grund.

»O mei«, sagte der Redliche, »es kimmt halt wieder amal a Bonze!«

Draußen auf den Gängen war ein aufgeregtes Gelaufe. Unser Betriebsobmann Wehhackl kam mir in Uniform entgegen, gefolgt von einem Fahnenträger mit der Betriebsfahne. Ich grüßte Obmann und Fahne stumm, mit steil ausgestrecktem rechtem Arm.

»Hei-hei-heil Hitler!« antwortete unser politischer Funktionär forsch.

Wehhackl war früher einmal Pförtner im Verlag gewesen, vor fünfzehn Jahren wegen Trunksucht entlassen worden und in diesem Jahr als »alter Kämpfer« in eine höhere Position zurückgekehrt. Daß er stotterte, hinderte ihn nicht daran, flammende politische Reden zu halten. Jetzt rückte er aus, um für den erwarteten hohen Gast, unter Aufbietung sämtlicher Hoheitssymbole, Aufstellung zu nehmen.

In der Druckerei waren schon die Maschinen angehalten worden, und unser Chefredakteur baute uns, eindrucksvoll gegliedert, als Arbeiter der Stirn und der Faust auf. Er packte einen alten Setzer, der sich eben die Hände waschen wollte, rücklings beim Kragen.

»Unsere Gäste wollen arbeitendes Volk sehen«, rief er ihm zu, »Werkschmutz ehrt den deutschen Arbeiter.«

Dieser spruchbandreife Satz veranlaßte einen unserer ältesten Redakteure zu der vorlauten Frage:

»Sollen wir uns auch Schweiß auf die Stirn schmieren?«

Niemand lachte. Der alte Herr galt ohnehin als pensionsreif.

Wir standen noch eine gute Stunde als arbeitendes Volk herum, untätig und gelangweilt, als das Kommando »Achtung!« in unsere ungedienten Knochen fuhr. Hacken knallten. Wir hörten Wehhackl am Eingang des Saales eine schneidige Meldung stottern. Dann bewegte sich ein Knäuel von braunen

Uniformen auf die Maschinen zu. Untertanengeist beseelte die Volksgenossen, denen man gestattete, ihre Werkzeuge vorzuführen. Bald hier, bald dort rasselte etwas und spuckte bedrucktes Papier aus. Die hohen Herren schienen an dem Spielzeug Spaß zu finden und setzten Menschen und Maschinenmaterial munter in Bewegung. Sie würden es immer in Bewegung halten. Bis an die Wolga und nach Afrika hinein.

Das Häuflein Arbeiter der Stirn, in eine etwas klägliche Statistenrolle gedrängt, mußte am längsten warten, bis es von der schwarzbraunen Lawine erreicht wurde.

Wehhackl schrie wieder: »A – A – Achtung!«, und wirklich nahmen einige von uns Redakteuren die Hände an die Hosennaht und die Hacken zusammen.

Wehhackl wurde ein alpines Schmelzwasser an Eifer. Er sprudelte hervor:

»Darf ich u-unseren Verleger, Vo-volksgenosse Geheimrat Pro-pro-zeller vorstellen?«

»Den Geheimrat dürfen Sie weglassen, Parteigenosse Wehhackl«, hörte ich eine rauhe, mir sehr vertraute Stimme sagen. »So was haben wir abgeschafft.«

Der Geheimrat, der als aufrechter Demokrat die besten Absichten hatte, mit den neuen Machthabern gut auszukommen, lächelte nachsichtig und hielt den rechten Arm viel länger steif in die Luft als nötig gewesen wäre.

»So weit alles ganz ordentlich hier«, sagte Bruno Tiches wohlwollend und klopfte unserem alten Herrn auf die Schulter. »Nur die Hygiene werden wir dann noch überprüfen müssen. Das gehört auch dazu, wenn Sie von der Arbeitsfront die goldene Fahne wollen.«

Exgeheimrat Prozeller versprach, in Zukunft so hygienisch wie möglich zu sein.

Tiches schritt, gefolgt von Wehhackl und seinem Adjutanten, dem jüngsten Meisegeier, die Front der angetretenen Intellektuellen ab, erkundigte sich hier und da einmal huldvoll nach etwas Fachlichem – besonders dort, wo er ein Abzeichen seines politischen Unternehmens in einem Knopfloch entdeckte. Anderswo gab er stahlharten Humor von sich, und er wußte auch am rechten Ort zu strafen.

So sagte er, als der Feuilletonredakteur sein Ressort nannte: »Diesen welschen Quatsch wollen wir uns endlich abgewöhnen. Nennen Sie das mal auf gut deutsch ›Buntes Allerlei‹.«

Richtig, so hatte einst die Spalte unserer kleinen, vierseitigen Heimatzeitung geheißen, in der vom Todesfall eines Papierhändlers über Tierschutzfragen bis zum Weihnachtskonzert der »Harmonie« alles Unpolitische untergebracht war. Tiches verlieh dem Provinziellen allgemeine Gültigkeit. (Und das taten seine Leute ja in allem!) Während Bruno noch langsam die Front abschritt, war der Zauberer Meisegeier auf der gegenüberliegenden Seite bei den Redaktionssekretärinnen angelangt, unter denen wir einige recht hübsche Exemplare der Weiblichkeit hatten, und Wehhackl hielt mit grimmigen Blicken an den intellektuellen Restbeständen Haltungs- und Kleiderappell.

Der letzte Mann im Redaktionsstab war immer noch ich. So stand ich – als Vertreter kultureller Anliegen ohnehin in schwacher Position – auch als letzter in der Front.

Tiches trat an mich heran und schien mich nicht zu erkennen. Wehhackl, in seinem Schmelzwassereifer über sprachliche Steine stolpernd, stellte mich zeremoniell vor. Ich aber, statt zu erstarren und meinen Arm zu einem Signalmast zu degradieren, lächelte den an, mit dem ich einst Sand in Herrn Rockezolls Luftballonsäckchen geschaufelt hatte und dem ich bei so manchem deutschen Hausaufsatz behilflich gewesen war. Vielleicht – ich gebe es heute zu – meinte ich sogar mein Ansehen im Betrieb zu stärken, wenn ich jetzt schlicht bürgerlich die »schöne« Hand ausstreckte, wie ich's als Kind von Tante Remmy gelernt hatte.

»Guten Tag, Bruno«, sagte ich dabei.

Die Wirkung war entsetzlich. Tiches ergriff meine Hand nicht und sagte gar nichts. Wehhackl regte sich so auf, daß er sein Wasser überhaupt nicht mehr zu Tal bekam:

»D-d-d ... d-d-d!« begann er und blieb stecken.

»Sie wollen sagen, Parteigenosse Wehhackl, der kennt den deutschen Gruß noch nicht!« Mit diesen ironischen Worten kam Tiches dem Betriebsobmann zu Hilfe. »Der Mann muß eben mal Nachhilfeunterricht kriegen.«

Raunendes Gelächter setzte ein, und Adjutant Meisegeier eilte herbei, da er zu bemerken glaubte, daß seinem Chef Unbill widerführe. Aber der schritt inzwischen weiter und begab sich nun zum Abschluß gleichfalls auf die Mädchenseite.

Heute, aus dem großen Zeitabstand heraus, frage ich mich, ob mir Bruno mit seiner Bemerkung wirklich schaden wollte oder ob er als »Hoheitsträger« – allzuviel Hoheit trug er freilich nie – sich einfach für gezwungen hielt, meine plumpe Anbiederung abzuwehren. Für mich wurden die Folgen auf jeden Fall katastrophal.

Am nächsten Vormittag schon wurde ich zum Chef gerufen, neben dessen Schreibtisch mit düsterem Blick unser uniformierter Expförtner stand. Ich war dem Geheimrat immer recht sympathisch gewesen, und ich sah auch jetzt, wie er sich wand, als er mir die Mitteilung machte, daß er mich »auf einmütigen Wunsch der Belegschaft« fristlos entlassen müsse. Der Verlag werde mir aber bis zum Ersten mein Gehalt weiterzahlen. Das waren immerhin die Bezüge für zehn Tage. Ich sagte gar nichts. Im Büro brannte Licht. Vor dem Fenster trieb Schneeregen vorbei. Ich wußte nicht, wie nun alles weitergehen sollte. Dennoch bemühte ich mich, die Achseln möglichst gleichmütig zu zucken und in einiger Haltung der Tür zuzustreben.

»Auf Wiedersehen!« rief mir der alte Herr nach.

In seiner Stimme klang kein Triumph mit.

»Hei-hei-heil Hitler«, schrillte die einmütige Belegschaft neben dem Schreibtisch.

Vor der Tür traf ich den fröhlichen Boten, der mir sonst die Post und die Hausumläufe zu bringen pflegte.

»Herr Doktor«, rief mir vergnügt zu, »die Kollegen hab'n a Freid g'habt, wie Sie das gestern dem Bonzen zoagt ham. Die sag'n alle, sie wüßten no an ganz andern Gruß für an solchen Deppen.«

»Na schön«, sagte ich, »dann bestellen Sie den Kollegen in diesem Sinne meinen einmütigen Abschiedsgruß.«

Diese Botschaft verstand mein Bote nicht. Er starrte mir mit offenem Munde nach.

»Hüpfensah«

Auf einmal hatte sich mein Leben von Grund auf verändert. Ich blieb früh lange im Bett liegen und hörte ein eiliges morgendliches Wirtschaften im Nebenzimmer. Der Gedanke an Kirsten, die sonst immer erst nach mir aufgestanden und zur Universität gegangen war, erschien mir noch als der tröstlichste in meiner ausweglosen Situation.

Aber auch diese Nachbarschaft würde bald nicht mehr bestehen. Ich würde heute noch bei Frau Roselieb mein Zimmer kündigen und froh sein müssen, wenn sie die Kündigung zum nächsten Ersten annähme. Und was dann? Nach Hause fahren? Mich in den Herrschaftsbereich des Onkels Ortsgruppenleiter begeben?

Als Frau Roselieb das Frühstück hereintrug und mich ob der späten Stunde fragend ansah, brachte ich es nicht fertig, ihr mein Unglück zu erzählen. Erst einmal an die frische Luft! Zu allem andern war mittags noch Zeit genug.

Draußen war kein Spaziergehwetter. Es war frostig und ein bißchen neblig, und Reif lag auf Bäumen und Zäunen. Dennoch ging ich zu Fuß über die lange Leopold- und die noch längere Ludwigstraße und bog am Odeonsplatz nach rechts ab.

So absurd das auch heute erscheinen mag, aber wie so viele Menschen in einer aussichtslosen Lage wartete ich auf ein Wunder. Ich baute auf das unbegreifliche Walten der Glücksgöttin, die für mich Gestalt und Antlitz meines feisten Schulkameraden Tiches anzunehmen begann. Ich beschloß, wie absichtslos, vor jenem Haus in der Brienner Straße auf und ab zu gehen, darin unser aller Unglück geschmiedet worden war.

Wie nun, wenn Tiches sich seiner Arbeitsstelle näherte, mich zufällig unterwegs träfe, mir beiläufig jovial auf die Schulter klopfte und nach meinem Ergehen fragte? Freundestreue und heimatliche Verbundenheit würden mir mein Redaktionsbüro aufs neue öffnen, und selbst Wehhackl würde vor mir die Hand heben und die Fahne senken müssen.

Große, wäßrige Schneeflocken fielen, als ich mit langsam erkaltenden Füßen auf der schönen Prachtstraße hin und her ging. Schlechte Sicht für schwebende leichte Glücksgöttinnen! Die realen dicken aber fuhren ihre schweren, schwarzen Dienstwagen. Ich war eben wieder einmal dem bewußten gelbbraunen Hause nahe, als ein klobiger Fremdenrundfahrt-Autobus dicht hinter mir hielt und einiges an internationalem Publikum, das auch in dieser Jahreszeit noch die Stadt bevölkerte, von sich spie.

Aus dem Getuschel hinter mir und dem Flüstern des Fremdenführers – ich hörte die Worte »streng vertrauliche Informationen« und »strictly confidential« – konnte ich entnehmen, daß hier eine besondere Attraktion geboten werden sollte.

Unter den Sensationslüsternen waren ziemlich viele ältere Damen – wie ich später erfuhr, gehörten sie zu einer Gesellschaftsreise amerikanischer Handarbeitslehrerinnen aus dem Staate Oregon. Der Fremdenführer hieß seine Schützlinge einen Augenblick warten und ging allein einige Schritte in Richtung auf das fragliche oder fragwürdige Haus. Es herrschte genau die Stimmung, die ich aus meiner Kindheit von daheim kannte, wenn ich hinter Vater, der den Zeigefinger schweigenheischend auf die Lippen gelegt hatte, auf Zehenspitzen durch den Wald schlich, um »Rehlein zu sehen«.

Der Mann mit den streng vertraulichen Informationen schien vorzüglich Bescheid zu wissen, denn schon brauste aus entgegengesetzter Richtung eine besonders große und schwarze Limousine heran. Der Fremdenführer hob signalgebend die rechte Hand, und etwas unwahrscheinlich Komisches begab sich: Das Rehleinhäufchen stob im Galopp in Richtung auf das Portal, vor dem eben das Auto hielt. Herren nahmen Hüte ab, und einige der atemlosen Handarbeitslehrerinnen sah ich sogar zaghaft den Arm heben, wobei sie auf die anwesenden Eingeborenen schauten, um es möglichst richtig zu machen. Über ihren Händen wurde für Augenblicke der Arm einer Gestalt sichtbar, welche die wenigen Stufen zum Portal hinaufging. Dort schien keine Drehtür zu sein ...

Die Autobusbesatzung kam schwatzend zurück, an ihrer Spitze der Fremdenführer mit stolzgeschwellter Brust. Auf den Gesichtern seiner Passagiere sah ich mancherlei: Skepsis, Abneigung, Gleichgültigkeit und – Begeisterung. Man näherte sich dem an der Ecke wartenden Bus, und der Führer sagte zweisprachig:

»Meine Damen und Herren, als nächstes sehen wir das Glokkenspiel.«

Da fiel mir etwas Verrücktes ein! Weil meine kalten Füße sich wie ein Reif in der Frühlingsnacht auf meine Wundergläubigkeit gelegt hatten, beschloß ich, die Rundfahrt im geheizten Autobus mitzumachen. Wer würde schon bemerken, daß da ein Mann mehr in den Ledersesseln saß? Wer würde an die Frechheit glauben, daß sich ein unbefugter Einheimischer in den Zirkel der privilegierten Fremden eingeschlichen hatte!

Und siehe da, es kam so. Ich setzte mich in den rückwärtigen Teil des Rundfahrtbusses – ein geächteter, entlassener kleiner Redakteur – und spielte »große Welt«. Ich wandte den Kopf nach links und rechts, um alles das staunend zu betrachten, was ich seit elf Jahren kannte, wobei ich streng darauf achtete, es immer erst auf die englische Aufforderung hin zu tun.

Plötzlich merkte ich, daß ich eigentlich *nichts* kannte. Alles wurde neu für mich, da es mir als Neuheit angeboten wurde. Hatte ich mir zum Beispiel je die Zeit genommen, das Spiel der bunten Männchen, der Kurfürsten, tanzenden Schäffler und turnierenden Ritter auf dem Rathausturm anzusehen?

Als da droben die prächtig gewandeten Kurfürsten vor dem frischlackierten Kaiser Kotau machten, fragte eine der Oregondamen mit staunenden Augen:

»Is this the ›Führer‹?«

»Nein, meine Dame«, antwortete der gewichtige Münchner Experte, »vielleicht später amal.« Und mit schönem Schulenglisch übersetzte er: »Perhaps later on, Mylady.«

In großen Kirchenhallen richteten marmorne Engel ihre Posaunen auf uns. Allein für die amerikanischen Damen aßen die Murilloknaben in der Alten Pinakothek schmatzend ihre Trauben, und das kleine, auf dem nackten Bäuchlein liegende Mädchen von Boucher schien nur für interessierte Herren der Reisegesellschaft auf seinem Sofa zu wippen. Überlebensgroße Rheintöchter würgten sich dem Fremdenverkehr zuliebe mit der Tiefseetaucherei ab.

Ich hörte, wie der Führer berichtigend versicherte, dies sei nicht *von* Richard Wagner, sondern nach Richard Wagner gemalt. Nein, Richard Wagner habe den König Ludwig mitnichten im »Lac de Starnbähr« erwürgt. Bestimmt nicht, es müsse sich da wohl um einen Irrtum im peruanischen Gymnasialunterricht gehandelt haben. Nein, dies sei auch nicht die schöne blaue Donau, sondern der blaue Rhein, »blue Rhine«. Die blaue Donau sei von Strauß. Nein, nicht Richard – Johann!

»Johann Wagner? No, señor« – (der Führer nach hinten zum Fahrer gewandt, der sich wegen der Kälte auch die Bildung mit antat): »Du, Wiggerl, was red't denn der für a Sprach?« (Vielleicht Lettisch, dachte ich aus meiner Veroneser Erinnerung heraus) – »Richard Wagner, Richard Strauss, Johann Strauß ... Very difficult indeed.« (»Der kapiert's net, Wiggerl!«)

Als wir wieder ins Auto gestiegen waren, schienen die ermüdeten Rund-, Kreuz- und Querfahrer bereits völlig erschöpft und ziemlich anfällig für die nun stärker einsetzende propagandistische Belehrung zu sein. Daß der Komponist Wagner – »Richard, is'nt he?« – sehr stark von dem eben gesehenen Rehlein gefördert wurde, war ihnen allen bereits durch die Presse bekannt. Daß die bestaunte Sauberkeit der Münchner Straßen auf ihn zurückginge, erfuhren sie von dem dicken Münchner Erklärer. Vielleicht hatte »Er« auch die Pinakothek und das Hofbräuhaus gegründet? Zuletzt waren sie von dem Lobpreis des neuen Regimes so überwältigt, daß sie sogar das Hin- und Herfahren der Münchner Trambahn bestaunten, als seien unter einem fluchwürdigen liberalen Regime die Straßenbahnen immerzu nur hingefahren.

Der Autobus verließ jetzt das Stadtinnere und strebte in rascher Fahrt dem Waldfriedhofsviertel zu. Etwas erschrocken vernahm ich, daß draußen irgendwo ein gemeinsames Mittagessen eingenommen werde, ehe man nach Berg am Starnberger See weiterführe. (»Nein, meine Dame, ich habe nicht behauptet, daß Richard Wagner mit ihm ertrunken ist. Really not!«) Die Essenbons seien, please, bereitzuhalten.

Die Lage wurde für mich prekär. Durch die nicht vorhandenen Bons würde auch das andere ruchbar werden. An einer Stelle, wo die Landschaft und die Stadtbebauung unübersichtlicher wurden, begab ich mich deshalb nach vorn und murmelte dem Erklärer etwas von »urgent necessity« zu. So ähnlich mußte das wohl heißen, und ich unterstützte meinen Wunsch durch gequälte Gesichtszüge. Der Führer flüsterte dem Fahrer zu: »Halt an Moment, Wiggerl, der Herr muaß amal«, und dann konnte ich aussteigen. Ich schritt langsam um die nächste Hausecke und sauste, für die Bus-Insassen unsichtbar, um die übernächste. Aus der Ferne, von einem Feldweg aus, sah ich noch immer im Schneenebel den großen Autobus warten ...

Ich ging zu Löws, die ganz in der Nähe wohnten. Freund Hans erfuhr von meinem Mißgeschick im Verlag und schien darüber stärker bestürzt als über das eigene.

»Ja«, sagte ich, »jetzt sehe ich selbst ein, daß man aus Deutschland raus muß.«

»Du, das ist nicht leicht«, sagte Hans Löw. »Meine Vorfahren leben schon länger am Rhein, als die ahnenlosen neuen Herren ahnen. Ich weiß nicht, ob ich nicht draußen vor die Hunde ginge. Vorläufig bleib ich noch hier. Solange es geht.«

Die reizende Frau Löw bat mich, mit ihnen zu essen. Es gebe zwar nur Gemüse und Kartoffeln – das Fleisch habe man sich abgewöhnen müssen –, aber wenn es mir genüge ... Mir genügte es nicht nur, sondern ich aß nach meiner abenteuerlichen

Sightseeing-Reise Kartoffeln und Rosenkohl mit einem wahren Heißhunger.

Danach erzählte ich meine Erlebnisse dieses Tages, und wir wurden so vergnügt, als seien wir nicht arbeitslose Redakteure, sondern emigrierte Monarchen.

»Hör mal, Ulla«, sagte Hans zu seiner Frau – er sprach ihren Namen »Ülla« –, »wir haben doch noch die bewußte Flasche von Vater. Bring die doch bitte mit rein.«

Ulla brachte eine weiße Flasche, und als Hans den Korken aufgezogen hatte, erfüllte sie das Zimmer mit einem herrlichen Duft. Es war nicht der Geruch des bevorstehenden Weihnachtsmonats, sondern der von Kahlschlägen in den heimatlichen Bergen im Hochsommer, wenn an den Sonnenhängen überm Fluß die Himbeeren reifen.

»Der ganze Schwarzwald ist da drin«, sagte Hans genüßlich, dem aus der Flasche mit noch größerem Recht der Duft der eigenen Heimat stieg.

Als wir ziemlich viel vom Schwarzwald in uns hatten, erzählte ich, wie die Ausländer heute früh und wie wir einst daheim die Rehlein belauert hatten.

»Kennst du das Hüpfensah-Lied?« fragte Hans.

»Nein«, antwortete ich.

Hans stimmte an: »Im grünen Wald, dort wo die Drossel singt, Drossel singt« – dieses Lied voll schöner falscher Sentimentalität, das ich dermaleinst auch bei des neuen Rehleins Wehrmacht singen sollte. Doch ahnte ich noch nicht, was mir bevorstünde, und wir sangen selbdritt, vom Himbeergeist befeuert:

>»Der Jäger schoß,
>Da lag das Rehlein da,
>Rehlein da,
>Das man zuvor
>Noch munter hüpfen sah,
>Hüpfensah ...«

In das »Hüpfensah«, das wir aus purem Übermut endlos wiederholten, verflocht Ulla die anmutigsten Koloraturen.

»Noch hüpft das Rehlein«, sagte Hans danach etwas nachdenklicher.

»Noch«, sagte ich zuversichtlich.

Wir tranken Kaffee miteinander, leerten die dicke Flasche hochprozentigen Schwarzwälder Himbeergeistes bis auf den Grund und vergaßen den deutschen November. Draußen schneite es jetzt kräftig, in kleinen, dauerhaften Flocken.

»Was wohl die Damen aus Oregon von mir denken werden?« fragte ich lachend.

»Sie werden denken, Richard Wagner hat dich auch mit umgebracht«, sagte Ulla aus Schweden.

In diesem Augenblick klopfte es draußen. Hans bat herein, und ein baumlanger Mann in einer schwarzen Uniform stand unter der Tür. Beinahe hätte ich aufgeschrien. Aber der schwarze Mann sagte höflich:

»Herr Doktor, i hab drunten die Heizung noch amal nachg'legt, wann's recht wär. Mir kriag'ns kalt auf d'Nacht.«

»Schon gut, Herr Leitner«, antwortete Hans, und mit einem »Grüß Gott« empfahl sich das schwarze Gespenst.

Nach seinem Gehen beruhigte mich der Freund:

»Unser Hauswirtssohn weiß genau, wer ich bin und was ich bin«, sagte er. »Aber er hat mir kategorisch erklärt, ich sei ein anständiger Mensch, und da könnten ihn die da droben alle mitsammen ... Du siehst, ich habe ebenso meine Leibwache wie dein Rehlein ...«

Dieser redliche Hausgenosse der Löws gab mir einen Teil meines Zutrauens in das deutsche und bayerische Volk wieder, ungeachtet der Erfahrungen mit den Prozellers und Wehhackls ...

Dem harmonischen Nachmittag schloß sich ein harmonischer Abend an, und als ich draußen auf frischem, weichem Schnee zur Trambahnhaltestelle ging, fühlte ich mich beschwingt wie lange nicht.

Im Haus der Roseliebs holte mich jemand auf der Treppe ein. Es war Kirsten. Wir waren zunächst beide etwas verlegen, gaben uns die Hand und gingen nebeneinander her.

Vor der Wohnungstür zog ich meinen Schlüsselbund aus der Tasche, stach aber mit dem gezückten Schlüssel nur ins Ungefähre. Kirsten nahm ihn mir aus der Hand und schloß auf. Dabei kam sie meinem Gesicht ziemlich nahe.

»Du riechst sehr schön«, sagte sie mit leiser Ironie.

»Schwarzwald«, antwortete ich.

»Es riescht aber nach Ssnaps.«

Wir standen aus unerfindlichen Gründen immer noch vor der Tür, ohne sie aufzuklinken.

»Morgen kündige ich bei Frau Roselieb«, sagte ich, meines Elends jäh bewußt. »Ich bin ruiniert.«

»Ja, isch habe dieses sogleisch bemerkt.«

Ich wurde ernst, weil sie mich nicht ernst nahm, und rasselte die ganze Geschichte meines Unglücks herunter. Sie setzte sich auf die unterste Stufe der nach oben führenden Treppe und hielt mir eine lange Rede, von der ich schon am nächsten Tag, als ich ausgeschlafen und nüchtern war, das meiste wieder vergessen hatte. Jedenfalls muß es eine so eindrucksvolle Standpauke gewesen sein, daß ich ihr danach schwor, nicht zu kündigen.

Als unten die Haustür aufgeschlossen wurde und jemand im Treppenhaus Licht machte, standen wir von den Stufen auf und öffneten endlich die Wohnungstür. Dabei legte sich plötzlich ihre Hand auf die meine.

»Man hat wohl gar kein Ssuvertrauen mehr in die kleinen Nassionen?« sagte Kirsten, während wir hineingingen.

»Doch«, antwortete ich halblaut, »nur noch in die kleinen! Besonders in die mit den langen Beinen!«

»O ja?« fragte sie und strahlte mit dem Flurlicht auf.

»O ja«, antwortete ich.

Weil ihr Zimmer der Wohnungstür um vier Meter näher lag als das meine, ging ich mit zu ihr hinein.

Weihnachtszauber

Aus den Aufzeichnungen des Bruno Tiches:

10. Dezember 1933

»Ich kriege jetzt in meinem Ressort immer mehr Weltanschauliches mit aufgepackt. Da heißt's natürlich aufpassen, daß man mit der SS klarkommt. Aber ich habe ja zum Glück meine guten Beziehungen zu den Meisegeiers. Neulich haben wir mal in der Familie darüber gesprochen, was man mit dem Weihnachtsfest anfangen soll. Man kann doch modernen Menschen wie Karl und Doddy nicht gut zumuten, daß sie noch ans Christkindchen und solchen Zauber glauben. Das Germanische mit dem Jul und der Sonnenwende ist da schon ganz in Ordnung. Aber wir haben eine Menge Geschäftsleute, auch in hohen Parteipositionen, die wollen an die Umstellung nicht ran. Die sagen, wenn sie Wotan und Freya ins Schaufenster stellen, kauft kein Mensch – das Christliche hat sich eben zu sehr in den Köpfen eingefressen. Das ist noch ein Dillema (!), das wir allmählich auf dem Wege der Erziehung über die HJ umschiffen müssen. In hundert Jahren ist sowieso A. H. der Weihnachtsmann fürs deutsche Volk.«

Wenn ich so von den weihnachtlichen Kümmernissen Brunos lese, muß ich daran denken, wie ich mit Kirsten zum Christkindlmarkt in der Sonnenstraße ging und wie sie dort ein armes, ganz in Filz und Wolle verpacktes altes Weiblein in Nöte brachte. Meine Langbeinige konnte eben auch außerhalb des Faschings den Teufel im Leib haben.

Wir gingen durch die Budenreihen. Es war die richtige Vorweihnachtsstimmung mit Matsch und Schneeregen, und Kirsten sagte zu mir: »Wenn wir nun das erstemal ssusammen Weihnachten feiern, möschte isch auch eine Krippe haben.«

Rundum sah man Lichter von Azetylenlampen und auf künstlichem Glitzerschnee die schönsten heiligen Krippenfiguren, aber auch allerlei Weltliches und Tierisches, getreu den alten Traditionen von Oberammergau und Mittenwald oder auch

von einsiedlerischen Schnitzern des Bayerischen Waldes liebe-
voll und meisterlich verfertigt. Joseph und Maria und das Kindlein in der Krippe hatten wir schon erstanden, und nun gingen
wir zu dem besagten Wollweiblein, um die fromme Statisterie
des Geschehens einzukaufen. Kirsten nahm nacheinander die
Heiligen Drei Könige in die Hand und stellte den pausbäckigen
Negermonarchen kopfschüttelnd zurück.

»Der ist nischt gut«, sagte sie zu der Standlerin.

»Ah gehn'S, gnä' Frau«, antwortete diese – wie mir die Gattungsbezeichnung wohltat! –, »schaug'n'S doch, wie sauba da a
jed's Falterl von dem G'wand hi'g'schnitzt is. Und so schee
schwarz is der.«

»Eben!« sagte Kirsten ein wenig strenger. »Dieser dritte Kö-
nisch ist aber ganz blond gewesen. Das war ein Germanischer,
und der hat Baldur geheißen. Das da ist eine liberalistische Ras-
senverfälschung.«

Ich knuffte die freche Person heimlich in die Seite, zumal das
arme Weiblein, zwischen überlieferten Glaubenssätzen und be-
fohlener neuer Weltanschauung hin- und hergerissen, runde
ängstliche Augen bekam.

»Nehmen'S halt derweil den Schwarzen, gnä' Frau«, sagte sie
versöhnlich, »und wann mir übers Jahr an Germanischen her-
kriag'n, nacha nehm i den Kaspar z'ruck.«

So ließen wir uns den geschwärzten Germanenking einpak-
ken, und ich bin heute noch überzeugt, daß die gute Münchne-
rin im Grunde ihres Herzens so wenig an eine notwendig werdende Tauschaktion glaubte wie wir.

Übrigens ist gerade dieser kleine Negerpausback hernach für
uns eine Art Talisman geworden. Er begleitete uns später in die
Bombenkeller und gottlob auch wieder heraus und wurde dadurch zum einzigen Überlebenden unseres bethlehemitischen
Schnitzwunders.

Was ich mit Wera nie hatte ermöglichen können, wurde jetzt
zur Gewißheit: Kirsten und ich durften gemeinsam Weihnachten feiern. Mir wurde die Reise in die Heimatstadt zu teuer und
der Gillelejerin zu weit. Außerdem wollte sie mich nicht allein

lassen, nachdem sie mich, wie sie es nannte, »ganz leidlich wieder aufgebaut hatte«.

Man mußte vor dem kattegattischen Mädchen wirklich Respekt kriegen, wenn man sah, wie sie mich Entmutigten, Hoffnungslosen wieder auf die Beine gestellt hatte. Es war ihr sozusagen gelungen – um einen schrecklichen modernen Ausdruck zu gebrauchen –, »mich hundertprozentig durchzuorganisieren«.

Zunächst hatte ich auf ihr Geheiß als Stellungsloser genauso früh aufzustehen wie das Fräulein Studentin im letzten Semester. Um halb neun frühstückten wir zusammen. Aus gesundheitlichen Gründen mußte ich sie nachher zu Fuß bis zur Universität begleiten und durfte ihr dabei die Kollegmappe tragen. Danach hatte ich kehrtzumachen, zurückzugehen und um zehn Uhr am Schreibtisch zu sitzen.

»Isch habe disch als einen Undissiplinierten übernommen«, pflegte sie zu sagen. »Diese Mädschen von der Ostsee« (damit meinte sie Wera) »sind ssu lasch. Wir in Kattegatt sind ein bißschen salzischer.«

Trotz des Salzgeschmacks merkte ich, daß Kirstens strenge Ordnung mir guttat. Ich schrieb in jenen Wochen eine Reihe heiterer Kurzgeschichten, die meine Dänische in ihre Muttersprache übersetzte und unter einem schönen nordischen Pseudonym im »Helsingör Avis« veröffentlichte. Ihr Vater hatte in der Hamletstadt Helsingör etwas mit Bier, aber anscheinend auch mit der Zeitung zu tun, was jedoch nicht besagt, daß er Herausgeber einer Bierzeitung war.

Unermüdlich war Kirsten auf der Suche nach Beschäftigungsmöglichkeiten für mich. Ich gestehe, daß ich immer ein bißchen eifersüchtig wurde, wenn sie ihre weiße Mütze aufsetzte – »heute mache isch misch offissiell skandinävisch ssurecht«, pflegte sie dann zu sagen, um irgendeinen Verlagsleiter zu betören, daß er uns gemeinsam eine Übersetzung aus ihrer Muttersprache gäbe. Im übrigen tanzte ich nur allzugern nach ihrer befehlenden Pfeife.

Am Heiligen Abend zündeten wir die Kerzen unseres winzigen Christbäumchens im gleichen Augenblick an, als Vater Roselieb seine Familie durch ein Kavalleriesignal zur Bescherung rief.

Ich hatte für Kirsten ein hübsches kunstgewerbliches Kettchen gekauft, das ich durch Gebbingers Vermittlung zum Selbstkostenpreis bekam, und das kattegattische Mädchen verwöhnte mich über alle Maßen. Außer Büchern und geschmackvollen modischen Dingen schenkte sie mir etwas, das sie unter einem weißen Tuch verborgen hielt.

»Isch gebe dir einen Korb«, sagte sie bei der Enthüllung.

In dem Korb lagen dänische Delikatessen fleischlicher und fischiger Herkunft in so attraktiver Aufmachung, daß mir vor Rührung das Wasser in den Augen und vor Gier im Munde zusammenlief. Als sinnige Gabe meiner Wera stand in einer Chianti-Korbflasche ein Liter des herrlichen Valpoliceller Roten auf dem Gabentisch.

»Nun haben dir sswei Mädschen einen Korb gegeben«, sagte Kirsten. »Und weißt du, was wir dagegen machen?«

»Na?«

»Wir verloben uns unter diesem Weihnachtsbaum. Ist das nischt auch bei eusch Sitte?«

Ich starrte Kirsten entgeistert an – teils benommen vor Glück, teils auch ziemlich erschrocken. Das kam doch ein bißchen zu plötzlich, und der Gedanke an den Verlust meiner Freiheit bereitete mir einen Schock. Aber Kirsten »organisierte« mich auch in dieser Sache sehr überlegen und nahm mir meine Sorgen.

»Isch mache nur ssur Bedingung, daß du es niemandem weitersagst.«

»Aber verzeih, Kirsten, was hätte dann die Sache überhaupt für einen Zweck?«

»Für uns hat sie diesen: Sie nagelt disch auf misch fest. Und Frau Roselieb werden wir es unter Diskression erssählen, damit sie nischt in moralische Verwirrung kommt. Aber sonst erfährt es niemand. Isch mag es nischt leiden, wenn die Leute ›Ihr Herr Bräutigam‹ sagen oder ›Ihr Fräulein Braut‹. Dann sehe isch disch auch nur mit einem abscheulischen Ssylinderhut auf den Ohren. Und die Geschenke sind auch oft nischts wert.«

»Kirsten, herrlich! Was du alles mit mir anstellst! Und zehn oder fünfzehn Jahre, nachdem wir geheiratet haben, verloben wir uns dann richtig.«

»Das ist gut. Das freut die Kinder.«

»Aber, sag mal, wie kommen wir bloß unter den Weihnachtsbaum?«

Eine stilgemäße Verlobung »unterm Christbaum« war bei diesem Siebenmonatstännchen ein schwieriges Unterfangen. Das Bäumchen stand mit beflissenen Kerzlein auf dem Tisch, und sich unter der Tischplatte zu verloben, wäre selbst so albernen Menschen, wie wir es waren, nicht ganz schicklich erschienen. Ich goß also die Gläser voll mit funkelndem Valpoliceller – sonderbar und wunderbar zugleich, daß Wera uns den Verlobungswein lieferte! –, und wir knieten uns auf dem Teppich einander gegenüber. Das wirkte ganz hübsch und feierlich. Dann neigten wir uns voreinander, sagten »Ich verlobe mich mit dir«, tranken die Gläser leer und küßten uns. Sehr lang. Während des Kusses schrie ich auf.

»Tut Verloben weh?« fragte Kirsten.

»Mir ist Wachs vom Christbaum auf den Kopf getropft.«

»Das ist mit einem heißen Bügeleisen leischt ssu entfernen«, tröstete mein liebenswürdiges Bräutchen.

Es wurde ein zauberhafter Abend. Wir tranken, prosteten uns zu, sangen deutsche und dänische Weihnachtslieder und gestatteten unserem Baumaspiranten das schönste Vorrecht eines erwachsenen Christbaums: Wir ließen seine Kerzen ganz herunterbrennen. Als nur noch das letzte dünne Kerzchen brannte, sah der wehende Schatten an der Decke wie der von einem richtigen großen Weihnachtsbaum aus. Wir schauten ergriffen nach oben.

»Stell nur in unserm Leben immer eine Kerze hinter mich«, sagte ich, »dann wirke ich vielleicht auch noch mal wie ein richtiger großer Mann.«

»Darauf kannst du disch verlassen!«

Kirsten sagte es so energisch, daß ich ihr zutraute, sie würde zu meinen künftigen Lebensattacken die Kavalleriesignale nicht minder schneidig blasen als Herr Roselieb.

Die Schlacht von Geiselgasteig

Kirsten hatte bis sieben Uhr Kolleg, und um sie abzuholen, ging ich im Erdgeschoß der Universität vor einem kleinen Hörsaal auf und ab. Da sich gegenüber der Eingang zum Auditorium maximum befand, dachte ich mit heimlicher Wehmut daran zurück, wie ich einst in diesem großen Saal zu Heinrich Wölfflins Füßen gesessen hatte, der längst in seine eidgenössische Heimat zurückgekehrt war. Dort war ich Wera zum erstenmal begegnet.

Eine Dame ging, gleich mir, im Halbdunkel des Universitätsflurs wartend auf und ab. Sie war mit etwas übertriebener Eleganz gekleidet, und ich hatte das Gefühl, daß sie mich musterte. Mir wurde unbehaglich zumute, da ich das Gesicht zu kennen meinte und es aus meinem schlechten Physiognomiegedächtnis heraus oft genug unterließ, Leute zu grüßen, die eigentlich meinen Gruß erwarten mußten.

Als ein Lächeln des Erkennens die fülligen Züge der Wartenden überlief, lüftete ich vorsichtshalber meinen Hut.

»Heil Hitler!« sagte die Dame, was für eine Dame erstaunlich genug war.

Dann blieb sie stehen und streckte mir ihre etwas dickliche Hand entgegen.

»Sie kennen mich wohl nicht mehr?« fragte sie lächelnd.

»Mein Gott, Ev...«, »Evelyna«, wollte ich sagen, »Fräulein Meisegeier«, sagte ich, und als ich es gesagt hatte, wußte ich, daß ich »Frau Tiches« hätte sagen müssen ...

Sie verbesserte mich, und ihr Lächeln wurde ein bißchen schmerzlich, als sie hinzufügte:

»Man verändert sich in so langer Zeit.«

O ja, das tat man. Wenn ich mich des süßen, zarten Kindes erinnerte, das wir unter der Schulbank versteckt gehalten hatten – technisch wäre das inzwischen längst unmöglich geworden! –, und des reglos auf dem Burgweiher treibenden elbischen Geschöpfs ...

»Wissen Sie, daß ich noch manchmal an die Nacht denke, in der Ihr Elternhaus gebrannt hat?«

Nun sah ich wieder alles vor mir: das in der feuchten Gartenerde einsinkende rote Sofa, das Mädchen mit dem Stück Silberlamé um die Schultern. Ich meinte, ihre kühle Haut zu spüren, die weichen Lippen. War sie nicht meine erste große Liebe gewesen? Man darf ihr wohl später nur in Träumen begegnen.

»Warten Sie auf Ihren Mann?« fragte ich, um über die schmerzliche Ernüchterung hinwegzukommen.

Einer Begegnung mit Tiches wollte ich nach Möglichkeit ausweichen.

»Ja, Bruno hält da drin einen Vortrag. Ich will ihn mit dem Wagen abholen.«

Bruno Tiches sprach dort, wo uns einst von weißer Leinwand die Folterbilder des Malers Goya in schreckhafte Bewunderung versetzt hatten. Jetzt wurden Freiheit, Bildung und Menschenwürde gefoltert, und Tiches würde junge Seelen mit Phrasen vergiften, würde ideologisches Gewäsch von ihnen ablesen, das ein anderer für ihn geschrieben hatte. Arme Jugend ...

Da schrillte die Stundenglocke durch den Lichthof, und die Tür zu Kirstens Hörsaal tat sich auf. Mein Struwwelkopf packte sein Kollegheft in die Mappe und winkte mir zu. Ich reichte Evelyna Tiches rasch die Hand zum Abschied, ohne Bruno grüßen zu lassen. Auch die großen Türen des »Max« wurden schon geöffnet. Ich sah drinnen weiße und kahle Köpfe. Einer der ältesten unter meinen früheren Professoren kam als erster heraus. Tiches belehrte die Dozenten – der Teufel gab Gesangsstunde im Himmel!

»Isch habe disch für morgen beim Film angemeldet!« sagte Kirsten triumphierend, als wir durch den rückwärtigen Universitätseingang auf die Amalienstraße gekommen waren. »Du wirst viel Geld verdienen.«

»Beim Film?« rief ich. »Du bist ja verrückt.«

»*Du* bist es, wenn du morgen nischt nach Geiselgasteig fährst. Sie suchen viele Leute für Massenaufnahmen, und es müssen nischt nur Studenten sein.«

Sie beruhigte sich erst, als ich mich zum Geldverdienen bereit erklärte …

Am nächsten Morgen sah ich in einer der Massengarderoben des Geiselgasteiger Filmgeländes als erstes, wie sich ein kleiner, drahtiger Mann, der neben mir auf einer langen Bank saß, vor einem Spiegel das Gesicht mit braungelber Schminke beschmierte.

»Sagen Sie, muß man das etwa selbst machen?« fragte ich ihn beklommen.

»Brauchst mir nich ›Sie‹ sagen, Kumpel, ooch wenn ick 'n paar Jahre älta bin«, antwortete der Kleine konziliant. »Und det Jesichte bemal ick dir. Bis der Frisöhr rum is, zwitschern wir schon een in de Kantine.«

Ich wurde von dem hilfreichen Mitkomparsen kunst- und filmgerecht geschminkt, und als wir auf dem Weg zur Kantine waren, fragte er mich:

»Wat bist'n von Beruf?«

»Stellungsloser«, antwortete ich wahrheitsgemäß.

»Dieselbe Branche üb ick ooch aus.«

»Und was bist du früher gewesen?« – das »Du« ging mir noch etwas schwer von den Lippen.

»Mimiker. Ick hab in die Varietés berihmte Männa nachjemacht. Kiek mal.«

Der Mann nahm ein kleines schwarzes Bürstchen aus der Tasche, hielt es sich unter die Nase, strich sich eine Tolle in die Stirn, die er in strenge Falten legte, und der Herr, den ich zu weit durch die Drehtür gedreht hatte, war fertig. Daß wir beide SA-Uniformen anhatten, machte die Sache einigermaßen spukhaft.

Mein Kollege fuhr in seinen Erklärungen munter fort: »Det

ham se mir natierlich vaboten. Adolf jeht ja nu nich mehr. Aber ick hab doch ooch Hindenburchen nachjemacht und Bismarcken und Napoleon – und ick hab da'n scheenes Stick Jeld rinjesteckt. Meenen Tirpitzbart hättste seh'n sollen: zwee solche Dinga, wie Eichhörnchenschwänze, aus'm Polarjebiet. Prima Ware! Schließlich wollte ick ja bloß det deutsche Volk seine Jeschichte nahebringen. Aber seit die ihre Jeschichten machen ...«

Ich wußte, wer »die« und was »ihre Geschichten« waren, und es bedrückte mich, daß ich nun ausgerechnet in der braunen Tiches-Uniform durchs Filmgelände lief, weil das, was man mit uns zu drehen gedachte, als Großfilm der nationalen Erhebung bezeichnet wurde. Aber mein neuer Freund Kischke – so hieß der mimische Geschichtslehrer aus Brandenburg an der Havel – beruhigte mich:

»Paß uff«, sagte er, ohne nähere Erläuterungen zu geben – »die könn wir in ihre eijene Kluft noch janz scheen rinlejen!«

Kischke war schon seit einigen Tagen im Gelände und hatte in kleineren Szenen mitgewirkt. Nun sollten wir in Massenszenen die heroische und kämpferische SA mimen.

»Heute nachmittag spiel'n wa ›Marsch zur Feldherrnhalle‹«, sagte Kischke.

»Aber doch nicht vor der wirklichen Feldherrnhalle?« fragte ich entsetzt, während wir schon unter den Bäumen des Kantinengartens Platz nahmen.

»Klar! Außenuffnahme. Det is doch der Ulk dabei, Kumpel!«

Nun, es erschien mir gar nicht ulkig, als wir kurz nach Mittag auf offene Lastwagen verladen und in die Stadt München transportiert wurden. Wenn mich jemand so sähe! Das Ehepaar Löw womöglich! Ich schämte mich, daß ich Kirsten in dieser Sache nachgegeben hatte, obwohl mir das Sonderhonorar gerade zu dieser Zeit recht gelegen kam.

Auf dem Odeonsplatz, der in weitem Umkreis abgesperrt war, mußten wir stundenlang warten. Die Hauptdarsteller des Films und der Weltgeschichte kamen stilgerecht erst sehr viel später in ihren eleganten Wagen angefahren. Wir, Volk aus den grauen Lastautos, verkrümelten uns inzwischen im Schatten des Hofgartens, sahen den Kaffee trinkenden Bürgern, den Spatzen und Tauben, den auf ihren Beeten blühenden Blumen und den glitzernden Springbrunnen bei ihrer jeweiligen Beschäftigung zu. In meiner belastenden Verkleidung schämte ich mich vor allen gleich.

»Sag mal«, fragte ich Kischke, der neben mir vor der Residenzmauer saß, »warum nehmen die für diese Szenen nicht ihre richtige SA?«

»Mensch, weil die doch in die zehn Jahre inzwischen alle fett jeworden sin. Sie hatten schon eenen Sturm dafir abjestellt, aber wie der ankam, war det bloß noch so'n träjet Liftchen, und nu hat die unser Regissöhr fir morjen injeteilt. Na, du wirst's ja erleben. Ibrijens, jloobe ick, der Herr Regissöhr is ooch nich so janz fir die Brider.«

Wie dem auch sein mochte, der gewaltige Szenenbeherrscher hielt uns an diesem warmen Maiennachmittag, der laut Drehbuch einen Novembertag vortäuschen sollte, ganz hübsch in Atem. Wir mußten uns »in Reihen, fest geschlossen« formieren, wurden von Hilfsregisseuren hin und her gejagt, mußten mit knallenden Stiefeln aus der Residenzstraße auf den Platz marschieren und »O Deutschland hoch in Ehren« singen ... wieder, immer wieder. Mal waren wir nicht forsch genug, mal purrten die Odeonsplatztauben dazwischen, die wir von ihren angestammten Futterplätzen vertrieben hatten, und einmal schlug es von der Theatinerkirche drei, obwohl es nach dem Drehbuch elf Uhr vormittags sein sollte.

Als wir alles erledigt hatten und es selber auch waren, ging es schon auf den späten Abend zu, und ich durfte aufatmend in die Komparsengarderoben der Filmstadt zurückkehren.

Mein Freund aus Brandenburg lud mich noch zu einer halben Maß Maibock in den Garten eines nahen Ausflugsrestaurants ein. Dort saßen wir allein unter alten Kastanien, weil der Abend kühl wurde und der Wind von den Bergen her wehte. Tief drunten brauste die Isar, die ihre Frühlingsschmelzwasser führte.

»Sag mal, Kumpel, is die Welt nich'n Zirkus«, sagte der redliche Mimiker nachdenklich, »da wird nu jehetzt und dotjeschlagen! Dabei sitzen iberall, in de janze Welt, Leute wie du und ick und wollen nischt wie ruhig ihre Arbeit machen und abends ihre Molle oder ihr ›Moaß‹ trinken, wie die Brider hier sagen. Wie bringste die Menschen bloß zur Vernunft?«

Das ausweglose philosophische Abendgespräch meines Freundes, von Flußrauschen und Sternenhimmel elegisch gefördert, klang aber zum guten Ende doch noch heiter aus.

»Morjen – Junge, Junge –, ich freu mir uff morjen«, sagte Kischke, als wir bezahlt hatten und in die Nacht hinausgingen, die vom Duft jungen Buchenlaubs und dem Geflüster verliebter Pärchen erfüllt war ...

Der nächste Aufnahmetag verlief sensationell. Auf dem Filmgelände hatten fleißige Architekten einen Bräukeller in seiner stilechten architektonischen Belanglosigkeit aufgebaut und hier sollte es nun zu einer jener berühmten »Saalschlachten« kommen, in denen die Tichesleute zuerst Blut gerochen und die Spielregeln eines langen Terrorhandwerks erlernt hatten.

Der Mimiker Kischke bewies an diesem Tag, daß er von der Taktik derer, in deren Uniformen wir mehrere Drehtage lang herumlaufen mußten, einiges gelernt hatte. Er hatte in dem Komparsenhaufen etliche Zellen vertrauenswürdiger Leute gebildet. An sie gab er die Parole aus, sich bei den Proben noch getreulich an die Anweisungen des Regisseurs zu halten; dann aber, wenn es zum erstenmal »Aufnahme« hieße, sollten sie einen schönen Ernst walten lassen, der eine Wiederholung der Szene ein für allemal unmöglich machen würde.

Wie mir »der Kumpel« schon am Tage vorher erzählt hatte, war diesmal ein kompletter SA-Sturm für die Statisterie aufgeboten worden. Die Männer wurden in einem anderen Bau eingekleidet als wir. Sie wandten allen Eifer daran, ihre marxistischen, liberalistischen und nicht arischen Gegner mit möglichst abstoßenden Masken auszustatten, während wir – Studenten und Arbeitslose – abermals in die Hüllen siegstrahlender Kämpfer für eine garantiert tausendjährige Zukunft schlüpften.

Selbst auf den Regisseur machte diese Umkehrung der Wirklichkeit einen einigermaßen verwirrenden Eindruck.

Bei den Proben verlief alles völlig normal. Es gab eine jener wüsten Keilereien, wie sie gewisse Kinogänger als »harte Sache« auch heute noch lieben. In bewußter Schonung von Menschen und Material wurde auf dem Fußboden, auf Tischen und Stühlen gerungen. Maßkrüge aus Pappe sausten dezent auf Schädel nieder, Schminkstangenblut rann über marxistische Wangen, und Sanitäter trugen mit politisch neutralen Mienen ihre Opfer auf Bahren hinaus. Zigarrenrauch und Kampfesstaub wurden jeweils vor den Probeaufnahmen mit Hilfe käuflichen Räucherwerks im pappenen Bräusaal verteilt

Als jedoch das Signal »Achtung! Aufnahme!« ertönte und rote Lichtzeichen im Atelier Ruhe geboten, nahm das Verhängnis seinen Lauf. Unsere kostümierte SA begann jene schreckliche Schlacht von Geiselgasteig zu schlagen, deren Opfer die marxistisch verkleidete, echte SA wurde. Es hagelte Prügel und Schläge im freiesten Catcherstil der Welt. Tische und Stühle zerkrachten über ihre vorgesägten Bruchstellen hinaus. Echtes Blut lief aus echten Nasen, und der redliche Kischke nahm es nur übel, daß einer seiner Vertrauten aus landesüblicher Kirchweihlust sogar einen echten Maßkrug statt des pappenen Requisitengebildes eingeschmuggelt hatte und als Wurfgeschoß verwendete. Da bei diesem Gemetzel auch in den kostümierten Marxisten selige Kampfzeiterinnerungen wach wurden, hielten sie sich gleichfalls nicht länger an die vorgeschriebenen Rollen der unterliegenden Weltanschauung, sondern beteiligten sich mit vollem Einsatz an der bajuwarischen Holzerei.

Nichts half es, daß der Regisseur längst die Aufnahme abgepfiffen hatte und die sinnlos gewordenen »Ruhe«-Lichter erloschen waren – die Schlacht ging fröhlich und intensiv weiter. Beflissene Hilfsregisseure, die, den Befehlen ihres Herrn und Meisters gehorchend, die Kämpfenden, Schnaufenden, Blutenden zu trennen versuchten, durften froh sein, wenn sie die Nasen, die sie unbefugt in die weltanschaulichen Auseinandersetzungen gesteckt hatten, unblutig wieder herausbrachten.

Rufe »Sanitäter!« wurden laut. Aber die maskierten Sanitäter hatten entweder Angst, selbst mit verdroschen zu werden, oder ihre echten Requisitenbahren mit Blut zu verunreinigen. Der Beherzteste von ihnen wagte es, die wirklichen Sanitäter der Filmstadt zu alarmieren, die zugleich mit der Feuerwehr herbeieilten und das Schlachtfeld vom Wehgeschrei der Getroffenen und von Staubwolken erfüllt fanden, wie sie eindrucksvoller und billiger nie in einem Filmatelier erzeugt worden sind.

Nie auch in der Filmgeschichte ist eine Aufnahme wie diese nur einmal gedreht worden. Eine Wiederholung war nicht nur deshalb unmöglich, weil die Pracht des Bräusaals sich in ihre Urbestandteile Pappe und Leinwand aufgelöst hatte, sondern weil auch zu viele Opfer des Kampfes sich in ambulante Behandlung hatten begeben müssen. Kein Regisseur hätte eine Wiederholung der Saalschlacht gewagt.

Der fertige und kräftig zurechtgeschnittene Film empfing nachher seinen bescheidenen Ruhm allein von dieser Szene, die eine beflissene Presse als »Markstein eines neuen deutschen Filmrealismus« pries.

Kirsten aber, als sie mit mir im Kino den Streifen und mich selbst als atemlos schnaufendes, rollendes, sich überkugelndes braunes Bündel sah, sagte seufzend:

»Das lasse isch disch nischt wieder machen. Du lernst ssuviel für die Ehe dabei.«

Ich hätte es sowieso nicht wieder gemacht.

Glanz und Elend des Hauses Meisegeier

Die Jahre gingen dahin, und es wurde immer weniger schön in Deutschland. Je mehr es äußerlich seine Grenzen ausweitete, um so mehr verlor es seine inneren Maße.

Unser Freundeskreis wurde kleiner. Die einen wurden verhaftet, andere verschwanden – und wir wußten nicht, wohin. Am schwersten fiel mir der Abschied von Hans und Ulla Löw. Kirsten und ich begleiteten sie zum Bahnhof, als sie nach Hamburg fuhren. Ich wußte ihnen so gar nichts Tröstliches mehr zu sagen. Mein vormaliger Optimismus war ebenso dahin wie der von Fritz Gebbinger, der längst Hals über Kopf seine Parteizugehörigkeit aufgegeben hatte.

Die Bahnsteigqual war diesmal kaum geringer als bei Wera. Die Löws fuhren nach Amerika. Sie hätten in Ullas Heimat, nach Schweden, auswandern können – aber da Hans schon sein geliebtes Deutschland drangeben mußte, mochte er auch nicht mehr in Europa bleiben. Das rührende war, daß die Freunde sich mehr um uns und unsere Zukunft Sorgen machten als um die eigene. Sie fuhren ja in die Freiheit.

»Hüpfensah«, flüsterte Hans mir zu, als der Zug sich in Bewegung setzte.

Wir lächelten, obwohl wir alle vier feuchte Augen hatten ...

Kirsten war inzwischen Dr. phil. geworden. Ich hatte, wie ich boshaft behauptete, ihre beflissen deutsch geschriebene Dissertation nochmals »ins Deutsche« übersetzt und wartete am Tag ihrer mündlichen Prüfungen jeweils mit einem Teelöffel voll Baldrian vor den drohenden Saaltüren. Ich gab ihr zur Beruhigung Baldrian, ein Stück Zucker und einen Kuß, ehe ich sie dem nächsten Professor auslieferte. Als sie ihr Examen mit der Benotung »Magna cum laude« bestanden hatte, feierten wir in der Roseliebwohnung ein Balkonfest – mit dem Zugang durch Kirstens Zimmer. Meine junge Doktorin fand sogleich eine Anstellung in einer repräsentativen Kunsthandlung, die sich die Sprachkenntnisse der Gillelejeschen zunutze machte.

Mit ihren schwarzen Staunaugen und ihrem verwurstelten Bubenhaar sah Kirsten immer noch so blutjung aus, daß ein kurzsichtiger alter Herr sie in einem Straßenbahnwagen mit sanfter Strenge fragte:

»Darfst du denn schon rauchen, Kind?«

Sie antwortete sanftmütig:

»Isch nehme eben Unterrischt darin.«

Aber als ein uniformierter Lulatsch der Tiches-Jugend sie auf der Straße anblaffte: »Die deutsche Frau raucht nicht«, knurrte sie zurück: »Das hat sie sisch selbst ssussuschreiben!«

In ihrer neuen Stellung suchte Kirsten auch nach neuen Möglichkeiten für meine literarische Tagelöhnerei. Einmal kam sie mit etwas ganz Verrücktem.

»Du mußt Verse über Pferde machen!« sagte sie diktatorisch.

»Ausgerechnet ich!« antwortete ich. »Ich finde zwar, daß Pferde herrliche Tiere sind, aber ich weiß doch von ihnen nur, daß man auf einer Seite raufsteigt, um auf der anderen wieder hinunterzufallen.«

Meine kindlichen Hippodrom-Erinnerungen waren wirklich nicht ermutigend. Und daß ich später einmal, da ich mit einer Kohlenschaufel im Straßengraben auf der Lauer lag, die Nützlichkeit des Pferdes dankbar erkennen würde, war jetzt noch nicht zu ahnen.

Diesmal ging es um eine noch abseitigere künstlerische Leistung als bei meinem Marsch zur Feldherrnhalle. Ich sollte zur bereits vorhandenen Musik eines gewissen, nicht bekannten Johann Strauß Verse über Pferde dichten, die bei einer Festaufführung des »Zigeunerbarons« auf der Opernbühne hoch zu Roß gesungen werden sollten. Das wurde leidlich bezahlt, und wir würden außerdem zwei Freikarten für die betreffende Vorstellung bekommen. Endlich mal wieder ins Theater gehen dürfen – das gab für mich den Ausschlag.

Ich setzte mich also in meinen »Dienststunden« an das leicht verstimmte Klavier der Roseliebs, tippte mir mit einem Finger etwas aus dem Klavierauszug des »Zigeunerbarons« zurecht und sang dazu:

»Tam-ta-ram-tam-ta-tam, tam-ta-ramta-ta-tam«: »Ja, das alles auf Ehr – Setze ich auf mein Pfer...!« Da war das »d« zuviel.

Oder: »Ja, so ganz unbeschwert – Setz ich mich auf mein Pferd.«

Das ging schon besser. Roseliebs hatten unendliche Geduld mit meinem Geklimper und Gestümper. Das freundliche Anerbieten von Vater Roselieb, mich auf seiner Kürassiertrompete zu begleiten, lehnte ich dankend ab.

Dann kam's zu dieser grotesken Festvorstellung im Opernhaus! Es gab unter den Tichessen einen Pferdenarren, der einen Rennstall besaß und sich als Kunstmäzen gebärdete. Auf seine Anordnung wirkten bei der besagten »Zigeunerbaron«-Aufführung vierzig edle Rösser mit.

Barinkay verpaßte den Einsatz zu meinen göttlichen Strophen, weil er – ein besserer Sänger als Reiter – eine unsichere Plattform unter seiner tenoralen Sitzfläche fühlte. Der Chor quetschte sich ängstlich zwischen hundertsechzig bewegten animalischen Beinen hindurch und hütete sich sehr, seine vorschriftsmäßige Freude durch allzu laute Töne kundzutun, um die wiehernden Kollegen nicht unnötig zu reizen. Landwirte und Kleingartenbesitzer in den Parkettreihen sahen mit Interesse zu, wie sich Pferdeschwänze hoben und unvorschriftsmäßige Requisiten auf den Bühnenboden fallen ließen.

Sogar der Dirigent schwang seinen Taktstock ziemlich behutsam, denn an einer von schmetternden Trompeten hervorgerufenen Kavallerieattacke nach vorn hatten weder er noch seine Orchestermusiker ein Interesse.

Ich saß mit Kirsten in der zehnten Reihe und hielt sie, zwischen Lachen und Weinen, bei der Hand. Meine mühsam zusammengestoppelten Reime wurden von Pferdehufen im Wortsinn niedergetrampelt.

Dafür durften wir uns in den Pausen an einem erhebenden Anblick erlaben: In einer großen Loge des ersten Ranges saß die Familie Tiches-Meisegeier in einer Glorie, die weder wir noch sie je wieder erleben sollten. Mittelpunkt war die gewichtige Mutter Meisegeier, in ein Walkürenkorsett und ein Abendkleid aus Goldbrokat gepreßt. Auf ihrem einst zigeunerisch verwuschelten, jetzt durch Friseurkünste gebändigten Haupte wippte keck eine Feder. Sohn Karl zu ihrer Linken vermochte sie, trotz des vielen Generalsilbers auf seinem Uniformfrack, nicht zu überstrahlen, und die drei anderen, inzwischen kräftig avancierten Söhne waren ihr nur ein dunkel repräsentativer Hintergrund.

Wenn sich dennoch die Blicke und Operngläser, vor allem

aus den höheren Rängen, fast ausschließlich auf Doddy richteten, so lag das daran, daß ihre dunkle Schönheit so weitgehend mit einem Dekolleté bekleidet war, als es die konstruktiven Möglichkeiten eines mit seinen Restbeständen aus weißer Atlasseide bestehenden Kleides zuließen. Nicht nur mein dicker, braungoldener Klassenkamerad Bruno verschwand daneben völlig, sondern auch die, wie immer, etwas schwermütig dreinschauende Evelyna, deren hochgeschlossenes Abendkleid aus einer Art Silberlamé bestand. Mich rührte diese Rückkehr zu einer Jugenderinnerung, die wohl für Evelyna auch der Traum von einem verlorenen Kindheitsglück gewesen ist.

»Siehst du«, sagte ich zu Kirsten, »die da oben sind einmal die ›Asozialen‹ in unserer Stadt gewesen. Bei der Beerdigung unseres alten Lateinlehrers Gorgo haben sie mit verschmierten Gesichtern, zerrissenen Hosen und baumelnden Schmutzfüßen auf der Friedhofsmauer gesessen!«

»Das hält sich nischt!« sagte Kirsten kurz und prophetisch.

»Es wird sich leider sehr lange halten.«

Gerade dieser Logenglanz am Abend der albernen Roßkomödie ließ mich die allgemeine und die eigene Zukunft im düstersten Licht sehen.

Und doch sollte an diesem Abend ein erstes Wetterleuchten jenem Unwetter weit vorauslaufen, das dereinst Glanz und Glorie aller Meisegeiers und Tichesse zerstören würde.

In Brunos Tagebuch finde ich darüber nur eine kurze und verhältnismäßig nichtssagende Aufzeichnung:

»Im Opernhaus sahen wir eine prima Aufführung vom ›Zigeunerbaron‹. Es war das Beste, was ich bisher in diesem langweiligen Unternehmen gesehen habe. Endlich ist ihnen mal was eingefallen, indem sie Pferde haben mitmachen lassen. Man hätte nur noch mehr Szeneriebilder bringen sollen, wie im Operettenhaus, wo sie jetzt aus jeder Operette sechsunddreißig Bilder machen, auch wenn sie eigentlich bloß eins hat.

Leider hat's nach der schönen Vorstellung gebumst. Der Mischling Karl fing im Suff mit dem Stunk an, und dann hat es ihn erwischt. Aber mit seiner glatten Visage war der mir schon immer verdächtig[1]. Zum Glück wagen sie sich an Doddy nicht ran, weil d. F. von ihr als Tänzerin so begeistert gewesen ist und gesagt hat, sie entspricht unserem germanischen Körpergefühl. Heiraten will sie mich übrigens nicht. Aber es geht auch so.«

Wenn die Gerüchte zutreffen, die damals wie ein Lauffeuer durch München gingen – es gab ja immer eine allgemeine Freude, wenn »bei den Bonzen« etwas passierte! –, muß sich bei der Nachfeier zum »Zigeunerbaron« in der Villa Tiches folgendes abgespielt haben: Man kam sehr schnell in Stimmung, wie das in offiziellen Kreisen genannt wird. Eberhard Meisegeier zauberte und soll dabei an miteingeladenen prominenten Damen allzu unsachlich »herumgetatscht« haben.

Daraufhin gab ihm General Karl, nachdem er ihn ein paarmal ermahnt hatte, eine Ohrfeige, und Eberhard brüllte ihn an:

»Ich laß mich doch von dir Judenjungen nicht anfassen!«

Dieses erstaunliche Wort rief in der Gesellschaft eine Kirchenstille hervor. Da griff Mutter Meisegeier kühn und großartig ein. Sie schlug Karl den schon gegen den Bruder erhobenen Ehrendolch aus der Hand und bekannte laut – und in einer, zugegeben, sehr viel ordinäreren Version –, sie mache sich auch nichts daraus, daß sie von dem reichen S.[2] daheim einmal ein Kind empfangen habe. Sie muß geradezu als Parodie einer antiken Mutter, ja, mit dem Rückfall in den Ton ihrer asozialen Vergangenheit, irgendwie rührend gewirkt haben.

Das sich anschließende Hin- und Hergeschimpfe, das die ganze Familie, bis auf die passive Evelyna, erfaßte, ging nun freilich so an die Wurzeln des Meisegeier-Stammbaums, daß er gefährlich ins Schwanken geriet. In der allgemeinen Schmutzige-Wäsche-Wascherei blieb kaum ein Familienmitglied uneingeseift. Zuletzt stand kein Namensangehöriger zum anderen in einem wirklichen Geschwisterverhältnis. Und noch ehe Karl von besorgten Generalskameraden hinausgebracht wurde, um

---

1 Das ist eine offenkundige Lüge. Siehe die früheren Bemerkungen Brunos.
2 Es handelt sich um den gleichen Fabrikanten S., bei dem Karl einmal einen Einbruchsdiebstahl unternommen hatte.

mit einem Auto in unbekannter Richtung weggefahren zu werden, schrie er in die festliche Versammlung:

»Schließlich war ja der Vater von Doddy auch bloß ein Mestize aus einem Wanderzirkus[1]!«

So endete die Nachfeier der glanzvollen Pferdeoperette für die Tichessippe in finsterster Verzweiflung: Mutter Meisegeier, der plötzlich eine Ahnung über das Schicksal ihres Lieblingssohnes aufging, ernüchterte sich jäh und beschimpfte die ratlos herumstehenden Gäste derart, daß sie erschrocken das Weite suchten. Ihre drei übrigen Söhne aber taten sich in einer Art Rütlischwur zusammen, »die Reihen fester zu schließen«, wie jedesmal die amtliche Version lautete, wenn innerhalb der Partei eine Eiterbeule geplatzt war. (Später wandte man diese Version auch auf den Krieg bis zu seinem bitteren Ende an.)

Bruno Tiches beschloß, mit dem verbliebenen Meisegeier-Rest zunächst eine lose Tuchfühlung zu halten, auch wenn die Familie ihrer glänzenden Spitze beraubt war. Wenn die drei Meisegeiers minderen Ranges sich, nach vollzogenem Bruderopfer, behauptet haben würden, konnte er sie vielleicht als Hausmacht und Leibwache immer noch gebrauchen. Und wo sonst hätte er noch mal eine Schwägerin von den Qualitäten Doddys auftreiben sollen?

Die lange Lange Linie

Die Tagebuchaufzeichnungen des Bruno Tiches werden im Jahre 1939 von Tag zu Tag gedunsener und großsprecherischer und wirken mit den Formulierungen »Großdeutschland wird größer von Tag zu Tag« und »Morgen gehört uns die Welt« wie Schlagzeilen aus der genormten zeitgenössischen Presse oder wie die gesungenen, getrommelten und gepfiffenen Parolen der

1 Der schönen Tänzerin hat, wie schon aus Tiches' Aufzeichnungen hervorgeht, diese Denunziation dennoch nicht geschadet.

völkischen Dichterriege, die in Apollos stille Haine einbrach, um mit Blut und Boden, Schwert und Kruppstahl ihre vorgeschriebenen literarischen Spiele zu treiben.

Zwischen diese uninteressanten Äußerungen einer phraseologischen Maulsperre tröpfeln bei Bruno nur ganz dünn einige private Bekenntnisse mit ein. So die folgenden aus den Frühlings- und Sommermonaten jenes Schicksalsjahres:

»Evelyna hat wieder ein Mädchen bekommen. Das dritte. Sie hat eben gar keine Impulse.«

»Doddy hat bei einem Reiterfest im Nymphenburger Park mitgemacht. Als Amazone zu Pferde in einem dünnen Schleiergewand. Sie hat natürlich wieder mächtig Furrore (!) gemacht und ist in die Wochenschau gekommen. Aber das nächste Mal muß sie doch was drunterziehen.«

»Ortsgruppenleiter Bense war in meinem Büro. Der hat das kleine Drecknest da oben[1] ganz hübsch auf Trab gebracht.

Den alten S. hat er auch wegschaffen lassen. Der kann sich ja nun mit seinem Früchtchen Karl im Konzertlager[2] treffen.«

»Schwiegermutter haben wir vorsorglich in einer Heil- und Pflegeanstalt abgegeben. Sie fing im Suff an, die Herkunft ihrer verschiedenen Kinder auszuquatschen. Das war rassenideologisch nicht länger tragbar.«

»Aus dem Wagen heraus habe ich R.[3] gesehen. Habe mir danach mal seinen Akt vom SD herüberreichen lassen. ›Lebt mit einer Ausländerin‹, steht da. Von solchen Bürschchen lassen wir unsere völkische Moral nicht untergraben.«

Ja, so steht es wortwörtlich in der gequält markigen Schrift des Bruno Tiches in einem seiner vielen kleinen Heftchen, die mir zur Bearbeitung vorliegen. Es ist selbstverständlich, daß ich diese Dinge keinesfalls in den Tatsachenbericht aufnehme. Aber mir ist doch ein wenig wie dem Reiter überm Bodensee zumute, wenn ich daran denke, daß Kirstens feine Witterung für atmo-

1 Unsere gemeinsame Heimatstadt.
2 Parteiüblicher Ausdruck für KZ.
3 Hier ist mein Name eingesetzt.

sphärische Störungen uns damals vor Schlimmerem bewahrt haben mag. Denn es muß fast auf den Tag mit Tiches' letzter Eintragung übereinstimmen, als sie zu mir sagte:

»Isch denke, wir werden diesen Sommer nach Dänemark reisen und uns heiraten.«

Dieses »uns heiraten« gefiel mir nicht. Ich wollte zwar heiraten – mit der zur Tradition gewordenen männischen Sieger- und Eroberergeste –, aber jetzt noch nicht.

»Ich bin doch noch nichts«, wandte ich ein, obwohl ich wußte, daß gegen Kirstens Beschlüsse wenig zu machen war.

»Du bist sehr viel, wenn du mein Mann bist«, antwortete sie, und dagegen war in der Tat nichts Stichhaltiges zu sagen, weil die Langbeinige nicht nur höchst anziehend war, sondern mir, dank ihrer beruflichen Tüchtigkeit, sogar etwas wie »Heim und Herd« schaffen konnte. Die Verhältnisse hatten sich nun mal merkwürdig verkehrt.

An einem Junitag fuhren wir über die Ostsee. Auch Geographie und Meteorologie schienen in diesem Sommer 1939 die landläufigen Vorstellungen umgekehrt zu haben. Die Ostsee gab den Ionischen Meer meiner Primavarareise an leuchtender Bläue nichts nach, und sanfte südländische Winde umfächelten uns Nordlandreisende, die wir auf dem Deck eines weißen Schiffes in Liegestühlen Sommerbräune annahmen. Was mir einst ein Prospekt für Palermo versprochen hatte, löste nun die dänische Hafenstadt Gjedser ein. Sie bot den Anblick einer in blauem Sommerglast verschwimmenden tropischen Küste. Die nordischen Stockfische und Eisbären meiner mißtrauischen Phantasie zogen sich in rauhere Berge zurück.

»So ist es im Sommer bei uns immer«, prahlte meine Kattegattische, die der Anblick heimischer Gefilde immer vergnügter und damit auch immer »dänischer« machte, wie ich in den kommenden Stunden, Tagen und Wochen erfahren sollte.

Anhand der Verbotsschilder im Kopenhagener Zug, den wir in Gjedser bestiegen, brachte sie mir die ersten Grundlagen ihrer Muttersprache bei, wie denn bekanntlich die meisten Reisenden in die Kultur eines fremden Landes nicht auf dem Wege über die Verse ihrer Dichter eindringen, sondern mit der Kenntnis so markanter Sätze beginnen, wie «Rauchen verboten«, »Spucken verboten« und »Nicht hinauslehnen«. Gesellschaftliche Grundbegriffe vermitteln die Wörter »Herren« und »Damen«, die man ebenfalls notwendigerweise mit zuerst lernt.

Wir fuhren durch ein ganz unsensationelles Land von sanfter grüner Anmut, in das Kühe und Briefträger, weiße Häuser und Kirchtürme und die rotweiße Kreuzflagge des Danebrog liebenswürdige Farbtupfen brachten. Mein Herz wurde mit jeder Räderumdrehung leichter.

Für unsere Ankunft in Kopenhagen hatte Kirsten eine Taktik ersonnen, die geradezu einer psychologischen Generalstabsarbeit entsprach. Es war abends acht Uhr, und der Hauptbahnhof der Hauptstadt zeigte ein Allerweltsbahnhofsgesicht. Die Gillelejesche aber ließ unsere Koffer mit Hilfe einiger unverständlich geknödelter Wörter in eine Gepäckaufbewahrung bringen und tat geheimnisvoll.

»Wir gehen bloß mal eben über die Straße«, sagte sie, als wir den Bahnhof durch einen Seitenausgang verließen.

Da hörten wir es schon dudeln und jauchzen, anders als gemeinhin auf Bahnhofsvorplätzen, und als wir die Straße überschritten hatten, kamen wir durch ein klackendes Zählwerk ins »Tivoli«, das alle meine bisherigen Vorstellungen von Rummelplätzen und Lunaparks Lügen strafte. In diesem Vergnügungspark wurde nicht nur einfach gerummelt, sondern ein heiteres Volk ließ sich für wenige Öre Eintrittsgeld einen Abend lang verzaubern. Alle amüsierten sich dort königlich – vom königlichen Prinzen bis zum königlichen Kaufmann und dem Matrosen der königlichen Marine. Keiner scheute die Tuchfühlung mit dem anderen, mit Arbeitern, Handwerkern und Bauern.

Lichter wuchsen wie Blüten in den Bäumen und auf dem Grund eines kleinen Sees, den beleuchtete Boote befuhren. Licht blühte um die Wette mit Sommerblumen auf gepflegten Beeten und wurde zum bunten Wasser von Fontänen und zierlichen kleinen Springbrunnen. In einem Pavillon spielte ein philharmonisches Orchester Beethoven, und der kleine Mann, zum großen Genießer avanciert, hörte entweder drinnen zu oder beobachtete von draußen durch Glasscheiben die Bewegungen des Dirigenten. Der große, hochgeborene Mann aber, der in einem der Restaurants erlesen gespeist hatte, sauste mit der Achterbahn talwärts und hörte fünf Kapellen gleichzeitig und sechs Karussellmusiken dazu. Groß und klein aber trug einander nicht nach, wovon ihnen bei der rasenden Rutscherei schlecht wurde, vom kostspieligen Restaurantmenü oder von den billigen, unverschämt roten Budenwürstchen, die sich sehr drollig »poelser« nannten.

»Das ist unsere Demokrassie«, sagte Kirsten und ließ mich im Pfauenvogeltheater das uralte Pantomimenspiel von Harlekin und Colombine sehen, das ich ebenso wie die vielen anwesenden Unmündigen verstand, da es, sprachlos ausgeführt, der Übersetzung nicht bedurfte.

Wir küßten uns im Dunkel der Geisterbahn, obwohl wir das gar nicht nötig hatten. Mein aufgeklärtes Fräulein Dr. phil. quietschte stilgerecht auf, als uns feuchte Lappen übers Gesicht fuhren oder magere Herren aus Särgen mit Knochenhänden drohten.

»Was wollen denn die Herren Gerippe?« fragte ich Kirsten.

»Sie sagen, es wird höchste Sseit, daß du misch heiratest«, antwortete sie.

In dieser turbulenten Wunderwelt verlor sogar der Gedanke an eine »Eheschließung« seine Schrecken für mich. Was man in einem so lustigen Lande begann, konnte nicht trauig enden.

Wir tranken im Chinesischen Turm, der ein sehr ähnlicher Kollege seines Münchner Namensvetters war, das gute, starke dänische Bier – »Dein künftischer Schwiegerpapa ist sehr in diesem Biere beschäftischt«, sagte Kirsten – und sahen den lichtgrünen Sommernachtshimmel rot werden vom Feuerwerkszauber.

Schmale weiße Mädchen tanzten auf dem Seil, wir juckten uns teilnehmend in einem Flohzirkus, und in einer Schießbude begrüßte Kirsten einen soignierten älteren Herrn, der nach Pa-

pierrosen schoß, derart stürmisch, daß sich leichte Eifersuchts-
gefühle in mir regten.

»Es ist Herr Pedersen, unser Hotelportier«, flüsterte die Gillelejesche mir zu.

Ich wurde vorgestellt. Herr Pedersen sprach ein tadelloses,
leicht säuselndes Deutsch und lud uns ein, mit ihm und samt
unseren Koffern in einem Taxi ins Hotel zu fahren.

»Wie wird denn das mit dem Bezahlen?« flüsterte ich meinem Mädchen deutsch standesbewußt zu.

»Er hat uns eingeladen«, sagte Kirsten. »Er ist ein vollendeter
Kavalier.«

So fuhren wir mit unserem Kavaliersportier über nächtliche
Plätze mit leuchtenden Uhren und einem wohltönenden Glokkenspiel und durch endlose Straßen, an farbigen Lichtreklamen
entlang. Noch in der Nacht wirkte alles heiter, und selbst die
Särge in den entsprechenden Geschäften waren freundlich weiß
und nannten sich sehr schnurrig »Ligkiste«.

Wir schliefen, wie meistens in München, Wand an Wand in
einem behaglichen Hotelchen, darin man das Meer fernher rauschen hörte und zu später, stiller Stunde das melodische Seufzen
der Heulbojen vor der Hafeneinfahrt. Am nächsten Morgen bekamen wir statt der einheimischen Kanonen gute dänische Butter aufs Brot, köstliches Blätterteiggebäck und von Herrn Portier Pedersen das Anerbieten, uns kostenlos zwei Fahrräder zu
leihen und ein Radiogerät aufs Zimmer zu stellen.

»Sie werden Ihre Heimat empfangen können«, sagte er in seinem leicht gezierten Deutsch.

»Eben das nicht!« sagte ich mit dankender Ablehnung.

Den ersten Morgenspaziergang machten wir im Umkreis des
Hotels, durch Straßen mit altmodischen kleinen Villen, die in
gepflegten Gärten standen und als beliebtesten Schmuck Son-
nenuhren aufwiesen. Die meisten Villenstraßen endeten am
Meer, das immer noch Sizilien spielte.

»Dieses ist der Öresund«, erklärte Kirsten, »und dieses drüben die schwedische Küste.«

Zwischen den Ländern war ein sommerliches Osterspaziergangsgewimmel von Segelbooten, Luxusjachten, weißen Passagierschiffen und schwer stampfenden, schwarz dampfenden Handelsschiffen mit den Flaggen aller Nationalitäten.

Mit den Worten: »Nun ist es Sseit, im Hotel den Papa ssu erwarten«, entzog mich Kirsten jäh dem glücklichen Schauen, um mich einem leisen Magenweh auszuliefern. Man muß sich daran gewöhnen, Schwiegervätern zum Fraß vorgeworfen zu werden.

Der alte Herr fraß mich nicht. Er war klein und rundlich und hatte humorvoll blinkernde Augen. Wir gingen vorsichtig katzbuckelnd aufeinander zu wie zwei mißtrauische Kater auf dem Dachfirst und versicherten bei der Vorstellung, daß sie uns sehr angenehm sei, was zunächst nicht der Wahrheit entsprach.

»Trinken wir erst einen Ssnaps auf den S-schrecken«, sagte der alte Herr Hansen, dessen Tochter ich diesen seltenen dänischen Namen zu rauben gedachte.

Beim dritten Aquavit waren wir alle fröhlicher. Dennoch ordnete Herr Hansen bei Herrn Portier Pedersen an, daß ich für die kommende Nacht in der »Dependance«, einer türmchenbehafteten Villa auf der gegenüberliegenden Straßenseite, untergebracht würde, wie es der Schicklichkeit entspräche. Als er dies tat, blinzelten Kirsten und ich einander verständnisinnig zu.

Dieser Kopenhagener Tag mit dem liebenswürdigen Herrn – gar so alt war Vater Hansen nicht einmal, nur sein angenehmes Bäuchlein verlieh ihm eine gewisse Altersvorgabe – wurde in jeder Beziehung erlesen.

Wie sanft geölt floß das Leben in der wunderschönen Hauptstadt der kleinen königlichen Demokratie dahin!

Hier wurde nicht unentwegt politisches Porzellan zerschlagen, und was als königliche Garde mit Bärenfellmützen und roten Fräcken durch die Stadt marschierte, gehörte durchaus in die Abteilung Spielwaren oder in eine Ausgabe von Andersens Märchen.

Diesem großen dänischen Poeten, der im Rosenborgslotpark auf einem Denkmalsstuhl saß, erwiesen wir unsere Reverenz. Eine lebendige Möwe auf seinem schmalen, hohen Haupte erzählte ihm wohl neue Märchen oder überbrachte ihm die Grüße einer gewissen Wildgans, die im nachbarlichen Schweden den kleinen Nils Holgersson auf dem Rücken getragen hatte. Bei dem Abschied entbot auch sie auf ihre Art dem Dichter einen Gruß. Man sah schon mehr solcher weißer Streifen auf seiner erzenen Stirn.

Wir tranken nachher selbdritt italienischen Chianti – »Skål, Wera, im fernen Firenze!« –, und Kirsten küßte ihren Papa auf eine Stelle seiner hohen Sirn, wo sie nach hinten ins Bodenlose abzustürzen begann. Bei der vierten Flasche nannte mich Herr Hansen bereits »Du«, versicherte aber, das Küssen überließe er morgen der Schwiegermutter.

Ich war so hochgemut und heiter, daß selbst diese Aussicht für mich kaum noch einen Schrecken besaß. Das Kattegatt hatte mir schon zwei so liebenswerte Vertreter entgegengesandt, daß es gar so entsetzlich, wie in meinen früheren Phantasien, wirklich nicht sein konnte. Zu später Stunde gingen wir noch zur Langen Linie, dem berühmten Kai, der sich bis zur Hafenausfahrt erstreckt. Hier gab's ein munteres Flanieren von Kopenhagenern und fremden Matrosen. Die untergehende Sonne sagte dem Mond überm Leuchtturm »Gute Nacht«, was er mit einem höflichen »Guten Morgen« erwiderte. Auch bemühte er sich, den warm errötenden Wassern ein wenig von seinem kühlen Silber beizumischen.

Wir setzten uns auf noch warme Steine des Molenkopfes und sahen zu, wie die Leuchtfeuer und Feuerschiffe rundum mit ihren Lichtspielen begannen. Ein weißes Touristenschiff tauchte riesenhaft auf und wurde kleiner, je näher es kam. Mit erleuchteten Kajüten und einer blaugelben Kreuzfahne rauschte es nahe an uns vorbei und war mit einemmal doch wieder riesengroß.

Herr Hansen sagte, er sei nicht gewohnt, auf Stein zu sitzen, und gedenke, im nahen Pavillon nach einer Flasche Bier Ausschau zu halten. Viel Wasser mache ihm immer Durst.

»Er ist sehr ssartfühlend und will uns allein lassen, damit wir uns mit Verlobungsglück bes-schäftigen können«, sagte Kirsten und bekam ein mondhelles Gesicht. »Aber wir tun dieses gerade nischt.«

»Warum soll man einem so reizenden älteren Herrn nicht seinen Willen tun?« rief ich.

»Nischt ihm – mir«, verbesserte Kirsten.

Und weil auch sie nicht gewohnt war, auf Steinen zu sitzen, nahm ich sie auf meinen Schoß. Ihrem Vater hätte ich das nicht anzubieten gewagt.

Wasser klatschte rhythmisch gegen die wirklich sehr lange Lange Linie. An Bord eines der ankernden Schiffe wurde auf einer Zieharmonika etwas Melancholisches gespielt, und die Bojen sangen, von den sanften Abendwellen gehoben, ihr Lied dazu.

»Unser Hochzeitslied«, sagte ich zu Kirsten.

Sie konnte nicht mehr antworten, weil ein anderer Mund auf ihrem war.

»Sorgenfri«

»Sag mal, wann kommen wir denn aus den Gartenvorstädten von Kopenhagen heraus?« fragte ich Kirsten, während wir mit Papa Hansen im Zug nach Norden fuhren.

»Nie«, antwortete Kirsten, »ganss Seeland ist solsch ein Garten! Du kannst rundherum fahren, dann bist du am anderen Ende wieder in Kopenhagen.«

»Was für falsche Begriffe man doch hat«, sagte ich und ließ das Fenster herunter, um sogleich die Nase voll kräftiger Meeressalzluft und die Augen voll Kohlenstaub zu haben.

Schwiegervater biß schon wieder wacker in Smörrebrote und versicherte mir, er wisse genau, was die Deutschen von den Dänen dächten: Sie äßen immer, seien rosig und wohlbeleibt – »oh, entschuldige, isch bin in dieser Bessiehung eine Ausnahme!« – und gingen äußerlich in einem sehr langweiligen Land, innerlich aber immer noch revanchelustig auf den Düppeler Schanzen spazieren. Dabei reicht er mir ein Weißbrot-schnittchen, auf dem sich Aal und Rührei ein wohlschmecken-des Stelldichein gaben.

Ich aber zog zunächst einen Strich unter die Vergangenheit und vorsorglich auch unter die Zukunft und beschloß, in den nächsten Wochen allein der Gegenwart und jener unverschämt jung aussehenden Philologiedoktorin zu leben, die sich künftig meines Namens bedienen würde.

Das Haus Hansen – es nannte sich sehr zutreffend »Villa Sor-genfri« – empfing mich mit einem im Kattegattwind wehenden Danebrog, den Mutterküssen einer hochgewachsenen, schlan-ken, dunkelhaarigen Dame und zwei Mädchen, die genauso aussahen wie Kirsten, aber etliche Jahre jünger waren. Sie hie-ßen Agda und Helga, gebärdeten sich als Zwillinge, und da sie ihre schwachen Deutschkenntnisse nicht an den Mann bezie-hungsweise nicht an den Schwager zu bringen wagten, blieben sie für mich »die Stummen«.

»Ach, du lieber Gott«, sagte ich, »wenn mir da bloß keine Verwechslungen passieren!«

»Du sollst disch unters-tehen!« fauchte Kirsten, »Umtausch ist bei uns nischt ges-tattet«, und Herr Hansen fügte hinzu: »Da hast du wieder einen Beweis für meine dänische Trägheit. Bloß ssweimal Kinder und drei Mädschen, und weil mir das erste Modell gefallen hat, habe isch es gleisch dabei gelassen.«

Dennoch blieb die Sache mit den drei Kirstens für mich ver-wirrend und für mein Herz nicht ganz ungefährlich.

Zu einer Zeit, da ich in Tiches' Tagebücher nur markige For-derungen lese von »Kreuzzug gen Osten« und »Rückerstattung der Kolonien«, lebte ich in einer Bilderbuchwelt, in der doch al-les Schöne greifbar, faßbar, fühlbar, schmeckbar und riechbar war, und kräftigte und ergötzte meine fünf mir von Gott gege-benen Sinne.

Italien war immer dramatisch gewesen. Sein tägliches Stra-ßenleben bestand aus kleinen Explosionen, die Kunst aus dra-matischen Farb- und Marmorrevolutionen und selbst die Land-schaft wurde lebendig in vesuvischen Eruptionen. In Dänemark wurde mir das Leben zu einer epischen Sommeridylle – ach, der letzten! –, und selbst das Kattegatt, das in meinen früheren Phantasien etwas düster Drohendes besaß, ruhte als blauer Spiegel unter dem hohen sonnenheißen oder mondkühlen Himmel dieses erlesenen Sommers 1939.

Das Hansengrundstück war ein Garten inmitten des Gartens Seeland. Malven gab es darin, die über das Dach des behaglichen schwarzen Holzhauses hinauswuchsen, in zarten, ein wenig altmodischen Farben. Rosen standen an den Kieswegen, und eine offene Veranda war ganz von Kletterrosen eingesponnen. Der Garten hatte einen zweiten Ausgang nach der Strandseite, und dort kam man an ein Steilufer, das bis zu einem Leuchtturm immer steiler anstieg. Am hohen Uferweg wuchsen Heckenrosen als blühende Mauer gegen das Meer hin.

Aus allem sog die Sonne konzentrierte Düfte, sogar aus dem dünnen, windverwehten Kiefernwäldchen, das sich an die vielen Villengrundstücke des alten Fischerstädtchens anschloß – und die lauen Lüfte verbreiteten sie dienstfertig unter Einheimischen und Sommergästen.

Ich fühlte mich wunderbar wohl, wenn ich zwischen den drei von Tag zu Tag kaffeebrauner werdenden Kirstens in einer kleinen Sandkuhle am Strande lag und schmorte. Einmal sahen wir im heißen Mittagsglast die nachbarliche schwedische Steilküste sich vom tintenblauen Meer loslösen und sanft nach oben schweben, wobei das Spiegelbild auf dem Kopfe stand und der irdische und der himmlische Leuchtturm einander für Minuten berührten.

»Wenn ihr euch auch so verdoppeln könntet«, sagte ich aus faulem Nichtsdenken heraus. »Sechs Kirstens …!«

»Auch dann dürftest du disch nur von sswei S-tücken bedienen«, sagte die legale Braut mahnend, und Agda und Helga, denen sie meinen Ausspruch übersetzte, lachten mit holden Schwägerinnenaugen.

Danach waren wir wieder vier Menschen im Wasser und unter Wasser, und meine drei Kirstens schwammen und glänzten in der Sonne wie spielende Delphine.

Am Abend gab es am Gilleleje-Strand ein Feuerwerk, das stundenlang dauerte. Gemächlich stieg mal eine grüne und dann wieder eine rote Rakete zum Himmel empor, von dem es bunte Sterne herabregnete. Es war das langsamste Feuerwerk, das ich je erlebt hatte.

Ich fuhr mit meinen drei Hansenmädchen aufs Meer hinaus, und wohin ich auch schaute – vor oder hinter mich –, immer sah ich in dem sanften Feuerwerkslicht ein gleich hübsches Mädchengesicht. Als man dann am Strande Trauben von Kinderluftballons in diese nicht ganz finster werdende nordische Sommernacht aufsteigen ließ und an jeden Ballon ein brennendes Lichtchen angehängt war, legte ich die Ruder ein und sagte:

»So sollte es im Leben bleiben können. Immer sich treiben lassen. Immer Sommernächte. Immer jung sein.«

»Du wirst morgen den Pfarrer kennenlernen, welscher die Trauung an uns vornimmt«, antwortete Kirsten.

Das entsprach zwar genau ihrer realistischen Art und ihrer organisatorischen Entschlossenheit, aber mich stürzte es aus dem Himmel der bunten Sterne und der schwebenden Lichter. Ich sah mich bei einem in Schwarz gekleideten strengen Herrn Besuch machen, der mich die Zehn Gebote mit den sehr viel schwierigeren »Was-ist-das?«-Erklärungen aufsagen ließ. Ich hatte so gar keine Lust, jetzt irgend etwas an mir »vornehmen« zu lassen. Dennoch sagte ich nichts.

Am nächsten Tag schien Kirsten ihr Vorhaben vergessen zu haben. Wir luft-, sonnen- und meerbadeten wie immer und gingen nach dem gewichtigen Abendmittagessen zu einem Fußballspiel.

Ich bin nie ein »Fußballfan« gewesen, wie man das heute nennt, und verstehe daher auch nicht, warum zweiundzwanzig Männer sich um einen Ball raufen, da sie doch viel hübscher damit spielen könnten, wenn jeder seinen eigenen hätte. Aber weil Kenner der Massenpsychologie behaupten, daß man Völker und Menschen bei diesem Spiel am ehesten kennenlerne, folgte ich den vier weiblichen Mitgliedern der Familie Hansen auf das abgesteckte Blachfeld vor den Toren des Städtchens Gilleleje.

Die Spieler waren zu meiner Überraschung samt und sonders in Kostümen. Da stürmte ein schwarzbärtiger Herr im Gehrock und mit einer Melone auf dem Kopf neben einer männlichen Dame mit eckigen Florstrumpfbeinen und einem wippenden Federhut. Ein wild mit Zündplättchen um sich knallender Cowboy riß den Ball an sich und warf ihn einer Kindsmutter in den Kinderwagen, nicht ohne das Baby vorher kurzerhand herausgekippt zu haben.

Dieses Baby aber war – mir kamen mit einem Male alle Begriffe von bürgerlicher Reputation abhanden – mein Schwiegervater Hansen. Die besorgte, übervollbusige Mutter eilte herbei, um das plärrende, fünfundfünfzigjährige rotwangige Kindlein mit Starkbier aus einer überdimensionalen Milchflasche zu beruhigen, während schon der Cowboy das Leder mit Indianergebrüll ins gegnerische Tor karrte.

»Dieses sind alle unsere Honorassioren von Gilleleje«, erläuterte mir Kirsten, »der Herr Frisör, der Notar, der Ssahnarsst, der Buchhändler, Fabrikanten und Fischhändler und so alle ...«

Ich dachte an meine kleine Heimatstadt zurück, wo man sich mit zwanzig Jahren schon nicht mehr auf der Straße im Dauerlauf bewegen durfte, wollte man nicht Würde und Gesicht verlieren, und meinte noch nie etwas so köstlich Albernes gesehen zu haben wie diese angesehenen Herren vom Kattegatt, die sich bald wie die Lausbuben um den Ball rauften, bald wieder ihr sportliches Anliegen vergaßen und einander bei den Händen faßten, um inmitten des Spielfeldes singend Ringelreihen zu tanzen. Vater Hansen in seinem langen Babyhemd mit Spitzenkrägelchen sang das Kinderlied mit so dröhnendem Baß, daß der umgehängte Schnuller auf seiner Brust tanzte. Seine Frau und die drei süßen Töchter lachten darüber schallend.

»Mir tut nur der Schiedsrichter leid«, sagte ich zu Kirsten und konnte vor Lachen selbst kaum noch reden.

»Oh, er hat es schwierisch«, bestätigte mir meine Langbeinige, »du wirst ihm nachher ein Kompliment machen müssen.«

Der Schiedsrichter dieser komischen Lustbarkeit war weder maskiert noch kostümiert. Als einziger sah er wirklich sportlich

aus, und er versuchte sogar mit Abpfeifen und Trennen der in-
einander verfilzten alten Herren so etwas wie Regeln in die Bur-
leske zu bringen. Mit einem weißen, offenen Hemd und einem
hellen Strohhut glich dieser breitbrüstige Mann einem tüchti-
gen Unternehmer. Ich hielt ihn für einen Schiffsreeder.

Als das Spiel mit einem Torverhältnis von 35:50 zugunsten
des Kindergartens beendet war, zog mich Kirsten über den Platz
und stellte mich dem Herrn vor. Sein weißes Sporthemd war
recht schwärzlich geworden, da auch er sich oft im Knäuel der
Halbjahrhundertsknaben hatte mitwälzen müssen.

»Mein Bräutigam«, sagte die Langbeinige und gebrauchte
zum erstenmal dieses gestelzte Wort.

»Oh, es freut mich«, sagte der breitbrüstige Herr mit sonorer
Stimme und reichte mir seine feste Hand. Sein Deutsch war mu-
stergültig. »Wir werden sehr bald miteinander zu tun bekommen.«

»Ich spiele nicht Fußball«, sagte ich, »– leider!«

»Aber Sie heiraten«, antwortete der Schiedsrichter, dem noch
sein Signalpfeifchen um den Hals hing.

»Er ist unser Traupfarrer«, erläuterte Kirsten die mir unklare
Sachlage. Fröhliches Dänemark – das also war der gefürchtete
Herr im schwarzen Bratenrock!

»Sie wundern sich?« fragte der Pastor lachend, indem er auf
das Pfeifchen deutete. »Dies ist nur eine Nebenbeschäftigung.«

»Dann brauche ich also bei der Eheprüfung auch nicht die
Fußballregeln aufzusagen?«

»Ich werde Sie überhaupt nicht prüfen – *sie* wird Sie prüfen!«
sagte er und zwinkerte Kirsten zu. »Übrigens habe ich heute
nachmittag mit dem Herrn Säugling dort gesprochen« – er deutete auf den Besitzer der Villa »Sorgenfri«, der noch immer in
seinem lächerlichen Nachthemdchen auf der Wiese herum-
hüpfte, »und wir haben vereinbart, daß wir die Trauung in Helsingör halten. Dort sind schöne alte Kirchen.«

»In Helsingör – in Hamlets Stadt!« rief ich, und von dem
schicksalsträchtigen Namen bewegt, fing ich zu rezitieren an:
»Sein oder Nichtsein – das ist hier die Frage!«

»Das ist die Frage in jeder Ehe«, sagte der fröhliche Pfarrer und legte mir tröstend die Hand auf die Schulter.

Von diesem Augenblick an freute ich mich auf die Hochzeit.

Hamlets Zylinderhut

»Aufs-tehen! Heiraten!«

Durch diese Rufe Kirstens wurde ich unzeitig früh aus meinem Ferienschlaf geweckt. (Die erste Hälfte dieses Befehls sollte ich später in anderem Zusammenhang noch ziemlich oft hören.)

Trotz des fröhlichen Fußballpfarrers und der kattegattischen Lieblichkeit meiner Braut wurde mir doch etwas flau in der nüchternen Magengrube. Aber ich war kaum in die schwarze Hose geschlüpft, als es wieder an meiner Tür klopfte und Vater Hansen hereintrat.

»Isch bringe dir ein' klein' Kognak, mein Sohn«, sagte er, »isch kann dir alles nachfühlen.«

Wir tranken dann noch jeder »ein klein' Kognak« auf unser wechselseitiges männliches Wohl, und danach war uns beiden schon etwas besser zumute. Ich zog einen Frack an, der von einem der ersten Schneider Kopenhagens stammte und aus dem ersten und einzigen Frackverleih Helsingörs entliehen war. Viel Freud und Leid mochte in seinem Seidenfutter schon herumgetragen worden sein. Spaßeshalber probierte ich vor dem Spiegel auch den Zylinder auf. Er war zu eng und kniff. Im ganzen kam ich mir in dieser Aufmachung wie ein junger Droschkenkutscher oder der Akquisiteur eines Bestattungsunternehmens vor.

Am Frühstückstisch erwartete mich viel weiße Weiblichkeit. Die »stummen Schwestern« Helga und Agda waren sehr lebhaft und bewiesen die Munterkeit ihrer insgesamt vierunddreißig Lebensjahre durch ständiges Gekicher. Schwiegermutter sah in Schwarz sehr dekorativ und attraktiv aus.

»Man könnte sich in deine Mama verlieben«, sagte ich zu Kirsten, als wir schon im Auto saßen.

»Das könnte dir so passen«, sagte sie, »eine gansse ehrbare dänische Familie ausrotten.«

»Immerhin rotte ich an dir schon ganz hübsch ein paar Jährchen herum.«

»Nun hast du die Folgen ssu tragen«, antwortete die Dame, die in viel Schleiertüll verpackt war.

Die Fahrt zur Kirche wurde wunderhübsch. Sie führte zuerst durch Nadelwald, Gärten und Villengrundstücke, später durch Villengrundstücke, Gärten und Laubwald. Überall warteten noch Leute im Hochzeitsstaat an der Straße und wurden in Autos verfrachtet. In Helsingör waren wir ein Festzug von stattlicher Länge geworden.

»Alle Dänen sind miteinander verwandt«, erklärte die weiße Dame neben mir.

Dieses Helsingör gefiel mir. Vom Hafen herüber wummerte das hämmernde Dröhnen einer Werft, und in den engen Straßen des uralten Städtchens drängten sich Einheimische und Fremde vor den Läden, die alle ihre Prachtstücke, wie in Italien, auf der Straße ausstellten. Geblähte Damenblusen winkten uns in der leichten Sommerbrise mit beiden Armen, solide lange Herrenunterhosen mit beiden Beinen. Eine gotische Backsteinkirche zog unseren Wagen und mein Schicksal an. Zwei Schutzleute salutierten am schmiedeeisernen Gitter vor dem Kircheingang …

»Isch habe sie für alle Fälle aufs-tellen lassen«, flüsterte Kirsten. »Wegen Fluchtverdachts!« Sie konnte anscheinend nie ernst werden …

Als ich mit meiner schleierwehenden Kirsten die paar Schritte bis zum Kirchenportal ging, sah ich meine Schutzleute bereits in voller Aktion, um die lange Wagenkolonne unserer Hochzeit durch das Markttagsgewimmel von Helsingör zu schleusen.

Dann brauste eine Orgel auf, und das Zeremoniell begann. Nun packte es uns beide doch. Als ich in das Gesicht meines Kirstenmädchens sah, war es ganz klar und leuchtend vor

Freude, aber es kullerten auch ein paar Tränchen darüber. Sonne mit Regenbogenglanz! Nur die als Brautjungfern fungierenden jungen Abgüsse Kirstens kicherten noch immer. Später erfuhr ich, daß sie der vom engen Zylinder herrührende Strangulierungsreif um meine Stirn erheitert hatte.

Sommermorgensonne fiel durch bunte Fenster. Choräle in der fremdvertrauten Sprache klangen, von meiner großen Traugemeinde gesungen, eindrucksvoll durchs Kirchenschiff. In jeder Atempause der Orgel und der Singenden hörte man draußen Schwalben, die ums hohe Kirchendach schrillten. Einmal schlug die Turmuhr dröhnend.

Jetzt müßte ich sie küssen, dachte ich – und dabei fiel mir Wera ein.

Meine Gedanken flogen ein wenig spazieren. Wera und Kirsten – nun waren sie wohl in dieser bezaubernden jungen Frau zu meiner Rechten für immer eins geworden.

Salute, Wera, in Fiesole – du wirst auch so denken!

Bald legte das Zeremoniell meine schweifenden Gedanken an die Leine. Wir knieten nieder und tauschten die Ringe. Der Pfarrer kam durch seine schöne, kräftige Menschlichkeit dem Göttlichen sehr nahe. Seine Traupredigt war ganz aus dieser Zeit und hatte keine Mühe, das Göttliche einzubeziehen, da es sich hier in gotischem Maßwerk, im Schwalbengesirr, in Bachmusik und Meeresrauschen offenbarte.

Nach der Trauung durchschritten wir ein so stattliches dänisches Menschenspalier, daß mich deutschen Stellungslosen beinahe der nationale Hochmut übermannte. Doch benahm ich mich, wie es dem Schwiegersohn eines Mannes gebührt, der mit Bier und Zeitungen zu tun hat.

Ein kleiner Kreis auserwählter Gäste folgte uns zu einem Imbiß in den Garten des Schloßrestaurants von Helsingör. Nun ja, es war das, was in Dänemark so Imbiß heißt. Als Kriegsgefangener servierte ich es mir später noch oft als Gedankenmenü und hatte dann eine Woche lang an der Erinnerung zu kauen.

Wir saßen auf einem Rasenplatz unter schattigen Bäumen, hatten gewaltige, wappengezierte Mauern mit wuchtigen Wehrtürmen vor uns, und die Insassen von fremdsprachigen Touristenautobussen bezogen uns als Gratiszugabe in die Schloßbesichtigung ein. Noch heut mögen unsere Bilder – Kirsten mit wehenden Schleiern und ich mit dem zu engen Zylinder – in Fotoalben von Michigan und Mexico-City prangen.

»How lovely«, hörten wir eine alte Amerikanerin sagen, »Hamlet and Ophelia.«

Meine durchaus nicht er-, aber Gott sei Dank auch nicht betrunkene Ophelia bestand darauf, daß wir selbzweit, ohne Brautgefolge und kichernde Schwestern, dem melancholischen Prinzen, der in Dänemark immerhin drei beglaubigte Gräber hinterlassen hat, einen Besuch abstatteten. Auf der berühmten Terrasse stand ein Posten im Stahlhelm und schaute gelangweilt über den tiefblauen Sund und auf die schwedische Stadt Hälsingborg gegenüber.

»Das ist Prinz Hamlets Freund Marcellus«, sagte ich zu Kirsten, »frag ihn, ob ihm hier schon mal ein Geist erschienen ist.«

Kirsten sprach den uniformierten, rotwangigen dänischen Bauernsohn an. Der schüttelte verwundert den Kopf.

»Nej«, antwortete er, »kun Turister!«

»Nein, nur Touristen«, echote Kirsten auf deutsch, und wir mutmaßten vergnügt, daß er auch bei uns keinen Geist entdecken würde.

In diesem Augenblick wehte ein gewaltiger Windstoß vom Lande her, der meine Braut, wie eine Orientalin, in ihre Schleier hüllte und meinen Zylinderhut entführte. Wir sahen ihn unten noch über Uferquader rollen und purzeln und dann im Öresand baden gehen, wo er sich bald mit Wasser füllte und versank. Mir war leichter ums Haupt, meine junge Frau tat einen Freudengickser vor Lachen, und der Posten im Stahlhelm sah ihn ohne erkennbare Gemütsbewegung untergehen.

»Eines Tages werden Fischer den Ssylinder finden«, rief Kirsten, »ganss mit Tang und Algen bewachsen, und als Hamlets Hut wird man ihn ins Museum s-tellen.«

Für den Nachmittag war im Kurhotel des nahen Badeortes Hornbaek das eigentliche Hochzeitsmahl bestellt. Es wurde zu einem schweißtreibenden Bacchanal mit vielen Gängen, vielen dänischen Reden, die Kirsten mir gar nicht erst übersetzte, mit ewigen Zuprostereien und alledem, was man so an Scherz und Ernst auf eine abendländische Trauung folgen läßt. Draußen, vor den breiten Fenstern des Restaurants, sahen wir Leute in wehenden Bademänteln oder auch nur in Badekostümen vorübergehen. In meiner schwarzen Zwangskluft und mit dem brettsteifen Oberhemd, das bei jedem Atemzug wie eine Eichentür knarrte, beneidete ich sie sehr.

Sehnsüchtig lenkte ich Kirstens Blicke auf ein braungebranntes Liebespaar, das eng umschlungen vorbeiging, sich selbst und die Welt vergessend.

»Das ist nun aus!« flüsterte mir meine junge Frau zu und tat ernst. »Wir sind jetzt ein anständiges bürgerlisches Ehepaar.«

Gegen elf Uhr zupfte mich Kirsten am rechten Frackschweif.

»Nun langt es aber«, sagte sie diktatorisch und befahl mir mit einem Augenwink, ihr in einem kleinen Abstand zu folgen.

Wir trafen uns wie ein heimliches Liebespaar auf dem Strandweg, auf dem es schon ganz still geworden war. Nur hier und da brannte noch ein Licht unter dem riedgedeckten Dach eines der alten Fischerhäuser, und in einem entfernten Restaurantgarten sang eine angenehme Stimme schwedische Bellmanlieder zur Laute. Wir gingen durch tiefen Sand auf den Dünenkamm und auf ihm so weit ostwärts, bis wir den Strandwald erreichten. Das Meer atmete tief – wir taten es auch. Die Luft war lau, und die von der Hitze ausgekochten Kiefernnadeln dufteten noch wie am Tage. Kirsten nestelte sich den Schleier aus dem von einem Friseur zur Ordnung gerufenen Wuschelhaar und ließ ihn wie eine Fahne hinter uns dreinwehen.

»Eine weiße Fahne«, sagte ich. »Ich habe kapituliert.«

»Ehrenvoll«, sagte sie, und »isch liebe disch.«

»Ich liebe dich, Kirsten.«

Über dem menschenleeren Waldstrand lag ein mattes Halbmond- und Sternenlicht. Von der schwedischen Steilküste blinkten Leuchtfeuer herüber. Kirsten lief zum Wasser und tauchte die Hand hinein.

»Warm!« rief sie mir zu.

Ich saß in meinem Frack wie ein unglücklicher Pinguin in einer Sandkuhle – auch der Sand war noch tagwarm – und sah das Weiße näher wehen.

»Ophelias Geist«, sagte ich.

»Ophelia muß stilgerescht baden gehen«, antwortete sie.

»Aber wie?« fragte ich.

»Aber so«, antwortete sie und forderte mich auf, die vielen weißen Knöpfchen auf ihrem Rücken zu lösen.

»Mit dem Gürtel, mit dem Schleier ...«, zitierte ich Schiller.

Zuletzt war nur noch Kirsten da, und die sprang mit einem Jauchzer ins Meer.

Da sprengte auch ich die eherne Hülle meines Frackhemdes und verschaffte dem schwarzen Leihprodukt aus Helsingör eine ihm in seinem wechselvollen Dasein gewiß neue Sensation. Ich hängte es an einen dürren Kiefernast, wo der ausgeleerte schwarze Herr spukhaft im Mondlicht schaukelte, ein Anblick, um Polizeialarme auszulösen.

Doch uns allein gehörten die Sommernacht, die Sterne, der Strand, das Meer – und wir. Daß wir einander gehörten, versprachen wir uns, auf sanft bewegten Wellen treibend, noch einmal in die nassen Hände. Vom Himmel fiel eine Sternschnuppe.

»Wünsch dir etwas«, rief meine silberglänzende Nymphe.

Ich hatte es schon getan, weil man es vor dem Erlöschen des Himmelslichtes tun muß, wenn es in Erfüllung gehen soll. Es ist in Erfüllung gegangen: Wir haben jetzt zwei Kinder ...

Es geht los

Bei unserer Rückreise im August wölbte sich noch immer die blaue Wunderglocke des 39er Sommers über der ruhenden See. Wir sahen, wie ein finnisches Holzschiff, das mit fünf Masten und vollen weißen Segeln unseren Kurs gekreuzt hatte, westwärts am Horizont verschwand – ein schöner Traum, der sich in der Grenzenlosigkeit des Meeres auflöste.

Bald aber hatte das Wasser Grenzen. Ein Landstreifen tauchte auf. Kein Kolumbusglück überkam mich.

»Nun sind wir gleisch ssu Hause«, sagte Kirsten, die meine Gedanken erraten haben mochte.

»Schlimm, wenn das Zuhause kein wirkliches Daheim mehr sein kann – das Mutterland kein Vaterland.«

Und da geschah es: Schnellboote kreuzten mit hochaufschäumender Bugwelle unseren Kurs, Hetzhunde der mörderischen Jagd, die bald beginnen sollte. Grau gegen einen sich grau umziehenden Himmel lagen Kreuzer, weit vor dem Kriegshafen, vor Anker. Sie spien schwarzen Rauch aus, und ihre Flanken bebten.

Die röhrenden Stimmen von Großlautsprechern blafften uns mit Massenheil und Massengeheul entgegen, noch ehe wir an Land gegangen waren.

»Nun bellen sie wieder«, sagte ich zu meiner jungen Frau und nahm ihr für die bevorstehende Grenzkontrolle ihren dänischen Paß ab.

Sie tat mir leid, weil sie ihn bald verlieren sollte. Aber Kirsten flüsterte mir noch auf der Gangway zu:

»Wir werden es schon organisieren – ssusammen! Auch in Dänemark ist nischt jeden Tag Ferien und Hochsseit!«

An der deutschen Küste war es drückend schwül. Ich sah mich noch einmal nach unserem Schiff um. Schlaff und lustlos hing der Danebrog am Flaggenschaft.

Schön war nur, daß nun wieder alle Menschen meine Sprache sprachen. Doch mußte man wohl in innersten, heimlichsten Gedanken der Besten lesen, wenn sie noch Klang, Wert und Maß ihres Ursprungs haben sollte.

Ein kleiner Junge ging an uns vorüber. Er kam gerade aus dem Kindergarten, mochte vier Jahre alt sein und trug sein ledernes Butterbrotbeutelchen um den Hals gehängt. Gegen die plärrenden Lautsprecher sang er vor sich hin:

>»Hänschen klein
Ging allein
In den Kieler Turnverein
Fiel vom Reck,
Fiel in' Dreck,
Bums, da war die Nase weg.«

Kirsten lachte und sagte:

>»Der wird einmal wieder in Deutschland ssu Hause sein.«

>»Hoffentlich!« antwortete ich. »Immerhin einer, der allein geht und singt.«

Da begann es zu donnern, und ein jäher Sturmstoß wirbelte Staubwolken auf.

>»Es geht los!« sagte ich.

Drittes Buch

Der getretene Hund

Drunten im Tale lag die Stadt mit unversehrten Häusern und gefüllten Kleiderschränken. Mit Leuten, die sonntags Sonntagsanzüge trugen und Blumen auf die Gräber ihrer Toten stellten. Selbst auf dem eingesunkenen, von Efeu überwucherten Grab meines einstigen Lateinlehrers Gorgo hatte ich einen Wiesenblumenstrauß gefunden, obwohl der alte Mann ohne Nachkommen gestorben war. Ich suchte vom Berghang aus, an dem ich saß, das Dach des Elternhauses. Nach dem Brand hatte es neue, hellrote Ziegel bekommen. Ich fand nirgends welche. Da fiel mir ein, daß in mehr als drei Jahrzehnten auch hellrote Dächer grau werden können – so wie ich es geworden war.

Der Abendrauch stieg senkrecht aus den Schornsteinen der Stadt. Irgendwo dort unten würde Kirsten das Essen für mich und die beiden Kinder kochen – das gleiche wie jeden Tag: Pellkartoffeln mit brauner Zwiebelsoße. Kirsten hatte eine »Sswiebelbessiehung«, wie sie das in ihrem unveränderten Gillelejedeutsch nannte, und Zwiebelsoße war besser als die gewöhnliche Mehlschwitze.

Bevor es Nacht wurde, konnte ich nicht in die Heimatstadt zurückkehren, denn ich hatte einen Zentner Kartoffeln auf meinem Wägelchen geladen. Bei hellichtem Tag durfte ich mit so kostbarer und gefährlicher Konterbande nicht durch die Straßen fahren, die durch Flüchtlinge und Evakuierte viel belebter waren als in meiner Kindheit und in denen jetzt ebensooft rheinisch wie schlesisch gesprochen wurde. Die Stille tat wohl. Im Fichtenwald hinter mir rührte sich kein Ästchen. Die große parolen- und kommandofreie Stille war das wunderbarste Geschenk dieser Zeit. Um sie ganz zu genießen, schloß ich die Augen.

Ich muß darüber in einen sanften Dämmerzustand geraten sein; denn als es hinter mir im Walde zu knacken begann, nahm ich Deckung, wie man mich es gelehrt hatte.

Das armselige Mannsbild, das dürres Reisig hinter sich herschleifte, war kein Grund, sich zu fürchten. Zu Militärstiefeln trug es grünliche Breeches, wie sie schon seit zwei Jahrzehnten aus der Mode waren, graugrüne Gamaschen mit einem umgeschlagenen, gemusterten Rand und ein viel zu weites, gelbliches Jackett, aus dem ein abgemagerter Vogelkopf grotesk herauswuchs. Die Augen des Reisigschleppers musterten mich durch eine dicke Brille.

»Bist du es wirklich?« fragte das dürre Wesen. »Ich hätte dich beinahe nicht erkannt. Wir haben uns ziemlich verändert ...«

»Wir?«

Ich war nicht sogleich geneigt, dieses Elendsbild vor mir in eine Beziehung zu mir selber zu setzen, obwohl auch Kirsten einigermaßen erschrocken gewesen war, als sie in der Holzwanne des Waschhauses den Graben- und Lagerdreck von mir abgeschrubbt hatte. Aber dem da vor mir war gleichsam die Luft herausgelassen worden, die ihm einst seinen wunderlich schwebenden Ausdruck gegeben hatte, und nun war dieses schlaffe Häutchen also Andreas, des Gasdirektors Sohn und mein vormaliger Klassenkamerad.

»Setz dich, Andreas«, sagte ich und hielt ihm die Hand hin.

Dabei dachte ich »armer Kerl« und erschrak, als ich in seinen Augen auch ein »armer Kerl« las.

»Du hast was Elegantes an«, sagte Andreas; denn man begann damals immer mit dem Fernliegenden, weil die brennenden Städte, die zusammengestürzten Häuser, die Angst- und Todesschreie noch zu schmerzhaft nahe waren.

»Ein abgeschnittener Frack, schon ein bißchen ins Grünliche verschossen«, erklärte ich meine Kleiderpracht. »Kirsten hat ihn aus einer Flüchtlingsspende im Rathaus organisiert. Sie hat ihn zu einer Kletterweste umgemodelt. Meine Frau ist in so was groß.«

»Meine nicht! Ich hab das da« – Andreas deutete auf den

weiten Rock, der dem dünnen Männchen etwas grotesk Clownhaftes gab – »von einem ehemaligen Kollegen, unserm dicken Komiker, der jetzt hier auf den Dörfern herumtingelt. Es war furchtbar anständig von ihm, aber ich darf natürlich nichts dran ändern lassen.«

Ich lachte:

»Komisch, daß wir ausgerechnet mit modischen Dingen anfangen.«

»Wie wir uns das letztemal gesehen haben«, sagte Andreas, »packtest du gerade deine Koffer für Italien.«

»Da bin ich jetzt auch wieder hergekommen!«

»Du Glücklicher!«

»Amilager. Und du?«

»Lazarett in Schlesien. Von den Russen entlassen.«

Da nun das Nötigste gesagt schien, konnten wir uns der Gegenwart zuwenden; denn daß wir beide kein Heim und keine Existenz mehr hatten, brauchten wir uns nicht zu erzählen. Wie wären wir sonst in die kleine Heimatstadt zurückgekommen, in der wir keine Angehörigen mehr besaßen.

»Eigentlich habe ich heute Pilze suchen wollen«, sagte Andreas, der beim Sprechen kurzatmig schnaufte. »Aber meine Brillengläser sind zu schwach. Ich finde keine oder bloß giftige. Dabei habe ich Frauen mit ganzen Körben voll Steinpilzen gesehen. Nun bring ich wenigstens etwas für den Herd mit. Meine Frau ist eine Generalstochter aus Landshut. Dort hatte ich mein letztes Engagement.«

Zwischen dem Reisig und der Dame seines Herzens schien mir eine unausgesprochene Alltagstragödie zu liegen.

»Weißt du was«, sagte ich, »du kannst dein dürres Gestrüpp mit auf meinen Wagen legen.«

»Ja?« – Andreas strahlte auf – »Ich hab nämlich bloß ein Küchentuch zum Transport der Pilze mitgenommen.«

Das eingeschnurrte Männchen, das von seiner Generalstochtergattin mit dem Küchentuch ins Unterholz geschickt worden war, tat mir leid. Für mich war es überdies recht günstig, daß ich die schwererrungenen Kartoffeln mit Reisig tarnen konnte.

Ich sah Andreas blicklos in die abendliche Sommerlandschaft starren.

»Hast du mal auf Menschen geschossen?« fragte er plötzlich, beinahe flüsternd.

»Nein, nur einmal mit dem Karabiner auf Flugzeuge. Ich war bei der Luftwaffe. Wir kriegten nachher entsetzlichen Stunk mit einem Oberleutnant, weil es eigene Maschinen waren. Außerdem flogen sie viel zu hoch.«

»Bei uns hatten sie auch keine Zeit mehr zum Ausbilden. Aber Schrubben habe ich gelernt und Fensterputzen.«

»Mit Zeitungspapier?«

Andreas nickte und sah ein wenig stolz dabei aus. Vielleicht nützten ihm solche Fähigkeiten bei der Generalstochter.

Mich hatte Kirsten ausgelacht, als ich ihr erzählte, wie ich an einem Sonntagnachmittag als Strafdienst den großen Übungsplatz meines Barackenlagers von Abfällen – Stullenpapieren, Obstkernen und Zigarettenkippen – hatte säubern müssen. Bloß den Kippen trauerte sie nach.

»Gut, daß das nun bei uns für immer aus ist: Kommiß, Soldatenspielen, Heldentod – alles, was man die ›große Zeit‹ genannt hat.«

Als der Jugendfreund das sagte, bekam sein Gesicht eine gewisse Verklärung, die an den »gasgefüllten« Ausdruck von einst erinnerte. Und diesmal gab ich ihm recht.

»Nein, bloß keine ›große Zeit‹ mehr!« sagte ich. »Vielleicht haben wir wirklich durch den ganzen Dreck von Schmutz, Blut und Schuld hindurch gemußt, um als erste den irrsinnigsten Denkfehler der Menschheit zu korrigieren: den Krieg.«

Andreas war bei meinen Worten wie in einem Krampfzustand zusammengezuckt. Er krabbelte sich hoch – ich sah, daß sein Bein ein wenig nachschleifte – und sagte schnaufend:

»Ich glaube, es wird Zeit!«

Ich half dem Ungeschickten, sein Reisig auf meinem Wägelchen zu verstauen, dann zogen wir es zusammen zu einem holprigen Feldweg. Die Getreidefelder waren schon abgeerntet, und das Kartoffelkraut begann zu welken. Der Weg hatte tief eingefahrene Rillen, und ich war deshalb recht froh, daß mir jemand beim Ziehen half. Später kamen wir auf die große geteerte Straße, die ständig bergab führte. Die Deichsel des kleinen Gefährts stieß in unsere Hände, und das leichte Abwärtsgehen machte uns wieder beredt.

»Was wohl aus dem großmächtigen Tiches geworden ist?« fragte ich beiläufig.

Meine Frage ging Andreas näher, als ich hätte vermuten können. Er schwieg einen Augenblick. Was er nachher sagte, rang er sich mühsam ab:

»Durch ihn bin ich schuldig geworden.«

Wie das der Schulfreund sagte, klang es ein wenig jämmerlich, aber doch auch wieder so ehrlich, daß ich ihn weiterfragen mußte.

»Ich bin durch seine Vermittlung in die Partei eingetreten.«

»Du?«

Da es vollends Nacht geworden war, fuhr mein Deichselkamerad in seinem Schuldbekenntnis fort:

»Unser widerlicher Chargenspieler, von dem ich dir erzählt habe, ist damals doch noch Intendant geworden. Er kündigte mir, und ich lag auf der Straße. Da machte ich eine Zeitlang Statisterie im Rundfunk und als Hilfsinspizient manchmal auch Geräusche: Pferdegetrappel, marschierende Kolonnen, getretene Hunde und all so was ... Später gab es keine Hörspiele mehr. Nur Marschmusik und Heimatlieder. Da hörte es wieder auf für mich.«

Armer getretener Hund Andreas! Er brauchte mir nichts mehr zu erzählen. Ich sah seinen steilen Aufstieg bis zum Stadttheater Landshut und ins Ehebett der Generalstochter vor mir. Einen Weg, erkauft durch die Gunst des Bruno Tiches.

»Ja, und nun darf ich natürlich nicht mehr spielen. Unser Komiker möchte mich gern für seine Tingeleien – und die fressen sich bei den Bauern ganz schön durch. Aber der Fragebogen ...!«

Das Menschenhäufchen neben mir war ins große Getriebe der Weltgeschichte geraten. Kein Wunder, daß ihm dabei die Luft ausgegangen war.

»Tröste dich,« sagte ich und wußte um die Fragwürdigkeit solchen Trostes, »wenigstens wird sich der feiste Tiches jetzt in einem Lager den Riemen enger schnallen müssen.«

Ohne darauf zu antworten, machte Andreas einen Gedankensprung und fragte, ob ich Pakete von meinen Schwiegereltern bekäme.

»Nein«, sagte ich, »sie dürfen aus Dänemark noch nichts schicken.«

»Und wovon lebt ihr?«

»Meine Kirsten gibt Sprachstunden. Sie kann Englisch und Französisch wie ihre Muttersprache. Dänisch braucht freilich keiner.« Während ich das erzählte, wurde ich stolz auf meine Gillelejesche. Sie hatte sich und die Kinder tapfer durchgebracht, solange ich noch in der Gefangenschaft war und sie nicht wußte, ob ich überhaupt noch lebte. Jetzt hoffte ich, ihr bald helfen zu können – nicht nur mit Kartoffel- und Eierhamstern. Das Leben fing wieder an, nach diesem elendsten, verkommensten aller Kriege. Ein neues Leben in einer erneuerten Welt.

Da Andreas lange schwieg, begann ich vor mich hin zu pfeifen. Die ungeölten Räder meines Leihwägelchens quietschten dazu dissonant.

Nun kamen schon die ersten Gaslaternen am Wege, in die nicht mehr Andreas' Vater das Produkt seines Fachwissens entsandte. Ich karrte das Reisig bis vor die Tür des Klassenkameraden. Er wohnte mit der Generalstochter bei der Putzfrau seiner Eltern in Untermiete. Als ich ihm meine Adresse nannte, sagte er mit einem Unterton heimlicher Traurigkeit:

»So fein wohnst du ...?«

Er bedankte sich, gab mir die Hand, und im Gehen hörte ich noch, wie er das Reisig über eine steile Holztreppe hinaufschleifte.

Ich klingelte viermal am Dienstboteneingang »meiner« Villa. Dann polterte der wohlbekannte Schritt der ebenso wohlbekannten langen Beine die Stufen herunter.

»Denk dir«, rief Kirsten mir entgegen, »isch habe heute Kartoffeln ges-tohlen.«

»Und ich hab welche gekauft!«

»Da machen wir ein Fest.«

Zwiebelsoßenduft stieg mir verlockend in die Nase. Aus dem Empfangssaal unserer Villa hörte ich Edith husten.

Blaue Zwetschentage ...

Wenn Kirsten früh im Bett kleine Schreie ausstieß, geschah es nicht aus Lebensfreude. Sie schlief auf einem Patentbett, das zum Dernier cri der Jahrhundertwende gehört haben mochte. Es war ein Gelegenheitskauf, und man konnte gelegentlich ganz gut darauf schlafen, solange man nämlich sehr ruhig lag und nicht an einen der Auslösehebel geriet, welche das Bett zusammenschnellen ließen und dabei regelmäßig irgendwelche Körperteile mit einklemmten. Kirsten hatte immer irgendwo blaue und gelbe Kneifflecke, und wir sahen es als Glück an, daß damals die Strandbäder und Sommerfrischen noch nicht wieder existierten, in denen man falsche Schlüsse auf unser eheliches Zusammenleben hätte ziehen können.

Die Bettenfrage war für uns schwierig geworden, als ich aus der Gefangenschaft zurückkam; denn Kirsten wies ihrem heimgekehrten, stark reduzierten Krieger die Matratze als Ruhestätte an, auf der bisher unsere Kinder – mit den Füßen gegeneinander – geschlafen hatten. Inzwischen waren Ulli und Edith fünf und sieben Jahre alt geworden und hätten ohnedies eigener Betten bedurft. Nur, woher hätten wir sie nehmen sollen? Weder Kirsten noch ich gehörten zu den Zeitgenossen, die auf eine Todesnachricht hin sofort zu den Hinterbliebenen rannten, um nachzufragen, ob hier demnächst ein Bett verkauft würde, wobei sie manchmal noch unter der Tür mit den Sargträgern zusammenstießen. Sehr Gewitzte machten sich sogar an das Pflegepersonal des Städtischen Krankenhauses heran, um sich in scheinheiliger Besorgnis nach dem Zustand neueingelieferter oder frischoperierter Patienten zu erkundigen.

Ich überließ mich und das Schicksal meiner Kinder dem bewährten Organisationstalent von Kirsten und ihrem Sprüchlein: »Das mach isch schon.« Sie fand denn auch in einem Eisenhändler einen Sprachschüler, dem sie englischen Unterricht gegen ein Honorar in Nägeln geben konnte. Einen Teil der Nägel tauschte sie gegen Sackleinwand ein. Für einen Teil der Sackleinwand erwarb sie aus Privathand eine Aufzieheisenbahn, die unseren spielgierigen Sohn in Jubel ausbrechen ließ. Aber blutenden Herzens entriß ihm die Mutter das Spielzeug, das nur eine Ausweichstation auf dem langen Wege war, als dessen Ziel Kirsten eine doppelschläfige Couch vorschwebte und dessen nächste Etappe in zehn handgeschriebenen Anschlägen an städtischen Alleebäumen bestand:

»Tausche fabrikneue Spieleisenbahn gegen Möbelbezugsstoff.«

Der Stoff, den wir gegen diese Lüge einhandelten, bestand zwar nicht aus Stoff, wies aber ein üppiges Blumenmuster auf, das zu orientalischen Träumen verführte. An diesem Punkt unserer Couchkomödie setzte der Umschwung ein, den man in der klassischen Dramaturgie die »Peripetie« nennt. Das wichtigste Requisit zur Herstellung einer Couch waren die Sprungfedern, und die galten ebenso als sogenannter »Engpaß« wie ein Ofenknie. Noch heute überkommen mich besitzheischende Lustgefühle, wenn ich in einem Warenhaus silberbronzierte Ofenknie bündelweise hängen sehe.

In jener Zeit gab uns ein Freund einen Flüstertip. In entfernt gelegenen Teilen unserer großen Wälder fänden sich manchmal noch Autowracks aus dem Kriege, deren gefederte Sitzpolster sich ausschlachten ließen.

Nun begann für uns ein schönes, fröhliches Waldwandern, bei dem ich einen Teil meiner im Kriege verlorenen Gesundheit wiederfand und unsere Kinder einen reichen botanischen und zoologischen Anschauungsunterricht empfingen. Wir sangen Volks- und Wanderlieder miteinander, fanden, je nach Jahreszeit, Walderdbeeren, Himbeeren und Heidelbeeren – bloß nicht die verheißenen Sprungfedern. Die wenigen kläglichen Autoüberreste, die noch, farnüberwuchert, auf moosigem Waldboden lagen, waren längst ausgeplündert bis ins letzte.

Und doch blühte uns, nahe den nördlichen Walddörfern, auf einem Abfallhaufen das Glück: Halb vergraben unter Blechdosen und allerlei Unerquicklichem lag eine uralte, zerschlissene Matratze im vollen Schmucke ihrer verrosteten Federn. Kirsten stürzte sich darauf, um sie auszuweiden. Die hervorbrechenden Urmenscheninstinkte bei meiner zivilisierten Seeländerin erschreckten mich beinahe ...

An diesem Abend feierten wir eins unserer Feste, von denen noch zu reden sein wird, während das nächste bereits einen Monat später fällig war, als die blumenbunte Couch im Schutze der Dunkelheit von dem Tapeziermeister vors Haus gefahren wurde. Ihm, einem frommen, Gott und den Menschen vertrauenden Mann, hatte Kirsten dafür ein Pfund Bohnenkaffee versprochen, das ihre dänische Sippe uns demnächst durch geheimnisvolle Querverbindungen zu schicken versprach.

Dies alles lag noch nicht lange zurück, als es zu einer denkwürdigen Begegnung kam. Sie geschah an einem jener blauen Septembertage, die ich seit meiner Kindheit über alles liebe und zu denen die wie mit leichtem Tau überzogenen blauen Zwetschen, der Duft reifer Äpfel, das Klappern der Dreschflegel und der erste Felderrauch gehören.

Am Morgen dieses Tages lagen wir, wie immer, im Empfangssaal unserer schloßähnlichen, hochherrschaftlichen Villa, einem Raum mit Mahagonischiebetüren, einem sechzehnflammigen Kristallkronleuchter und mit Wänden, die blauer Seidendamast überzog. Sechs bis zum Fußboden reichende, mächtige Fenster gingen auf den privaten Park hinaus, von dem uns, ebenso wie den vier anderen Flüchtlingsfamilien, ein Eckchen zur Verfügung stand. Zu unserem Parkbesitz gehörten ein Gartenstuhl, eine Fußbank, eine Tonvase und eine Zypresse, die Edith für besonders vornehm hielt.

An diesem besagten Morgen sah ich von meinem Fußbodenliegeplatz aus die dunkle Zypressenspitze in Böcklinscher Kontrastwirkung gegen südländisch blauen Himmel stehen. Ich rief zu Kirsten hinüber, um sie auf diesen aparten Stimmungsreiz aufmerksam zu machen. Sie fuhr aus wohligem Halbschlaf empor und schrie: »Au!«

Wieder einmal mußte ich eine ihrer rückwärtigen Partien aus der Klemme befreien.

Von meinem Hantieren wurden die Kinder wach, und Ulli sauste in die Küche, um »Büllrumps Frühstück zu sehen«. Zu dieser Programmnummer muß erklärt werden, daß unser Hausherr, Henry W. Büllrump, Technische Fette und Öle en gros, derzeit als der reichste Mann meines Heimatstädtchens galt und daß unsere Küche keine Küche war. Sie war die sogenannte »Anrichte« für den Zimmertrakt des Erdgeschosses, das wir zusammen mit anderen Bombengeschädigten, Flüchtlingen und Vertriebenen bewohnten, während Büllrump sich vor der plebejischen Invasion grollend in den ersten Stock seines Schlößchens zurückgezogen hatte, wo er in Räumen hauste, die mit Möbeln, Kunstwerken und Jagdtrophäen vollgestopft waren.

Von seiner Souterrain-Küche aus, die an Größe und technischem Komfort hinter keiner Hotelküche zurückzustehen brauchte, fuhren die Speisen in einem Aufzug an unseren Augen und Nasen vorbei ins Eßzimmer des Hausherrn. Obwohl uns von ihm strikt untersagt worden war, die kleine Schiebeklappe vor dem Aufzugsschacht zu öffnen, taten es die Kinder heimlich immer wieder.

Unser Fünfeinhalbjähriger kam aus der Küche zurück und sagte mit sehnsüchtig verklärten Augen:

»Zwei richtige Eier!«

Eier waren Ullis Leibspeise, und er kannte sie im wesentlichen als »Ei in der Tüte« oder – seltener – in der durch die Zufügung von Mehl und Wasser erzielten Streckform des Rühreis. Daß zwei »richtige Eier« zum Frühstück des Junggesellen Büllrump hinaufgefahren waren, weckte seine nackte Gier. Mit seinen fünf Jahren begriff er noch nichts von dem einfachen Weg, auf dem sich damals technische Fette in Speisefette verwandelten. Die Tatsache hingegen, daß der Geist seiner akademischen Eltern sich weder in Fleisch noch Fett umsetzte, lag völlig außerhalb seiner märchenseligen Erfahrungswelt.

»Ob du heute bei dem schönen Wetter nischt wieder einmal aufs Land hinauss-passieren möschtest?« fragte Kirsten, die sich eben ihre Nummer zur Waschraumbenutzung geholt hatte.

Ich kannte die sanfte Gewalt von Kirstens rhetorischen Fragen, und da sich der Morgen so unwahrscheinlich blau gebärdete, beschloß ich, an diesem herbstfrischen Tag einen Vorstoß in ein Gebiet zu unternehmen, das, zwölf Kilometer von der Stadt und der Bahnlinie entfernt, hinter den südlichen Wäldern lag. Dort würden die Bauernhöfe noch nicht so überlaufen sein und ihre Besitzer infolgedessen einem Werk der Barmherzigkeit gutwilliger gegenüberstehen.

Der Tag war aus allen köstlichen Septemberingredienzien des Duftes und des Lichtes zubereitet. Ich schritt munter bergan. Das Tal mit den Türmen und Dächern meiner kleinen Heimatstadt blieb hinter und unter mir zurück, und von der Scheitelhöhe der südlichen Hügelkette sah ich zwischen Waldstücken blinkende Teiche und neue Türme und Dörfer, friedlich ruhend und vom Kriege verschont.

Plötzlich fiel mir Bruno Tiches ein. In einem der Dörfer in südöstlicher Richtung war ich einst mit ihm zum Goldsammeln gewesen und hatte dort selbst zwei Zehnmarkstücke vereinnahmt. »Goldene Eier« nannten es damals die Bauern. Sicher würden sie mir heute ebenso bereitwillig kalkweiße Eier geben.

Ich begriff nicht gleich, warum mir gerade dieses Dorf im ersten Augenblick, nachdem ich es betreten hatte, spukhaft erschien. Alle Häuser sahen noch genauso aus wie vor dreißig Jahren. Der Krug »Zur Dorflinde« trug auf geweißter Wand noch denselben Besitzernamen.

Ich hatte inzwischen Dörfer brennen sehen, und in den brennenden Ställen schrien die Kühe. Ich hatte Dörfer gesehen, aus denen zuerst das Vieh und danach die Menschen wie Vieh weggetrieben wurden. Ich war in toten Dörfern mit leeren Ställen und vertrockneten Brunnen gewesen, in deren grauenvoller

Stille es nur schwarze Fliegenschwärme gab. Daß sich hier nichts verändert hatte – das eben war das Unheimliche …

Mir fiel sogar der Name vom Besitzer des Hofes ein, vor dem ich stand. Zu der jungen Frau war damals mein Klassenkamerad Bruno öfter gegangen, als es nötig war. Als ich die schwere schwarzgraue Hoftür aufgestoßen hatte, sah ich dahinter die junge Frau stehen, rotwangig, dunkelhaarig und ganz unverändert.

»Guten Tag«, sagte ich, »kennen Sie mich noch?«

Sie schaute mich gar nicht verwundert an. Es waren wohl alles »Bekannte«, die in dieser Notzeit auf den Hof kamen.

»Haben Sie eine Mutter?« fragte ich weiter, als ich mir des Zeitabstands von dreißig Jahren bewußt wurde.

Jetzt lachte sie und nahm mich nicht mehr ernst.

Ich ging durch einen kühlen Steinflur, in dem es nach Milch roch, klopfte an die vertraute Stubentür und öffnete sie. Im Zimmer stand Bruno Tiches, allein. Ich kannte ihn sofort wieder, obwohl er ganz anders aussah, als man nach einem Weltuntergang aussehen muß. Er trug einen tadellosen Anzug, war noch dicker geworden, sein schütteres graues Haar umrahmte eine kreisrunde Glatze, und er hatte sich einen melierten Spitzbart zugelegt.

»Guten Tag, Bruno«, sagte ich.

Der Graubärtige fuhr zusammen und setzte einen Blechdeckel scheppernd auf einen Topf, der als oberster eines zusammengebundenen Stapels vor ihm stand. Dann brach er in ein kurzatmiges Gelächter aus.

»Mensch«, sagte er und streckte mir die Hand hin, als habe ihn das Glück des Wiedersehens übermannt. »Hätt ich doch nie gedacht, daß einer aus dem Kaff da unten bis hier raufkommt!«

Ich war noch nicht soweit, die erste Frage zu tun, die Tiches' unbegreifliches Erscheinen an diesem Ort und in diesem Aufzug, hinter einem Stapel von Töpfen aller Größen, hätte erklären können, als die Bäuerin eintrat. Die war nun freilich nach dreißig Frauenjahren und noch mehr bäuerlichen Arbeitsjahren nicht mehr wiederzuerkennen.

»Pst, kein Zuname!« flüsterte mir Bruno zu.

Die Bäuerin beachtete mich nicht. Sie schien mich für einen Gehilfen des Topfhändlers zu halten.

»Nein«, sagte sie in einem müden, ziehenden Ton, »wir haben so viel Zeug. Wir kaufen nichts.«

»Aber, Verehrteste«, rief Tiches, der plötzlich allen Elan seiner Frühzeit wiederzugewinnen schien, »denken Sie doch: Töpfe! Heutzutage Töpfe! Und noch dazu prima Friedensware. Das gibt's in Jahren nicht wieder. Passen Sie mal auf, wie bald die hübsche Tochter heiratet. Dann gehört so was in die Aussteuer.«

Die Bäuerin schüttelte den Kopf:

»Die Lena war verheiratet. Drei Wochen. Dann ist der Mann gefallen. Packt ein! Wir brauchen keine Töpfe.«

Dabei schob sie mich mit ihrer harten Hand auf die Töpfe zu, so daß mir nichts übrigblieb, als den Stapel anzufassen und Tiches beim Tragen zu helfen. Ich wagte nicht zu sagen, daß ich nicht zu ihm gehörte, und schämte mich, in seiner Gegenwart um Eier zu bitten, um derentwillen ich ins Haus gekommen war.

Der Kettenhund bellte auf dem Hofe hinter uns drein. Die junge Frau, die vorhin über meine Frage gelacht hatte, riegelte das Tor hinter uns ab, ohne unseren Gruß zu erwidern.

»Stures Volk«, knurrte Tiches. »Aber beim nächsten Bauern wird's schon anders. Bis Abend bin ich das Zeug los. Die meisten sind ja froh, wenn sie's kriegen.«

Jetzt mußte ich mich demütigen. Ich dachte an den armseligen, zerbeulten Topf, in dem Kirsten daheim alles kochte, von der Zwiebelsoße bis zum Kornkaffee. Wenn ich ihr einen dieser funkelnagelneuen Töpfe mitbrächte, wäre das für sie ein noch größerer Grund zu einem »Fest« als ein Viertelpfund Butter oder vier Eier.

»Läßt du mir einen Topf ab?« fragte ich Bruno und gab meiner Stimme eine gewisse Herzlichkeit, für die ich nach allem Vorangegangenen weiß Gott keinen Grund hatte.

»Was gibst du dafür?«

»Was er kostet …«

Brunos Gelächter danach war durchaus gutartig.

»Mensch«, sagte er und hieb mir mit seiner dicken Hand auf die Schulter. »Immer noch der alte Idealist? So kommst du nie auf 'n Topp. Auch auf meinen nicht!«

Mit einemmal überkam mich die Wut. Ich sah den goldstrotzenden Mann in unserem Druckereisaal, vor dem eine Fahne gesenkt wurde, und sah ihn mit seinem Hofstaat prächtig in einer Opernloge sitzen. Ich sah aber auch meinen zusammengeschnurrten Andreas, der wegen dieses Kerls da nicht auf den Dörfern Theater spielen durfte.

»Bruno«, rief ich, »weißt du, was du bist?«

»'n Schwein, sag's ruhig. Aber ich sag dir auch was! Ich komm durch – auch jetzt. Das werd ich dir beweisen. Mein Auto hab ich schon von den Besatzern freibekommen. Das steht hinten im Hof von der Wirtschaft! Und wenn das Topfgeschäft von meiner Braut mangels Masse zu Ende ist, hab ich genug, um was Neues anzufangen.«

»Braut? Sind denn die Meisegeiers – ist Doddy …?«

Ich war so verwirrt, daß ich überhaupt nicht mehr wußte, wie ich fragen sollte.

»Meisegeiers! Fang mir doch nicht von denen an – du weißt genau, was das für Leute waren!«

»Na, und deine Partei? Dein Führer?«

Jetzt betrachtete mich Bruno geradezu wohlwollend.

»Hör mal«, sagte er, »du bist doch 'n intelligenter Mensch. Du weißt so gut wie ich, daß der Mann verrückt war.«

»Und trotzdem hast du …«

Ich brachte den Satz nicht zu Ende, weil er viel zu lang geworden wäre und weil es überhaupt keinen Sinn hatte, hier noch weiterzureden. Ich begann ohnehin schon, mich selbst für verrückt zu halten.

»Ja, ich habe«, sagte Bruno und holte aus seinem Bauch heraus einen zusätzlichen Ton menschlicher Wärme, »ich habe eine Zeitlang mitgemacht, und vielleicht wirst du noch mal einsehen, daß Leute wie ich immer noch das Schlimmste verhindern konnten. Wer weiß, wo du wärst, wenn ich nicht heimlich meine schützende Hand über dich gehalten hätte.«

Da stand er nun vor mir, Bruno Tiches, Banklehrling a. D., gewesener Machthaber und Repräsentant eines untergegangenen Regimes, stützte sich auf einen Stapel fabrikneuer Töpfe, I a Friedensware, und wollte, daß ich ihm dankbar sei.

Ja, mußte ich ihm vielleicht nicht dankbar sein? Hätte mich Kirsten »organisiert«, wenn er nicht gewesen wäre – hätte ich nicht ohne sein Eingreifen brav in der Redaktion meine Seele verkauft wie der alte Geheimrat Prozeller? Mein Denken geriet in Sackgassen. Die Herbstsonne schien jetzt unzeitgemäß heiß, mir wurde flau im Magen von zwölf langen, steilen Wegkilometern und vor Hunger. Ich spürte auf einmal, wie das Dorf sich um mich zu drehen begann und der dicke Mann mit den Töpfen sich mitdrehte ...

Ich erwachte auf einer harten Wirtshausbank im Gasthaus »Zur Dorflinde«. Vor mir standen eine Flasche Schnaps und ein Berg mit Schinkenbroten.

»Mann, Sie haben ja schlappgemacht«, sagte die Wirtin. »So was passiert heute öfters. Das da –« sie deutete auf die märchenhaften Dinge auf dem Tisch – »hat Ihnen Ihr Freund, der Herr Anders, bestellt. Er mußte leider schon weg.«

»Er heißt anders«, sagte ich, noch etwas wirr und matt.

»Na eben«, antwortete die alte Frau. »Nun essen Sie erst mal!«

Als sie hinausgegangen war, aß ich heißhungrig zwei von den dickbelegten Broten, trank von dem Kornbranntwein, der mich wieder belebte, und war gesinnungslos genug, die übrigen sensationellen Brote heimlich im Rucksack zu verstauen.

Es ging mir an diesem Tage auch weiterhin kurios. In der Abendstunde fand ich einen Mann beim Zwetschenstehlen. Weil der Dieb schon sehr alt war, half ich ihm beim Schütteln der Straßenbäume. Er tat die Beute in einen großen Henkelkorb, den er mit Rübenblättern tarnte. Als sein Korb voll war, sagte er zu mir:

»Kamerad, nimm dir, was noch rumliegt.«

Ich füllte meinen Rucksack mit den duftenden Früchten, die am Straßengraben oder auf dem anrainenden Stoppelfeld lagen.

»Wenn uns aber der Besitzer von den Bäumen erwischt?« fragte ich.

Der Alte lachte: »Der bin doch ich. Aber die Besatzer haben alle Bäume beschlagnahmt. Da muß ich eben bei mir selber klau'n!«

Diesmal sang ich laut vor mich hin, als ich die Stadt mit ihren Lichtern im Talgrund liegen sah. Ich hatte heute einem Mann sein Eigentum stehlen helfen und hatte einen Täter getroffen, der sich als Opfer seiner Taten fühlte. Was konnte solcher Widersinn bedeuten, als daß aus seinen Krämpfen eine neue Welt entstehen mußte, eine andere und bessere, in der die Menschen genügsamer, bescheidener und vernünftiger sein würden als vor der Katastrophe?

Es war kein Wunder, daß meine Gillelejesche sich vor Aufregung diesmal schon am Abend ihre langen Beine einklemmte, als ich auf dem Bettrand ihres Streckdichlagers saß und ihr von der Begegnung mit Bruno Tiches erzählte.

Der Glückstag

Die Not machte gewissenlos und wenig wählerisch in den Mitteln. Ich lag in etwa fünfzig Meter Entfernung von unserem Haus am Straßenrand hinter einer Hecke und wartete. Ich gab acht, daß ich mich durch kein Klirren verriete. »Lärm abstellen!« – dieses oft gehörte Kommando meines Kriegsdienstes kam mir nun zugute. Ein Pferdewagen fuhr vorüber. Noch einer. Ich lauerte mit gespannten Sinnen. Nichts! Hinter mir keuchte ein Zug über den Bahndamm, von einer müden, asthmatisch röchelnden Lokomotive gezogen. Ich dachte daran, daß wir gestern Post bekommen hatten, einen Brief aus München. Er war diesmal nur sechs Wochen unterwegs gewesen, und wir waren richtig stolz darauf.

Da! Wieder kam etwas um die Ecke. Wie ein olympischer Sprinter duckte ich mich. Jetzt! Ich preschte durch die Hecke, mit hocherhobener Schaufel – und stand einem Mann gegenüber, der auch die Schaufel hob.

»Was fällt Ihnen ein!« schrie er mit einer hohen, überkippenden Altmännerstimme. »Vor meinem Grundstück!«

»Ach, das ist doch egal«, brüllte ich zurück und nahm mir die noch heiße Beute.

»Ich werde Sie anzeigen«, rief das Männchen, das mich beim Arm hielt, und die Verzweiflung gab ihm übernatürliche Kraft. Während wir noch miteinander rangen, erkannte ich den alten Mann. Das war mein früherer Klavierlehrer, bei dem ich vor dreißig Jahren Schumanns »Fröhlichen Landmann, von der Arbeit heimkehrend« eingedrillt bekommen hatte.

»Herr Kantor Köggel«, sagte ich und schämte mich tief. »Kennen Sie mich noch?«

Der alte Herr sah mich aus kurzsichtigen Augen an und schüttelte den Kopf. Während ich die Beute von meiner Schaufel in seinen Eimer gleiten ließ, nannte ich meinen Namen. Da erkannte er mich wieder.

»Junge!« rief er und umarmte mich so heftig, daß seine Schaufel hinter meinem Rücken mit der meinen zusammenstieß. »Ist das eine Freude! ... Nein, nein, aber behalte es nur ...«, fügte er hinzu, indes er gerührt in den Eimer schaute. »Die von den Brauereipferden haben die beste Düngekraft.«

Ich wehrte ab und entschuldigte mich wegen meines Übergriffs. Ich erklärte ihm, wie unser Tabak und die Tomatenpflanzen in diesem Jahr so mickrig geraten seien, daß Kirsten, aus gärtnerischen gillelejeschen Erfahrungen heraus, zur Anlage eines Mistbeets geraten habe.

»Verheiratet bist du auch schon?« sagte der kleine alte Herr, der mich wohl immer noch im Matrosenanzug auf dem Klavierbänkchen sitzen sah. »Dann bring es bitte deiner Frau mit heim, als Gruß von mir.« Er kippte lächelnd den Inhalt seines Eimers in den meinen. »Statt Blumen!«

Danach lud mich Kantor Köggel ein, mit auf sein Zimmer zu

kommen. Er habe eine unbekannte Bachsonate entdeckt, die er mir vorspielen müsse.

Es wurde eine Feierstunde, die mir die Tränen in die Augen trieb. Zum erstenmal seit meiner Heimkehr hörte ich wieder Musik, und diese reinen, klaren Klänge bekamen eine wunderbare Trostgewalt.

Ich saß und schaute auf das alte Männchen mit seinem dünnen grauen Zickelbart, das einst auch mit meinem Vater musiziert hatte. Ich sah das einzige Zimmer, das dem Witwer von seiner großen Wohnung übriggeblieben war und das nun, vollgestopft mit verrenkten Jugendstilmöbeln, dem schwarzen Bechsteinflügel mitteninne kaum noch Platz ließ. Verschossene dunkelbraune Samtportieren wehten vor den schlecht schließenden Fenstern, und zu meinen Füßen klirrte leise der Eimer mit dem Pferdemist, den ich auf Herrn Köggels dringenden Rat hatte mitnehmen müssen. Und doch – trotz der grotesken Umwelt – da war Bach, da war das Unvergängliche, das auch unser Elend und unsere Torheiten noch überdauern würde ...

Dieser Tag wurde überhaupt zu einem Glückstag. Am Nachmittag kam auf dem Umweg über Schweden ein dänisches Paket aus der Schweiz. Die Kinder standen staunend vor den Dosen und Packungen, deren bunte papierene Glanzbilder sie entzückten. Doch auch wir – sonst Anhänger der modernen Kunst und Gegner des landläufigen Stillebens überm Nußbaumbuffet – betrachteten andächtig diese Kompositionen aus angeschnittenen Schinken, naturalistisch lachsfarbenen Lachsscheiben, in pastellenen Soßen ruhendem Fischzeug, mit Zwiebelringen, Gurkenstückchen und prall plastischen Kapern.

Ich zog den Korken aus einer Aquavitflasche. Das Dänemark von 1939 duftete in unsere Behelfsküche. Der Duft aber verhalf mir zu einem Einfall.

»Wir werden mit dem Paket zu Kantor Köggel gehen und uns für sein Geschenk revanchieren!« sagte ich. »Er wird danach Bach spielen.«

Meine realistische Hausfrau brach nicht in Entzücken aus.

»Er wird uns ssiemlich viel wegessen«, sagte sie.

»Ein Greis«, ließ ich sie bedenken, »ein Kavalier der alleräl-
testen Schule.«

Da gab sie grollend nach.

Der alte Kavalier – ich muß es heute gestehen – fraß wie ein
zwanzigjähriger kanadischer Holzfäller. Zum Glück durfte er
auf ärztlichen Rat keinen Schnaps trinken, so daß uns wenigstens der Aquavit als Trostspender verblieb, den ich schleunigst
wieder in meiner Brusttasche verstaute.

Unser Menü war nicht stilgerecht. Wir aßen ziemlich durch-
einander saure Gabelbissen und süßen schwedischen Käse, Le-
berpastete und Aal und ließen auf Ananasscheiben gezuckerte
Kondensmilch folgen, die wir auf Kaffeelöffel träufelten. Am
Schluß nieste Herr Köggel so lange und intensiv, daß es ihm die
Tränen in die Augen trieb.

»Das ist bei mir immer so, wenn ich zuviel gegessen habe«,
sagte er fröhlich und ließ die Nippes auf den polierten Borden
von seinen Nieskaskaden erzittern. »Und heute habe ich viel
zuviel gegessen.«

Als er sich beruhigt hatte, bat ich ihn, Bach zu spielen. Ich
wisse ja, antwortete er, daß ein voller Bauch nicht gern studiere,
und die überstandene Völlerei habe ihn müde gemacht. Er
könne jetzt beim besten Willen nicht musizieren. Da ging ich
selbst an den Bechsteinflügel und versuchte auswendig den
»Fröhlichen Landmann« zusammenzustoppeln. Meine Kinder
bewunderten mich sehr, aber ich kam über die ersten Takte
nicht hinaus, die ich, wie eine festgefahrene Schallplatte, immer
wiederholte.

»Du hast wieder nicht geübt«, tadelte mich Herr Köggel aus
Halbträumen heraus und machte es uns leicht, uns zu verabschieden.

Unter der Tür drückte er Kirsten als Abschiedsgeschenk eine
abscheuliche Porzellangöttin in die Hand, die von den Zehen
bis zu den Knien entblößt war und die in einer leicht ange-
schlagenen Hand eine goldene Kugel trug. Kirsten warf auf
der Straße die Kugel samt Glücksgöttin gegen den nächsten
Baum.

»Das bringt Glück«, rief sie, angesichts der splitternden Scherben, grimmig aus.

Da dieser Spätherbstabend sommerlich warm war, gingen wir, nachdem wir die Kinder zu Bett geschickt hatten, eng umschlungen wie ein Liebespaar hinaus in den großen Park, wo wir uns hinter einer Fichtenhecke auf eine Bank setzten.

»Sogar unsere Liebe müssen wir uns in dieser demoralisierten Zeit stehlen«, seufzte ich und hielt meine Kirsten eng umschlungen.

»Liebst du jemanden?« fragte sie.

»Die Mutter meiner Kinder.«

»Wo wohnt diese?«

Was konnte man daraufhin mit dem scheinheiligen Frauenzimmer anderes tun, als sie noch mehr liebzuhaben. Wir fühlten uns – und die erste Friedensnahrung war wohl mit schuld daran – so kattegattisch jung, daß uns die eintönige Kirchturmuhr, die mit beamteter Rechtschaffenheit die nächste Stunde schlug, zum fröhlichen Glockenspiel von Kopenhagen wurde. Ja, wir stellten entzückt fest, daß dies hier genau derselbe Mond und die gleichen Sterne waren, die uns einst zu unserem einsamen Hochzeitsnachtbad geschienen hatten. War da nicht auch ein leises, fernes Rauschen wie einst im Garten der Villa »Sorgenfri«?

»Hörst du das Meer?« fragte ich Kirsten.

»Ja«, sagte sie andächtig und lehnte sich mit geschlossenen Augen auf der Bank zurück.

Wir genossen unser Allein- und unser Beisammensein. Wir genossen die stille Zeit nach dem großen Lärm der Jahrzehnte. Wir genossen uns …

Ein Igel hinter unserer Bank ließ sich nicht stören und erzeugte mit den ersten dürren Blättern dieses Herbstes den Eindruck ferner kattegattischer Meeresbrandung.

Um halb zwölf kam ein kühler Wind auf, der uns ins Haus trieb. Aber wir hatten keine Lust zum Schlafengehen, sondern setzten uns noch eine Weile in unsere Anrichteküche. Im Speiseaufzug rumpelte es. Ich schob leise die Klappe hoch und sah ohne Neid eine schön etikettierte Weinflasche aufwärtsfahren. Von oben kam Musik, Tanzmusik; denn Herr Büllrump hatte seinen Radiosuper über die Beschlagnahme durch die Besatzungsmacht hinweggerettet.

»Wenn wir dabei nicht laut reden, können wir jetzt tanzen«, sagte ich zu Kirsten.

»Wenn wir tanssen, brauchen wir nischt ssu s-prechen«, flüsterte sie zurück.

So tanzten wir vor der offenen Speiseaufzugsklappe zu gestohlener Musik bis um die Mitternachtsstunde. Da kam Edith in die Küche. Sie war sehr blaß und stöhnte:

»Mammi, mir ist so schlecht.«

»Du bist überfressen, Kind«, antwortete Kirsten. »Isch hoffe, es geht dem Herrn Klavierkantor genauso.«

»Ob es an der Butter aus dem kleinen Döschen liegt?«

Kirsten wußte nichts von Butter aus einem kleinen Döschen. Sie ließ Edith das Döschen aus Dänemark holen, und ich wunderte mich, daß man in jenem glücklichen Lande Genußmittel in so winzigen Packungen verkaufte.

»Beskyttelsesmiddel mod frost«, las die Mutter vor und erbleichte.

»Was ist das?« fragte ich.

»Frostschuss-salbe« – es war ein schwieriges Wort für dänische Zungen. Da lachte ich und meinte, wir würden wohl auf unsere Zuteilungen oft genug minderwertigere Lebensmittel bekommen, als eine friedensmäßige skandinavische Frostsalbe sei.

Zum Glück war noch ein ansehnliches Restchen Aquavit in der Flasche, das ich unserer Tochter als Gegengift verordnete. Getröstet und leicht betrunken ging sie wieder zu Bett.

»Mach dir keine Sorgen«, sagte ich und strich meiner alten Liebe die Sorgenfalten der bekümmerten Mutter aus dem Gesicht.

»Es ist schade um sie«, antwortete sie und gab sich immer noch faltig.

»Um Edith?«

»Um die Salbe. Ssum Winter könnten wir diese sischer benö-
tischen.«

Ich gab meiner treuen Organisatorin einen Extrakuß und öffnete wieder die Aufzugsklappe. Aber von droben kam jetzt
keine Tanzmusik. Man spielte feierlich und getragen eine
Hymne.

Es war nicht unsere Hymne. In Deutschland hatten wie keine
mehr. Wir hatten auch kein Deutschland mehr.

Bal glacé

Es ist merkwürdig, wie belanglos und wie wenig aufschlußreich
in diesen ersten Nachkriegsjahren die Aufzeichnungen von
Bruno Tiches geworden sind. Beinahe kommen sie einer nüchternen Buchführung gleich: soundso viele Töpfe gegen soundso
viel Butter, Eier, Fleisch- und Wurstwaren abgesetzt – eine Art
Geschäfte freilich, über die man damals keine Bücher zu führen
pflegte.

Vergleicht man diese Tagebuchnotizen mit denen aus den
Kriegsjahren, die aus den blumigsten und delirierendsten PK-
Berichten zusammengeschrieben zu sein scheinen, könnte man
denken, mein ehemaliger Klassenkamerad sei, durch den Zusammenbruch ehrlich ernüchtert, zu einer späten Einsicht gekommen. Dem widersprechen aber die späteren Handlungen
des Dahingegangenen.

Nur eine Aufzeichnung aus jener Zeit – sie trägt das Datum
des 8. März 1947 – hat eine etwas persönlichere Färbung und
zeigt den alten Tiches, der wohl auch der ewige Tiches gewesen
ist. Es heißt da:

»Miserabler, saukalter Winter. Man muß jetzt wendiger werden. Tausche Töpfe gegen Fettigkeiten. Diese gegen Kamm-
garnstoffe. Diese gegen Heizmaterialien. Manchmal auch andersrum. Allmählich kommt man wieder auf den richtigen
Ast. Neulich dachte ich schon, einer hätte mich erkannt. Das

macht aber auch bald nichts mehr aus. Frau Kückeley habe ich ganz neu eingekleidet.[1]«

Je mehr Bruno in diesem tödlichsten Winter des Jahrhunderts aus den Hüllen seiner Zurückhaltung schlüpfte, um so tiefer verkrochen wir uns in unsere kalte Wohnhöhle.

Unser Besitz hatte sich in dieser Zeit bereits um einige Stücke vermehrt. Außer unserem wunderbar geretteten Heiligen Einkönig vom Münchner Christkindlmarkt besaßen wir jetzt eine originale Glasvase aus Wehrmachtsbeständen – eine Bettflasche, eine sogenannte »Ente«, mit aufgemalten Blumenmustern –, eine Eisenvase aus einer Flakgranatenhülse mit Blumenmustern und eine buntgeblümte Blechvase, die als Gasmaskenbüchse geplant gewesen war. Um Ofenknie schien sich jedoch unsere militärische Führung nie gekümmert zu haben, und diese Tatsache wurde zu unserem Verhängnis.

Der kleine Küchenherd, der gleichzeitig unser einziger Ofen war, brannte nämlich nur bei Temperaturen bis zum Gefrierpunkt einwandfrei, bei Kältegraden mangelhaft und bei Ostwind überhaupt nicht. Heizexperten – und jeder Deutsche war damals einer! – versicherten uns, es genüge hier eben nicht der kurze, durch die Hausmauer geführte Ofenrohrstummel, sondern wir bedürften draußen eines Rohrknies, eines weiteren, etwa sechs Meter langen Ofenrohrs, das bis über das Dach hinausragen müsse, dort eines zweiten Knies mit einem Ansatzstück. Zwei Knie ...

Man hätte uns ebensogut sagen können, wir müßten uns eine Kuh im Badezimmer halten oder eine Luxusjacht auf dem Springbrunnen des Gartens. Das Ganze war reine Utopie.

Eines Tages kam ein Kleiderpaket. Schwiegervater Hansen, der von meiner Mantellosigkeit wußte, überließ mir einen seiner schönen, warmen Wintermäntel. Glücklich und gerührt packte ich ihn aus. Kirsten tat einen kleinen Aufschrei: Es war ein in der Rückennaht zertrennter, halber Mantel. Postalische

---

1 Es handelt sich bei Frau K. nicht um die sogenannte Verlobte mit dem Topfhandel, die Müller-Gegginger hieß.

Gewichtsbestimmungen hatten Papa Hansen zu dieser Heiligen-Martins-Tat gezwungen. Die andere Hälfte des dunkelblauen Mantels – eines wahren Prachtstückes – war laut Brief am nächsten Tage abgegangen. Leider kam sie am nächsten Tage nicht an. Sie kam zunächst überhaupt nicht an. Ich mußte weiterhin den sibirischen Schneestürmen in einer kriegerischen Tarnjacke Trotz bieten, die meine untere Körperhälfte dem Kältetod auszuliefern drohte.

Kirsten war dagegen. Sie gab französische Sprachstunden gegen Wolle und bestrickte damit meine unteren Partien. Unter meinem sportlichen Frack trug ich jetzt dicke rosa Wollhöschen, wie ich sie zuletzt in meinen Babyjahren angehabt hatte.

Am dicksten kleideten wir uns für die Nächte an. Wir verbrachten sie alle vier auf dem Fußboden unserer Anrichteküche, auf dem wir unsere Matratzen nebeneinandergelegt hatten.

Entgegen allen Verboten hielten wir die Klappe zum Küchenaufzugsschacht ständig offen, um die warmen Dünste aus der Büllrumpschen Souterrain-Küche zu empfangen, die freilich auch viele schmerzliche Wunschdüfte zu uns entsandte.

Dennoch ist mir, als hätten wir nie so viel und so oft gelacht wie in diesen Wintertagen und -nächten. Statt zu überlegen, ob wir dem Hunger- oder dem Kältetod den Vorzug geben sollten, knäulten wir uns alle vier auf unseren Matratzen zu einem Klumpen zusammen wie eine Tierfamilie – und lachten ... Über den Hunger, über die Kälte, über Herrn Büllrump, den wir aus seinem überheizten Zimmer husten und niesen hörten und dessen Geflügel- und Kalbskotelettknochen an unseren Nasen vorüberfuhren. So wunderbar abgehärtet waren wir, daß kein Grippebazillus und kein Hungerödemchen sich an uns heranwagten. Nur unsere Hände und Füße hatte der Frost mit blauroten Hügelchen garniert, die sich mitunter auch gelb einfärbten, besonders, wenn wir sie in dem uns als Heilmittel empfohlenen Eichenrindensud gebadet hatten.

Am Faschingsdienstag kam Kirsten mit einer großzügigen Sonderzuteilung an Konfetti und Luftschlangen nach Hause: pro Haushalt drei Rollen Luftschlangen und für jedes Kind ein

Tütchen bunten Konfettis. Außerdem brachte sie eine schlechte Nachricht mit.

»Von heute nacht um sswölf an werden wir überhaupt keine Elektrissität mehr kriegen«, sagte sie bekümmert.

»Wir feiern Karneval!« schrien die Kinder.

Wir feierten Karneval. Um der Kinder willen. Weil wir noch lebten. Weil schon die zweite Februarhälfte war und der Winter doch einmal zu Ende gehen mußte. Weil wir bis zwölf noch Licht haben würden.

Kirsten machte aus ihrer grauen Schlafdecke und einem Päckchen Luftschlangen etwas geradezu aufreizend Schickes, und ich sah, nachdem ich einiges Innere außen angezogen und mich zusätzlich mit etwas Wehrmachtskunstgewerbe behängt hatte, durchaus nicht alberner aus als Männer gemeinhin bei Karnevalsveranstaltungen auszusehen pflegen. Ulli und Edith erzielten mit der Kleidung des jeweils anderen Geschwisterteils komische Wirkungen.

»Wir nennen es ›Bal glacé‹«, entschied Kirsten, und wir fanden den Titel dieses Eisfestes höchst apart, zumal er an die Bal parés unserer besten Münchner Jahre erinnerte.

Eine Flasche Kornschnaps besaßen wir noch von einer früheren Zuteilung, und Kirsten bereitete daraus, unter Zuhilfenahme von Rumaroma, etwas Heißes und Punschähnliches, das sie nur für die Kinder weitgehend verdünnte.

Im übrigen wußte sie wieder einmal ein Rezept, dem Grundbestandteil Kartoffeln durch beharrliches Pantschen, Rühren und Aromatisieren eine aufregende Ersatzspeise abzuringen, die sie als echtes Münchner Faschingsgericht bezeichnete. Als es fertig war, sah es genauso aus wie am Anfang: wie Kartoffelbrei. Es schmeckte zwar entfernt wie Erbswurst, aber da dieses Gericht mit München wenig zu tun hatte, ließ ich die Kinder zuerst kosten und raten.

»Marzipan!« jubelte Edith, die dieses süße Genußmittel vor kurzem durch unser dänisches Wunderpaket kennengelernt hatte.

»Münchner Weißwurstersass«, sagte Kirsten ein wenig betrüb und fügte entschuldigend hinzu: »Natürlisch ist es nischt möglisch, auch die Wurstschale herssus-tellen.«

Ich tröstete sie, indem ich sagte, mit der hätte man ohnedies nur unnötige Arbeit. Dann klatschte ich in die Hände und rief, aus Münchner Erinnerungen heraus, animierend:

»Auf geht's!«

Der »Bal glacé« begann. Wir entfesselten den Lichtrausch unserer bis zu diesem Tag noch polizeilich konzessionierten Fünfzehn-Watt-Birne, die wir durch ein übergestülptes rotes Blumentopfkreppapier zu orientalischem Dämmerdunkel milderten. Die Kinder warfen den Inhalt des ersten Konfettibeutels hoch, der größtenteils in den Topf mit dem Punsch fiel, und Ulli öffnete leise die Klappe zum Speiseaufzug, die uns mit Herrn Büllrumps Großspur und einer glücklicheren Welt verband.

Irgendwo auf Gottes Erdboden – vielleicht sogar in diesem eisgepanzerten Europa – wurde richtiger Karneval gefeiert. Von dort hörte man Tanzmusik, Rufen, Lachen, Kreischen und Gläserklingen, und es klang nach Licht, Wärme und Sattsein.

»Vielleischt ist dieses in Köbenhavn«, sagte Kirsten sehnsüchtig, und ich antwortete:

»Hic Kopenhagen, hic salta!«

Es wurde Kopenhagen an diesem Abend. Das heiße Alkoholgetränk machte uns mit fortschreitender Stunde immer lustiger, wenn auch das aufgeweichte Konfetti der Zunge zu schaffen machte. Die Kinder tanzten miteinander und mit uns, und unsere Begeisterung wurde so groß, daß wir um Mitternacht – wir hatten den Kindern eine unbegrenzte Polizeistunde zugebilligt – sogar den Weißwurstersatz ernst nahmen. Von da an wurde es Aschermittwoch und unerwartet dramatisch.

Schlag zwölf erlosch die Fünfzehn-Watt-Lampe. Da wir keine Kerzen mehr besaßen, hatte Kirsten einen Lichtersatz gebastelt, indem sie den Deckel einer Bohnerwachsdose durchgebohrt und durch den Schlitz einen Dochtersatz aus Wollfäden gezogen hatte. Wir zündeten den Docht an, und, siehe da, er brannte. Das Licht war zwar trübselig, aber die Nebenprodukte Ruß, Rauch und Gestank waren echt.

Um halb eins sagte Edith, die einmal hinausgegangen war: »Das Wasser läuft nicht mehr.«

Kirsten drehte am Küchenwasserhahn. Er röchelte, ohne seine Pflicht zu tun.

Zum Glück wußten wir einen der zahllosen Mituntermieter der Büllrumpschen Villa im Besitz einer aus Wehrmachtsbeständen erbeuteten Lötlampe. Wir weckten ihn, und er versprach gutwillig, die eingefrorenen Leitungen aufzutauen.

Um ein Uhr fünfzehn lief das Wasser wieder – durch die reich mit Ornamenten verzierte Stuckdecke unseres nordpolaren Schloßraumes. Bald hingen Eiszapfen vom Kronleuchter nieder, und die blauen Damastwände wurden schwarz von Wasserflecken.

Das ganze Haus geriet in Bewegung, rannte zusammen und auseinander, und Herr Büllrump bekam im Treppenhaus einen Tobsuchtsanfall, in dessen Verlauf er uns alle miteinander hinauszuwerfen drohte. Als er mich und meine Familie in karnevalistischer Aufmachung erblickte, verschlug es sogar ihm die Rede.

Wenn nicht um halb drei Uhr morgens mit wildem Geklingel die Feuerwehr im Vorgarten aufgefahren wäre, hätten wir vermutlich, vom Alkohol beschwert, wenigstens den Rest der Nacht noch ruhig verschlafen. Aber unser ungeschickter Amateurschlosser hatte beim Auftauen des Wasserrohrs einen Balken zum Glimmen gebracht, und ein spät heimkehrender Untermieter hatte den Flur des Oberstocks vom Rauch erfüllt gefunden.

Weil sich der Brand inzwischen ganz hübsch weitergefressen hatte, mußte der Balken von den Feuerwehrleuten mit Äxten aus einer Badezimmerwand herausgeschlagen werden, die ein Mosaikfresko »Das Bad der Venus« zierte. Ulli, der sich, wie alle Kinder seiner Zeit, auf das Organisieren verstand, trug den schönen Leib der Göttin, in Gestalt glitzernder Steinchen, in seiner Hosentasche davon ...

Unsere Gesichter waren schmutzig und rußverschmiert, und als ich die zum erstenmal wirklich verzweifelte Kirsten auf die Wange küßte, schmeckte sie wie eine Räucherware.

Es blieb noch lange Aschermittwoch bei uns, noch lange auch kalt und lichtlos. Dann kam plötzlich, Ende März, der Frühling. Er kam mit allen dazugehörigen linden Lüften, mit Schlüsselblumen, Zitronenfaltern und elektrischem Strom.

Unsere Herzen und das Nordpolzimmer tauten auf, und als wir – abermals einige Wochen später – zum erstenmal neben unserer Tonvase in dem uns zugeteilten Gartenzipfel saßen, brachte die Paketpost die zweite Hälfte von Herrn Hansens wärmendem Geschenk, das bis dahin auf einer Postzollstelle gelagert hatte.

Kirsten nähte die beiden Teile des Wintermantels in der Rückennaht zusammen und ließ mich darin wie ein Mannequin – aus allen Poren schwitzend – unter bienenumsummten, blühenden Kirschbäumen auf- und abschreiten.

Die große Illusion

Woran lag es wohl, daß es mir damals in der Heimatstadt nicht mehr gelang, eine Brücke zur Kindheit zu schlagen? Nicht nur aus der Vogelschau fand ich das Elternhaus nicht mehr. Die Welt von Tante Remmy und Onkel Bense, der unheroisch an einem Darmgeschwür gestorben war, von Gorgo und den Kindheitsfreunden lebte mir hier weniger farbig in der Erinnerung als einst in unserem Münchner Haus. Zwischen damals und heute lag ein brennender Abgrund, in dem mehr zerstört worden war als nur unsere Vierzimmerwohnung »mit allem Komfort«.

Nach meiner Heimkehr hatte es noch eine große Illusion gegeben: die von der wunderbaren neuen Welt, in der mit dem Jahre Null eine andere, bessere Menschheitsgeschichte anfinge, frei von Blut und Angst. Jetzt aber begannen wir einzusehen, daß doch viel altes Kapital in diese neue Welt hinübergenommen worden war, das, recht angenehm für seine Besitzer, die ersehnte Zukunft mit gefährlicher Vergangenheit belastete.

Dennoch wurde gerade ich ein munterer Lobpreiser der Vergangenheit. Ich verriet meine Ideale aus Hunger an das, was man in jener Zeit einen »guten Job« zu nennen begann und wodurch ich wieder an meinen alten Beruf anknüpfen konnte.

In der Landeshauptstadt waren inzwischen Zeitungen gegründet worden, die nun auch unsere kleine Stadt wieder mit Aktuellem und vor allem den stets beliebten lokalen Nachrichten versorgten. Als man mich zum Lokalreporter ernannte, ahnte ich zunächst nicht, was für nahrhafte Möglichkeiten sich daraus ergeben könnten.

Mit Chronik, Kirchenbuch und Standesamtsregister bewaffnet, attackierte ich die Historie meiner Heimat und ihrer Mitbürger. Je älter sie waren, um so besser. Ich sammelte goldene und diamantene Hochzeiten, siebzigste, achtzigste und neunzigste Geburtstage. Ja sogar eine muntere siebenundneunzigjährige Dame brachte ich mit einem eleganten journalistischen Blattschuß zur Strecke.

Ich erkannte damals, welche Wonnen es schlichten Gemütern bereitet, »in die Zeitung zu kommen«, und welche Opfer sie dafür zu bringen bereit waren. Opfer nicht an Gut und Blut, aber an Eiern und Zervelatwurst, an Schuhsohlen und Kochtöpfen – Kirsten besaß deren jetzt schon drei! –, an Damenstrümpfen und Mohnkuchen.

Messingbeschlagene Fotoalben, mit rotem Samt bezogen, wurden meinetwegen aus Kommodenschubladen geholt, die brüchigen rosa Bänder von alten Briefstapeln gelöst, neckische Souvenirs aus Vertikos ans Tageslicht gebracht. Immer kühner wurde ich in meiner historischen Begehrlichkeit. Ich verwirrte eine uralte Dame nach dem dritten Glas von selbstgemachtem Eierlikör so, daß sie nachträglich bereit war, ihren Bräutigam, den Herrn Sekondelieutenant, an der Kaiserproklamation von Versailles teilnehmen zu lassen. Da Anton von Werners Bild als Reproduktion über ihrem Biedermeiersofa hing, brachte ich sie dazu, das Bein des einst Geliebten, mit historischer Akribie gemalt, in der glanzvollen Menge zu erkennen. »Das Bein des Sekondelieutenants« wurde wenige Tage später als schmissige Lo-

kalspitze von einer presseentwöhnten, ausgehungerten Leser-
schar verschlungen.

»Schiller und Goethe« waren, in meiner Heimatgegend zuständig, dort allmählich zu einem verklebten Bildungsbegriff
geworden. Indem ich die Erinnerung an sie belebte, suchte ich
ihre siamesische Zwillingsschaft wegzuoperieren. Jenem goldenen Paar freilich, das, einander soufflierend, mir Schillers
»Glocke« von A bis Z aufsagte, aber mich angesichts eines üp-
pig gedeckten Tisches fasten ließ, widmete ich nur fünf sachliche Zeilen.

Es dürfte sich nicht empfehlen, daß künftige Doktoranden
meine spritzigen Feuilletons dereinst als historische Quellen benutzen, denn das Gewimmel von Prominenz, das ich mit den
Lebensläufen redlicher alter Bürger meiner Heimatstadt ver-
quickte, müßte die Weltgeschichte aus den Angeln heben. Da
drückt Lukas Cranach in der Stadtpfarrkirche dem Maler Hol-
bein einen Pinsel in die Hand, welcher heute noch im Besitz des
Porzellanwarenhändlers Schierholz ist[1], Johann Sebastian Bach
orgelt ein Präludium, zu dem der Urvorfahr eines alten Fräu-
leins mit zwei Ofenknien – wir bauten sie trotz des hochsom-
merlichen Wetters sofort ein – andächtig die Bälge tritt. Napoleon bezieht auf dem Wege nach Moskau nur deshalb in der
alten Schmiede neben der Volksschule Quartier, weil der heutige Schmied (goldene Hochzeit!) viele schöne, starke Nägel be-
sitzt, für welche die Bauern gern ein paar Pfund Mehl geben.

Goethe aber – gesegnet sei die Ratschronik! – hatte wirklich
und wahrhaftig in mehreren Gasthausbetten des Städtchens gelegen, und man durfte ihm die einem künftigen Fremdenverkehr förderlichen Goethezimmer und -betten Rechtens nach-
rühmen. In jedem der in Frage kommenden Gasthöfe habe ich
mit Kirsten, Ulli und Edith einmal markenfrei phantastische
Braten und – für die Kinder besonders interessant! – echte, das
heißt aromafreie Süßspeisen essen können. In der »Post« durf-

---

[1] Kirsten war über die Matratzen in der Küche gestolpert und hatte zwei Tas-
sen zerbrochen.

ten wir vier sogar an acht Mittagen aufkreuzen, nachdem der Wirt sich einer mündlichen Überlieferung erinnert hatte, wonach der olympische Gast aus Weimar in später fröhlicher Stunde seinem Vorfahren ein Preisgedicht widmete.

Ich rekonstruierte dieses nicht mehr vorhandene Gedicht als schlagkräftigen Zweizeiler, den ein aus dem Rheinland evakuierter Kunstgewerbler bereitwillig (gegen nur *ein* Mittagessen!) in Goethes Schrift und »originaler Rechtschreibung« faksimilierte.

> »Hoch sey gepriesen der Postwirth im hiesigen Städtgen,
> Klöße bereitet er zu, wie selbst Lucull sie nicht aß.«
> Den 19. May 1817
>   Johann Wolfgang von Goethe[1]

Indem ich so die Historie eines Gemeinwesens, in dem sonst nichts geschah, als das redlich, aber auch höchst unsensationell geliebt, geheiratet und gestorben wurde, mit anmutigen Details verbrämte, meine ich nicht nur etwas für die Vaterstadt Angenehmes getan zu haben, sondern ich brachte auch dem eigenen Hauswesen einen schönen Nutzen. Wir waren nun an Küchengerät und Kleidung schon erheblich reicher und legten darüber hinaus sogar einiges Bargeld für die geplante großstädtische Existenzgründung – »für Umssug«, wie es Kirsten nannte – zurück.

Daran, daß dieses familiäre Ereignis sich betrüblich verzögerte, trug ein anderes, finanzpolitisches, die Schuld, welches als »Währungsreform« in die Geschichte eingehen wird. An einem sommerlich warmen, vom Südwind gefächelten Junitag mußte ich mich mit 280 Mark unseres sauer Ersparten – das heißt einer sogenannten »Kopfquote« von 70 Mark – zum Postamt unseres Städtchens begeben, mich in eine lange, sorgenvoll

---

1 Goethe-Forscher warne ich, den Zweizeiler in die Werke des Dichters aufzunehmen. Aus dem gleichen Grunde sind auch die »Goethe-Klöße«, die heute noch auf der Speisekarte der »Post« stehen, mit wissenschaftlicher Vorsicht zu genießen.

bewegte Menschenschlange einreihen, um viele Stunden später mit sonderbar beklebten Geldscheinen im Werte von wiederum 280 Mark nach Hause zurückzukehren. Den »Kapitalüberhang«, wie dies amtlich genannt wurde, hätten wir in den Mülleimer stecken dürfen, wenn wir bereits einen besessen hätten. So gaben wir das für die eigene Existenzgründung Gehortete unseren Kindern, die sich damit eine kapitalistische Spielexistenz begründeten.

Kirsten hatte an diesem Abend Tränen in den Augen.

»Wein doch nicht«, sagte ich zu ihr. »Ich glaube, heute ist etwas Wunderbares geschehen. Es gibt weder Arme noch Reiche mehr. Alle Deutschen sind gleich. Wir sind – wie Adam und Eva – im Stande der finanziellen Unschuld.«

»Du hättest ssum Varieté gehen sollen!« antwortete Kirsten bitter.

»Warum? Das versteh ich nicht.«

»Als größter Illusionist der Gegenwart.«

Heute gebe ich ihr recht und weiß, daß meine Phantasie immer dann versagt, wenn sie wirklich nutzbringend werden könnte. In solchen Augenblicken sind mir harte Realisten vom Schlage eines Bruno Tiches, den ich stets phantasielos genannt hatte, um vieles über. Eine Aufzeichnung von ihm aus jenem Juni 1948 hat mich schmerzlich darüber belehrt. Da hieß es:

»Endlich ist etwas Entscheidendes geschehen. Beim großen Geldschnitt hab ich famos abgeschnitten[1]. Die Ottmar[2] hat die lumpigen 140 Emmchen abgeholt, und ich habe sie ihr in den Strumpf gesteckt. Am Leibe. Für das ganze übrige Kapital habe ich Fahrkarten gekauft, zum alten Preis. Die haben noch eine ganze Zeit gegolten. Nach der Reform hab ich sie wieder abgestoßen. Einfach ein paar junge Leute auf dem Weg zum Bahnhof aufgestellt und die Fahrkarten um ein Drittel billiger verkauft als die Reichsbahn. Das macht bei der Geldknappheit schon was aus. Wir sind den Schamott in Nullkommanichts

1 Bewußtes Wortspiel?
2 Wieder ein neuer Frauenname!

losgeworden, und ich bin fürs erste mal saniert[1]. Neulich traf ich einen aus den B. H. in München[2]. Der ist schon wieder politisch aktiv und wollte, daß ich auch mitmache. Ich werde mir das erst überlegen. Vor allem weiß ich noch nicht, in welcher Richtung.«

Diesen Abschnitt aus Brunos Memoiren habe ich Kirsten bis heute unterschlagen. Ich bringe es einfach nicht fertig, sie an die ungemütlichen Tage zu erinnern, in denen sich unsere schönen Luftschlösser vom »Umssug« in blauen Dunst auflösten.

Zirkus

Im Juli 1948 gastierte in unserem Städtchen ein Zirkus mit einem berühmten Namen. Er befand sich eben nicht in der rosigsten Lage; denn für Zirkusvorstellungen hatten die Menschen am allerwenigsten Geld übrig. Doch war der Direktor, der als Elefantendompteur in seinem Unternehmen auftrat, dennoch recht optimistisch, weil er Schlimmeres – eine abenteuerliche Flucht aus böhmischem Frontgebiet, zwischen kämpfenden Truppen und Partisanen und durch menschenverlassene Hungergebiete – glücklich hinter sich gebracht hatte. Über diese Winterodyssee sollte ich in drei aufeinanderfolgenden Nummern meiner Zeitung berichten.

Ich erinnere mich noch des gewitterschweren Sommerabends, an dem ich, inmitten der genau ausgerichteten weißen Wagenburg, auf einer Vorstadtwiese stand, darauf in normalen Zeiten Volks- und Schützenfeste abgehalten wurden. Die Lichtgirlanden des Viermastzelts standen gegen den blauschwarzen Nachthimmel und schwankten ein wenig im Winde. Im Zelt spielte eine Blechmusik den Auftrittsgalopp einer Pferdedressurnummer und lockte die wenigen Besucher ins Innere.

---

1 T. ist auch jetzt orthographisch noch nicht auf der Höhe.
2 Siehe Seite 159.

Neben mir stand, tiefbraun geschminkt, der Direktor in einem schimmernden indischen Gewand mit einem perlenbestickten Turban und erzählte mir die Geschichte seiner Flucht. Sie fand ihren Höhepunkt dann, als in einem Wäldchen die lang auseinandergezogene Wagen- und Tierkolonne unversehens in Maschinengewehrbeschuß geriet und einer der größten Elefanten, von einem Streifschuß getroffen, ausbrach und, von Schmerzen gepeinigt, blindwütend davonstürmte. Dabei stürzte er den Tigerwagen um, dessen Holzwände auseinanderbarsten.

Ich schrieb eifrig mit, als mir mein falscher Inder die Verfolgung der freigewordenen Raubtiere durch die Partisanenwälder schilderte, und wie es endlich gelang, sie und den angeschossenen Elefanten in einem schon von den Russen besetzten Dorf wieder einzufangen.

Hier nun war es zu einem neuen Zwischenfall gekommen, weil der sowjetische Ortskommandant verlangte, daß das verwundete Tier getötet würde, da es, schmerzgepeinigt, aufs neue ausbrechen und zu einer Gefahr für die Bevölkerung werden könne.

»Dort geht Elina«, sagte der Zirkusdirektor in diesem Augenblick seiner Erzählung und zeigte auf ein kleines starkknochiges Mädchen, das in einem weißen Trikot dem Zelteingang zuschritt. »Sie hat damals unserem Jumbo das Leben gerettet.«

Ich fragte, ob mir nicht die Artistin den Fortgang der Geschichte selbst berichten könnte. Da sie bis zu ihrem Auftritt noch etwas Zeit hatte, wurde sie von ihrem Chef herangerufen. Elina erzählte mir in einem sehr harten Deutsch, wie sie, als einziges Mitglied, das Russisch verstünde, den Kapitän der Roten Armee in einem hartnäckigen Wortgefecht umgestimmt habe. Als alles zu gutem Ende gebracht war, sei seine Dolmetscherin, eine halbe Landsmännin von ihr, hinzugekommen, und diese habe auf seinen Befehl hin einen Passierschein für den Zirkus ausfertigen müssen, der ihnen auf dem weiteren Weg durch das besetzte Böhmen gute Dienste geleistet habe.

Ich fragte Elina beiläufig, woher sie denn stamme und was sie unter einer »halben Landsmännin« verstehe.

»Ich bin Lettin«, sagte Elina, »und die Dolmetscherin, die unsere Sprache konnte, ist eine Deutschbaltin gewesen.«

Ich weiß nicht, wieso ich gleich darauf kam, daß es sich hier um Wera gehandelt haben müsse. Die Artistin starrte mich verwundert an, als ich aufgeregt weiterfragte, ob sie sich noch an den Namen der Frau erinnere. Sie verneinte. Dann fiel ihr ein, daß die Dolmetscherin ihn, als der Kapitän für einen Augenblick aus der Bauernstube gegangen sei, auf ein Blatt geschrieben und ihr heimlich zugesteckt habe. Der Zettel müsse noch bei ihren Dokumenten im Wohnwagen liegen.

Die nächste Viertelstunde wurde schrecklich für mich, weil sie sich zu einer Ewigkeit dehnte. Elina wurde zu ihrem Auftritt gerufen, und den Direktor holte man in den Stall zu einem kranken Tier. So stand ich allein am rückwärtigen Zelteingang und sah, wenn der schwere Vorhang zurückgeschlagen wurde, die lettische Artistin unter der Zirkuskuppel wie einen weißen Pfeil durch die Luft sausen. Ich hörte den Trommelwirbel, der jeden ihrer Saltos begleitete, und mir war, als ginge ich selbst auf einem schmalen Seil, das an zwei Hoffnungen geknüpft war: an die, daß es so absurde Zufälle nicht geben könne, und an die andere, es müsse sich um Wera gehandelt haben, und ich erführe auf diese Weise, daß sie gerettet und am Leben sei.

Dann war es endlich soweit. Ich stand in Elinas schmalem Wohnwagen, sah sie in einer kleinen Schatulle nach den Papieren wühlen und wußte schon vorher aus ihrer knappen Beschreibung, die sie während des Suchens gab, daß ich auf dem Zettel Weras Namen lesen würde.

»Hat Ihnen die Frau gesagt, wie sie unter die Russen geraten ist?« fragte ich, und meine Stimme muß dabei sehr geschwankt haben.

»Es geschah wohl irgendwo in Österreich«, antwortete Elina. »Sie hatte sich einem deutschen Verband auf dem Rückzug aus Italien angeschlossen. Und die Russen brauchen Dolmetscher. Aber sie geben sie oft nicht wieder frei.«

Ich weiß nicht, was die Artistin von mir gedacht haben mag, als ich mit dem gefundenen Zettel, der Weras Namen in Weras

Schrift trug, das kleine Wagentreppchen stolpernd hinunterrannte und über die Wiese davonlief.

Die Tiere in den Käfigen waren unruhig, weil das Gewitter näher kam. Eine Hyäne jammerte. Am Westhimmel wetterleuchtete es, und man erkannte die Umrisse des fernen Gebirges.

Bald bogen sich die Alleebäume an der Straße vom stärker werdenden Wind. Mir schien, als zittere der Boden ein wenig vom Donnergrollen. Schütternder Boden – eine verschnörkelte Schrift »Glocke für Hülfe« ...

Keine »Hülfe« mehr für Wera, gar keine Illusionen ...

Die Kinder schliefen schon, als ich unseren Prunkraum im Hause Büllrump betrat – nur Kirsten lag auf ihrem Streckbett noch wach. Ich beugte mich im Dunkeln über sie, um ihr den Gutenachtkuß zu geben. Sie strich mir prüfend über die Wangen:

»Dein Gesicht ist ja feucht.«

»Es regnet«, log ich.

Der letzte Hammelsprung

Bei den meisten von den wenigen unter uns, die noch ein Tagebuch führen, kommt wohl in vorgeschrittenen Jahren der Zeitpunkt, an dem sie diese kleine zusätzliche Tätigkeit aufgeben. Tagebücher der Kindheit und der frühen Jugend, so unbeholfen sie geschrieben sein mögen, bergen oft noch glühende Geständnisse, die man weder dem angebeteten Objekt noch dem vertrauenswürdigsten Freund zu bekennen wagt. In den ersten Mannesjahrzehnten macht man sich vielleicht noch eitle Hoffnungen, man könne mit »großen Konfessionen« künftigen Biographen eine gewisse Hilfsstellung geben.

Um die Fünfzig herum läßt man aber auch diese Hoffnung fahren, und die unvollendeten Tagebücher enden ruhmlos in einem Schreibtischwinkel, wenn nicht gar der Hausfrau die Erlaubnis erteilt wird, sie einem im Hinterhof klingelnden, tutenden oder ausrufenden Hausierer anzuvertrauen, der sie alsbald, in Idealkonkurrenz mit Flicken, Lumpen und durchgetanzten Karnevalsschuhen, den Reißwölfen der Papiermühlen zuführt, wo die Grundlagen für neue Tagebücher einer neuen Generation geschaffen werden.

Solche späte Skepsis war indes wohl nicht der Anlaß, daß mein ehemaliger Klassenkamerad Bruno Tiches kurz nach der Währungsreform das Tagebuchschreiben ganz einstellte. Es ist vielmehr so gekommen, wie die drei Frauen, die in Brunos Leben zuletzt eine entscheidende Rolle spielten, übereinstimmend ausgesagt haben: Der Tiches aus den Jahren 1948 bis 1955, die man als seine sieben fettesten Jahre bezeichnen kann, wurde zum Typ jener wirtschaftlichen und politischen Manager, die keine Bücher schreiben können, als die von Finanzbehörden geforderten, und jene anderen, die über die wahre Vermögenslage Auskunft geben. Eine solche »doppelte Buchführung« mochte auch dem ehemaligen Klassenkameraden hinreichend zu schaffen machen. Dazu kam noch der Briefwechsel mit drei Frauen, der für den an einem vierten Ort Wohnenden recht zeitraubend gewesen sein muß.

Ich habe die drei Damen, die sich mit gleichem Recht als seine Verlobten oder, wenn man so will, als seine Witwen fühlen – Frau Müller-Gegginger, Frau Kückeley und Frau Ottmar –, im Auftrag und auf Spesenkonto der Illustrierten-Redaktion nacheinander aufgesucht und sie mit dem gebotenen Zartgefühl über Brunos letzte Lebensjahre befragt.

Es handelte sich um drei nicht mehr ganz junge Damen, welche mit Tiches aufgrund von Inseraten – die erste sogar noch auf eine sogenannte Baumanzeige hin – in Beziehungen getreten waren, die der vitale Mann nach allen möglichen Richtungen hin, aber in erster Linie auf geschäftlicher Grundlage erfolgreich ausbaute. Ich hatte den Eindruck, daß die Frauen, die erst nach dem Tode ihres Teilhabers von dessen Doppel- beziehungsweise Tripelleben erfuhren, sehr einhellig einen Nachlaßprozeß anstrebten. In gewissen anderen, persönlicheren Dingen fand ich sie weit weniger einmütig. Doch wird es mir, nach ihren Aussagen, nicht schwer, auch ohne Tagebuchaufzeichnungen Brunos Bild abzurunden.

Sein körperliches Bild aus jener Zeit vertrüge freilich keine Abrundung mehr. Frau Ottmar hat mir eins seiner letzten Bilder gezeigt. Bruno lehnt dabei vor dem Hintergrund eines Rivieraküstenstrichs an seinem schweren Wagen, dessen Kühlerstern er mit der rechten Hand umfaßt. Man sieht ihn als einen mächtigen, wohlbeleibten Mann von etwas auffälliger Eleganz, mit feisten Hängebacken, die seine ohnehin nie sonderlich geprägte Gesichtslandschaft völlig zerfließen lassen. Bei seinem Tode betrug sein Lebendgewicht zweihundertfünfzehn Pfund »ohne«.

Teils neben-, teils nacheinander hat Tiches mit den von seinen drei Bräuten hergestellten oder vertriebenen Industrie- und Handelsprodukten so gute Geschäfte gemacht und kam durch sie auch in einige derart ansehnliche Aufsichtsratspositionen, daß er zweifellos mit mehreren großformatigen Todesanzeigen seine im Banklehrlingsfach begonnene kommerzielle Laufbahn beendigt haben würde, aber sein immer virulenter politischer Ehrgeiz verschaffte ihm darüberhinaus sogar eine Art von Staatsbegräbnis, und es erscheint mir durchaus berichtenswert, wie es dazu gekommen ist. Zunächst hatte Bruno, wie ja noch aus seinen eigenen Aufzeichnungen hervorgeht, heimlich Verbindung zu einigen Parteigängern seiner Münchner Zeit aufgenommen. Diese muß er aber bald wieder aufgegeben haben, als er die Männer teils einflußlos, teils auch von politischem Machtstreben kuriert fand.

Kurz nach Errichtung der Bundesrepublik reiste er in ihre provisorische Hauptstadt, um sich, wie er Frau Müller-Gegginger bekannte, »die Leute dort mal anzusehen«. Wieder einmal stand er nicht ganz zufällig am Wege des Exponenten der Macht, aber zum erstenmal kam es nicht dazu, daß er ewige Treue und Gefolgschaft schwor. Sicher brach der reife Mann nicht mehr in »Hurra«- und »Heil«-Rufe aus, wie einst in Leipzig oder München, doch mag sein Hutlüften immerhin so bedeutungsvoll ausgefallen sein, daß es einen gefolgschaftsheischenden Blick verlangt hätte.

Zu diesem Blick kam es nicht. Bruno Tiches wurde von seinem Kanzler nicht erkannt wie vorher von seinem Kaiser und seinem Führer. Oder wurde er gerade erkannt? In einem erhalten gebliebenen Brief an seine damalige Hauptverlobte, der noch am gleichen Tag im Hotel geschrieben wurde, heißt es sehr kurz:

»Ich stand am Wege, auf dem A.[1] manchmal zu Fuß von seiner Wohnung in R.[1] kommt. Er sprach mit seinem Staatssekretär H.[1]. Ich habe die Herren gegrüßt, aber sie haben mich nur eben so obenhin wiedergegrüßt. Ich bezweifle überhaupt nach meinen Eindrücken stark, daß man hier auf dem richtigen demokratischen Wege ist.«

Damals nun hat Tiches – und davon wußte vor allem seine zweite Braut, Frau Kückeley, zu erzählen – einen seiner kühnen Entschlüsse gefaßt. Er gründete eine eigene Partei. Er habe, bekannte er, herausgefunden, was man an den beiden untergegangenen, ihm anfangs jeweils sympathischen Staatsformen doch als gut anerkennen konnte und was teils durch die Schwäche ihrer obersten Repräsentanten, teils durch die »Intrigen« verdorben und verwässert worden sei. Er faßte die »guten Komponenten«, wie er das nannte, zusammen, tat einiges Finanzkapital von seinen drei Bräuten, einiges an eigenem, verworrenem Gedankengut dazu, und, siehe da, er gebar ein Parteilein, das sich zu gleichen Teilen nationalistisch und sozialistisch gebärdete und das aus den Reihen der ewig Unbelehrbaren und Mißgünstigen oder von den Ausgeschalteten des vorigen Regimes bescheidenen Zulauf erhielt.

Es langte zwar noch nicht zu einem Bundestagssitz für den Spitzenkandidaten Tiches, aber in einem Länderparlament, das keine Fünfprozentklausel kannte, zog er bei einer späteren Landtagswahl doch als Abgeordneter ein, und eine unerforsch-

1 Die Namen zeitgenössischer Persönlichkeiten sollen auch an dieser Stelle nicht genannt werden.

liche Parteienarithmetik machte ihn, machte ausgerechnet meinen ehemaligen, in vielen Berufen und Positionen nachhaltig und überzeugend gescheiterten Klassenkameraden zum Zünglein an der politischen Waage. Als solches konnte er, je nachdem, bei wichtigen Abstimmungen die rechte oder linke Schale steigen oder fallen lassen.

Nimmt man es genau, so war Bruno Tiches in seinem Ländchen im Besitz der absoluten Macht. Nie vorher in seinem Leben ist er so umworben worden. Kam er gestern von einem Sektfrühstück bei den Industriellen, so wurde er heute von einer Gewerkschaft zu einem Bierabend mit Steinhäger und echtem Pilsner eingeladen. Und da er Bier und starke Sachen den vornehmeren Getränken vorzog, mußte sich morgen wieder die bürgerliche Parlamentshälfte um eine neue Attraktion für Bruno bemühen. Keines der in seinen Kreisen üblichen Leiden – Managerkrankheit, Kreislauf und Bandscheibe – fehlte infolge dieses bankett- und opferreichen Lebenswandels dem Abgeordneten Tiches.

Die letzte seiner Bräute, Frau Ottmar, hat ihn mir sehr plastisch, ich möchte in diesem Falle sogar sagen »vollplastisch« geschildert: Wie er als Zweizentnermann zwischen den Machtblöcken von Regierung und Opposition saß, selbst in jeder Beziehung ein Machtblock! Er hielt keine Reden, dazu war er zu faul und zu unbegabt. Aber sein »Hört! Hört!« am rechten Ort ließ die Linke erzittern, und ein gemurmeltes »Sehr richtig!« bei der Rede eines oppositionellen Abgeordneten beschwor eine Regierungskrise herauf.

Am Ende achteten Reporter und Tribünenbesucher fast nur noch darauf, wie der dicke Mann in der Mitte des Saales reagiert, um seine Mienen zum politischen Stimmungsbarometer zu machen. Linke und rechte Abgeordnete bemühten sich auffällig und mit unterschiedlichem Gelingen darum, durch gewagte kleine Scherze, die seine Fettschichten noch immer am leichtesten durchdrangen, den Mann mit dem Zünglein heiter und gnädig zu stimmen.

Vielleicht wäre es so weit gekommen, daß, aus äußerster Verzweiflung heraus, Regierung und Opposition sich vereinigt und gemeinsam die Regierung gebildet hätten, wenn nicht der sehr dicke Mann zwischen ihnen noch vorher von einem sehr mageren in ein Reich abberufen worden wäre, das zeitlos und deshalb über alle ersten, zweiten, dritten oder nachfolgenden Reiche erhaben ist.

Noch vor seinem Tode aber – oder richtiger mit ihm – umgab ihn eine höchste Glorie, die ihm am Grabe zu einem Fahnenwald, den er immer gern gemocht hatte, und zu Gebeten, um die er sich nie sonderlich kümmerte, verholfen hat.

Es ging um ein Gesetz der Bildung und Erziehung, das nicht nur die beiden extremen Parteien, sondern das ganze Land in Erregung brachte, da es voraussichtlich Rückwirkungen bis an den Rhein, möglicherweise sogar bis über die Alpen haben konnte. In kulturellen Dingen aber besaß Tiches von jeher eine dezidierte Meinung: Er lehnte sie rundweg ab – und noch immer waren die, welche sie professionell ausübten, für ihn »komische Figuren« oder »ulkige Kruken«. So ließ er auch diesmal durch seine Gesichtszüge und kurze Ausrufe erkennen, daß er gegen die Parteien Partei ergreifen würde, die diese mißliebige Sache mit Nachdruck und heiligem Eifer verfochten.

Mehr denn je bemühten sich Interessenverbände, Vereine und karitative Organisationen, auch die Leiter von Hoch-, Mittel- und Volksschulen um die Gunst des Bruno Tiches. Sein Posteinlauf – einschließlich der Paketpost – schwoll von Tag zu Tag an, und man sah ihn von Einladung zu Einladung eilen. Heimliche Gegner von ihm – offen wagte sich keiner zu bekennen – witzelten, er sei damals von den vielen schwarzen und roten Einladungen ständig blau gewesen.

So rückte der große Tag der Abstimmung heran. Im Landtagssaal summte es – Parlamentsberichterstatter pflegen dies so auszudrücken – »wie in einem Bienenkorb«. Inmitten des Bienenkorbs saß, schwer auf die Ellbogen aufgestützt, aber noch von keiner Ahnung eines nahen Endes überschattet – der Abgeordnete Tiches. Mit so gelassener Ruhe sah er der Entscheidung entgegen, die ja allein von ihm abhing, daß er das Plenum nervös machte und verwirrte und bei der Abstimmung ein ganz unglaubwürdiges Ergebnis entstand. Oppositionelle mußten mit der Regierung und kulturelle Abgeordnete mit der Opposition gestimmt haben. Am Ende gab es ein solches Durcheinander, daß man sich zu dem in diesen Fällen üblichen Hammelsprung entschloß, das heißt, die Befürworter des neuen Gesetzes sollten durch die rechte Saaltür, seine Gegner durch die linke in den Plenarsaal eintreten.

Niemand hatte beachtet – Frau Ottmar berichtete das Folgende geradezu dramatisch –, wie sich Bruno Tiches schon vorher aus einer gewissen kleinen Leibesnot heraus durch die rechte Tür zu einem nur dort zu findenden, den männlichen Oppositionellen und regierungstreuen Abgeordneten gemeinsamen Ort begab. Er verweilte da gemächlich seine Zeit und wunderte sich, seinem Temperament gemäß, nicht, als viele Abgeordnete vor ihm durch die gleiche Tür in den Saal zurückströmten.

Als er ihn betrat, hörte er die Stimme eines Schriftführers eine Zahl nennen, und sogleich brach ein ungeheurer Jubel los. Man schloß Tiches in die Arme, der herbeieilende Ministerpräsident klopfte ihm persönlich auf den Rücken, Fotoblitze blitzten, Wochenschaukameras surrten. Die Partei des Bruno Tiches hatte die Regierung, das Gesetz und – wenn man seinen Verfechtern glauben darf – die abendländische Kultur gerettet.

Es mag sein, daß diesmal Tiches – Parteiführer und Partei in einer Person – sich wirklich zu einer heroischen Geste aufgeschwungen und den schrecklichen Irrtum durch einige Sätze der Erklärung berichtigt haben würde, aber dazu blieb ihm keine Zeit mehr. Der Hitze der auf ihn gerichteten Scheinwerfer, dem aufgeregten Gedränge, das um ihn entstand, war sein apoplektischer Zustand nicht gewachsen. Im Augenblick seines zweitgrößten Triumphes raffte ihn ein Schlaganfall hinweg, so daß er den größten nicht mehr erleben durfte: das beflissene Gewimmel an seinem Grabe, an das nicht nur alle regierungstreuen Länder ihre Abgeordneten mit überdimensionalen Kränzen und Blumenangebinden entsandten, sondern sogar die Hauptstadt am Rhein, die ihn einst durch ihren markantesten Vertreter vielleicht allzu gleichgültig behandelt hatte. Erwägt man freilich die Tatsache, daß sich bei seiner Beerdigung erstmalig und unvermutet auch seine drei Bräute trafen, so möchte man ihm dieses Erlebnis auch wieder nicht gewünscht haben. Zwar wurde die Abfertigung der zahllosen Kondolierenden dadurch erleichtert und beschleunigt, daß drei schwarz verschleierte Damen an getrennten Plätzen die Beileidsbekundungen entgegennahmen, aber nur ein beherzter, mit seiner Schaufel bewaffneter Totengräber konnte verhindern, daß, nach dem letzten tränenden Blick in die Tiefe, drei Witwen allzu munter aneinandergerieten.

Doch wird gerade diese Begebenheit von Frau Müller-Gegginger, Frau Kückeley und Frau Ottmar so verschieden dargestellt, daß ich sie für meinen vorgesehenen Bericht außer acht lassen muß. Auch will ich alles vermeiden, was etwa zu nachträglichen Beleidigungsprozessen Anlaß geben könnte.

Dagegen möchte ich dem Klassenkameraden Tiches – so viel Schlimmes er mir angetan haben mag – ein Schäufelchen Sand der Erinnerung in die dunkle Gruft nachsenden. Nicht umsonst haben wir als Knaben einmal zusammen Sand geschaufelt, der fröhlich in die hellen Lüfte stieg ...

Das Ende im Wunderland

Ich saß an meinem Schreibtisch, war eben mit der Ordnung der Tiches-Papiere einigermaßen fertig geworden und hatte auch schon die Tagebücher chronologisch geordnet, als Kirsten ins Zimmer trat und eine illustrierte Zeitung schwenkte.

»Du kommst ssu s-pät«, rief sie aufgeregt.

»Wieso? Womit?« fragte ich verwundert.

»Die Memoiren der Familie Meisegeier erscheinen!«

»Der Meisegeiers? Das ist doch nicht möglich!«

»Da, lies: ›Des Satans Mütterreferentin. Eine Frau erssählt ihren Leidensweg am Rande der Macht‹.«

»Was heißt ›Leidensweg‹?« rief ich. »Sie war dauernd besoffen. Was heißt ›Rand‹? Sie saß mittendrin. Und was heißt schließlich sogar ›Frau‹? Vor Gesetz und Standesamt war Frau Meisegeier immer nur ein Fräulein Meisegeier.«

»Nun, isch werde dir den Anfang vorlesen.«

Ich entriß Kirsten das Blatt, auf dessen Titelbild ein spärlich bekleidetes, dafür aber um so farbigeres Mädchen als mexikanische Fürstin Cuxamalcl und ehemalige Hollywoodstatistin Maria Silvicrini bezeichnet wurde. Was auf den Innenseiten gedruckt stand, mußte ich selbst lesen:

»Im Schatten des dicken, ehrwürdigen Pfarrkirchturms lebten wir in einer freundlichen mitteldeutschen Kleinstadt. Die Fenster unseres Häuschens gingen auf den Schulhof des Realgymnasiums hinaus, das meine Kinder besuchten, die ich dort in den Schulpausen sich fröhlich mit ihren gleichaltrigen Kameraden tummeln sah. Schon ehe die Jahre des Unheils kamen, wurde mein lieber Gatte allzufrüh abberufen.«

Es war mir unmöglich, weiterzulesen. Ich schlug mit der flachen Hand auf das Zeitungsblatt und schrie Kirsten an, als sei sie für seinen verlogenen Inhalt verantwortlich:

»Abberufen! Natürlich gingen die Herren Gatten aus begreiflichen Gründen immer sehr früh aus der Meisegeierhöhle weg. Und die lieben Kinderchen! Durch die rückwärtigen Fenster sind sie in unsere Schule eingestiegen, für fünf Pfennig Honorar.«

»Da sind die Kinderschen …!«

Meine gute Frau schien mir nichts ersparen zu wollen. Mit spitzem Finger deutete sie auf ein Bild, darauf man eine ebenso dicke wie muntere Greisin neben einer fülligen jungen Dame erblickte, die sich anschickte, mit einem in Spitzen verpackten Kind auf den Armen eine pseudogotische Zuckerbäckerkirche durch ihr tropisch üppiges Portal zu betreten. Als Unterschrift las ich: »Die Verfasserin unseres Tatsachenberichtes bei der Taufe ihres jüngsten Enkelkindes. Hinter Frau Meisegeier ihre Tochter Theodora Alvarez mit ihrem Gatten Don Luis und deren Brüdern.«

Von meinem ersten Ausbruch war ich bereits so geschwächt, daß ich mich über nichts mehr wunderte: nicht darüber, daß die rundliche, nicht mehr ganz junge Mutter Theodora die einst so verwegene, überschlanke Doddy war, nicht über den fragwürdigen, dünnbärtigen Gentleman Don Alvarez, ja, nicht einmal über die jovialen Herren im Zylinder, welche Gebetbücher in denselben robusten Händen trugen, mit denen sie einst gezaubert, gestohlen und geschossen hatten. Allenfalls hätte ich mich noch darüber wundern können, daß Evelyna nicht mit auf der von Bürger- und Auswandererglück strahlenden Fotografie zu sehen war.

»Nun, du wirst dieses noch in den Fortsessungen ssu erfahren bekommen«, tröstete mich Kirsten, als ich auf das gräßliche Foto starrte.

»Aber das ist doch alles gelogen! Außerdem kann die alte Meisegeier mit Müh und Not ihren Namen schreiben, aber nie und nimmer ihre Autobiographie! Tatsachenbericht …!«

»Sie werden darin von Taten berichten und von Sachen. Das wird schon s-timmen. Und weißt du, was eine Autobiographie ist? Eine Lebensbeschreibung, die ein anderer schreibt, damit der, welcher sie ssu schreiben behauptet, sisch ein Auto kaufen kann.«

»Daher der Name ›Autor‹«, spottete ich müde und mußte wieder einmal dem lebenserfahrenen Realismus meiner Kirsten recht geben.

Aber was halfen mir jetzt noch ihr skandinavischer Realismus und ihre Fähigkeit, mich zu organisieren, da wieder einmal alle unsere Pläne über den Haufen geworfen wurden! Nun saßen wir glücklich wieder in einer eigenen Wohnung, hatten den begehrten »Ssussug« in die Großstadt erhalten, und der hoch dotierte Tatsachenbericht sollte mir, zum erstenmal nach zwei Jahrzehnten, die volle Schaffensfreiheit zurückgeben. Er sollte uns vieren die erste Auslandsreise ermöglichen, die Kinder, Ulli und Edith, mit ihren Großeltern in Gilleleje und den hübschen Tanten in Kopenhagen zusammenbringen.

»Aus!« sagte ich. »Alles aus! Meine Redaktion wird natürlich nicht mehr mögen, wenn jetzt das Konkurrenzblatt mit seinen Schauermärchen herauskommt. Außerdem könnte ich auch das Zeug gar nicht mehr schreiben. Ich kann keine ›facts dramatisieren‹, nachdem mir dieses Vorbild unter die Augen gekommen ist!«

Kirsten strich mir über den Kopf. Ich nahm ihre Hand und küßte sie.

»Du tust mir leid, altes Mädchen«, sagte ich. »Mit deinem erfundenen Ingvald wärst du auf jeden Fall besser dran gewesen als mit mir ewigem Bankrotteur.«

»Du bist nischt bankrott, junger Alter –« so revanchierte sie sich großzügig für das ›alte Mädchen‹ – »du wirst jetzt etwas viel Schöneres machen als die Geschischte von deinem dummen Klassenkameraden Tisches. Du schreibst einfach den Roman unseres Lebens.«

Ich starrte Kirsten verständnislos an.

»Den Roman unseres Lebens? Das ist doch viel zu früh. Außerdem interessiert es keinen Menschen.«

»Heiter natürlich!«

»Heiter! Natürlich!«, sagte ich mit ironischer Betonung. »Weil das alles so furchtbar komisch gewesen ist, was wir in diesem Vierteljahrhundert erlebt haben. Fritz Gebbinger ist aus Rußland nicht mehr zurückgekommen, meine Melusine hat vielleicht in Workuta oder irgendwo an der Eismeerküste ihr Ende gefunden, unser Haus ist verbrannt, und Herrn Roselieb hat eine Mauer erschlagen, als er seine Kürassiertrompete retten wollte. Eine heitere Bilanz!«

»Aber ›heiter‹ ist doch nischt so wie im Kinolusts-piel: alles rosenrot und alle Menschen lieb und gut. Isch denke, heiter ist, wenn man trotzdem immer noch hat lachen können. Wenn wir mit aufgeplassten Fingern bei Bohnerwachslischt Feste gefeiert haben. Und wie Herr Koggel mir, s-tatt Blumen, eine Porssion Roßäpfel geschenkt und danach das halbe Paket weggefressen hat. Und«, fügte sie halblaut hinzu, »daß wir alle noch leben: Du, isch, die Kinder, die Löws drüben in Amerika ...«

Sollte Kirsten recht haben? War nicht aus der Sicht der Weltgeschichte, von Erziehung, Umerziehung und Umundumerziehung der Völker, von Tod, Grab und Ewigkeit schließlich alles nur noch ein närrisches, belachenswertes Spiel – und damit auch der Roman von unser aller Leben zum Schlusse heiter?

So weit war ich eben mit meinen Überlegungen gekommen, als Ulli zur Tür hereintrat und eine Portion Winterluft plus jugendlichem Optimismus in mein Arbeitszimmer brachte.

»Tag, Paps«, sagte er und küßte mich auf die Wangen. Seine Stimme schwankte zwischen einem Sängerknabensopran und einem gemäßigten Säuferbaß, und sein Kinn kratzte schon ein wenig.

»Rat mal, was ich gesehen habe? Einen Soldaten, der deutsch gesprochen hat. Einen deutschen Soldaten …!«

»Gut, Kirsten«, sagte ich daraufhin zu Ullis Verwunderung sehr entschlossen, »ich glaube, jetzt bin ich soweit, wie du mich haben willst. Wir leben, heissa, im Wunderland. Wir säen das Gras des Vergessens auf das große Grab Europa und marschieren mit Tschingbumm darüber hinweg. Ich will versuchen, deinen heiteren Roman zu schreiben!«

»Meinen? Unsern! Aber dann vergiß auch bitte nischt, daß er ein gutes Ende haben muß. Mansche Leute in den Buchhandlungen gucken ssuerst nach dem Schluß. Es wäre gut, wenn du da ein bißschen Glockengeläute anbringen könntest und Brautschleier und Frack, wie damals in Helsingör. Man trägt heute wieder Frack!«

Während sie das sagte, kullerte sie so scheinheilig mit ihren runden schwarzen Augen, daß man meinen konnte, sie habe alle pseudomondänen Frauen- und Filmjournale und alle labbrige Schlagermusik dieser Zeit zu den Gesetzbüchern ihres Erdenwandels gemacht.

»Vergiß nicht, mein dänisches Wunderkind«, antwortete ich, »in Helsingör ist es bloß ein Leihfrack gewesen.«

»Das macht nischts. Man braucht es im Roman nischt ssu sehen. Außerdem ist unsere Edith siebssehn Jahre, und bis du mit deiner Ums-tändlichkeit mit dem Roman ssurechtkommst – was kann man wissen?«

»Um Gottes willen, Kirsten«, fragte ich jetzt ehrlich erschrocken, »willst du da am Ende wieder mal was organisieren?«

Aber meine Gillelejesche schüttelte den Kopf und sagte ein bißchen wehmütig:

»Dieses nischt, Lieber. Die Jugend heute organisiert sisch selber ... Manchmal sogar die männliche!«

»Trotzdem könntest du mir zum Geburtstag einen elektrischen Rasierapparat schenken«, rief Ulli, der interessiert die Körperformationen der Fürstin Cuxamalcl auf der schicksalsschweren Illustrierten begutachtete.

»Wird gemacht!« erwiderte ich und beantwortete damit sowohl Ullis technischen, wie Kirstens vorangegangenen ideellen Wunsch.

Jetzt wußte ich mit voller Gewißheit, daß ich über das eigene Leben berichten konnte, weil es in Altersbereiche gelangt war, in denen man sich selbst komisch sehen darf.

Denn wenn sich erst einmal die Söhne Rasierapparate wünschen, ist das für die ehrgeizigen Ewigkeitsansprüche ihrer Väter, ebenso wie für ihre Wunschträume – soweit sie sich mit Mädchen auf nächtlichen Postamenten, auf heißen mittelmeerischen Inseln und in kattegattischen Mondnächten beschäftigen – unwiderruflich das

ENDE.

SERIE PIPER

Wolfdietrich Schnurre

Als Vaters Bart noch rot war
Ein Roman in Geschichten.
318 Seiten. SP 2454

»Als Vaters Bart noch rot war«
ist Wolfdietrich Schnurres be-
rühmtestes Buch. In diesen
leisen, poetischen Alltagsge-
schichten über ein eigenwilliges
Paar, den arbeitslosen und
alleinerziehenden Vater und
seinen gewitzten Sohn Bruno,
läßt Schnurre das Berlin der
zwanziger und dreißiger Jahre
wiederauferstehen. In anrüh-
render Unmittelbarkeit erzählt
er von Rummelplätzen, Hinter-
hofmusikanten, Osterspazier-
gängen oder von einer Tanne,
die zu Weihnachten aus einer
öffentlichen Parkanlage »aus-
geliehen« wird. Diese Ge-
schichten zeichnen aber auch
ein Bild vom Berlin der Welt-
wirtschaftskrise, von der drük-
kenden Arbeitslosigkeit und
vom Heraufkommen der Nazi-
Herrschaft.

Als Vater sich den Bart abnahm
Erzählungen. Aus dem Nachlaß
herausgegeben von Marina
Schnurre. 202 Seiten. SP 2316

In seinem Nachlaß fanden sich
noch weitere Geschichten – die
Schnurres Verleger seinerzeit
allzu »leger«, zu liberal, zu an-
stößig fand. Sie sind in dieser
Fortsetzung versammelt. In
den widerborstig liebenswürdigen, unangepaßten Szenen findet sich nicht nur Schnurres
erzählerischer Schwung wieder, in Charme und Delikatesse
des Tons übertreffen sie
manchmal gar die bekannten
Geschichten.

»Da ist er wieder, dieser unver-
kennbare Schnurre-Ton: leise,
ironisch und voll von men-
schenfreundlicher Melancho-
lie. Ein Mann steht im Mittelpunkt, der sich nicht verbiegen
läßt – aller Arbeitslosennot
und allen politischen Versu-
chungen zum Trotz. Gerade
dafür wird er von seinem Sohn
geliebt.«
Brigitte

Josef Škvorecký

Eine prima Saison

Ein Roman über die wichtigsten Dinge des Lebens. Aus dem Tschechischen von Marcela Euler. Mit einem Beitrag von Walter Klier. 284 Seiten. SP 2804

Danny ist sechzehn. Und folglich hinter den Mädchen her. Seine Flammen wechseln ständig: Da sind Irena und Alena, die beiden reizenden Zwillingstöchter des strengen Herrn Rat, Marie mit den wollenen Kniestrümpfen, die hexenhafte Karla-Marie, die langbeinige Tänzerin Kristýna An die zwanzig Versuche hat Danny schon unternommen, aber diesmal – das steht für ihn fest – muß es mädchenmäßig eine prima Saison werden. Heiter, jung, leichtlebig und scheinbar unbeschwert läßt sich dieser Roman zunächst an. Aber die reine Idylle ist er nicht. Denn seine Geschichte spielt in jener Zeit, als die Tschechoslowakei als »Protektorat Böhmen und Mähren« unter Nazi-Okkupation stand. Zwischen Schülerlieben und Jazzbegeisterung tauchen die Gespenster von Krieg und Diktatur auf, die das harmlose Leben des Provinzstädtchens Kostelec bedrohen.

»Poetisch verklärt und nicht ohne Nostalgie schildert Škvorecký, wie immer derselbe Gymnasiast Danny in Kostelec immer anderen und oft auch wieder denselben Mädchen hinterherjagt. Aufgrund welcher Intrigen und schicksalsträchtigen Verhängnisse Danny, das Glück vor Augen und sehr greifbar nah, die Irenas, Alenas oder Maries dann doch nicht bekommt, warum er statt des längstverdienten Beischlafs Mathematikunterricht erhält, Berge besteigen oder bis zur Ohnmacht Rum trinken muß – das macht den handlungsträchtigen Inhalt dieser poetischen Erzählungen aus.«
Frankfurter Rundschau

SERIE
PIPER

Alexander Spoerl

Der Mann, der keinen Mord beging
*Eine fast ernste Kriminal-
geschichte. 127 Seiten. SP 1907*

Anzufangen scheint alles mit einem vermaledeiten Hammer, der auf dem Dach liegt, wo er nun ums Verrecken nicht hingehört. Und schon liegt einer tot auf dem Pflaster…

Dr. Paul Wunderwald ist zwar promoviert, aber ebenso arbeits- wie wohnungslos und greift der Leiche an die wohlgefüllte Brieftasche – und schon beweist sich wieder die alte Wahrheit, daß die schlimmsten Tragödien immer damit beginnen, daß ein Intellektueller vom rechten Weg abkommt.

Natürlich wird er das unehrliche Gut nicht so einfach wieder los, und nur die nüchterne Lebensklugheit seiner Gott sei Dank vorhandenen Freundin rettet Paul vor dem Ärgsten…

Ein unbegabter Liebhaber
143 Seiten. SP 2138

Dr. Martin Leberecht, Frauenarzt und Teilhaber einer etwas fragwürdigen Kosmetikfirma, hätte genügend Gelegenheiten, etwas gegen seinen Ruf als »unbegabter Liebhaber« zu tun. Schließlich kreuzen seinen Lebens- und Berufsweg hinreichend viele junge Frauen verschiedenster Attraktivitäten und Talente. Er ist jedoch entschlossen, auf seinem beruflichen Weg weiterzukommen, und so nimmt er sich vor, den Lockungen der Liebe zu widerstehen. Trotzdem stolpert er über jedes Herz, das ihm entgegenschlägt.

Das amüsante Drama eines hoffnungsvollen Männerlebens.

Memoiren eines mittelmäßigen Schülers
269 Seiten. SP 1202

»Lausbubengeschichten«, freilich vor der ernsten Kulisse der dreißiger und vierziger Jahre in Deutschland erlebt, aber auf Spoerlsche Weise unnachahmlich heiter und amüsant – und dazu eine scharfsichtige satirische Zeitanalyse. Das alles ist Alexander Spoerl mit seinen »Memoiren eines mittelmäßigen Schülers« gelungen.

Heinrich Spoerl

Gesammelte Werke
560 Seiten. SP 852

Die Beliebtheit Spoerls liegt in der Eigenart seines Humors, der nicht einfach über das lacht, was banal komisch ist, sondern der aus einem bescheidenen und heiteren Über-den-Dingen-stehen und zugleich einer tiefen Menschenkenntnis kommt.

»Heinrich Spoerl gehört zu den in der deutschen Literatur überaus seltenen Schriftstellern, die sich auf den Humor verstehen. Er mochte die Menschen, und er mochte sie gerade, weil sie keine Engel sind. Liebenswürdig und mit leichter Feder nahm er ihre kleinen Schwächen aufs Korn und freute sich (mitsamt seinen Lesern) diebisch, wenn er hinter der Fassade wohlgesetzter Würde einen menschlichen, wenn auch nicht ganz engelhaften Kern entdeckte, sogar bei Staatsanwälten…«
Düsseldorfer Nachrichten

Der Gasmann
Ein heiterer Roman. 137 Seiten. SP 1316

Als der Gasmann Knittel an einem frühen Morgen im D-Zug nach Berlin seinen Anzug gegen einen gestreiften Pyjama und einen märchenhaft hohen Scheck eintauscht, beginnt für ihn eine Kette abenteuerlicher Verstrickungen, die ihn alle Freuden und Schattenseiten des plötzlichen Reichtums erleben lassen…
Das lebendige Zeitkolorit der frühen dreißiger Jahre und die einfühlsame Darstellung der »kleinen Leute« prägen diesen humorvollen Roman.

Die Hochzeitsreise
143 Seiten. SP 929

Heinrich Spoerls Talent für die Schilderung zwischenmenschlicher Verwicklungen erweist sich als zeitlos.

Der Maulkorb
170 Seiten. SP 1566

Diese ebenso spannende wie amüsante Geschichte von dem Maulkorb, der eines Morgens in einer Kleinstadt am Denkmal des Landesherrn hängt, die Suche nach den unbekannten Schurken, die eine solche Missetat verübten, der dornige Weg des mit dem Fall geplagten Staatsanwalts – das gehört längst zum klassischen Bestand unserer humoristischen Literatur. Spoerl ist ein Meister der überraschenden Wendung.